北京大学中国语言学研究中心

早期北京话珍稀文献集成

主编 刘云

———

清末民初京味儿小说书系

分卷主编 王金花 姜安

春阿氏

冷佛 著
姜安 校注

北京大学出版社
PEKING UNIVERSITY PRESS

图书在版编目（CIP）数据

春阿氏 / 冷佛著；姜安校注 . —北京：北京大学出版社，2018.3
（早期北京话珍本典籍校释与研究）
ISBN 978-7-301-29411-6

Ⅰ . ①春… Ⅱ . ①冷… ②姜… Ⅲ . ①长篇小说－中国－现代　Ⅳ . ① I246.5

中国版本图书馆 CIP 数据核字（2018）052169 号

书　　　名	春阿氏 CHUN'ASHI
著作责任者	冷佛　著　姜安　校注
责 任 编 辑	唐娟华
标 准 书 号	ISBN 978-7-301-29411-6
出 版 发 行	北京大学出版社
地　　　址	北京市海淀区成府路 205 号　100871
网　　　址	http://www.pup.cn　　新浪微博：@北京大学出版社
电 子 信 箱	zpup@pup.cn
电　　　话	邮购部 62752015　发行部 62750672　编辑部 62767349
印 刷 者	北京虎彩文化传播有限公司
经 销 者	新华书店 720 毫米 ×1020 毫米　16 开本　15.5 印张　238 千字 2018 年 3 月第 1 版　2019 年 5 月第 2 次印刷
定　　　价	62.00 元

未经许可，不得以任何方式复制或抄袭本书之部分或全部内容。
版权所有，侵权必究
举报电话：010-62752024　电子信箱：fd@pup.pku.edu.cn
图书如有印装质量问题，请与出版部联系，电话：010-62756370

总 序

语言是文化的重要组成部分,也是文化的载体。语言中有历史。

多元一体的中华文化,体现在我国丰富的民族文化和地域文化及其语言和方言之中。

北京是辽金元明清五代国都(辽时为陪都),千余年来,逐渐成为中华民族所公认的政治中心。北方多个少数民族文化与汉文化在这里碰撞、融合,产生出以汉文化为主体的、带有民族文化风味的特色文化。

现今的北京话是我国汉语方言和地域文化中极具特色的一支,它与辽金元明四代的北京话是否有直接继承关系还不是十分清楚。但可以肯定的是,它与清代以来旗人语言文化与汉人语言文化的彼此交融有直接关系。再往前追溯,旗人与汉人语言文化的接触与交融在入关前已经十分深刻。本丛书收集整理的这些语料直接反映了清代以来北京话、京味文化的发展变化。

早期北京话有独特的历史传承和文化底蕴,于中华文化、历史有特别的意义。

一者,这一时期的北京历经满汉双语共存、双语互协而新生出的汉语方言——北京话,它最终成为我国民族共同语(普通话)的基础方言。这一过程是中华多元一体文化自然形成的诸过程之一,对于了解形成中华文化多元一体关系的具体进程有重要的价值。

二者,清代以来,北京曾历经数次重要的社会变动:清王朝的逐渐孱弱、八国联军的入侵、帝制覆灭和民国建立及其伴随的满汉关系变化、各路军阀的来来往往、日本侵略者的占领等等。在这些不同的社会环境下,北京人的构成有无重要变化?北京话和京味文化是否有变化?进一步地,地域方言和文化与自身的传承性或发展性有着什么样的关系?与社会变迁有着什么样的关系?清代以至民国时期早期北京话的语料为研究语言文化自身传承性与社会的关系提供了很好的素材。

了解历史才能更好地把握未来。中华人民共和国成立后，北京不仅是全国的政治中心，而且是全国的文化和科研中心，新的北京话和京味文化或正在形成。什么是老北京京味文化的精华？如何传承这些精华？为把握新的地域文化形成的规律，为传承地域文化的精华，必须对过去的地域文化的特色及其形成过程进行细致的研究和理性的分析。而近几十年来，各种新的传媒形式不断涌现，外来西方文化和国内其他地域文化的冲击越来越强烈，北京地区人口流动日趋频繁，老北京人逐渐分散，老北京话已几近消失。清代以来各个重要历史时期早期北京话语料的保护整理和研究迫在眉睫。

"早期北京话珍本典籍校释与研究（暨早期北京话文献数字化工程）"是北京大学中国语言学研究中心研究成果，由"早期北京话珍稀文献集成""早期北京话数据库"和"早期北京话研究书系"三部分组成。"集成"收录从清中叶到民国末年反映早期北京话面貌的珍稀文献并对内容加以整理，"数据库"为研究者分析语料提供便利，"研究书系"是在上述文献和数据库基础上对早期北京话的集中研究，反映了当前相关研究的最新进展。

本丛书可以为语言学、历史学、社会学、民俗学、文化学等多方面的研究提供素材。

愿本丛书的出版为中华优秀文化的传承做出贡献！

王洪君、郭锐、刘云
2016年10月

"早期北京话珍稀文献集成"序

清民两代是北京话走向成熟的关键阶段。从汉语史的角度看，这是一个承前启后的重要时期，而成熟后的北京话又开始为当代汉民族共同语——普通话源源不断地提供着养分。蒋绍愚先生对此有着深刻的认识："特别是清初到19世纪末这一段的汉语，虽然按分期来说是属于现代汉语而不属于近代汉语，但这一段的语言（语法，尤其是词汇）和'五四'以后的语言（通常所说的'现代汉语'就是指'五四'以后的语言）还有若干不同，研究这一段语言对于研究近代汉语是如何发展到'五四'以后的语言是很有价值的。"（《近代汉语研究概要》，北京大学出版社，2005年）然而国内的早期北京话研究并不尽如人意，在重视程度和材料发掘力度上都要落后于日本同行。自1876年至1945年间，日本汉语教学的目的语转向当时的北京话，因此留下了大批的北京话教材，这为其早期北京话研究提供了材料支撑。作为日本北京话研究的奠基者，太田辰夫先生非常重视新语料的发掘，很早就利用了《小额》《北京》等京味儿小说材料。这种治学理念得到了很好的传承，之后，日本陆续影印出版了《中国语学资料丛刊》《中国语教本类集成》《清民语料》等资料汇编，给研究带来了便利。

新材料的发掘是学术研究的源头活水。陈寅恪《〈敦煌劫馀录〉序》有云："一时代之学术，必有其新材料与新问题。取用此材料，以研求问题，则为此时代学术之新潮流。"我们的研究要想取得突破，必须打破材料桎梏。在具体思路上，一方面要拓展视野，关注"异族之故书"，深度利用好朝鲜、日本、泰西诸国作者所主导编纂的早期北京话教本；另一方面，更要利用本土优势，在"吾国之旧籍"中深入挖掘，官话正音教本、满汉合璧教本、京味儿小说、曲艺剧本等新类型语料大有文章可做。在明确了思路之后，我们从2004年开始了前期的准备工作，在北京大学中国语言学研究中心的大力支持下，早期北京话的挖掘整理工作于2007年正式启动。本次推出的"早期北京话珍稀文献集成"是阶段性成果之一，总体设计上"取异族之故书与吾国之旧籍互相补正"，共分"日本北京话教科书汇编""朝鲜日据时期汉语会话书汇编""西人北京话教科书汇编""清代满汉合璧文献萃编""清代官话正音文献""十全福""清末民初京味儿小说书系""清末民初京味儿时评书系"八个系列，胪列如下：

"日本北京话教科书汇编"于日本早期北京话会话书、综合教科书、改编读物和风俗纪闻读物中精选出《燕京妇语》《四声联珠》《华语跬步》《官话指南》《改订官话指南》《亚细亚言语集》《京华事略》《北京纪闻》《北京风土编》《北京风俗问答》《北京事情》《伊苏普喻言》《搜奇新编》《今古奇观》等二十余部作品。这些教材是日本早期北京话教学活动的缩影，也是研究早期北京方言、民俗、史地问题的宝贵资料。本系列的编纂得到了日本学界的大力帮助。冰野善宽、内田庆市、太田斋、鳟泽彰夫诸先生在书影拍摄方面给予了诸多帮助。书中日语例言、日语小引的翻译得到了竹越孝先生的悉心指导，在此深表谢忱。

"朝鲜日据时期汉语会话书汇编"由韩国著名汉学家朴在渊教授和金雅瑛博士校注，收入《改正增补汉语独学》《修正独习汉语指南》《高等官话华语精选》《官话华语教范》《速修汉语自通》《速修汉语大成》《无先生速修中国语自通》《官话标准：短期速修中国语自通》《中语大全》《"内鲜满"最速成中国语自通》等十余部日据时期（1910年至1945年）朝鲜教材。这批教材既是对《老乞大》《朴通事》的传承，又深受日本早期北京话教学活动的影响。在中韩语言史、文化史研究中，日据时期是近现代过渡的重要时期，这些资料具有多方面的研究价值。

"西人北京话教科书汇编"收录了《语言自迩集》《官话类编》等十余部西人编纂教材。这些西方作者多受过语言学训练，他们用印欧语的眼光考量汉语，解释汉语语法现象，设计记音符号系统，对早期北京话语音、词汇、语法面貌的描写要比本土文献更为精准。感谢郭锐老师提供了《官话类编》《北京话语音读本》和《汉语口语初级读本》的底本,《寻津录》、《语言自迩集》(第一版、第二版)、《汉英北京官话词汇》、《华语入门》等底本由北京大学图书馆特藏部提供,谨致谢忱。《华英文义津逮》《言语声片》为笔者从海外购回,其中最为珍贵的是老舍先生在伦敦东方学院执教期间,与英国学者共同编写的教材——《言语声片》。教材共分两卷:第一卷为英文卷,用英语讲授汉语,用音标标注课文的读音;第二卷为汉字卷。《言语声片》采用先用英语导入,再学习汉字的教学方法讲授汉语口语,是世界上第一部有声汉语教材。书中汉字均由老舍先生亲笔书写,全书由老舍先生录音,共十六张唱片,京韵十足,殊为珍贵。

上述三类"异族之故书"经江蓝生、张卫东、汪维辉、张美兰、李无未、王顺洪、张西平、鲁健骥、王澧华诸先生介绍,已经进入学界视野,对北京话研究和对外汉语教学史研究产生了很大的推动作用。我们希望将更多的域外经典北京话教本引入进来,考虑到日本卷和朝鲜卷中很多抄本字迹潦草,难以辨认,而刻本、印本中也存在着大量的异体字和俗字,重排点校注释的出版形式更利于研究者利用,这也是前文"深度利用"的含义所在。

对"吾国之旧籍"挖掘整理的成果,则体现在下面五个系列中:

"清代满汉合璧文献萃编"收入《清文启蒙》《清话问答四十条》《清文指要》《续编兼汉清文指要》《庸言知旨》《满汉成语对待》《清文接字》《重刻清文虚字指南编》等十余部经典满汉合璧文献。入关以后,在汉语这一强势语言的影响下,熟习满语的满人越来越少,故雍正以降,出现了一批用当时的北京话注释翻译的满语会话书和语法书。这批教科书的目的本是教授旗人学习满语,却无意中成为了早期北京话的珍贵记录。"清代满汉合璧文献萃编"首次对这批文献进行了大规模整理,不仅对北京话溯源和满汉语言接触研究具有重要意义,也将为满语研究和满语教学创造极大便利。由于底本多为善本古籍,研究者不易见到,在北京大学图书馆古籍部和日本神户市外国语大学竹越孝教授的大力协助下,"萃编"将以重排点校加影印的形式出版。

"清代官话正音文献"收入《正音撮要》(高静亭著)和《正音咀华》

（莎彝尊著）两种代表著作。雍正六年(1728)，雍正谕令福建、广东两省推行官话，福建为此还专门设立了正音书馆。这一"正音"运动的直接影响就是以《正音撮要》和《正音咀华》为代表的一批官话正音教材的问世。这些书的作者或为旗人，或寓居京城多年，书中保留着大量北京话词汇和口语材料，具有极高的研究价值。沈国威先生和侯兴泉先生对底本搜集助力良多，特此致谢。

《十全福》是北京大学图书馆藏《程砚秋玉霜簃戏曲珍本》之一种，为同治元年陈金雀抄本。陈晓博士发现该传奇虽为昆腔戏，念白却多为京话，较为罕见。

以上三个系列均为古籍，且不乏善本，研究者不容易接触到，因此我们提供了影印全文。

总体来说，由于言文不一，清代的本土北京话语料数量较少。而到了清末民初，风气渐开，情况有了很大变化。彭翼仲、文实权、蔡友梅等一批北京爱国知识分子通过开办白话报来"开启民智""改良社会"。著名爱国报人彭翼仲在《京话日报》的发刊词中这样写道："本报为输进文明、改良风俗，以开通社会多数人之智识为宗旨。故通幅概用京话，以浅显之笔，达朴实之理，纪紧要之事，务令雅俗共赏，妇稚咸宜。"在当时北京白话报刊的诸多栏目中，最受市民欢迎的当属京味儿小说连载和《益世余谭》之类的评论栏目，语言极为地道。

"清末民初京味儿小说书系"首次对以蔡友梅、冷佛、徐剑胆、儒丐、勋锐为代表的晚清民国京味儿作家群及作品进行系统挖掘和整理，从千余部京味儿小说中萃取代表作家的代表作品，并加以点校注释。该作家群活跃于清末民初，以报纸为阵地，以小说为工具，开展了一场轰轰烈烈的底层启蒙运动，为新文化运动的兴起打下了一定的群众基础，他们的作品对老舍等京味儿小说大家的创作产生了积极影响。本系列的问世亦将为文学史和思想史研究提供议题。于润琦、方梅、陈清茹、雷晓彤诸先生为本系列提供了部分底本或馆藏线索，首都图书馆历史文献阅览室、天津图书馆、国家图书馆提供了极大便利，谨致谢意！

"清末民初京味儿时评书系"则收入《益世余谭》和《益世余墨》，均系著名京味儿小说家蔡友梅在民初报章上发表的专栏时评，由日本岐阜圣德学园大学刘一之教授、矢野贺子教授校注。

这一时期存世的报载北京话语料口语化程度高，且总量庞大，但发掘和整理却殊为不易，称得上"珍稀"二字。一方面，由于报载小说等栏目的流行，外地作者也加入了京味儿小说创作行列，五花八门的笔名背后还需考证作者是否为京籍，以蔡友梅为例，其真名为蔡松龄，查明的笔名还有损、损公、退化、亦我、梅蒐、老梅、今睿等。另一方面，这些作者的作品多为急就章，文字错讹很多，并且鲜有单行本存世，老报纸残损老化的情况日益严重，整理的难度可想而知。

上述八个系列在某种程度上填补了相关领域的空白。由于各个系列在内容、体例、出版年代和出版形式上都存在较大的差异，我们在整理时借鉴《朝鲜时代汉语教科书丛刊续编》《〈清文指要〉汇校与语言研究》等语言类古籍的整理体例，结合各个系列自身特点和读者需求，灵活制定体例。"清末民初京味儿小说书系"和"清末民初京味儿时评书系"年代较近，读者群体更为广泛，经过多方调研和反复讨论，我们决定在整理时使用简体横排的形式，尽可能同时满足专业研究者和普通读者的需求。"清代满汉合璧文献萃编""清代官话正音文献"等系列整理时则采用繁体。"早期北京话珍稀文献集成"总计六十余册，总字数近千万字，称得上是工程浩大，由于我们能力有限，体例和校注中难免会有疏漏，加之受客观条件所限，一些拟定的重要书目本次无法收入，还望读者多多谅解。

"早期北京话珍稀文献集成"可以说是中日韩三国学者通力合作的结晶，得到了方方面面的帮助，我们还要感谢陆俭明、马真、蒋绍愚、江蓝生、崔希亮、方梅、张美兰、陈前瑞、赵日新、陈跃红、徐大军、张世方、李明、邓如冰、王强、陈保新诸先生的大力支持，感谢北京大学图书馆的协助以及萧群书记的热心协调。"集成"的编纂队伍以青年学者为主，经验不足，两位丛书总主编倾注了大量心血。王洪君老师不仅在经费和资料上提供保障，还积极扶掖新进,"我们搭台,你们年轻人唱戏"的话语令人倍感温暖和鼓舞。郭锐老师在经费和人员上也予以了大力支持,不仅对体例制定、底本选定等具体工作进行了细致指导,还无私地将自己发现的新材料和新课题与大家分享,令人钦佩。"集成"能够顺利出版还要特别感谢国家出版基金规划管理办公室的支持以及北京大学出版社王明舟社长、张凤珠副总编的精心策划,感谢汉语编辑室杜若明、邓晓霞、张弘泓、宋立文等老师所付出的辛劳。需要感谢的师友还有很多,在此一并致以诚挚的谢意。

"上穷碧落下黄泉,动手动脚找东西",我们不奢望引领"时代学术之新潮流",惟愿能给研究者带来一些便利,免去一些奔波之苦,这也是我们向所有关心帮助过"早期北京话珍稀文献集成"的人士致以的最诚挚的谢意。

刘　云

2015年6月23日

于对外经贸大学求索楼

2016年4月19日

改定于润泽公馆

"清末民初京味儿小说书系"序

清末民初是一个急剧变革的时代，这一时期的小说创作，在中国小说史上呈现出空前兴盛的局面。从同治十一年（1872）《瀛寰琐记》发表蠡勺居士翻译的英人小说《昕夕闲谈》起，至五四运动之前，发表小说近两万种。其中译作约有三千二百种，余下的创作小说约有一万六千余种，其中短篇小说万余篇。由于行世的单行本并不多见，相当多的作品未能进入研究者的视野。阿英的《晚清戏曲小说目》只收千余种成书，而其中大部分是译作，创作不过近四百种。这个时期的小说可谓门类繁多，有政治小说、军事小说、教育小说、纪实小说、社会小说、言情小说、警世小说、笑话小说、侦探小说、武侠小说、爱国小说、伦理小说、科学小说、家庭小说、法律小说、广告小说、商业小说、历史小说、迷信小说、拆白党小说等二百多种。尽管这些冠名不够科学，但毕竟反映了当时小说分类的实际情况，创作的繁荣局面也可见一斑。

清末民初小说的繁荣与当时大量刊行的文艺及白话报刊分不开。这时期的文艺报刊蕴育了一大批有才华的小说翻译家和作家。当时的南方文坛（上海、苏州、杭州一带），活跃着李伯元、吴趼人、欧阳矩源、曾朴、梁启超、苏曼殊、包天笑、周瘦鹃、陈蝶仙、王钝根、王西神、徐枕亚、蒋箸超、吴双热、刘铁冷、李涵秋、李定夷、陈冷血、黄山民、胡寄尘等一大批作家。他们与当时的《新小说》《绣像小说》《新新小说》《月月小说》《游戏杂志》《民权素》《小说林》《小说海》《娱闲录》《礼拜六》《小说大观》《小说时报》《小说丛报》《小说新报》《小说月报》《妇女杂志》《中华小说界》等著名文艺期刊有着十分密切的关系。他们不是杂志的主撰，就是杂志的笔政或特约撰述，对当时南方文坛的繁荣做出了不小的贡献。

其实，同一时期的北方文坛也不寂寞，仅京津地区就涌现出几十种白话报，知名的有《京话日报》《爱国白话报》《白话国强报》《竹园白话报》《天津白话报》《北京爱国报》《小公报》等十多种。这些白话报培育了损公（蔡友梅）、剑胆、丁竹园（国珍）、冷佛、儒丐、市隐、湛引铭、耀公、耀亭、铁庵、尹虞初、钱一蟹等一批京味儿小说作家。他们谙熟京师的逸闻掌故、风土人情，写出地道的京味儿小说，展现了一幅幅清末民初古都北京的风俗画卷，为研究北京悠久的历史文化留下了十分难得的史料。

这里顺便提及京味儿小说的版本情况。京味儿小说有四种开本，分别近似现在的十六开、三十二开、四十八开和六十四开。这些京味儿小说均用当时旧报纸印刷，且折页装订。折页内有说明版本情况的文字，可以窥见该书的出版情况。如奇情小说《意外缘》的内折页上有"白话国强报"字样，可以得知该小说为"国强报馆"刊行；同页上端有"本馆开设在北京宣武门外海北寺街西头路北"等文字，由此可以得知《国强报》的馆址；同页左侧竖排"旧历年次戊午年六月十二日""中华民国七年七月十九日"等文字，由此可以得知此报的出版年代及时间。因笔者收藏有一些这类剪报本小说，方可知晓当时一些京味儿小说的版本情况。出版这类小说的报馆还有京话日报馆、爱国白话报馆、北京正宗爱国报馆、竹园白话报馆等。

另外，《京话日报》还出版过名为"新鲜滋味"的系列小说。笔者见过的"新鲜滋味"系列小说，有《一壶醋》《赵三黑》《贞魂义魄》《花甲姻缘》《苦鸳鸯》《文字狱》《王来保》等三四十种。

正是由于白话报刊蕴育的职业小说作家的出现，才使得当时的南北文坛异常活跃。在清末民初的北京文坛，以彭翼仲为首的著名报人，用白话报为小说家们开辟了施展才华的广阔舞台，以损公、剑胆、冷佛、儒丐为代表的京味儿小说家崭露头角，创作出数以千计的京味儿文学作品，受到京津地区广大市民的热烈追捧，他们的创作实绩也成为京味儿文学发展史上浓墨重彩的一笔。

清末民初的京味儿小说有它的特殊性。首先，这些小说家多为记者，兼职从事小说创作。他们充分地享用报纸这一平台，而很少去利用杂志这种传媒，因为当时北京的杂志还很少见。损公、剑胆、冷佛等小说作者都活跃在报界，而这些报纸很少披露他们的生平及创作活动，致使读者对他们的身世背景知之甚少。其次，由于报纸的时效性和纪实性极强，读者由此想得知更多新奇的故事及新的小说，并不十分关注小说作者个人的身世背景。因此，也就难怪一些文史学家对他们的文学创作活动不甚了解了。

一、清民之际的知名报人及京味儿小说家

经过多年的寻觅，笔者搜集到了数量相当可观的剪报本样式的京味儿小说，并从一些小说的序跋和当时的文献中寻觅到蛛丝马迹，得以知晓作家的些许身世背景，胪列如下：

1. 关于彭翼仲

彭翼仲（1864—1921），清末民初的著名报人，长洲（今江苏苏州）人，祖居葑门砖桥，是当地的名门望族。彭翼仲生于京师，长于京师，1902年在北京创办《启蒙学报》，内容多涉历史、地理及自然科学知识，间附插图，旨在启迪民智，1904年停刊。同年8月，彭翼仲创办《京话日报》，他在"创刊号"中称报纸将"输进文明，改良风俗，以开通社会多数人之智识为宗旨"。报纸设有要紧新闻、本京新闻、各国新闻、宫门钞、告示、专电、演说、时事新歌、小说、讲书等栏目，通篇全用白话，极受民众欢迎。

彭翼仲是清末京味儿小说得以发展的大功臣，他使京味儿小说有了自己的舞台，得以蓬勃发展。在损公小说《姑作婆》的开头有一段话叙写彭翼仲：

> 在下于十年前，在本报上，也曾效过微劳，自打本报复活之后，因为事忙鲜暇，就说没功夫儿帮忙。头两天去瞧彭二哥（我一个人儿的），因为本报副张要换小说，特约我帮助帮助（要唱《忠孝全》），真有交情，不能不认可。损公的玩艺，在别的报上，也请教过诸位，有无滋味，也不必自夸，也无须退让，反正瞧过的知道。至于我们翼仲二哥，从前在专制羁縻之下，总可以说是

言论界的泰斗，办报开山的人物，已然消声匿迹，中道逃禅。这次冯妇下车，实是维持亡友的一片苦心。老头子五十多岁啦，现在又受这份罪，真得让人佩服。

彭翼仲作为北京白话报界的开山祖师，也亲自进行创作，如《活鲼角》《鬼社会》等。正是在他的直接倡导下，才涌现出一批京味儿小说作家，使得京味儿小说在民国初年有了持续的发展，从而为现代京味儿小说的繁荣打下了坚实的基础。

2. 关于损公

据刘云和王金花考证，损公本名蔡松龄，号友梅，生于1872年，卒于1921年，由《北京报纸小史》《蔡省吾先生事略》等资料可知，损公是《燕市货声》作者蔡绳格之侄，为汉军旗人，有清世族。光绪三十三年（1907）他创办《进化报》，连载社会小说《小额》。这部小说单行本流落至海外，后辗转回到国内，受到海内外研究者关注。

在当时的奇情小说《意外缘》的结尾有一段话谈及蔡友梅：

> 现在因本报销路飞涨，惟恐不足以飨阅报诸君，特约请报界著名巨子小说大家蔡友梅先生，别号损公，担任本栏小说，自明天起改登社会小说《烂肉面》。其中滋味深奥，足为阅者一快。

当时的读者"壶波生"也给予他高度的评价："北方小说多从评话脱胎，庄谐并出，虽无蕴藉含蓄之致，颇足为快心醒睡之资。此中能手，以蔡友梅为最，今死已七年，无有能继之者矣。"由此不难看出损公在当时北京小说界的地位。

据初步查考，蔡友梅在《益世报》《顺天时报》《京话日报》《国强报》等报纸上登载的小说多达百余种，其中仅在《京话日报》连载的"新鲜滋味"系列小说就有二十七种，笔者亲见的有二十六种，它们分别是：《姑作婆》《苦哥哥》《理学周》《麻花刘》《库缎眼》《刘军门》《苦鸳鸯》《张二奎》

《一壶醋》《铁王三》《花甲姻缘》《鬼吹灯》《赵三黑》《张文斌》《搜救孤》《王遁世》《小蝎子》《曹二更》《董新心》《非慈论》《贞魂义魄》《回头岸》《方圆头》《酒之害》《五人义》《鬼社会》。这个系列与《小额》是蔡友梅的代表作。

3. 关于剑胆

剑胆本名徐济,笔名亚铃、哑铃、涤尘、自了生。管翼贤在《北京报纸小史》对其有过介绍:"徐仰宸,笔名剑胆。三十年来,在各报著小说,其数量不可计,堪称报界小说权威者。"剑胆恐怕是清末民初最为高产的作家之一,四十余载笔耕不辍,在《正宗爱国报》《蒙学报》《京话日报》《北京小公报》《实报》《北京白话报》《顺天时报》等报纸上连载小说,数量极为惊人。其存世作品的数量也较可观。笔者亲见的有:《花鞋成老》《阜大奶奶》《何喜珠》《劫后再生录》《李傻子》《张铁汉》《黑籍魂》《新黄粱梦》《贾孝廉》《杨结石》《王来保》《白狼》《文字狱》《七妻之议员》《文艳王》《刘二爷》《玉碎珠沉记》《石宝龟》《自由潮》《血金刀》《如是观》《李五奶奶》《妓中侠》《姐妹易嫁》《卖国奴》《金三多》《宦海大冤狱》《冒官始末记》《皇帝祸》《恶魔记》《张古董》《锺德祥》《淫毒奇案》《杨翠喜》《错中错》《衢州案》等。

在民初的北京文坛,他是与蔡友梅并驾齐驱的京味儿小说大家,是各家报纸吸引读者的金字招牌。

4. 关于儒丐和冷佛

除了蔡友梅的《小额》外,还有两部京味儿小说受到学界较多关注:一部是儒丐的《北京》,一部是冷佛的《春阿氏》。这两部作品的作者颇多共同之处:均是旗人出身,都以中长篇小说见长,后均因故避走东北,为东北现代文学的发展做出巨大贡献。

据张菊玲先生考证,儒丐原名穆都哩,号辰公,字六田,曾公派赴日本早稻田大学留学，不想刚学成归来，清朝已灭亡。儒丐先是加入《国华报》当编辑，开始了报人兼小说家生涯，后长期在沈阳《盛京时报》工作，发表了大量翻译作品、小说、戏评和时评，其代表作品有《北京》《徐生自传》《同命鸳鸯》等，其中《北京》的影响最大。该小说带有明显的自传性质，讲述《大华日报》编辑伯雍所亲历的民国各界之龌龊现象，小说中底层旗人的悲惨遭遇颇令人扼腕。

冷佛，本名王绮，又名王咏湘，隶内务府旗籍。夏守跛在《井里尸》序中云："……往者吾读元明以来诸说部，窃怪以彼之才，而所记者，非家庭酬应琐屑之常词，即怪诞自喜之作，其足以羽翼史书者何少也。及读《春阿氏》《未了缘》两书，于是始知有冷佛其人者。书虽未脱元明以来之故辙，而文笔之雄伟，固已超越之矣。今夏又为《井里尸》一书，索而观之，奇辟宏肆，奚只元明魏晋以来所仅见。"

由以上文字可知，冷佛的白话小说创作除了《春阿氏》外，还有《未了缘》《井里尸》等作品。笔者亲见的作品还有哀情小说《小红楼》(又名《隔梦园》)以及侦探小说《侦探奇谈》。冷佛不仅擅写白话小说，还工文言小说。志怪小说《蓬窗志异》即用文言写就，可见冷佛深厚的文言功底。

5. 关于尹箴明和湛引铭

在清末民初的北京文坛，用地道的北京土语改写《聊斋志异》是一道独特的风景，延续时间之长，参与者之众，令人叹为观止。在报纸上连载的此类小说多以"评讲聊斋""讲演聊斋"命名，编著者熟悉北京的掌故旧闻，亦有一定旧学基础，不乏遗老宗室参与其中，湛引铭就是其中的佼佼者。

孟兆臣先生在《实事白话报》中发掘出一则重要材料，转引如下："湛引铭者，暂隐名也，乃清季之贵族，胜朝之遗老也。民国后，改署尹箴明，在《群强报》上编辑白话《聊斋》，标题加用'评讲'二字，署款改用尹箴明，取隐真名之意。前之所用'湛'者，尚有暂时之意。后之所以用'尹'者，则绝对不谈真名，而实行隐去也。"管翼贤《北京报纸小史》云："勋荩臣，著白话《聊斋》,刊《群强报》。"孟兆臣先生查《群强报》只有尹箴明一人写《聊斋》,进而判断尹箴明就是勋茞臣。

二、北京话与京味儿小说

一般的小说史家常跳过清末民初这一段:讲中国小说史,即在《儿女英雄传》之后,就直接讲鲁迅的小说创作;而讲京味儿小说的,则由《儿女英雄传》之后直接讲老舍的早期小说创作,似乎在清代的《红楼梦》《儿女英雄传》与民国年间老舍的《骆驼祥子》之间,留有一个空档。事实上,京味儿小说的发展源远流长,从未断流,蔡友梅、剑胆、冷佛、儒丐等京味儿作家的创作实绩构成了承上启下的重要一环。

清末民初的京味儿小说不仅生动地描绘了当时的市井风情、满汉风俗,还保留了大量的老北京口语、俗语和歇后语,为后人留下了十分珍贵的语言史料。在某种意义上讲,这些京味儿小说的语言就是一部老北京话的百科全书。时至今日,越来越多的京味儿小说重见天日,我们就绝不能再三缄其口,应正视现实和历史,重新审视清末民初的北京文坛,大力张扬这批京味儿小说家的历史功绩,深入发掘这批作品的文学价值和语言价值,为京味儿文学未来的发展提供更多养分,为北京话的研究和传承夯实基础。

我与刘云认识多年,两人很是投缘,都对京味儿小说兴趣浓烈。我是个北京土著,从小听奶奶唱:"小小子儿,坐门墩儿,哭着喊着要媳妇儿……"长大后,我对北京有着一种天生的情结,爱北京的一切,自然也爱"京味儿小说"。从老舍的京味儿小说,再到清末民初的蔡友梅、徐剑胆、王冷佛等人的京味儿小说,我已关注多年,也写了一些相关的文章。对于我,这似乎是顺理成章的事情。

而刘云却是个南方的青年才俊,他到北大读书,攻读博士,不知什么缘由,却爱上了北京,爱上了京味儿小说。从此,他一发而不可收。多年来,他一直发掘、梳理京味儿小说作家作品,辛勤拓荒,成绩斐然,陆续发表了一些很有见地的文章,着实令人钦佩!

近年来，刘云带领着他的年轻团队，对清末民初的京味儿小说加以整理、点校、注释，这实是功德一件。在当今热闹喧嚣的社会氛围中，刘云一行人，费劲巴拉地甘愿坐冷板凳，完成了近二百万字的点校注释工程，真真可圈可点！

我愿在他们的科研成果即将问世之际，说几句心里话，为他们的学术硕果感到由衷的欣喜，同时祝愿他们的学术成绩更上一层楼。

丁酉夏月

于润琦

于京师·祥云轩

整理说明

清末民初，蔡友梅、徐剑胆等京籍报人小说家的创作为京味儿文学发展史添上了浓墨重彩的一笔，在生动展现旧京市井生活画卷的同时，也为早期北京话研究留下了珍贵的第一手资料。本卷一共整理出49部代表作品，胪列如下：

1. 穆儒丐：《北京》；
2. 王冷佛：《春阿氏》；
3. 尹箴明：《曾友于》《花姑子》《婴宁》《胭脂》《凤仙》（这5部小说都为一册，题名《评讲聊斋》）；
4. 湛引铭：《陈锡九》《细侯》《青蛙神》《云翠仙》《夜叉国》（这5部小说都为一册，题名《讲演聊斋》）；
5. 徐剑胆：《花鞋成老》《阜大奶奶》《何喜珠》《劫后再生录》《李傻子》《张铁汉》（这6部小说都为一册，题名《花鞋成老》）；
6. 蔡友梅：《小额》、《过新年》《土匪学生》《势力鬼》《苦家庭》（这4部小说都为一册，题名《过新年》）、《新鲜滋味》（共收入26篇短篇小说）。

这些作品曾于《进化报》《京话日报》《群强报》《顺天时报》《爱国白话报》《盛京时报》等报纸上逐日刊载，仅《小额》《春阿氏》《北京》等少数作品有单行本传世，多数作品是以剪报本或旧报纸的形式存世。由于多为急就章，作品中俗字别体和错讹之处颇多，为了方便读者使用，本卷采用以下整理体例：

1. 根据文意重新标点和断句，不完全依照底本。
2. 整理本采用简体横排，底本中的繁体字、异体字、俗字等一律改为简体正字。异体字和疑难字整理为书后的疑难字表，表中未被《第一批异体字整理表》收入的，加星号并在脚注中体现。

3. 底本中的错字、别字、脱漏、衍文、倒文等错讹之处在整理本中予以订正,并在脚注中体现,如"瞎辫"改为"瞎掰","甲钱粮"改为"马甲钱粮","四品戴顶"改为"四品顶戴"。

4. 底本中难以辨认的文字的用□表示。

5. 底本中存在着大量的异形词,如"皮气—脾气""合式—合适""名子—名字""绕湾—绕弯""傍边—旁边"等,这类现象在同时期作品中很常见,在一定程度上反映了当时的语言面貌。本卷原则上照录底本,并在脚注中体现。

6. 词义注释方面侧重北京口语词以及一些反映老北京风俗和文化的词语。有些口语词用例极少,词典也未收录,暂付阙如。

最后,感谢现代文学馆于润琦先生拨冗作序。本卷的编校工作由北京大学出版社唐娟华老师统筹,邓晓霞、崔蕊、任蕾、宋思佳、王铁军等责编老师也付出了大量心血;张伟、陈颖、徐大军、关思怡、王颖、郝晓焕、罗菲菲、魏新丽、赵旭、吴芸莉、旷涛群对本卷亦有贡献,在此一并深表谢忱。

编者
2017年11月

目 录

自 序 …………………………………………………………………… 1
凡 例 …………………………………………………………………… 2
序 …………………………………………………………………… 3
题 词 …………………………………………………………………… 4
题 辞 …………………………………………………………………… 5
弁 言 …………………………………………………………………… 7
赞 …………………………………………………………………… 8

第一回　酌美酒侠客谈心　洗孝衣佳人弹泪……………………… 1
第二回　劝孙妇委曲行情　死儿夫演成疑案……………………… 15
第三回　访案情乌公留意　听口供侠士生疑……………………… 27
第四回　验尸场抚尸大恸　白话报闲话不平……………………… 41
第五回　讯案由公堂饮恨　录实供外界指疵……………………… 52
第六回　春阿氏提署受刑　德树堂沿街访案……………………… 64
第七回　盖九城请究陈案　乌翼尉拘获原凶……………………… 77
第八回　验血迹普云入狱　行酒令秋水谈天……………………… 89
第九回　项慧甫侦视女监　宫道仁调查例案……………………… 101
第十回　露隐情母女相劝　结深怨姊妹生仇……………………… 112

第十一回	贾婆子夸富题亲	三蝶儿怜贫恤弟	124
第十二回	讲孝思病中慰母	论门第暗里题亲	137
第十三回	没奈何存心尽孝	不得已忍泪吞声	146
第十四回	宴新亲各萌意见	表侠义致起波澜	157
第十五回	聂玉吉树底哭亲	王长山旅中慰友	168
第十六回	阅判词伤心下泪	闻噩耗觅迹寻踪	179
第十七回	避弋鸟世外求仙	薄命人狱中绝粒	189
第十八回	述案由归功翼尉	慰幽魂别筑佳城	200

疑难字表 ………………………………………………………… 213

自 序

秦镜不明,难照泥犁之狱;慈航未渡,谁生孽海之花。市虎杯蛇,翻成信谳;贞珉介石,转起疑团。所以抱终天之恨者,竟致感而飞夏月之霜欤?春阿氏淑称窈窕,性属贞闲,苦同匏叶,悲夫之不良;节砺柏舟,叹母也天只。遂致歌诬赤凤,谗恶青蝇。可怜杞妇之心,尽作文姜之罪。虽固由法曹黑暗之所致,要亦婚礼结轖①之所蘖也。余素晢奇冤,演为稗乘。一枝秃竹,敢作燃犀;数卷残蒲,缘矜哀鹄。俾世之阅斯篇者,知审判之不可不慎,婚嫁之不可不纯也,云尔。

中华民国二年十二月十六日
冷佛序于爱国白话报社

---

① 结轖:比喻心中郁结不畅。结:䩞*。

凡　例

　　此书虽系实事，然既演为小说，当认作小说体例观，莫以当时实事，偶有出入时，责备编者。

　　此书由市隐先生日记所出，年月日期及承审官吏，皆从小说例，随笔撰拟。

　　此书虽系侦探小说，而写情记景，描述社会情形处，亦颇费力，阅者宜大注意。

　　此事已隔多年，春阿氏亦已死去，故从小说例，除重要人物，记其真名外，余皆托以假名。

　　此案真凶，虽经市隐先生侦明，而其中另有缘故，亦不得不隐真名，以存忠厚。

　　书中盖九城之秽史，不能详记，编者为矫正风俗起见，不能不力为贬斥。

　　春英之死，春阿氏之死，死时之光景何如，心理何如，编者既未目睹，万难悬揣，故借旁边枝叶，以描画之。

　　书中之讯词口供，虽系实事，而编述小说者，不能不略加煊染。

　　春阿氏一案，当时各报纸皆记其事，然有与事实抵牾者，不能不代为剖辨。

编者谨识

序

春阿氏一案，为近十年最大疑狱。京人知其事者，或以为贞，或以为淫；或视为不良，或代为不平。聚讼纷纭，莫明其真相也久矣。近阅市隐君所为日记，始知其人则可钦，可敬，可惊，可愕；其情则可以贯金石，泣鬼神；其理虽不出乎人情之中，而其事则实有出乎人人意料之外者。于是十年疑案，始得大白于世。爰嘱冷佛君，编为小说，按日排登本报附页，以公同好。世之览是篇者，以之释疑团也可，以之资儆鉴也亦可。

大兴马太璞序
中华民国二年十二月

题　词

黑暗难窥一线天,人间地狱倍堪怜;
诬将贞妇为淫妇,孽海谁能度大千?

五毒严加白玉身,曾为金谷堕楼人;
秋曹自是阎罗殿,莫把奇冤怨二亲。

无端冷佛发慈悲,铁案如山独抉疑;
一点心灯明暗室,特将信史作传奇。

倚剑倾醪阅此书,婚姻法律太糊涂;
愿将月老天缘簿,化作人间如意珠。

石君胜华题

题 辞

或问于天僧曰:"《春阿氏》小说,作者为谁?"天僧曰:"是冷佛,亦非冷佛。"

或问曰:"《春阿氏》小说,既已明知其作者,确定为冷佛矣,何以又云亦非冷佛?"天僧曰:"若无此春阿氏冤狱之事实,叫冷佛纵有五千枝生花笔,如何能够凭空结撰,作出这样哀哀艳艳沉沉痛痛的小说来?吾故云作者亦非冷佛。"

或问曰:"然则此《春阿氏》之小说作者将归之阿谁?"天僧曰:"质而言之,非碧翁翁上之天公,果孰主宰?是吾读《春阿氏》小说,以是知造化小儿,播弄人类,颠倒之,祸福之,生死之;缧绁非罪之可怜虫,更不知有几许春阿氏!吾将欲痛哭,昂头一问,此苍苍者,应事无情乃尔,何苦多事乃尔!"

吾读《春阿氏》小说,始则为春阿氏不平,继反为春阿氏幸。

或问曰:"汝何为而不平?又何为而代为之幸?"天僧曰:"吾所以不平者,以其生前之遭遇舛迕也;吾所以代为之幸者,以其死后竟获此哓舌鼓唇、代鸣不平之热心小说家冷佛,为之一一宣写纸上也。"

禹域神州,大千世界,亘古亘今,过去现在未来,类春阿氏者多矣。惜乎其不遇我救苦救难佛菩萨之冷佛小说,一一为之表而出之也。

吾知佛菩萨冷佛,亦不欲天生春阿氏与春阿氏之境地,而竟罗搜其事实,成此令人不得增减一字之小说。

吾知佛、老、耶、回历历诸大宗教圣人之圣灵,在诸天上,必将皆大欢喜曰:"春阿氏在泉下,亦当感激冷佛。"天僧自猜《春阿氏》小说既出,春阿氏亦当在黄泉感斯喜喜斯,泣而向此佛菩萨小说家冷佛崩角稽首,顶礼无算。

读者当寒风打窗,苦雪堕地,一灯如豆,惨绿凄红之迢迢长夜,聚一家人,老的、少的、男的、女的、村的、俏的,围不灰木小火炉,演述此小说,担忧流涕时,脑筋系中亦应仿佛有一弱女子,伶娉无主,春阿氏之鬼魂在窗外,向读者鸣呜咽咽,如怨如诉,崩角稽首无算。

或又问曰:"似此佛菩萨冷佛小说家,能再作得出多少种类似《春阿氏》的小说来?"天僧曰:"是不可知。然吾宁愿冷佛永永不再作出此种好小说来;亦不愿天再生春阿氏及其冤狱。"

或又曰:"苟无好题目、真事实,能作出好文章来否?"天僧曰:"唯唯,否否,是必不能。"

请读者诸君读此《春阿氏》小说,而后乃今知天苟不生春阿氏与春阿氏之境地,将何从妄造此事实?冷佛更何从而作此天造地设之小说?即不佞亦何从而得此天造地设之题辞?

或又曰:"冷佛所作的《春阿氏》小说,谓为天造地设,犹可说也;天僧题辞,则未必不是剿袭圣叹外书故套。"天僧瞠目摇手,急急自辩曰:"天乎冤哉!然则圣叹又从何处钞来?"

中华民国二年十二月□日
天僧关当世题于燕市曼殊寄庐

弁　言

世之痴情儿女，因所志不遂，誓以生命殉之，以致横决溃裂，演为巨案者多矣，而尤莫奇于最近春阿氏一案。此案自发生之始，以至其终了，中间阅时甚久，法庭之研鞫，舆论之推测，耗尽多少心思，用尽多少力量，终无从窥其端绪。逮春阿氏瘐死狱底，而此中之真相，乃若随春阿氏遗蜕，玉葬香沉，永为殉物，终古无出现之一日矣，夫非最奇之事乎！

当此案之发现也，不佞曾应当事某公之托，以私人资格，数往调查。虽于此案情状，得其概要，究以尚有许多疑点，未敢遽信其不谬。会今春偶与天津大侦探家张君谈及此案，岂料张君曾任此案侦探专员，驻京三月，费无量数脑浆，始获其中真相，报告上而此案遂以终结。

据张君所述，其事之因因果果，虚虚实实，既足已使人惊愕不已；而其情之哀哀艳艳，沉沉痛痛，尤足以使人为悲悼，为之惋惜，终日不能去怀。盖此中情节，离离奇奇，远出寻常人意料之外。苟非张君之大聪明大智慧，又安得窥其底蕴乎？

因将张君之言，笔之于册，本拟编为小说，公诸世人，因事忽忽未果。顷为爱国白话报社太璞、冷佛两君所见，为之拍案称奇。冷佛愿任编撰之劳，而太璞更以登报为请，遂举此册畀之。夫此案则既奇矣，乃沉沦十载，竟假不佞与张君、冷佛、太璞数人之力，发现而流布之。恍若春阿氏之贞魂艳魄，散为千万化身，与阅者一一觌面，垂涕泣而道之。使知此案真相之所在，斯诚奇之又奇者矣。

兹当出版之初，爰述数语，弁诸简端，以志不佞与此书之因缘云尔。

民国二年十二月市隐题

赞

是佛花化身耶， 抑仙云谪梦耶？
何情劫之难逃， 而竟罹此鼠牙之讼也。

冷佛题

第一回　酌美酒侠客谈心　洗孝衣佳人弹泪

　　人世间事,最冤枉不过的,就是冤狱;最苦恼不过的,就是恶婚姻。这两件事,若是凑到一齐①,不必你身历②其境、自己当局,每听见旁人述说,就能够毛骨悚然,伤心堕泪。在前清末季,京城菊儿胡同③,有春阿氏谋杀亲夫一案,各处的传闻不一,报纸上新闻,也有纪④载失实的地方。现经市隐先生把此案的前前后后调查明确,并嘱余编作小说。余浣蔷读罢,始知这案中真像⑤,实在是可惊可愕、可哭可泣的事情。兹特稍加点缀,编为说部,想阅者诸君,亦必惊愕称奇,伤心堕泪也。
　　话说东城方巾巷,有一着⑥名侦探家,姓苏名市隐,性慷慨,好交游,生平不乐仕进,惟以诗酒自娱,好作社会上不平之鸣。这一日天气清和,要往地安门外访友。走至东四牌楼西马市地方,正欲雇车,忽然身背后有人唤道:"市隐先生,往那⑦里去?"市隐回头一看,正是至交的朋友原淡然。二人相见行礼,各道契阔。淡然道:"今日苏老兄,怎的⑧这般闲在⑨,这么热天,不在家中养静,要往那里去呀?"市隐道:"我是无事穷忙。天气很长⑩,在家里闷得荒⑪,要

---

① 一齐:一起。
② 历:厯＊。"厯"为"历"的繁体字"歷"的异体字。
③ 菊儿胡同:在安定门内,有路口通南锣鼓巷,后文又称"锣鼓巷小菊儿胡同"。
④ 纪:记。
⑤ 真像:真相。
⑥ 着:著。
⑦ 那:哪。
⑧ 的:地。
⑨ 闲在:闲散,空闲,无事可做。
⑩ 底本作"常"。
⑪ 荒:慌。

到后门①外访个朋友。不期于半路上遇见阁下,实没有旁的事。"淡然道:"苏兄既然没事,我们相遇甚巧,请同到普云楼上喝一点酒去。"说罢拉了市隐,复往东行。

二人一面说话,来到酒楼之上。要了酒菜,题②起北京风俗,愈趋愈下,纳妾的风俗,近年亦极其盛兴③。早先富贵人家,因为膝下无子,或是原配早亡,方才纳妾。今则无贫无富,皆以有妾为荣,闹的家庭礼法,不能严重④,这便如何是好。淡然道:"大哥的议论,果然不差。我在旗下⑤,有一个朋友。此人的姓名职业,姑且不题,现年已六十余岁,自己老不害臊,纳了一位小星⑥,年方一十六岁,闹得儿子儿媳妇,全都看不起父亲。自从这位如夫人⑦入门以来,时常的挑三握四⑧,闹些口舌。我那一位朋友,老来的身子,本来不济,近自纳妾之后,腰也弯了,行动也不爽利⑨了,只仗着红色补丸、自来血⑩,以及日光铁丸、人参牛乳等物,支持⑪调养。不知那一时,风儿一吹,就要呜呼不保了。这位如夫人,年纪又轻,又奸又巧,又风流又妖娆。您猜怎么著⑫?我这位旗下朋友,公正了一辈子,如今把绿头巾⑬一戴,还自认没有法子,你道这不是笑话儿吗?"

二人正说得高兴,忽见楼梯乱响,走上一人,手提一个包袱,穿一件春罗两截大褂,足下两只云履⑭,脖颈之后,搭拉⑮着一条松辫,年约三十左右,见了淡然在此,忙的请安问好。淡然亦忙还礼,让说请坐,又指着苏市隐,荐引道:"这是市隐,这是我普二弟。二位都不是外人,就在一处坐罢。"那人一面陪笑,把

---

① 后门:指北京的地安门,与前门相对,俗称"后门"。
② 题:提。
③ 盛兴:兴盛,盛行。
④ 严重:严肃,庄重。
⑤ 旗下:清代满族分为"八旗","旗下"是指旗里头。
⑥ 小星:姨太太,小妾。
⑦ 如夫人:小妾。
⑧ 挑三握四:也作"挑三窝四",指搬弄是非,挑拨离间。
⑨ 爽利:利索。
⑩ 自来血:当时一种极为畅销的国产补血药,由五洲大药房研制。
⑪ 支持:支撑。
⑫ 著:着。
⑬ 绿头巾:绿帽子,指配偶有婚外情。
⑭ 云履:汉服男鞋,也称"云头履"。
⑮ 搭拉:耷拉。

手中包袱放于一旁桌上。市隐一面让坐，拱手笑问道："贵旗是那一旗？"普二道："敝旗是镶黄满①。"又问市隐道："大哥府上是？"市隐道："舍下在方巾巷。"淡然要了杯箸，一面让酒，笑指那桌上道："二弟那包袱里，拿的是什么衣服？"普二道："我是好为人忙，这是给小菊儿胡同我们亲家那里赁的孝衣。"淡然诧异道："呦，小菊儿胡同，不是你们领催②文爷家么，怎么又是你亲家呢？"普二道："他的女儿，认我为义父，我们是干亲家。"淡然冷笑道："是的是的。光景③那位如人，是你的亲家儿罢？"普云红脸道："大哥不要胡说，这是那儿来的话哪？你这两盅酒，可真是喝不得。沾一点儿酒，就不是你了。"市隐坐在一旁，不知何事，也不好搀言陪笑，只好举杯让酒，又让着普二，脱了长④衣服，省得出汗。普二道："这是那儿来的事？你这舌头底下，真要压死人。"淡然冷笑道："二弟你不要瞒我，听说那文爷的如人，外号叫盖九城⑤，不知这话，可是真呀是假？"普二道："这个外号儿，却是久已就有。怎么你胡疑惑起来了呢？难道你看着兄弟就那们⑥下贱吗？"淡然陪笑道："二弟别着急，虽无实据，大概是事出有因。我记得盖九城姓范，原是个女混混儿，素在东直门某胡同里开设暗娼。你同着文爷，常到他家里去，既同文爷有交情，同你也交情不浅。从良的事情，我听着风言风语的，有你一半主张，难道这些事，还能瞒得了我吗？"说罢，理理胡须，哈哈大笑。

闹得普二脸上一红一白，笑向市隐道："您瞧我这位哥哥，可叫我说什么？平白无故的，弄得我满身箭眼。这真是杜康主动，四五子⑦指使的。"淡然道："兄弟也不要口强⑧，天下的事，没有不透风的篱笆。身子正，不怕影儿斜。现在你的名儿，跳在黄河里，也洗刷不清了。依着老哥哥劝你，这个嫌疑地方不可常去。外人的言言语语，任凭怎么掂量，事情却小。若是文先生，一犯疑心，再闹点儿醋脾气，恐怕你吃不了兜着走。当着苏大哥，他也不是外人。好端端

---

① 镶黄满：指满洲八旗中的镶黄旗，也说"镶黄满洲"。
② 领催："领"指"佐领"，领催是佐领下面的小官，满语为"拨什库"。
③ 光景：大概，估计。
④ 底本作"常"。
⑤ 九城：指明永乐十八年重修的北京内城九门，人们常以"九城""四九城"代指整个北京城。
⑥ 那们：那么。
⑦ 四五子：四五相加为九，与"酒"谐音，所以"四五子"是"酒"的隐语。
⑧ 口强：嘴硬。

的,你认个干女儿,是什么居心?"普二道:"大哥你又来啦!我们是同旗同牛录①,一个戥子②吃饷③,认一门子干亲,岂不更近乎了吗?"淡然拈须道:"是了是了,二弟如此嘴硬,我也不敢劝了。常言说的好,认干亲,没好心。恐怕这一句话,要应在二弟心里。"

普二红脸道:"大哥这句话,未免你骂人太过了。这一些话,要传到文爷耳里,我们弟兄交情,岂不闹生分④吗?"淡然冷笑道:"说话凑趣,你别认真。我同文大哥许久没见。三月里娶儿媳妇,也没得过去道喜。不知这位新媳妇是那儿的娘家?"普二道:"这位新媳妇,可实在不错,模样儿也好,活计也好,规矩礼行,尤其大方。只是过门以来,跟春英不甚对付。虽不致时常反目,深儿里头很不和气。也是我们本旗的姑娘,娘家姓阿,今年才十九岁。论他的举止,很趁⑤个福晋格格⑥,到了这二半破⑦的人家儿,就算完啦。太太婆春秋已高,大婆婆又碎嘴子。娶了这些日子,我去了几次,总看他好绉⑧眉毛。"淡然笑着道:"苏老兄您听听,方才说了半天,家里一纳小星,全都要毁。其实文大哥家里,我并不常去,据这们⑨悬揣⑩着,都是盖九城闹的。"

市隐听了半日,不知他二人所说究竟是那里的事,遂陪笑答道:"老弟所见,实在不假。其实这位文公,与我素不相识。若把盖九城弄到家去,可实在不稳当⑪,轻者改变家俗,重一重便出事故。我说话忒口直,不知普二哥以为然否?"普二道:"这话倒是不错,不过盖九城那个人,还不至于如此。论他的聪明伶巧,实出于常人之上。人要是明白,就不至于出毛病了。"淡然不待说完,接口笑着道:"普二弟你不用说啦,你这一片话,满都是不打自招。你与他有何

---

① 牛录:清八旗兵制,最初,每十人为一牛录,后扩大到每三百人为一牛录。
② 戥子:一种小型的秤,用来称金、银、药等分量小的东西。
③ 吃饷:凡旗人皆有钱粮,按月发放。
④ 生分:生疏。
⑤ 趁:充当,够资格。
⑥ 福晋格格:福晋,满语,指王爷的妻子。格格,指清代皇族的女儿。此处是说阿氏的行为举止很有教养,当福晋的女儿也完全够格。
⑦ 二半破:高不成低不就。
⑧ 绉:皱。
⑨ 这们:这么。
⑩ 悬揣:揣摩。
⑪ 稳当:妥当。

关系,替着他这样辩护?"普二道:"大哥你可不对,咱们这儿闲说话儿,你怎么胡挑字眼儿呀?"淡然放下酒盅,嗤嗤的笑个不住,望著市隐道:"听话要听音①儿,苏兄刚一说话,他就忙着辩护,这不是无私有弊吗?"

  普二冷笑道:"您说有事,我们就算有事。无论怎么说,我全都承认起来,又免得抬杠,又省得您不信,您道好不好?"说罢,把脸色沉下,提起酒壶来斟酒,让着市隐道:"咱们哥儿俩,先喝咱们的,我淡然大哥,爱说什么就说什么。咱们初次相会,市隐大哥,可不要过意②。常言说的好,人凭素行。要说盖九城,先前在家的时候,我的的确确常去。自从他跟了文爷,咱们是朋友相交,哥哥多么大,嫂子也多么大。再说句心腹话罢,若说这娘儿们没意,也是瞎话。而堂堂一个男子,行为上不分陇儿③,要说外场④的话,那还能交朋友吗?"市隐连口称是,又陪笑道:"淡然是借酒撒疯,你不要专听他的。我们弟兄,虽说是初次见面,我一见您的人性⑤,也不是那样人。"说罢,哈哈大笑,又让酒道:"普二哥也喝着,别跟他吵嘴了。"

  普二一面喝酒,觉着坐卧不安,唤过走堂的伙计,要了火烧馄饨,手拿着芭蕉扇,嗯嗯啦啦的扇⑥汗。市隐一面漱口,让着普二擦脸。三人揪住伙计,都掏出钱票来,要给酒资。普二扯住市隐,起誓发愿的不让给。淡然揪过伙计,给了两块洋钱,叫他拿下去再算。普二也不便再让,遂洗手漱口,忙着穿衣服。因为淡然说话,有些口重⑦地方,不好在此久坐,遂拱手谢了淡然,笑对市隐道:"二位如其有事,可以多坐一会儿。我这几件孝衣,他们是现在等穿,我也就不奉陪了。改天有工夫,赏兄弟一个信,咱们再聚会聚会。"说罢,就要下楼。市隐见此光景,不便挽留,少不得应酬几句,任其走去。

  普云借著酒气,颤颤巍巍的出了酒楼,拐过马市,顺着街西的墙阴凉,直往菊儿胡同,一路而来。到了文家门首⑧,正欲拍门,见里面走出一个小女孩儿

---

① 底本作"因"。
② 过意:在意。
③ 分陇儿:陇儿即垄儿,指田地中用以区分行间边界的高岗。分垄儿,即分开、隔开的意思。
④ 外场:指外面社会上的交往活动,也指爱交际、好面子,讲究礼数。
⑤ 人性:为人品性。
⑥ 扇:搧*。
⑦ 口重:说话伤人。
⑧ 门首:门口。

来,见了普二,笑嘻嘻的叫了一声"二叔",蹲身请了个安,正是文光之女二妞。普二道:"你阿妈①在家哪吗?"二妞遂高声嚷道:"奶奶②,我二叔来啦。"普二笑笑嘻嘻,拉了二妞的小手,一同走入。盖九城范氏听见普二来了,忙的掀起竹帘,迎了出来,笑嚷道:"你这嘴上没毛的人,真有点儿办事不牢。赁上几件孝衣,也值得这么费事。"普二陪笑道:"天儿这们热,我这两条腿,也是肉长的。你们坐在家里,别拿人当舍哥儿③。"一面说着,一面抢步而进,斜瞬④望着范氏,梳着两把旗头⑤,穿一身东洋花布的小裤褂,垂⑥露着胡色⑦洋绉的绣花汗巾,白袜花鞋,极为瘦小,脸上不施脂粉,淡扫蛾眉,越显着花容月貌,加上十分标致,笑迷唏的道:"这们一来,小大嫂子更透著外场⑧啦。"再欲说话时,忽听身背后娇声细气的唤道:"二叔您受累了。"普二忙的回顾,正是春英媳妇阿氏,梳著两把旗头,穿一件拖地长的蓝夏布大褂。论其容貌,有如桃李芬郁;望其举动,即有若冰霜凛⑨凛。见了普二回顾,恭恭敬敬的请了个安。普二忙的还礼,笑著道:"那儿来的话呢?自己爷儿们,这都是应该的。"阿氏低着头,垂手侍立。

文光的母亲瑞氏,文光的夫人托氏,亦自里屋迎出。普二挨次请安。托氏道:"一点儿眼力见儿⑩没有,你把二叔的包袱倒是接过来呀。"阿氏低头答应,接过包袱来,放于椅上,又忙着张罗茶水。普二一面说话儿,手拿着把芭蕉叶儿扇子,呼呼啦啦的乱扇。范氏道:"你把衣裳脱了罢,在这儿怕谁呀?常言说得好,暑热无君子。"普二撇嘴道:"那可不能。人家规规矩矩,一死儿的老八板儿⑪,那来的野叔公⑫,这么样儿撒野呀?"范氏不容分说,抢过来便替解钮儿。

---

① 阿妈:阿玛,满人称呼父亲为"阿玛"。
② 奶奶:满人称呼母亲为"奶奶"。
③ 舍哥儿:指命运不好、无人疼爱的人。
④ 斜瞬:斜视,斜眼看。
⑤ 旗头:指满族妇女的发式。
⑥ 垂:埀*。
⑦ 胡色:湖色。
⑧ 外场:此处指见外、生分。
⑨ 凛:凜*。
⑩ 眼力见儿:眼色。
⑪ 一死儿的老八板儿:一死儿,指固执。老八板儿,原指皮黄戏中每个唱段的第一句,都是八板,程式固定。此处形容拘谨守旧的人。
⑫ 野叔公:叔公,丈夫的叔叔。野叔公,指不讲规矩礼貌的叔公。

托氏道："二弟何用拘泥？你是他们老家儿①，怕他们作②什么？"范氏接声道："他这个老家儿，可有点称不起。刨去两头儿，除了闰月拢到一块儿，就没有人啦。除去他辈数大，就剩下媚来媚气的，那话儿……"说到此处，又缩住道："别磨烦③了，快些儿脱罢。"普二脱了衣服，笑而不语。

托氏打开包袱，因见孝衣很脏，又恐怕长短尺寸，不甚合式④，遂叫过阿氏来，叫他趁着太阳，全都浆洗出来，好预备明天穿。又向普二道："这又叫二弟费心，我们家的事，都累恳⑤您啦。"普二道："不要紧，不要紧，他们那儿没人，这两天有工夫，我还给熬夜⑥去呢。"托氏道："吙⑦，那可了不得，死鬼有什么好处，那样儿捣荡⑧人。么一来，我们更担不起啦。"

普二一面陪笑，弥缝⑨着两只眼睛，连嚷好热。范氏哼了一声道："你横竖喝了酒啦！半天晌午⑩，就这们酒气喷人的，你可怎么好。你要觉着热，我们那水缸底下，镇着两个甜瓜儿哪，吃完了你躺一会儿，酒也就过去啦。"托氏道："那可别计⑪。夕照怪热的，还不如活动活动呢。"普二连声答应，一手拿了扇子，掀起竹帘来嚷道："喝，好凉快！"说罢，站⑫在窗外，望着院子花草，红石榴花开似火，玉簪等花含苞未放，只有洋杜鹃花儿，当着毒日之下，开得很是有趣。又见阿氏，拥着一个大盆，蹲在墙阴之下，花瑯⑬花瑯的，低头洗衣。那两腮香汗，好似桃花遇雨，娇滴滴的红里套白、白里透红。又兼他捥⑭起衣袖，露着雪白的两弯玉臂，那纤纤素手，放在水盆里面，仿佛柔荑玉笋一般清嫩。普

---

① 老家儿：长辈，尤其是父母尊亲。
② 作：做。
③ 磨烦：麻烦。
④ 合式：合适。
⑤ 累恳：麻烦。
⑥ 熬夜：这里指丧事守夜。
⑦ 吙：吙＊。
⑧ 捣荡：折腾，麻烦。
⑨ 弥缝：眯缝。
⑩ 晌午：中午，正午。
⑪ 别计：别介，北京土话，意思即别这样。
⑫ 站：跕＊。
⑬ 花瑯：哗啷。
⑭ 捥：挽。

二看了多时,阿氏头也不抬,只顾低头洗衣,一面扑簌^①簌的垂泪,好似有千愁万恨,郁郁不抒的神色。

普二不知何事,忙唤范氏道:"小嫂子你这儿来。"范氏应声而出。两人笑笑嘻嘻的,到了东房,范氏高声道:"喝,这屋里正在夕照,都赛过蒸笼了。"普二道:"咳,我问你一句话。"又悄声道:"这孩子因为什么又这么眼泪婆娑的?"范氏隔窗一望,看着阿氏站起,一面醒^②鼻涕,一面擦泪,眼泡儿^③已经红肿,好似桃儿一般。普二悄声道:"春英这孩子,没有那么大福气。若换个像儿是我……"范氏听至此处,回手拍的一掌,打的普二嗳哟一声,吓得院中阿氏不顾的^④搭晾衣服,屡向东房注目。范氏悄声道:"是你又怎么样?你也不是好东西,连一点儿良心渣子全都没有。"又怒着切齿道:"你不用拉扯我,喜爱怎么样,自要^⑤你不亏心,请随尊便就完啦。"普二悄声道:"你过于糊涂,我看这孩子的神气,满是二两五^⑥挑^⑦护军——假不指著的劲儿,一共有三句好话,管保就得喜欢。自要他开了窍儿,咱们的闲话口舌,也自然就没啦。"范氏不待说完,一手推开普二,赌气的冬冬^⑧跑出,问著阿氏道:"二妞那儿去啦?你瞧见没有?"阿氏迟了半日,娇声细气的道:"我二妹妹刚出去,这么好半天,我也没看见了。"又见东房普二,喜眉笑眼的走出,赤胸袒背,左边胳肢窝底下夹着芭蕉叶儿扇子,两手拿着甜瓜,站在范氏身后,胡乱往地上摔子儿,又装作女子声音道:"哟,大姐您不用张罗,我这儿自取了。"引的范氏并屋内托氏等,全都大笑起来。托氏掀帘道:"二兄弟直会招笑儿。毒花花^⑨的太阳,别在院里站着啦。"

正说着,外面走进一人,年约四十向外,两撇黑胡须,穿一件又短又肥的两

---

① 簌:簌*。
② 醒:擤。
③ 眼泡儿:眼袋。
④ 的:得。
⑤ 自要:只要。
⑥ 二两五:护军是守卫清宫的八旗兵,每月有四两饷银,层层克扣之后到手只剩二两五左右。旗人由于生计窘迫,都希望自己或家人能被挑中当上护军,但碍于面子,表面上还得装作无所谓。
⑦ 挑:充当。
⑧ 冬冬:咚咚。
⑨ 毒花花:形容太阳很大很毒。

截罗褂,一手提拉黄布小包袱,一手拿截白翎扇。普二在阳光之下,并未看清,走近一看,却是文光。普二放下辫子,忙的请安。文光笑嘻嘻的道:"二弟什么时候来的?不是天儿热,我还要找你去呢。"阿氏放了衣袖,掀起竹帘。二人一面说话儿,走进上房。范氏与阿氏等张罗茶水。

文光道:"咱们扎爷家里,闹得日月好紧,米跟银子都在碓房里掏啦。他的侄子,也是个孤苦伶仃的苦孩子,送了回技勇兵①,因为身量太小,验缺的时候就没能拿上。扎爷是挺着急,找了我好几次,跟我借钱,又叫我给他侄子弄分儿小钱粮儿②,他们好对付。你瞧这年月,可怎么好?你回去跟大哥题一声,我就不去啦。这都是积德的好事。"普二笑道:"你这当伯什户③的,真会行好。你直能那们慈悲吗?"文光一面脱衣服,嘻嘻的笑道:"嘿,咱们自己哥们,你别叫真儿④。"普二道:"那个不行。干干脆脆你请我听大戏,咱们大事全完。"文光点头答应,说请客是一定要请的。普二摇着扇子嘻嘻微笑。

忽的外间屋里,拍⑤的一声,又哗琅一声,仿佛什么器皿掉在地下砸坏的声音。文光忙的回头,只听托氏嚷道:"干点什么事,老不留神。幸亏没掉在脚上,不然这么热天,要烫着是玩艺儿⑥吗?这么大人,作什么没有马力脆⑦。几件子孝衣,就洗了这么半天儿,得亏天长,要是十月的天,什么事也不用干了。"范氏也冷笑道:"这么大人,连大正、二正全都不如。他们干什么还知道仔细⑧呢,你这是怎么了?"说的阿氏脸上立刻红涨起来,弯身捡了碎茶碗,羞羞涩涩的,只去低头倒茶。二正在一旁笑道:"呦,这们大人,还不懂得留神呢,呦!"说罢,以小手指头在脸上画羞字,又叫着阿氏道:"嫂子,你瞧这个。"羞的阿氏脸上立时紫涨,一面挨次送茶,连大气也不敢出。文光叱二正道:"这儿说你嫂子,碍著你什么啦?"又喝道:"去给我拿烟袋去。"二正答应一声,笑嘻嘻的去了。

---

① 技勇兵:八旗兵的一种。
② 钱粮儿:旗人当兵后,由朝廷定期发放米粮和银饷,是旱涝保收的铁饭碗。
③ 伯什户:也作"拨什库""百什户",即"领催"。
④ 叫真儿:较真。
⑤ 拍:啪。
⑥ 玩艺儿:玩意儿。
⑦ 马力脆:麻利脆,指动作迅速、干脆。
⑧ 仔细:小心。

本来阿氏心里正因为洗衣着急，今又偶一失神，砸了一个茶碗，若是两位婆婆因此责怪，尚不要紧，二正是小孩子脾气，又要在父母跟前撒娇显勤儿①，所以又唏落②两句。文光看不过去，遂申饬二正，叫他去取烟袋。然阿氏为人，虽是温顺女子，而性极刚强，遭了这场羞辱，不由的扭过头去，暗暗堕泪。范氏怒叱道："说你是好话，腆着脸还哭哪！趁着太阳，还不马力③洗去，难道还等着黑哪？"阿氏呜呜的答应，用手擦着眼泪，俯首而去。

　　托氏道："这们大人，连点儿羞臊也不知道。"普二忙劝道："得咧，大嫂子别碎发④啦，挺好的姑娘，叫您这个嘴就得委曲死。俗言说的好，人有生死，物有毁坏。这们点儿事，也值得这们样儿吗？"托氏陪笑道："二兄弟，你可不知道，我这分难处，没地方说去。十人见了，倒有九个人说，哟，您可有造化，儿子女儿儿媳妇，茶来伸手，饭来张口。那知道身历其境，我可就难死了。要说他们罢，是我作婆婆的厉害。这话是跟您说，咱们都不是外人。自从过门之后，他那扭头傍样⑤的地方多着哩。处处般般，没有我不张心⑥的。当着我婆婆，也不是我夸嘴，我作媳妇时候，没有这样造化。我要是说罢，还说我碎嘴子。"普二不待说完，笑拦道："您别比您那时候，那是雄黄年间⑦，如今是什么时候？俗语说的好，后浪催前浪，今人换古人。您作媳妇时候，难道那外国洋人也进城了吗？"说的托氏、瑞氏连文光范氏也都笑了。托氏道："二兄弟真会矫情。"普二道："嗳，不是我矫情。说话就得说理。别拿着有井那年的事来比如今。现在这维新的年头儿，挑分⑧拜喇甲⑨，都得打枪⑩。什么事要比起老年来，那如何是行的事？"

　　瑞氏亦叹道："二爷的话实在不错。作老家儿的，没有法子，睁半只眼，合

---

① 显勤儿：献殷勤，讨好。
② 唏落：奚落。
③ 马力：麻利。
④ 碎发：碎嘴。
⑤ 扭头傍样：形容不爱搭理人、不爱跟人说话的样子。
⑥ 张心：分心，劳神。
⑦ 雄黄年间：指年代很久远。
⑧ 挑分：挑缺，从各旗中挑选壮丁充当八旗兵丁，被选中的称为"披甲"。
⑨ 拜喇甲：护军。
⑩ 打枪：找枪手，选拔时找人替考。

半只眼,事也就过去啦。年轻的人儿,都有个火性。尽著碎咭咕①,他们小心眼儿里也是不愿意。本来那位亲家太太,就是这么一个女儿,要让他知道,怪对不过②他的。给的时候,就是勉强勉掇给的。娶著好媳妇,作婆婆也得会调理。婆婆不会调理,怎么也不行。我那时候,若是这么说你,管保你的脸上也显着下不来。是了也就是了,那孩子鲜花似的,像咱们这二半破的人家,终天际脚打脑杓③子,起早睡晚,做菜做饭的,就算是很好了。我说的这话,二爷想着是不是?"普二连连称是。托氏哼一声道:"像您这么着,更惯得上天了。"文光听了此话,恐怕老太太有气,再说出什么话来,诸多不便,遂用话差④过。又告知范氏、托氏快着张罗饭,怪热的天,别净斗嘴子。

二正笑嘻嘻的,双手举着烟袋,送了过来。普二揪住道:"我问你一句话,你嫂子作什么呢?"二正站在一旁,嘻嘻笑笑的,比作抹眼儿⑤的神气⑥,又冬冬的跑去了。范氏擦了桌面,先令普二、文光二人喝酒,又与阿氏打点⑦瑞氏、大正、二正等吃饭。阿氏两只眼睛,肿似桃儿一般,过来过去的,盛饭张罗。普二是谦恭和气,把"少奶奶"三个字叫得镇心⑧,又称赞文光夫妇娶了这样儿媳妇,真算难得。一面夸赞,滴溜溜两只耗子眼望着阿氏身上,瞧个不住。阿氏正着脸色,佯为不觉。

一时春英进来,望见普二在此,过来请安,周旋了两三句话,怒气昂昂⑨的望着阿氏说道:"我那个白汗褂,洗得了没有?"阿氏皱着眉头,慢慢的答应道:"方才洗孝衣来着。你若是不等着穿,后天再洗罢。明天大舅那里,奶奶还叫我去呢。"春英不容分说,张口便骂:"浑蛋!你要跟着出门,我就砸折你腿。我不管孝衣不孝衣,非把我的汗褂洗出来不成。"托氏插言道:"这孩子,你老是急性子。明天你大舅的事,他那能不去?是你的舅父,也是他的舅父。没有你这么张口骂

---

① 碎咭咕:碎嘴,唧咕。
② 对不过:对不住,对不起。
③ 杓:勺。
④ 差:叉。
⑤ 抹眼儿:抹眼泪。
⑥ 神气:神情,样子。
⑦ 打点:伺候,照顾。
⑧ 镇心:震心,动心。
⑨ 怒气昂昂:怒气冲冲。

人的,洗个小汗褂,算什么要紧的事!你若是等着穿,晚上得了工夫,就叫他洗出来。这算什么大事,也值得这样麻烦?"阿氏低着脑袋,不敢则声①。托氏道:"你也是不好,什么事都得人催,连点眼力见儿全都不长。怨得②你们俩人,永远是吵犯③呢。"阿氏连连答应,不敢分争,把众人晚饭伺候完毕,蹲在院子里,又把该洗的衣服俱都拿了出来,一件一件的浆洗,由不得伤心堕泪,自叹命苦。

普二、文光二人,过足了鸦片烟瘾。范氏、托氏等送了普二出来,嘱咐说回去问好。文光道:"二弟,你真是瞎摸海④。从北新桥直到四牌楼,整整齐齐,绕了个四方圈子。难得这么热天,你那两条腿也不怕跑细了?"普二道:"这几步儿算什么,咱们是天生得胜腿,不怕旅长途⑤。"阿氏听说要走,也忙的站起,背著灯影儿,擦了面上眼泪,也随后相送。忽春英站在屋内,大声的嚷道:"天生的不是料儿,叫他妈洗衣裳,立刻就六百多件凑在一块儿洗,这不是存心⑥搅棒⑦吗!"托氏急拦道:"老爷子,你又是怎么了?怎么成天成夜的不叫我省心哪!"春英道:"我怎么叫您操心啦?像他这么混帐,难道也不许我说说?终日际愁眉不展,仿佛他心里惦着野汉子呢,拿着他妈我不当正经人。"这一片话,气得院中阿氏浑身乱颤,欲待抢白两句,又恐怕因为此事闹起风波来,遂蹲在地上,俯首不语。虽有一腔血泪,只是此时此刻,滴不出来。瑞氏、托氏反说了春英一遍,始各无话。

文光又嚷道:"二妞,你叫你二妈去。"范氏站在门外,听了院中吵闹,并未介意,听得二妞来唤,慢慢的走了进来,问着阿氏道:"这又因为什么,这样的抹眼儿呀?按着老妈妈例儿⑧说,平白无故,你要叹一口气,那水缸的水都得下去三分。像你这每日溜蒿子⑨,就得妨家⑩。"阿氏低下头去,醒了回鼻涕,仍自

---

① 则声:出声。
② 怨得:怪不得。
③ 吵犯:吵架。
④ 瞎摸海:指说话水分大、办事不靠谱的人。
⑤ 旅长途:走长途。
⑥ 底本作"称心"。
⑦ 搅棒:捣乱。
⑧ 老妈妈例儿:多指没受过教育的妇女们所鼓吹的陈规陋习、迷信言论等。
⑨ 溜蒿子:哭。
⑩ 妨家:迷信之人认为某人或某事会对家庭不利。

无语。

范氏哼了一声，气狠狠的自往上房去了。文光道："嘿，你猜怎么着？敢则①凉州土②也涨了价儿啦。方才在针王家，又买了二两来。我掰开闻了闻，味儿倒不错。"范氏吸着烟卷儿，也歪身躺下道："早知道你去买土，就不叫你去啦。米季上熬得烟，拢总③还不到半个月呢。我看着缸子里还有四两多些儿。若是多迟几天，等到钱粮上多买几两，岂不是好？"说罢，喊叫阿氏过来沏茶。

阿氏的眼眶脸庞儿，此时业已红肿，慌忙着拧出衣裳，把手上污水略微擦净。谁想到水泡半日，两手皆已浮肿，纤纤十指，肿得琉璃瓶儿④一般，又经粗布一摩，十分难过。随就着窗前亮处，伤心惨目的看了一回。

忽的上房中，又急声嚷道："你倒是沏茶来呀！叫了半天，难道你七老八十，耳朵聋了不成？"阿氏连声答应，急忙跑至厨房张罗茶水。托氏又嚷道："趁着凉风儿，你把二妞的被褥先给铺上。浆得了衣裳，也别在院里晾着。一来有露水，再说大热的天，挤巧⑤就得造雨⑥。"

阿氏提着水壶，一面沏茶，一面连声答应，不慌不忙的先把新茶送过，又把大正、二正的被褥铺好，正在院子里收拾衣服，春英也躺在屋里，喊他搭铺。阿氏搭了汗褂，忙的跑来，安安稳稳把春英的枕头席子一一放好。春英站了起来，一把揪住道："明天大舅那里，我不准你去。"又伸作两个手指道："这一个又不是好主意。"阿氏道："这事也不能由我，你若不愿意，可以告诉奶奶。叫我去我便去，不叫我去，我也不能去。作了你家的人，我还能由自主吗？"说罢，泪随声下，夺了手腕，用手擦抹眼泪，哽哽咽咽的哭个不住。

托氏又嚷道："洗完了衣裳，你把箱子打开，明天穿什么，预先拿了出来，省得明儿早间，又尽着磨烦。"阿氏哑著声音，连连答应。打发春英睡下，慢慢的开了箱锁，把托氏、二正明天所穿的衣服一一拿出，又到瑞氏、范氏屋内，把床被铺好。

---

① 敢则：敢情。
② 凉州土：产自甘肃凉州的烟土。
③ 拢总：总共。
④ 琉璃瓶儿：一种用极薄玻璃制成的长管玩具，紫色。
⑤ 挤巧：碰巧，说不定。
⑥ 造雨：下雨。

范氏道:"你这脸上,怎么这样丧气?没黑间带白日,你总是抹眼儿,这不是诚心①吗?"阿氏含泪道:"这倒不是眼泪,今儿晌午,许是热着一点儿。"范氏道:"你是半疯儿吗?这么热天,通天拖地②的,老穿长衣裳,岂有个不热之理?"阿氏答应一声"是",扑簌簌掉下泪来。范氏道:"你这孩子,永远不找③人疼。难得你普二叔还极力夸你,说你可怜呢!"说罢,又喝喝两声。阿氏噙着眼泪,不敢复语。转身走了出来,又到托氏屋里,装了两袋潮烟。托氏亦问道:"你这两支④手是怎么肿的?"阿氏忙笑道:"不要紧的,明儿就好了。"托氏道:"这都没有的事,洗上两件子衣裳,也会肿手?当初我那时候,一天洗两绳子衣裳,半夜的工夫,要做五双袜子,还要纳两双鞋帮儿,也没像这么样儿过。"阿氏含着眼泪,俯首而出。托氏又嚷道:"明儿早间,想着早些起来,别等着人催。别因为一个脑袋,又麻烦到晌午。"阿氏连声答应,回到自己房中,一面卸妆,一面思前想后,暗暗的堕泪。直瞪瞪两只杏眼,看著春英躺在床铺之上,呼声如吼,一手拿著扇子,忽的翻身醒来。要知如何,且看下文分解。

---

① 诚心:成心。
② 通天拖地:形容衣服很大很长。
③ 找:招。
④ 支:只。

第二回　劝孙妇委曲行情　死儿夫演成疑案

话说春英,睡在朦胧之间,忽被跳蚤咬醒,翻身望见阿氏,在旁边一张桌上,一面卸头,一面泪珠乱滚,背着灯影儿一看,犹如两串明珠,圆圆下堕。春英假作睡熟,暗自窥其动作,阿氏端坐椅上,无言而泣。望了春英一回,又把镜子挪来,对镜而哭,仿佛有何心事,遇了故人似的。呆了半日,又自言自语的长叹了一口气,仰身靠住椅背,似有无限伤心,合千愁万恨,搋到一处的一般。

忽听钟鼓楼上当当钟响,又听得附近邻家,金鸡乱唱。眼看着东方发晓,天色将明。阿氏微开秀目,望着床上春英,尚自鼾睡,遂悄悄走去,自向厨房生火,洒扫庭除。

春英是满腹牢骚宣泄不出,一见阿氏走出,翻身起来,念念叨叨的骂个不住。阿氏亦知其睡醒,故作不闻,慢慢的将火生好,挪了一个小凳,又拿了木梳枇篦,趁着天清气爽,坐在院里篦头。

一时瑞氏、托氏并大正、二正等,俱各起来。阿氏忙的走入,洒扫一切。春英也披衣起来,赤著两只肥脚,踏拉著两只破鞋,一手挽着单裤,气愤愤的出来道:"龙王庙着火,他妈的慌了神儿啦?惦记什么呢?杂宗①王八蛋!"又弯身提鞋道:"我他妈着了凉,算是活该。"阿氏听了此话,不由得蛾眉愁锁,低下头来,忙跑至屋中央道:"大清早起,你别找寻②我,只当你是我祖宗。"又哽咽着哭道:"难道还不成吗?"春英不容分说,拍的一声,把手中漱口盂摔得粉碎,高声怒骂道:"我找寻你,我找寻你,我他妈的找寻你!"吓得阿氏浑身乱抖,颤巍巍的央道:"祖宗,祖宗,你没找寻我,是我又说错了。"春英伸了衣袖,扯③开大

---

① 杂宗:杂种。
② 找寻:找茬儿,找麻烦。
③ 底本作"址"。

嗓子,把祖宗奶奶的骂个不住。阿氏低头忍气,不敢则声。

托氏站在院内,唤着阿氏道:"姑娘,姑娘,你梳你的头去,不用理他。这是昨天晚上吃多了称①的。"范氏道:"你倒不用怪他,一夜一夜的,不懂得睡觉。清早起来,看着男人晾着,也不知给他盖上,还能怨他骂吗?干点什么事情没有个眼力见儿,也还罢了,处处般般,就会查寻我。幸亏我没有养汉,我要有点劣迹,被儿媳妇查着,那还了得!"

阿氏听了此话,不知是那里来的风,遂陪笑道:"二妈说的话,实在要把我屈枉死。二妈的事情,我那里敢查?"这一片话,阿氏原为告饶。谁想到范氏心多,听了"不敢查"三字,红著脸嚷道:"那是你不敢查,那是你不敢查。打算查寻我,你先等等儿,把你太太婆打板儿高供②,你爹你妈,也查不到我这儿来。及至你婆婆养汉,你当儿也管不着。"

春英听了此话,愈加十分气愤,也不问青红皂白,扯过阿氏来,便欲揪打。幸有大正、二正等在旁,因与阿氏素好,把手中老糯米扔下,忙的跑过来遮住。托氏亦喝道:"清早起来,这是怎么说呢?"阿氏忙的躲闪,一面擦着眼泪,跑至瑞氏屋内。瑞氏劝着道:"好孩子,你不用委曲。大清早起,应该有点忌讳,横竖③你二婆婆又有点儿肝火旺,吃的肥疯了。"阿氏揪住瑞氏,哽哽咽咽的道:"二妈这么说,实在要冤枉死我。"说罢,泪如雨下。范氏隔著窗户,接声嚷道:"冤枉死你,冤枉死是便宜你。我告诉你说,你隄防④着就得了。早早晚晚,有你个乐子,你不用合我辩证⑤。等你妈妈来,我到底问问他,我们娶了媳妇,究竟是干什么的?"阿氏见话里有话,便欲答言,被瑞氏一声拦住,连把"好孩子、好宝贝"叫了几十声,又劝道:"你二妈的脾气,你难说还不知道?挤住了呲抵⑥我时,我还装哑吧呢。你净顾了想委曲,回头你奶奶瞧见,又不放心。若闹出口舌来,他们亲家姐儿俩,又得闹生分,那是图什么呢?是好是歹,你马力梳上头,同你大婆婆先走,什么事也就完啦。不然,太阳一高,道儿上又热。"说

---

① 称:撑。
② 打板儿高供:高高供起的意思。
③ 横竖:反正。
④ 隄防:提防。
⑤ 辩证:辩论,分辨。
⑥ 呲抵:诋毁。

着,又把"好孩子"叫了几声。

阿氏擦着眼泪,连连答应。梳洗已毕,忙乱着张罗早饭,并伺候托氏母女穿换衣服。范氏一面梳头,一面叨念阿氏种种不是的行为。阿氏低著头,只作未闻。

二正是小儿性情,只惗着穿上衣服出门看热闹,不知阿氏心里是何等难过,扯著阿氏的手腕,摆弄腕上的翠镯,又嫂了嫂子的催着快走,又问说:"嫂子,你的指甲怎的这么长啊?你指甲上的红印儿,也是指甲草儿染得吗?"阿氏口中答应,然后与瑞氏、范氏并文光等,挨次请安。同了托氏母女往堂舅德家前去吊丧,不在话下。

此时范氏,因为清早起来,与阿氏呕点闲气,早饭也没能吃好。幸有文光解劝,说孩子岁数小,大人得原谅他,若尽着合他们生气,还要气死了呢。范氏道:"你不用管着我,若不是你们愿意,断不能娶这菜货①。张嘴说知根知底,亲上加亲,如今也睁眼瞧瞧,管保大馒头也堵上嘴啦。打头②他不爱进房,就是头一件逆事,难道咱们娶媳妇,是为看脸色的吗?若说他年纪小,不懂的人事,怎么普二一来,他就贼眉鼠目的查寻我呢?幸亏是自己人,你也知道我。不然,我这婆婆算是怎么回事呢?再说是穿衣打扮,原本是人之所好,喜爱穿什么,就可以穿什么。自从他进了门儿,横着挑鼻子,竖著挑眼睛,仿佛我年轻岁数小,事事得听他教训,你瞧瞧这还了得?"文光道:"得啦,你是婆婆,说他两句,也就完了。日后他多言多语,横竖我不信他的,还不成吗?我告你一个主义③,你跟普二弟,不但口敞④,而且又好耍嘴皮子。他是老八板儿姑娘,到了咱们家里,如何看得下去?以后你收敛收敛。虽说是随随便便,不大要紧,若叫儿媳妇看着不稳重,真有点犯不上。"

范氏不待说完,口内咬着头发,呜咿着道:"你说什么?八成你的耳朵也有点软了罢?"又挽起头发道:"你问你一句话,这个娘儿们,也什么别的没有?"文光此时明知自己说错,故意的冷笑道:"你不用瞒我,光棍眼睛里,不能揉沙子。一半明白,一半糊涂著。左右是那们回事,早先你们的事情,我还不知道吗?"

---

① 菜货:不值钱的东西,此处指下贱之人。
② 打头:最开始,一开始。
③ 主义:主意。
④ 口敞:嘴快,说话无所顾忌。

说罢,哈哈大笑。范氏剔着枆梳,竖起眉毛道:"这话不用说,必是这养汉老婆,背地里造做①的。我告诉你说罢,不说到这里,我只可烂在心里,从此不题。他既是背地造作我,我可就不管好歹,要全都兜翻②了。这孩子的事情,你知道不知道?"文光冷笑道:"我知道什么?你不用费嘴③了,放著踏实不踏实,照这么说起来,那还有完哪?他在背地里没说过你的不字。这么点儿孩子,连出阁还害臊④呢,他还能有别的?"

范氏急声道:"什么他是孩子?要像这样孩子,把这婆婆卖了,还不知那儿下车呢。别看他说话腼腆,举止端庄,道作行为,比我还机伶⑤。那天普二爷,没听跟你说,一来这样朋友,二来叫春英听着,必要挂火儿⑥。那天普二爷来时,你那位贤德儿妇,同著普二爷屡屡的耍眼色。你想我这眼睛,什么事看不出来?我说他不是正经货,你还不信。幸亏是家里有德,普二也有交情,不然,要弄出笑话儿来,你看有多么憨蠢⑦。"文光摇手道:"你不用瞎造做,不但那孩子不致如此,对于普二爷,也决无其事。即或属实,普二懂得外场,也不能对你说。居家过日子,大事不如化小,小事不如化无。像你们这宗琐碎事,不是闹口舌,就是挑是非,任是谁也受不下去。得了,您就坦实实⑧的不用言语了。"范氏道:"怎么著,说了半天,还是我的不好?"因摔下木梳道:"我告诉你一声儿,日后有事出来,或被我查出情形,那时我再问你,你可不要反赖。"说罢,愤愤走去,又口中叨念道:"搁著他的,放著我的,横竖一辈子,没有不见秃子的⑨。"

文光坐在屋里,不便答言,拿了现穿的衣服,要到德家去前去送三⑩。被

---

① 造做:造作,造谣、诬陷。
② 底本作"翻"。
③ 费嘴:多嘴,废话。
④ 底本作"噪"。
⑤ 机伶:机灵。
⑥ 挂火儿:上火,发火。
⑦ 憨蠢:寒碜。
⑧ 坦实实:老老实实。
⑨ 没有不见秃子的:意思是人总是要死的。秃子:代指和尚,此处指办丧事的和尚。
⑩ 送三:人死后第三天,丧家请和尚道士念经,于"接三"之夜,在相近开阔地焚烧纸糊的车马轿箱等,称为"送三"。

范氏拦着道："你忙的什么？无论怎么早，送三也得黑天。此时正在夕照，地方又小，棺材又薄，天又阴晴不定，热上又亚赛蒸锅，早去一时，也无非闻点味气。再说这位死鬼，活着就不大得人，死在这个时候，一定有味儿。你这么早去，难道要吃他不成？"文光道："大热的天，谁想去吃他。我想家里头也没事，乐得早去一会儿，岂不是人情吗？"瑞氏也过来拦道："不然，你先不用去呢，索兴等太阳落了，天也就凉快啦。"文光穿着衣服，连说不怕，一手拿了毛扇儿，正欲走出，忽见春英走来，穿一身紫花色的裤褂，蟠①着紧花儿的辫发，手提石锁，兴兴匆匆的自外走来。范氏道："看你这宗神气，怪不得你女人跟你吵嘴呢。"文光亦问道："怪热的天，没事扔质子②，真可是吃饭称的？"春英放了石锁，笑嘻嘻的坐下道："这有什么？尚武的精神，是满洲固山的本等③。越是天热，才越有意思呢。"

文光皱着眉毛，瞪了春英一眼，怒而不言，又嘱咐范氏说："晚上留下稀饭，好预备回来吃。"范氏一面答应，又叫住文光道："你回来时，催着少大奶奶也一同回来，没叫他又住下！"春英拦着道："你叫他回来有什么要紧事，他住下就让住下，这辈子不回来也不要紧。"范氏不待说完，恐怕文光出去没能听见，又追出嘱咐道："大舅的家里，地方太窄，无论怎么样，也叫他回来，那怕叫二正住下呢。"文光连连答应，恍④恍摇摇的去了。

春英坐在椅上，口中叨念道："我二妈的气，横竖没有生够，离开儿媳妇，许是吃不下饭去，不然，又管他做什么？"瑞氏道："你别那么说。你二妈叫他回来，横竖有他的事，你们夫夫妻妻，不可这样悖谬。常言说的好，亲不过父子，近不过夫妇。作什么仇深似海的，终日捣麻烦呢？我看他规规矩矩、老老实实，倒是怪可怜见儿的。若是婆婆说几句，倒不要紧，没有两口子也闹潮愤的。"范氏道："老太太您知道什么？笤帚⑤戴帽子——都拿着当好人。"又冷笑两声道："这个年头儿，可不像先前了。"瑞氏道："你说的这话，我又有些个不爱听。幸亏这孩子老实，若换一个旁人，因为你这一张嘴，就得窝心死。好好端

---

① 蟠：盘。
② 质子：石锁、石墩子等物。
③ 满洲固山的本等：固山，满语，即旗。满洲固山的本等，即满洲旗人的本色。
④ 恍：晃。
⑤ 笤帚：扫帚。

端,这是图什么呢?归总①一句话,这孩子心志过高,你们娘儿们的外面儿,他有些看不起。"范氏道:"凭他这块臭骨头,也要看不起人,让他打听打听,我们家里头没那德行。"这一句话,气得瑞氏心里不由发火。当时娘儿俩个越说越急,春英挟②在中间,也不好插口。

范氏道:"您不用袒护他,等著事情出来,您也就堵嘴了。"瑞氏亦嚷道:"你说什么?你不用横打鼻梁③,自充好老婆尖儿④。要说这孩子,我可以下脑袋,难道说婆婆养汉,娶了儿媳妇,也得随著养汉么?你心的坏杂碎,一动一静的,不用瞒我。狗肚子里能出多少稣⑤油?就是吃盐吃酱,也比你懂得多。"一面嚷着,连把刁老婆、臭老婆、天生下三滥的话骂不绝口。范氏中了肺腑,又当着春英在旁,不由得羞恼成怒,天呀地呀,放声哭了起来。

春英也不好劝解,只把瑞氏搀出,一手扇着扇子,口中叨念道:"这是图什么?为个臭老婆,你们娘儿俩也值当伴嘴。这可是无事生非,放著心静不心静,人家出分子,坦坦实实的。我们在家里吵闹,您说有多么冤枉!"瑞氏道:"我的两只眼睛,都要气蓝了。你们别昏着心,拿我当傻子。平常我不肯说话,原是容让你们,谁叫是我的儿女呢?我这里刚一张嘴,你们就哭啊喊的不答应。以后我该是哑叭⑥,什么话也不用说了,只由着你们性儿,那怕是反上天去呢,也不许我言语。"春英央告道:"得了,太太,您少说几句罢。大热的天气,何必这么样起急⑦呢?"

范氏坐在上房,连哭带喊的道:"您不用排宣⑧我,等他晚上回来,咱们再算帐。"春英忙拦道:"您也别说啦。左右是他的不好,无缘无故的翻翻什么。他若是常日如此,捶他打他就完啦,没事费什么吐沫⑨。"一面说着,自己提了

---

① 归总:总归。
② 挟:夹。
③ 横打鼻梁:挑起大拇指,横放在鼻梁前,表示保证或承诺,敢于承担责任。
④ 好老婆尖儿:好老婆里面拔尖儿的。
⑤ 稣:酥。
⑥ 哑叭:哑巴。
⑦ 起急:着急,生气。
⑧ 排宣:编排别人的不是。
⑨ 吐沫:唾沫。

石锁,拿了芭蕉叶的扇子,出门找了同志①,跑到宽敞地方,抛掷一回,连出了几身透汗,直闹到日落西山,方才回来。

晚饭之后,春英身体较乏,躺在席子上嗤呼睡去。忽的门外头有人叩门,又有二正的声音,二妈妈的乱嚷。范氏忙欲出迎,早见文光、二正从外进来,阿氏随在后面,紧锁着两道蛾眉,望见范氏出来,深深的请了个安,又愁容惨淡道:"大舅家里,都给二妈道谢。"范氏瞪了一眼,不作一言,忙叫二正道:"你把衣裳脱了罢。大热的天,不看捂②出病来。"又喝着阿氏道:"你瞧瞧你们爷去,头朝里躺着,不看热著,把他叫起来,叫他搭铺去。"阿氏连声答应,看着范氏脸色,不知是那儿来的气,只好低头忍耐,惊惊恐恐的换了衣服,又倒茶温水的闹了半日,然后把春英唤起,到自己房中,打发春英睡下,不肖细题。

此日是五月二十七,习习风来,正在三更以后。文光、范氏等俱已关门睡觉。瑞氏躺在东房,因白日文光走后,婆媳闹了点气,由不得思前想后,怕是日后范氏因为今日之事,迁怒儿媳身上,所以心里头郁郁不舒,翻来覆去的睡卧不宁。正自烦闷之际,忽听院子里一遍脚步声音,又听阿氏屋中哼的一声,有如跌倒之状。瑞氏说声"不好",恐怕月黑天气,夜里闹贼,伏枕细听,街门冬冬的两声,似有人出去的声音。瑞氏急嚷道:"春英,你睡着了没有?"连嚷了两三遍,不见春英答应。又听院子里冬冬的木头底儿声响,瑞氏忙问是谁。又听范氏的屋门,花琅一声,有文光、范氏的声音。瑞氏又问道:"外头什么事?你们出来瞧瞧。"话未说完,听得范氏嚷道:"老太太不用问了,大馒头堵了嘴啦。"又听文光出来,嗳哟了一声,又唤着范氏道:"了不得啦,你过来瞧瞧。"

瑞氏不知何事,忙的爬了起来,问说何事,急忙开了屋门,见范氏披散头发,手提油灯,文光挽著裤子,两人站在院内,各处逡巡。瑞氏惊问道:"什么事这么惊慌?"范氏冷笑两声道:"您不会瞧去吗?逆事是出来啦。"又看文光脸上,犹如土色一般,因听厨房里水缸声响,二人忙的跑过。范氏急嚷道:"了不得,留个活口要紧。"瑞氏猛然一惊,看著孙媳阿氏倒著身子,插于水缸之内。文光切齿道:"嗐哟,要我的命呕。"说著,急忙跑过,抱着阿氏之腿急为拔救。范氏放下手灯,也来帮忙。

---

① 同志:志同道合的人。
② 底本作"握"。

瑞氏不知何事，吓得失声哭了。范氏咬牙道："我看你就是这样吗？"急得文光跺脚道："嗳呦，不用说了。"说着，尽力一抽，把阿氏倒身抱起，叫范氏扶着两肩，先行控水，闹得合家大小全都闻声而起。

　　瑞氏坐在地上，想着孙媳阿氏，因受二婆母之气，以致投缸寻死，思前想后，料著捞救过来，亦无生存之理，不由得嚎啕痛哭，把乖乖宝贝的喊个不住。又念道："孩子命苦，不该寻此短见。你若死了，可在鬼门关儿等我，我也跟你去，豁除这条老命，我也不活著了。"急得范氏嚷道："你瞧瞧，应了我的话没有？您别瞎扯啦，早要依着我，何致于出此逆事？"一面说着，一面撅救阿氏。只听哇呀哇呀的几声，阿氏把口中之水俱已吐出。

　　大正跑了过来，扶著阿氏之头，连把嫂子嫂子的叫个不住。范氏亦嚷道："这事情怎么办？你不用装死儿。"瑞氏亦问道："孩子，你受什么委曲，竟管^①说啵。"大正、二正也齐声哭道："嫂子醒一醒，你不管我们啦。"阿氏倒在地上，浑身乱抖，一面自口中吐水，又呜呜咽咽的哭了起来。范氏忙嚷道："先把他妈妈找来，打官司回头再说。"阿氏哭着道："你害苦了我喽。"一面数着，呜呜的哭个不了。瑞氏擦泪道："谁害得你呀？宝贝儿，你告诉我说，我豁出这条命去合他拼了。"范氏道："您不用夸嘴②啦，到他们屋里，您也瞧瞧去。"说罢用手抹泪，作出假慈悲的面孔来，也放声哭了，引得大正、二正并文光瑞氏等，都哭个不住。

　　瑞氏一面擦泪，颤颤巍巍的自往西屋去瞧。范氏擦着眼泪，喝著阿氏道："你打算怎么样？快给我说，不然，我抽你嘴巴。"阿氏哭着道："您叫我说什么？我的妈哟！"说罢，又呜呜咽咽的哭个不住，急的范氏过来，揪著要打。文光急拦道："事已至此，你打他作什么？这总是家里缺德，所以才出这逆事。我先到甲喇③上报一个话儿去。等把他妈妈找来，咱们打官司就完了。"

　　阿氏哭着道："二妈，二妈，您叫我怎么著，我便怎么著。您若忍心的伤天害理，那怕把我杀了呢，我也是情甘愿意了。"说罢呜呜痛哭。范氏急嚷道："怎么着？我把你杀了，有心杀你，还怕脏了我的刀呢！咱们这时候也不用斗口

---

① 竟管：尽管。
② 夸嘴：说话逞能。
③ 甲喇：八旗兵制，五牛录设一甲喇。

齿，究竟是怎么回事，到了衙门里，你也就知道了。此时你不用发赖①，难道杀了人还不偿命吗？"阿氏哭着道："神天共鉴，若是我杀的人，我便抵命。"范氏听至此外，呸的一声，啐的阿氏满脸上都是唾沫，又哈哈两声道："不是你杀的，那们是谁？难道黑天半夜的，是我杀的不成？"文光急嚷道："嗳哟，都别说了，你看看老太太去罢。"大正亦哭道："二妈，您瞧我罢。我嫂子这一身水，有多少冷啊！"

此时春英之弟春霖，亦自梦中惊起，帮着范氏先把瑞氏搀出。瑞氏一面痛哭，一面数劳②，什么家里无德咧，不干好事咧，哭哭喊喊的走了出来。文光打发春霖先给托氏送信，并将阿氏之母一并接来，只说家里有事，不用说别的话。因又恐春霖胆小，又央了邻居某姓一同随去。

文光穿了袜子，慌手忙脚的披了衣服，跑到甲喇厅上，惊慌失色的道声辛苦。厅上的甲兵，正在打盹之际，听见有人，忙的爬了起来，一面伸懒腰，望着文光进来，点了点头，又笑着问道："什么事您呢？"文光叹了口气，坐在炕边上，慢声慢气的道："咱们是街坊，我在小菊儿胡同住家。我的儿媳妇把我儿子砍了。"甲兵一面揉眼，听了"砍人"二字，忙的拦道："您这儿等一等儿，把我们老爷叫起来，有什么话，您再细说。"说罢，掀帘出去。又一个甲兵起来，问说贵姓，文光答说姓文。甲兵道："什么时候砍的？有气儿没有哪？"文光一一答说。

迟了半日工夫，甲兵掀起竹帘，从外走进一人，穿一件稀烂破的两截③褂儿，惊惊恐恐的进来，文光忙的站起。甲兵道："这是我们大老爷，有什么事，你迳管④说罢。"文光听了，忙的陪笑道："我们家里头，有点儿逆事，没什么说的，又给地面儿⑤上找点儿麻烦。"那人道："那儿的话哪，我们地面儿上，当的是差使，管的着就得管。居家度日，都有个碟儿磕碗儿碰。要是怎么的话，很不必经官动府⑥，这话对不对你哪？咱们是口里口外⑦的街坊，我也是这里的娃娃。

---

① 发赖：耍赖。
② 数劳：数落，唠叨。
③ 底本作"裁"。
④ 迳管：尽管。
⑤ 地面儿：地方上，此处指地方上的行政管理机构。
⑥ 经官动府：惊动官府。
⑦ 口里口外：口，胡同口。口里口外，即胡同附近。

我姓德,官名叫德勒额。"甲兵亦喝道:"大老爷的话,是心直口快,听见了没有?要是怎么的话,不必经官。俗语说的好,门前生贵草,好事不如无。说句泄场①的话,衙门口向南开,有理没理拿钱来,是不是,街坊?"文光听了此话,那里受得下去,因陪笑道:"大老爷的意思,我很领情。但是无缘无故,家里不出逆事,谁也不肯经官。方才半夜里,我们儿媳妇把我儿子害了。难道谋害亲夫的事情,能不来报官吗?"

德勒额不待说完,一听是人命重案,不由的捏了把汗,遂喝道:"你的儿媳妇呢?可别叫他跑了。我们跟着你瞧一瞧去。"说着,跑至里间儿,先把凉带儿扣好,又戴上五品顶戴的破纬帽②,拿了一根马棒,喝著甲兵道:"讷子,哈子,咱们一块儿去。叫搭其布醒一醒儿,正翼查队的老爷过来,叫他们赶紧去。"甲兵等连声答应,慌手忙脚的穿了号坎儿③,点上铁丝儿灯笼,随向文光道:"走罢!走罢!别楞④著啦!"文光连连点头,随了德勒额甲兵等,一路而行。

路上,德勒额先把文光的旗佐职业并家中人口一一问明。来至文家门首,听见里面哭喊。原来是文光之妻托氏,并阿氏的母亲德氏,皆已闻信赶来。托氏是母子连心,听说一切情形,早哭得死去活来,不省人事。德氏见信,想著姑奶奶⑤家中深夜来找,必是有何急事。又想着是天气炎热,必是中暑受瘟,得了阴阳霍乱,或是措手不及的病症,因此飞奔前来,推门而入。走进院内一看,借著灯光之下,阿氏坐在地上,扶头掉泪,一旁有范氏守着,不知何事。望见德氏进来,范氏哼了一声,并不周旋⑥见礼。

德氏暗吃一惊,正欲与范氏说话,阿氏偶一抬头,望见德氏来到,好似小儿思乳,望见奶娘一般,哇的一声哭了。德氏忙问道:"孩子,你怎么了?"阿氏悽⑦悽惨惨,扯住德氏的手,仿佛有千般委曲一字说不出来的光景⑧,抱住德氏的腿,娇声泪泪哭个不住。德氏不知何故,也弯身陪着堕泪,连把"好孩子、姑

---

① 泄场:本是戏曲术语,指泄露机关,把一场戏给搅了。此处可理解为"不好听""不体面"或"不光彩"。
② 纬帽:清朝官员所戴的夏帽。
③ 号坎儿:印有号码的坎肩儿。
④ 楞:愣。
⑤ 姑奶奶:娘家人对已出嫁闺女的称呼。
⑥ 周旋:打招呼。
⑦ 悽:凄。
⑧ 光景:样子。

奶奶"叫了十数遍。阿氏头也不抬,手也不放,抱着德氏的两腿,死活乱哭。德氏擦著眼泪,望著范氏道:"这孩子是怎么了,这样哭喊?"范氏佯作不知,仰首望著星斗,哈哈了两声道:"你们母女,可真会装傻。你到西屋里瞧一瞧去。"德氏听了此话,吃一大惊。托氏亦嚷道:"冤家,你过来瞧瞧啵。"

德氏擦了眼泪,用力推开阿氏,三步两步跑至西厢房,走进一看,屋里头灯光惨淡,满地鲜血,春英倒在地上,业已气绝,吓得嗳哟一声,仆①倒就地,复放声大哭起来。托氏亦陪著痛哭,连把冤家冤家的喊个不住。惊得左右邻家不知何事。有胆大的男子,俱过来看热闹,想着阿氏年轻,平素又极其正派,断不致深夜无人出此杀人之事。又见阿氏身上,并无血迹,坐在地上,那一分可哀可泣的光景,实令人伤心惨目,望之酸鼻,由不得疑起心来。又见范氏在旁,怒目横眉,披头散发,满脸的凶狠之气,令人生畏,遂皆摇手走出,聚在胡同里交头接耳的,纷纷议论。本段的看街兵,亦闻声赶至,唤了堆上②伙计,先把街门看住。

官厅德勒额同了文光来到,时已东方发晓。范氏急嚷道:"什么话也不用说哪,带他们母女打官司去就得啦。"德勒额道:"嗳,话是这么说呀。打官司呢,有你们官司在。究竟是怎么回事,我们地面上也得验验瞧瞧,我们好往上送。"又告甲兵道:"你先回去,叫他们队上人给正翼送信去,别尽来耽误着。"甲兵答应而去。

德勒额看看阿氏,又到西厢房,看了看春英的尸身,随嘱文光道:"这屋里的东西,可千万别动,死尸挪了寸地,你可得担罪名。"又问文光道:"凶器是什么物件?究竟是刀是什么的,可也不准挪动。"文光一一答应。

话犹未了,早有巡夜的技勇,扛枪的队兵,大灯笼小灯笼的先后赶来。进门与德勒额相见,不容分说,掏出锁子来要锁阿氏,又大声喝道:"你用什么砍的?凶器现在那里?你要据实的说!"阿氏抹泪道:"什么凶器?我那里知道?这宗冤枉,我那里诉去?"官人听了此话,又大声喝道:"死在你屋里,你会不知道?这事你来朦③谁?"又问文光道:"到底是怎么个情形?你也要实话实说,

---

① 仆:扑。
② 堆上:堆,堆铺。旧时京城街巷设有堆铺,遇水火盗贼或其他事故,可一呼即应。
③ 朦:蒙。

我们回去时,好禀报大人。"文光叹了口气,眼泪婆娑的道:"怎么害的,我却不知道。连春英的尸首,都是我们二奶奶现从床底下拉出来的。头上伤痕,因为血迹模糊,没能看清。总之这件事,非问我们儿妇不可。"范氏听至此处,瞪著两只眼睛,过来插言道:"事情也不用问,明明是谋害亲夫,还有什么可赖的呢?我睡著香香儿,听见嗳哟一声,我赶忙起来,跑到西屋一看,连个人影也没有。我往床底下一瞧,好,人敢情死啦。我拉出来一瞧,早就没气儿啦,你们老爷们说说,这不是谋害亲夫,那么是什么?"阿氏听至此处,呜呜的叫苦。德氏亦怒道:"你在家里说话,怎么都行。我那孩子,不是那个人。凭他那小小年纪,砍死爷们,还坦坦实实放在床底下,这是断没有的事。"官人听了此话,亦极有理,看了看阿氏身上,穿着极漂亮的白裤褂,并没有一丝痕迹,随亦纳起闷来。

眼看著天色大亮,有正翼的小队,匆匆的跑了回来,说是正翼乌大人回头就来,要亲在尸场里调查一切。德氏听了此话,忙向阿氏道:"姑娘,是你不是你的,你可要从实说。这宗事情,我也瞧出来啦,闹到那儿去,也不要紧。这话你听见没有?"阿氏刚欲答言,被范氏拦住道:"得啦,你们娘儿俩也不用嘀咕,把人都嘀咕死啦,还说什么?"阿氏洒泪哭道:"我不敢同你辩证。您儿子怎么死的,我并没有看见。要说我谋害亲夫,这话是从何说起?自要是您一口咬住我,我也就无法了。"说罢,呜呜的哭了。范氏急嚷道:"没工夫合你说话,是你不是你的,到衙门再说。"官人亦拦道:"嘿,别说啦。这会儿说会子也不中用。少时乌大人就来。俗语说,法网难逃,见官如见神。是谁害的,谁也跑不了,说什么费话[1]呢。"一语未了,有许多军警走入,又有几个官人,身穿镶红边儿的黄号衣,威威赫赫的走来,喊说乌大人回头就来。要知以后如何,且看下回分解。

---

[1] 费话:废话。

第三回　访案情乌公留意　听口供侠士生疑

话说左翼①正翼尉，名叫乌珍，表字恪谨，是正白旗汉军旗人，为人公正，对于地方上，极其热心。在前清末季，官至民政部侍郎，是时在翼尉任内。因京城警察正在初创之时，故就著旧时捕务，斟酌损益，把翼下的技勇兵编成队伍，希图著渐次改良，以为整顿警察。最先的预备，是日查夜回宅，忽有厢黄②满官厅前来报称，说该甲喇所属，菊儿胡同内小菊儿胡同，住户文宅家内，有儿媳阿氏，不知所因何故，将伊子春英砍伤身死。乌公见报之后，忙的吩咐小队，将文家一干人证，一并带翼，并传谕该甲喇好好的看护尸场。队兵去后，即令仆役备马，要亲往小菊儿胡同检验一切。因为人命至重，又想着社会风俗极端鄙陋，事关重大，不能不确切访查。先把杀人的原委明白之后，然后再拘案鞫讯③，方为妥当。

想到此处，忽想起至交的朋友苏市隐来。平日他交游极广，平居无事时，好作社会上不平之鸣。若是把他找来，叫他暗中帮助，细心访查，断没有屈柱无辜之理。因命小僮儿夏雨，挪过笔墨文具，亲手写了一封信，叫了一名仆人，送至方巾巷，交与苏市隐先生亲展，要个回信来。仆人连连答应，奉了乌公之命，飞奔方巾巷，前去投书。到了苏家门首，喊说回事，里面有仆人出来，问明来历，忙的回了进去。是时苏市隐正在檐下漱口，忽见仆人来回，说六条胡同乌大人送来一信，还候个回信呢。市隐放下漱盂，拆信一看，见上面写道：

---

① 左翼正翼尉：清代，八旗可按方向分为两翼，以镶黄、正白、镶白、正蓝居左，为左翼；正黄、正红、镶红、镶蓝为右翼。八旗军官里面，步军营官属有左右翼尉、协尉、副尉、步军校等。
② 厢黄：镶黄。
③ 鞫讯：审问罪嫌。

  市隐兄鉴：夜间厢黄满五甲喇报称，安定门菊儿胡同内小菊儿胡同住户文光家儿媳阿氏，不知何故，于十二点钟前后将伊子春英砍伤身死。弟闻报后甚为惊异，诚恐人情诡谲，个中别有情节，拟即至尸场中检察一切。吾兄于社会风俗素极注意，望速命驾至小菊儿胡同，作一臂之助，是所盼祷。
  草此，顺颂
  义祉

市隐看罢，即命仆人耿忠取出一纸名片来，叫他付予来人，说是回头便去。耿忠连连答应，自去分咐①不题。

市隐是见义勇为，赶忙的穿好衣服，雇了一辆人力车，飞也相似，直往小菊儿胡同一路而来。走至大佛寺北，路上有一人唤道："市隐，市隐，什么事你这样忙？"市隐回头一看，正是同学友闻秋水。此人有二旬左右，英英眉宇，戴一幅②金丝眼镜，穿一件蓝绸大褂，站在甬路一旁，连声喊叫。市隐唤住车夫，忙的止步。二人相见为礼，寒暄了几句话。秋水道："天这般早，你要往那里去？"市隐道："嘿，告诉你一件新闻，昨儿夜里，小菊儿胡同有个谋害亲夫的，方才乌恪谨给我一封信，叫我帮着调查。嘿，你没有事，咱们一同去趟③，不管别的，先看看热闹儿。"秋水摇手道："不行，不行。我可是不能奉陪。今天学堂里，还有两堂国文呢。当教习不能误人，咱们回头见吧。"市隐那里肯听，掖着秋水的衣袖，便欲雇车。又向秋水道："你这义务教习，可真是诲人不倦。这样的热闹，你不去瞧？这件事情于人心风俗，大有关系。"又哼了一声道："所以你们这宗地方，差点儿。"秋水陪笑道："其实学堂里并没有功课，只是过晌午，有两堂国文。我们同去一趟，原没有什么要紧，你何必扯着我呢？"说著，雇了人力车，两人悻悻④匆匆，到了菊儿胡同。

付了车资，二人一面说话儿，只见菊儿胡同，有许多男男女女、老老少少站

---

① 分咐：吩咐。
② 幅：副。
③ 底本作"趟"，明清作品中不乏用例。需特别指出的是，此处"趟"字记录的也许是"趟"的某种音变形式。弥松颐先生指出："京语发音，往往有些字音含混不清，量词'趟'，北京人发音有时介乎 tàng 和 dàng 之间，所以作品中直音书写'趟'，是有道理的。"（文康著、尔弓校释《儿女英雄传》，齐鲁书社，1990 年）
④ 悻悻：兴兴。

在文家门首,探头探脑的,望着院里观看。或三人聚在一堆,五人聚在一处,全都交头接耳的纷纷谈论。市隐、秋水二人,挨身挤到一处,仔细一听,有的说:"我说这家子,就没有好闹不是,成天论夜的,不是老公母俩①吵嘴,就是小公母俩嚷嚷。若不是小奶奶挑唆,何致如此呢?"市隐听至此处,凑至那人跟前,意欲探听。那人又转脸笑道:"您瞧这个小老婆,是娶得是娶不得?"市隐亦笑道:"是的是的。这话是一点不错。但不知这位如大人,是死者什么人?"那人皱眉道:"嗳,题起话儿长。咱们是路见不平,好说直话。"随②将范氏的历史说了一遍。又俯在市隐的耳边,欲将这真像说明,被旁站一人推了那人一掌道:"三叔,是非场儿里,少说的为是。半夜三更的,谁知道是谁害的?咱们这多言多嘴,没有什么益处。俗语说,天网恢恢,疏而不漏。日后的是非曲直,总有个水落石出。我们站在一旁,瞧著就完啦。"市隐正听得入神,一见那人拦管③,甚不乐意。后面有秋水过来,扯了市隐一把,悄向耳边道:"我看这个阿氏,一定冤枉。据这里邻人谈论,说阿氏是新近过的门,今年才十九岁。平素是和平温顺,极其端正,所有他举止动作,那苟言苟笑的地方,一点儿没有。这么看起来,一定是别有缘故。"市隐听至此处,忙的摇手道:"你不必细说了。这内中的情形,我已了然八九。那日在普云楼上,我听朋友题过。等回去时节④,我再同你细谈。"秋水点了点头。

忽听有官人喝道:"闲人闪开!闲人闪开!这个热闹儿,没什么可瞧的。"二人忙的闪过,只见巡官巡警并左翼的枪队技勇,静路拦人。有一位长官到来,头戴珊瑚顶,孔雀花翎,穿一件蓝色纱袍,年在三十以外,面如古月,两撇儿黑胡子,随从的官弁军警,不记其数。市隐一看,正是左翼正翼尉乌恪谨君到了,随唤秋水道:"咱们也进去瞧瞧。"

二人挤了过来,走至文家门首,忽被一官兵拦道:"别往里去了。这是什么地方,你们知道不知道?"市隐并不答言,仍往里走。官兵又喝道:"嘿,大太⑤,你听见没有?莫非你耳朵里头,塞著棉花呢不成!"市隐忙陪笑道:"烦您给回

---

① 公母俩:夫妻。
② 随:随即,接着。
③ 拦管:拦阻。
④ 时节:时候。
⑤ 大太:"大哥"之意。

一声,我们要面见乌大人,有一点儿面谈的事。"那人瞪著两眼,把市隐、秋水二人上下打量一番,冷笑著道:"二位面见大人,总得宅里见去。大人到这里来,为的是察验尸场,不能会客。"正说着,里面走出一人,年约三十左右,头戴大红缨的万丝凉帽,穿一件灰色夏布褂儿,腰系着凉带儿,类似从人模样。那守门的兵道:"瑞爷您瞧瞧,这二位是谁?他们死乞白赖①的要见大人。"瑞某抬头一看,原来是市隐、秋水二人,忙的请安问好,笑嘻嘻的道:"我们大人,等您好半天啦。嘚,您请罢!"市隐点了点头,瑞某往前边引导,同了秋水二人,联袂走入。

见了乌公,彼此请安问好。寒暄已毕,乌公道:"我看这个案子,出的很离奇,所以请出阁下帮个忙儿。"市隐道:"您调查的怎么样啦?"乌公道:"我方才进的门儿,全都没有看呢。敬烦你们二位,也帮著瞧瞧罢。"说着,传谕官人,把各屋的竹帘及房门隔扇一律打开,叫文光引著路,前往各房查看。

秋水取出铅笔,先将院内形势记个大概,见北房三间,东西各有耳房②,东西配房各三间。乌公问文光道:"你住在那间屋里?"文光指着道:"我带着贱内小女,住在上房东里间。小妾范氏,住在东厢房。我儿子儿媳妇,住在西厢房。东耳房是厨房。"乌公点了点头,同了市隐二人,往各屋察看。

文光的家内,虽不是大富大贵,亦是小康之家。屋中一切陈设,俱极整洁。西厢房内,南屋是个暗间儿,外间是两间一通连儿的,靠著北山墙下,设著一张独睡的木床。南里间内有一铺土炕,春英的尸身倒卧在木床前面,床里床外俱是鲜血。春英赤着脊梁,下身穿着单裤,脖颈右边儿有刀伤一处,目定口张,满身俱有血渍。

秋水道:"年少夫妻,有什么不解之冤,下这样的毒手?"乌公道:"妇女的知识无多,俗言说,狠毒不过妇人心,就指著这宗案子所发的议论。所谓人世间事,惟女子富于情。这一句话,我实在不敢深信。"说著,命文光引导,又至东耳房察看。

将一进门,屋内嗡嗡的苍蝇,异常肮脏。除去碗筷刀杓,一切傢俱③之外,

---

① 死乞白赖:为达到目的,一个劲儿地缠磨他人。
② 耳房:主房屋旁边加盖的小房屋。
③ 傢俱:家具。

有大小水缸两口，地上有许多水迹。乌公问文光道："你的儿媳妇投的是那一个水缸？"文光道："投的是这个大的。"乌公点了点头，谕令各兵弁细心看守，不许移动，官人连连答应。遂同着市隐二人，往上房屋内少坐。

官人预备茶水，市隐等喝了点茶。秋水道："杀夫的这个淫妇，不知恪翁，方才看见没有？"乌公道："兄弟来时，把阿氏他们已经带翼啦。二位得暇，请到翼里看去。"秋水点了点头，取出一只烟卷儿，一面吃着，一面与市隐闲谈。

乌公叫文光道："方才甲喇上报说，杀人的凶器，是你藏起来的，这话可是情实①？"文光听了此话，吓得浑身乱抖，迟了半日道："大人明鉴。杀人的凶器，岂有藏起之理？刀是什么样儿，我并没有看见。只听官人嚷嚷，是从东厢房里搜出来的。"乌公道："杀人既在西屋，怎么杀人的凶器反在东屋呢？"文光答一声"是"，迟了半日，又颤巍巍的道："这个，那我就不知道了。"乌公纳闷道："这事可怪得很。"又回首向市隐道："回头你们二位到舍下坐一会儿，这一案里有许多得研究的呢。"市隐、秋水二人拱手称是。

乌公站起身来，向左右官人道："把甲喇上德老爷请来。"官人答一声"喳"，登时把德勒额唤来，站在乌公面前，垂手侍立。乌公道："你带着他们，在这里严加看守。一草一木，都不许移动。"又告官人道："先把文光带翼，等明日验尸之后，再听分派。"德勒额连连答应。市隐、秋水二人也忙的站起，随了乌公出来。乌公拱手道："二位不必拘泥。兄弟先走一步，回头在舍下再谈。"秋水亦陪笑道："请便请便，我们也少迟②就去。"忽听哗哒一声，院内院外的枪队，全都举枪致敬。

乌公去后，市隐、秋水二人又往各房内察看一回。有守护的官兵道："二位老爷，您看见没有？要据我瞧着，这内中一定有事。横竖这么说吧，这个凶手哇，啊，出不了本院的人。"说罢哈哈大笑，引的秋水二人也都笑了。官兵又悄声道："这把切菜刀哇，从东屋找出来，满刀的血，裹着一条绣花儿手绢儿，您说是怎么回事？"说著，又哈哈笑道："这话对不对您那？"市隐亦笑道："是的，是的。您就多累吧，我们要回去啦。"说著，又有几个官长急忙跑来道："怎么着？二位回去吗？嚯，我们也不远送啦。"市隐、秋水二人，忙的陪笑拦住，与弹压各

---

① 情实：实情。
② 少迟：过一会儿。

官弁拱手而别。

出门雇了人力车,往六条胡同乌宅而来。到了门首,早有门房仆人同了进去。乌公也拱手出迎,让至书房里面,分宾主坐下。乌公一面让茶,笑着道:"春英这一案,很是离奇。适才种种的情形,三处堂官,也全都知道啦。二位也不用忙,回头在舍下用饭。我先把原凶①问一问,就可以知其大概了。"秋水忙辞道:"吃饭倒不必。敝学堂里,过午有两堂国文,兄弟是一定得去的。"市隐道:"你这是何苦?咱们一同来的,要一同走,即便在这里吃饭,也不是外人哪。"乌公亦笑道:"秋翁是太拘泥,又嫌我这里厨子菜饭不能适口,所以才这样忙。"秋水红脸道:"那儿来的事?兄弟是当真有事。不然,在这里吃饭,又有何妨呢?"市隐站起道:"嘿,我告诉你说,你们这宗地方,真是差点儿。办上正经事情,总得有点魄力。还告诉你说,你今儿要走,我得直接著干涉②你。"说罢,取出烟卷儿,一手搔著须发,鼻子连连哼嗤。乌公笑著道:"秋水,你图的什么?招的他鼻翅乱颤,这样的哼嗤。"说得秋水、市隐也都笑了。

一时酒饭齐备。三人一面让坐位③。乌公道:"方才在文光家内,也没得细说,据甲喇上报称,这案子很奇怪。当文光喊告的时节,甲喇上的人,即将阿氏并阿氏娘家的母亲阿德氏一并带翼。当时那杀人的凶器并没找著。我听了很是纳闷,遂又着人去找,搜了半天,方才搜出来,是一把旧切菜刀,上有许多血渍,用一块粉红色洋绉绢帕包着。据甲喇上说,是从上房里桌子底下搜出来的。方才我问文光,据他说是东厢房里找出来的。我想这件事,离奇得很,此中必别有缘故。"秋水坐下道:"恪翁说到这里,我们也碍难缄默。适在文家门首,听见邻人谈论,说文姓家内,时常打闹,想必此中,必有别项情节了。"

乌公皱眉道:"这案子实在难办。这些个离离奇奇、闪闪灼灼④的地方,使人在五里雾中,摸不清其中头脑。若说是谋害亲夫呢,又没有奸夫的影响。若说不是呢,缘何春阿氏又自投水缸呢?最可怪者,杀人是在西房,凶器是在上房。杀人凶手又到厨房里投缸寻死。据官人报说,杀机初起时,上房东房俱已关门睡熟,难道那把切菜刀是从门隙中飞进去的不成?若说是刀在上房,则杀

---

① 原凶:真凶。
② 干涉:阻止。
③ 坐位:座位。
④ 闪闪灼灼:闪闪烁烁。

人的原凶,出不去上房的人。据文光说,上房是文光夫妇带着女儿睡觉。无论如何,我想为父母的人,断不能下此毒手。大正姊妹,又是年轻的小孩子。你说这杀人凶犯,究竟是谁呢?东厢房里,睡的是范氏,如果那把菜刀,是从东厢房搜出来的,则范氏亦有嫌疑。若据瑞氏说,各房俱已睡熟,就是他自己没睡,先听是厨房里阿氏洗脸,后听著院内有人,又听有木底声音。这么一说,当是春阿氏藏有奸夫,两个人一同下的手了。然据甲喇上报说,阿氏身上穿的是白色衣服,连一点血点血丝全都没有。阿氏又连声喊冤,又说他头上胁上全都有伤。你说这个案子,奇也不奇?"秋水道:"论说奇怪,我想也不甚奇怪,一定是因奸害命,定而无疑。只在阿氏、范氏身上多为注意。再调查他们婆媳,平素的品行若何,即不难水落石出了。"市隐道:"秋水所说,很是近理。若调查其中原委,连阿氏、范氏的娘家也得调查。文光家中时常来的戚友,也得调查。"说著斟酒布菜,三人一面吃酒,一面叙话。

乌公以豪饮著名,市隐也杯不离手。独秋水一人,素不嗜酒,口内吸著纸烟。见壁间有一副对联,写道是:

  敢将人命同儿戏,
  好顺天心作主张。

又见有一幅横条,写道是:

  鬼谷子曰:抱薪趋火,燥者先然。此言内符之应外摩也。孔子曰:视其所以,观其所由,察其所安,相人之术,体用兼赅,千古不易之法也。神奸巨猾,矱圣矩贤,绳情矫性,若不遇大利大害,绝难揭骷髅,而窥其野狐身也。然可饰者貌,不可饰者心。赤日当阳,阴霾自灭。震电吓怒,妖魅自惊。纵极力矜持,只愈形其鬼蜮耳。相人者,慎勿取其貌,而不抉其心焉,可矣。

秋水看吧①,笑问乌公道:"壁上这幅对联,好像此案的祝词。全仗乌老兄视其所以、观其所由了。"说的乌公、市隐也全都笑了。

用饭已毕,仆人伺候漱口。乌公一面擦脸,忽有仆人来回说:"鹤大人、普大人现在公所相候,等大人问案呢!"乌公点了点头,忙着换了官服,同着市隐

---

① 吧:罢。

二人步行至左翼公所。早有小队官弁,回了进去。副翼尉①鹤春,委翼尉普泰,全都身着公服,迎至阶下。乌公陪笑道:"兄弟来迟,二位早到了吧。"鹤公陪笑道:"不晚,不晚,我也是刚进门儿。"乌公又指道:"这二位是我的至友,对于会社②上,很是热心,我特意请了出来,给咱们帮忙的。"鹤、普二人听了,忙的陪笑请安。市隐等亦忙见礼,道了姓名。大家谦谦让让,来至房中。

乌公升了公座,鹤、普二公坐在乌公的左右。市隐、秋水二人坐了旁厅的坐位。官人枪队等俱在两旁排列。乌公道:"先带春阿氏。"左右亦接声道:"带春阿氏。"只听院子里一片喧嚷,说先带春阿氏。不一时,竹帘掀起,有两个穿号衣的官人,带著阿氏进来,手腕上带著手镯③,脖项上拴著锁练儿。官人喝著道:"跪下!"乌公道:"这是何必?一个妇女,带著大刑具,有怎么用处?"吩咐一声道:"撤下去!"官人连连答应,忙把手镯撤下。

只见春阿氏,年约十七八岁,眉清目秀,脸似梨花,乱发蓬松,跪在地上垂泪。乌公问道:"你今年多大岁数?"阿氏低着头,悲悲切切的应道:"今年十九岁。"乌公问道:"你几时过的门?"阿氏带著眼泪,迟了半日道:"三月里。"乌公又问道:"你娘家是那一旗?你父亲叫什么名字?"阿氏带泪道:"镶黄旗满洲,松昆佐领④下人。我父亲叫阿洪阿。"乌公又问道:"素日你的丈夫,待你好不好?"阿氏擦着泪,哽哽咽咽的道:"他待我,也没什么不好地方。只是我身子不好,时常有病,因为这个,他时常的骂我,我同他也没有计较过。"乌公又问道:"既是没计较过,如今你因为什么,又害死他呢?"阿氏听至此处,呜呜的大哭起来,乌公连问三遍,方哽哽咽咽的回道:"如今我只求早死,不想着活了。"乌公道:"是你不是你,你竟管实说,不必往死道儿想。"阿氏又哭道:"我的丈夫,业已被人杀死。我糊里糊涂落了谋害亲夫的罪名,活着也没有意思了。"说罢,又呜呜囔囔的哭个不住。乌公又问道:"你丈夫是怎么死的?你要实话实说。"阿

---

① 副翼尉:又名帮办翼尉。当时北京的治安主要由步军统领衙门维持,该机构兼军队、警察和司法机关职能,主要由步军左右翼和巡捕五营构成,两翼均设有总兵、翼尉、副翼尉、委翼尉等职。副翼尉、委翼尉均为翼尉之辅员。

② 会社:社会。

③ 手镯:手铐。

④ 佐领:满语"牛录"的汉译名。300人为一牛录,其长官满语称为"牛录额真""牛录章京",后定汉名为"佐领"。

氏擦泪道:"现在我就求一死,大人也不必问了。"乌公听了,不由的绉眉道:"你不必这样心窄。谁把你丈夫害的,你可以从实说说,好给你丈夫报仇。你若是死了,谁给他报仇呢?"

阿氏听到这里,迟了半晌道:"昨天早起,我大舅家里接三①。我跟著我婆婆、小姑子去行人情。晚间我公公也去了,送三之后,把我接回家去,那时我丈夫他已经睡著了。我拆头之后,去到厨房洗脸,将一转身,背后来了一人,打了我一杠子,我就不省人事了。及至明白之后,就听见有人说,我丈夫被人杀了,又见我母亲也来啦。随着有好些官人进去,把我带到这里来。至于我丈夫,是被什么人害的,我一概不知道。"说罢,又呜呜的哭了。乌公道:"你这些话,都是实话么?"阿氏带泪道:"我已然是不能活的人了,何必不说实话呢?"说到此处,痛哭不止,似有万分难过,说不出来的神气②,又哭著道:"活活的难受死我。"说罢颜色大变。

乌公叫左右官人暂将阿氏带下,回首向鹤、市隐等道:"我看这阿氏,不像杀人的原凶。"鹤公亦皱眉道:"我看著也不像。他心里这样难过,想来他的男人,必是旁人害的。"乌公听了此话,亦深以为然,随命左右再带阿德氏。

官人答应一声,不大工夫,把阿氏之母阿德氏带至案前跪下,眼泪在眼眶里含著,望上叩头道:"夸兰达③恩典,替我们母女报仇。"乌公扶著公案,往下看一看,因问道:"你是那一旗的人?"德氏道:"我是镶黄旗满洲的。"又问道:"你是那一牛录的?"德氏道:"松昆佐领下人。"乌公道:"你们没作亲之前,两下里认得不认得?"德氏道:"我们是亲上作亲,原来认得。"乌公又问道:"你女儿过门之后,同你女婿春英,他们和美不和美?"德氏道:"很是和美。"乌公又问道:"既是和美,为什么你女儿杀你女婿呢?"德氏洒泪道:"和美是实在和美。我们姑爷是被谁给杀的,我一概不知。夜里在家睡觉,我们亲家老爷,遣人来接,说是家里有事,又说我女儿病得很厉害,叫我赶紧去,我跟著就去了。到我们亲家家里,才知道我们姑爷被人杀死,是谁杀的,我并不知道。若说我女儿杀的,我想著不能,连我女儿头上还有打伤呢。"乌公道:"你进门儿的时候,你

---

① 接三:丧事中,人死三日为接三,此日家人请喇嘛诵经,迎接魂魄。
② 神气:神情,样子。
③ 夸兰达:"长官"之意,满语借词。

女儿是什么光景?"德氏道:"我进门的时候,我女儿在地下坐著呢。听我们亲家太太说,他跳了水缸了,是我们亲家老爷亲手给救上来的。"

乌公听到此处,点了点头。市隐坐在一旁,悄向秋水道:"内中的情形,我已猜至八九。不知你的心理①是怎么揣测?"秋水道:"一时半刻,我琢磨不出来。大概春阿氏,必不是原凶了。"市隐道:"我看他轻轻年纪,连那举动容貌,都不似杀人的凶犯。大略这一案里,又要牵掣②出事来。"

二人一面参详,又听乌公问道:"以后怎么样呢?"德氏道:"我们亲家太太,不依不饶,跟我大闹一阵,说是我同我女儿,把我们姑爷害了。我正要根究底细,官人就进来了,不问青红皂白,把我带到这里,究竟我们姑爷是被谁给杀的,我是一概不知。夸兰达恩典,您想我那女儿,今年才十九岁。"又哽哽咽咽的哭道:"不但下不去手,而且他们小两口儿,素日很是对劲,焉有无缘无故杀害男人的道理呢?"说罢连连叩头,哭著央求道:"要求夸兰达替我作主。"乌公道:"你也不必如此。是非曲直,既然打了官司,自有公论。但人命关系至重,衙门里头,一定要认真办理。自要你女儿,说了真情实话,都有我给你做主呢。你下去劝劝他,若将实话招出,我自然设法救他。若是一味撒谎,恐怕堂上有神,此事难逃法网,你听见了没有?"因唤左右道:"把他带下去!把文光给带上来!"

左右一声喝喊,先将德氏带下,把领催文光带了上来,走至案前,向乌公请了个安。此人有五十余岁,赤红脸儿,两撇黑胡子,身穿两截大褂,规规矩矩的垂手站立。乌公道:"你是那一旗的人?"文光道:"领催是镶黄旗满洲,普津佐领下人。"市隐在一旁听了,悄向秋水道:"这件事情,我了然八九了。回头我细同你说,大概杀机之起,必在文光之妾范氏身上,一定是无可疑议了。"秋水点了点头。

又听乌公问道:"你儿子有钱粮没有?"文光道:"小儿春英是马甲③钱粮。"乌公又问道:"春英死的情形,你要据实的说。"文光叹口气道:"我们亲戚家,昨天有事,我们内人带著我儿妇女儿,去行人情,晚上回家,我已经睡着啦。忽的

---

① 心理:心里。
② 牵掣:牵扯。
③ 马甲:清代兵种之一,即"骑兵",每月军饷为三两银子。又名"披甲","甲"为"蒙马之甲"。

院子里,一阵脚步声,又听小妾嚷嚷说是有人啦。我仔细一听,院子里并无动静,就听我儿媳妇在厨房哗啦哗啦的,好像是洗脸的声音。工夫不大,又听西房里,好像是两个人打架似的。那个时候,我恐怕他们打架,我就伏在枕上细听,又听院子里有脚步声音,厨房里叮当乱响,又是水声,又有水缸声。我问了半天,没人答声。大人想情,我那能放心呢?我急忙起来,跑到厨房里一看,见我儿媳妇阿氏,脑袋向下,浸在水缸里,正在挣命呢。我赶紧将水缸拉倒,大声的一喊,贱内范氏也就赶着过来了,七手八脚的,好容易撅活了。忙乱了好半天,因不见小儿春英,我忙叫内人去唤。我内人到西屋叫了好多时,没有人言语。我急燥①的了不得,一到西房内,就是一楞,屋里黑洞洞的,没有人声。此时内人拿过一个灯来,到得屋内一照,敢则是小儿春英……"说到这里,不由得眼泪直流,迟了一时,复又说道:"小儿春英,仰面躺在床底下,已经被人杀了。文光之子,死的太苦,望求大人作主。"说罢,眼泪婆婆的哭个不住。

  乌公道:"你说的这些话,可都是实情么?"文光道:"家中出此横祸,领催不敢撒谎。大人□镜高悬,请替领催作主。"乌公道:"据你这么说法,仿佛杀人的凶犯,没有下落了。"文光擦泪道:"大人明鉴。半夜里小儿被害,屋里并无别人,不是我儿媳妇是谁?"乌公道:"这事也不甚□理。听你这前前后后的话,很是矛盾。你们两下里既然是亲上作亲,难道你儿媳妇的品行,你不知道吗?"文光道:"人心隔肚皮。常言说的好,知人知面不知心。要论作亲的时候,我看这孩子,举止大方,品貌端正,素常是极其老实,似不至有这丑事。谁想他竟自如此呢?"说著,又不禁落泪②。乌公道:"究竟你儿子儿媳妇,平素是和睦哇,还是不和睦呢?"文光道:"论和睦也不致不和睦,自幼的姐儿们,有什么不对劲的呢?"乌公道:"既然是平日和睦,我想你那儿媳妇安安静静的,也不致出此逆事。怎么你一味的咬他,莫非这其中有什么缘故吗?"文光道:"缘故却没有,领催所说的,俱是实情。小儿死的忒冤,要求大人作主!"乌公道:"作主那却容易,但是你不说实话,一味撒谎,我可就不能办了。你是当差的人,你也明白,我这儿问你,为的是顾惜③你。验尸之后,把你们送到衙门,一定要解送法部。

---

① 急燥:急躁。
② 底本作"又不禁泪"。
③ 顾惜:照顾,可怜。

你若是帮着掩护,你也要担些罪名的。"文光低著头,连连称是。鹤公亦问道:"你不要撒谎,什么话竟管直说。"文光陪笑道:"大人这样恩典,领催不敢撒谎。"

乌公道:"你要听明白了。大凡谋害亲夫的案子,都是因为奸情的最多,既为奸情,不能不根究奸夫。按你所说的情形,好像是你儿媳妇行的凶。但有一层,一个十九岁的小媳妇,胆儿又小,品行又端正,又不是夫妇不和,怎能够半夜三更下这毒手呢?我想十九岁的小媳妇,无论如何,也没有男人力大,怎能够杀人之后,轻轻的挪到床下,人也不知鬼也不觉呢?即便是煞神赋体①,当时他长了力气,我想他白白的衣服上,也该有血迹。今不但没血,连你儿媳妇头上,全都有伤,杀人的凶器,又是东厢房里翻出来的。"说著,又冷笑道:"文光,你仔细想想,这件事合乎情理吗?"文光道:"大人明鉴,实是有理。无奈小儿春英,遭了这样惨害,半夜三更,没有旁人在家,不是我儿媳妇是谁?至于他如何起的意,领催也不知其详,求大人恩典,派人详细调查。领催有一字虚言,情甘认罪。"乌公皱眉道:"那么你先下去,我若调查出来,你可不要抵赖。"文光连连称是,向上请了个安,转身下去。

乌公向鹤公道:"这案里头,一定有毛病。我看他闪闪灼灼,咬定是他儿媳妇,这话里就有了缘故了。"因回头道:"市隐兄,你看着怎么样?"市隐忙站起道:"恪翁问的话,实在入微。我想这案内人,都要挨次问问,方可以水落石出。"鹤公道:"是极是极,咱们先带范氏,看他是如何供认,再作研究。"普公亦连连称是。

乌公向官人道:"带范氏!"左右答应一声,将文光的次妻范氏带了进来。此人年纪,在三十上下,虽然是徐娘半老,而妖娆轻佻,丰韵犹存;两道恶蹙眉,一双圆杏眼,朱唇粉面,媚气迎人,挽着个龙蟠旗髻,梳着极大的燕尾,拖于颈后;穿一身东洋花布的裤褂,一双瘦小的天足,敞著白袜口儿,上锁着青线垂头云儿,青缎双脸儿鞋,木底有三分余厚,袅袅娜娜的走来,双膝跪倒。

乌公道:"春英被杀的情形,你总该知道罢?"范氏道:"春英被杀,小妇人不知道。"乌公怒道:"胡说!春英之死,你会不知道?你的事情,方才你男子②文

---

① 赋体:附体。
② 男子:男人,此处指丈夫。

光已经都实说了,你怎么还敢瞒着?"范氏道:"我实在不知道。我爷们不知底细,他也是胡说。"乌公道:"你儿子春英,孝顺你不孝顺你?"范氏道:"春英很知道孝顺。"乌公道:"春英他们夫妇,和美不和美呢?"范氏道:"他们不和美。自过门以后,时常打闹。"乌公冷笑道:"你这嘴可真能撒谎。他们说和美,你说不和美,难道你的心思,害了儿子,还要害儿媳妇吗?"又拍案道:"你实话实说,本翼尉慎重人命,铁面无私。你若一味狡展①,可要掌嘴了。"范氏低下头去,冷笑著道:"大人高明,小妇人不敢撒谎。春英他们夫妇,素常素往实在是不和睦。昨儿早间,还打了一架呢。"乌公又问道:"为什么打架呢?"范氏道:"春英他大舅死啦,我姐姐要带著儿媳妇出门,春英不愿意,不让他媳妇去,所以两口子打起来了。"乌公又问道:"春英不叫他去,是什么意思呢?你知道不知道?"范氏道:"这件事很是难说。"乌公道:"怎么会难说呢?"范氏道:"当初做亲的时节,我就不大愿意。风言风语,说这丫头野调②,又有说不老成的。我姐姐不知其细,总说这孩子安稳,不致有毛病。谁想自过门之后,他扭头别傍③的,不与春英合房。据我姐姐合他妈妈说,这孩子年轻,不懂得人间大道理,容再长岁,也就好啦。大人明鉴,如今这个年月,十九岁还小吗?所以他们夫妇总是打吵子④,我在暗地里,也时常劝解。谁想他认定死扣儿⑤,横竖心里头别有所属,说出油漆来,也不肯从。您想这件事,不是难办吗?"

乌公听到此处,点了点头,心中暗忖道:"好个利口的妇人。"这一片话,满是陷害儿媳妇、谋害亲夫的根据。若照这样看来,定然春阿氏是有意谋害了。因问道:"春英打他女人,不叫行人情去,又是什么道理呢?"范氏冷笑道:"大人明鉴,深儿里的事情,您还不明白吗?我是个糊涂人,据我这么揣摩著,大人要知其底细,非问他娘家妈妈不能知道。"这一片话,把个公公正正的乌公问了个瞠目结舌,无话可说。

普公忍不住气,遂厉声道:"你不用花说柳说⑥,阿氏头上的伤,是那里来

---

① 狡展:狡赖,刁滑。
② 野调:粗野,形容女子不守规矩。
③ 扭头别傍:指不对付,相处不和,与前文"扭头傍样"同义。傍:膀。
④ 打吵子:吵架。
⑤ 认死扣儿:认死理,固执己见。
⑥ 花说柳说:花言巧语。

的?"范氏迟了一会,冷笑着道:"这谋害亲夫的事情,他都作得出来,那安伤栽赃的事情,难道还不会办吗?没有别的,就求着大人恩典,究问他们母女,给我们春英报仇,则小妇人合家就感激不尽了。"乌公道:"你不用舌底压人,话里藏刀。这内中情形,本翼尉已经明白了。"因唤官人道:"先把他带下去,把托氏、瑞氏带来。"左右答应一声,将范氏带下。不一会,将瑞氏、托氏并二正等,一齐带到。要知如何问讯,且看下文分解。

第四回　验尸场抚尸大恸　白话报闲话不平

　　话说左右官人,奉谕将范氏带下,将文光之母德瑞氏带上。有协尉福寿站在公案一旁,喝着道:"跪下!有什么话,你要据实的说来。这儿大人可以替你作主。"瑞氏颤颤巍巍跪在公案以前,擦着眼泪回道:"我那大孙子春英,死的可怜,望求大人作主,给我孙子报仇。"福寿又喝道:"你先把事情说说,这儿的大人,一定要给你作主。"瑞氏跪在地上,颤颤巍巍的只顾擦泪。乌公在座上问道:"你这么大年纪,不要尽着伤心。春英之死,究竟是谁给杀的?你要据实说出,本翼尉给你做主。"瑞氏洒泪道:"我孙子怎么死的,我不知道。死了好半天,我才瞧见的。"乌公道:"那么你孙子媳妇浸了厨房水缸,你知道不知道?"瑞氏道:"浸水缸我知道,至于他因为什么寻死,那我就不知道了。"乌公道:"这话有些不对,难道你孙子媳妇谋害亲夫,你连一点儿影响①,全都不知道吗?"瑞氏抹泪道:"我那孙子媳妇,可不是害人的人,横竖这里头,必有冤枉。昨天早晨,东直门小街他大舅家里接三,我们大媳妇带著我孙子媳妇,去到德家行情。晚上他们回来,工夫不大,就全都睡觉啦。我在东厢房里,躺下没睡着,听着院子里有人直跑,又听有木底的声音。先是我孙子媳妇,温水洗脸,后来又听著,不像是他,越来越声音不对。我以为院里有贼,遂咳嗽两三声,又唤着春英起来到院里瞧瞧,喊了半天,春英也没答言儿②。听我们二媳妇屋里,屋门乱响。又听我儿子出来,嚷说'了不得'。我当时疑惑③是贼,也忙着出来看。不知什么时候,敢则我孙子媳妇浸了水缸啦。听我们二媳妇说,春英已死。我到西屋一瞧,谁说不是呢。我这才明白过来,敢则出了逆事啦。后来有官人来到,把

---

① 影响:动静,声响。
② 答言儿:回答。
③ 疑惑:怀疑。

我们一齐带来。这是我所知的事情。望求大人作主,给我们报仇。"说罢,又滴滴堕泪。

乌公道:"据你这么说,是你那孙子媳妇谋害亲夫了。方才你说阿氏断不致作出此事,怎么会三更半夜谋害亲夫呢?你若是为你孙子报仇,你那孙子媳妇,可就要凌迟抵命了。"瑞氏哭着道:"如今他作出这事,无论我怎样疼他,也是管不及了。"说罢,泪如雨下,连叫了两声大人,又悽悽惨惨的道:"是他不是他,我也没瞧见,望求大人作主,究情①个水落石出,叫他招出实话来,给我们春英报仇。"说罢,又泪流满面。乌公道:"你不用伤心,我全都明白了。"因唤左右道:"把他先带下去。"福寿亦喝道:"带下去!"左右答应一声,将瑞氏带下。

鹤公道:"恪翁的见识,实在高明。据这瑞氏一说,这内中情形,实在是可疑了。"普公亦陪笑点头,回首问左右道:"文光的孩子,带来了没有?"福寿回说道:"文光是两儿两女。死的叫春英,是他大儿子;次子春霖,今年才十二岁。女儿叫大正、二正,已经都带来了。"普公道:"那么文光家里,都有什么人呢?这个范氏是春英的母亲么?"福寿笑回道:"春英的生母,现在外面候审呢。范氏是文光的次妻。"普公点了点头。乌公道:"把二正带上来。"左右一声答应,立时将二正带上。

官人要喝着跪下,福寿忙的过来,拉着二正的小手,俯在耳边道:"你不用害怕,大人若问你什么话,你就照实说。"二正羞羞涩涩,用手抹泪,撅着小嘴儿,慢慢的走至案前。乌公笑问道:"你今年几岁?你们家里素日是谁最疼你?"乌公问了两遍,二正低着头,并不言语。鹤公、普公亦接声来问。二正道:"我今年十岁。我太太②疼我,我二妈也疼我。"乌公又问道:"你哥哥嫂子,他们打架来着没有?"二正道:"没有。"乌公道:"那么素常素往,他们打架不打架?"二正道:"素常也不打架。"乌公点了点头,又问道:"那么你哥哥嫂子,和睦不和睦呢?"二正迟了半日,翻起眼皮来,望着乌公道:"和睦。"乌公听到此处,不由得皱起眉来,勉强着作出笑容,安慰二正一回,叫左右官人将他先为带下。

回首向市隐道:"这案里很麻烦,前前后后,驴唇不对马嘴。若真是谋害亲

---

① 究情:追究实情。
② 太太:奶奶,祖母。

夫，必当有奸夫帮凶，若不是阿氏所害，可越发的得究了。"市隐、秋水二人，均陪笑答道："恪翁是慎重民命，推事详明。方才所问的话，都是要紧地方。"鹤公亦回首道："我见这范氏脸上，很有不正之气，衣服打扮又极其妖艳。此案若阿氏被冤，大概这个原凶，必在范氏身上。不然与这范氏，必有密切关系。"市隐听至此处，哈哈笑道："鹤松翁果然眼力不差。据小弟眼光看来，也是如此。"乌公摇首道："不然，不然。世间的事，不能以皮貌相人。"因告福寿道："把文光他们暂为看管，文托氏也不必问了。"福寿连连答应，左右官人亦闻声退下。

乌公的仆役瑞二，过来与各桌倒茶。乌公站起身来，约著市隐、秋水，并鹤公、普公等四人，去到宅里少坐，研究调查的法子，又谕告管档的官员，问问提督衙门，明日是何时验尸，再向法部里打听，明日是那一位司官①前来检验。管档的连连答应。乌公与鹤公等，大家谦谦让让，随后有小队官人，乱乱腾腾的一同回到乌宅。乌公摘了纬帽，一面用手巾擦脸，陪笑向秋水道："今天太对不起，只顾著帮我的忙，耽误了一天功课，这是怎么说呢。"秋水亦笑道："功课倒不要紧，我不到堂，亦必有同人②代替。只是我听见问案，闹得心里头颇不痛快。三位有什么妙法，把这案中原委调查清楚了呢？"乌公道："调查倒容易，不过官家的力量万来不及，今既将二位请出，务祈多为费心，详细给调查一回。我们翼里选派精明侦探，也四出探访。验尸之后，能把原凶访明，那可就省事多了。"鹤公亦笑道："二位要肯其③费心，不但我们几个人感谢不尽，就是被害的人，灵魂也要感激的。"市隐等慨然承诺，说："三位只管放心，只要我们俩人力量所及的地方，必去实力④调查，这也是当尽的义务，三位也不必嘱咐了。"说着，起身告辞，与秋水二人前往各处调查，不在话下。

乌公将市隐等送出，又与鹤、普二公议了回别项公事。鹤、普二公走后，乌公呼唤瑞二，把协尉福寿请来，面谕道："春英这一案，情形太复杂。我想由公所里出个传单，晓谕这各门各队各甲喇兵弁，如有将春英一案调查明确，详为报告者，给予不次之赏。你道这主意好不好？"福寿笑回道："大人明鉴，这主意倒是很妙。少时协尉回去，晓谕他们就是了。"乌公点了点头，又令福寿于正翼

---

① 司官：主管官员。
② 同人：同仁，同事。
③ 肯其：肯，愿意。
④ 实力：认真，花功夫。

小队里选派了十名侦探,俱都是精明干练、见事则明的人物,内中有四个最著名的:一个叫神眼钰福,一个叫妙手连升,一个叫耳报神润喜,一个叫花鼻梁儿德树堂。这四个队兵,都是久于捕务、破案最多的能手。在那前清末季,虽然侦探学未见发明,而破案捕盗亦极敏捷。若将这四位的成绩,编纂出小说来,也比福尔摩斯不在以下。不过中国人,都是勇于做事,专有尚实的工夫,平居无事,不乐意瞎吹牛。若是那大侦探家,真把他所经所见的特别案子一件一件的著出书来,管保那个案子都是部好小说。不过是没人编著,所以把他的聪明历练全都埋殁①了。

　　话休絮烦,这四个有名的探兵,久在乌公手下效力当差,此番见了堂谕,赶紧的跑到宅中,请示办法。乌公把所的供词述说一遍,叫他们即时出发,侦察文光家内究竟是有无规矩,范氏、阿氏平素是品行如何,全都详细报告,以便回了堂宪②,好澈底③究办,以示慎重。

　　四人领谕出来,钰福唤连升道:"嘿,二哥,你摸头不摸头?我在北小街有家儿亲戚,他也是镶黄的人,八成儿跟阿德氏是个老姑舅亲,我上那儿去一趟,倒可以卧④卧底。回头的话,咱们在澡堂子见面。"连升摇头道:"嘿,你不用瞎摩⑤。这个文范氏的根儿底儿,都在我肚子里哪。久在街面上的话,不用细打听。"又回首叫德树堂道:"嘿,黑德子,管保这个范氏,你都知道。咱们这钰子,他还要乱扑呢。可惜他啊,还是这溜儿的娃娃哪。"说著,哈哈大笑,又叫润喜道:"嘿,小润,咱们公泰茶馆了,嘿。"钰福道:"嘿,二哥,你老是不容说话,竟调查范氏,也是不能行的。别管怎么说,这是春阿氏谋害亲夫哇。"连升又笑道:"嘿,小钰子,不是二哥拍你⑥,攒馅儿包子——你有点儿晚出屉。东城的男女混混儿,瞒不了哥哥我。这个文范氏,也是个女混混儿。刚才一照面儿,我就亮他。嘿,老台⑦,走著,走著,到公泰的话,我再细细的告诉你。"

---

① 埋殁:埋没。
② 堂宪:上宪,上司。
③ 澈底:彻底。
④ 卧:趴＊。
⑤ 瞎摩:瞎摸。
⑥ 拍:用言语威吓他人。
⑦ 老台:市井语,老弟的意思。

第四回　验尸场抚尸大恸　白话报闲话不平

　　四人一面说笑,到了鼓楼东公泰茶社。四人拣了座位,走堂的提壶泡茶,各桌的茶座儿,有与这四人相熟的,全都招呼让茶。有问钰福的道:"嘿,老台,你那红儿①,怎么没提了来?"钰福道:"咳,还题那,昨儿我回去洗笼子来着,稍一疏忽,猫就过来。您猜怎么着?啊,□忽一下子,就他妈给扑啦。我当时一有气,把食罐儿、水罐儿也给摔啦。可惜我那对罐儿,听我们老头儿说,那对瓷罐儿跟那付②核桃都是一年买的。两样儿东西,光景③是五两多哪。"那人亦赞道:"嘿,可惜,这是怎么说哪?听说塔爷那个黑儿,昨儿个也糟践啦。"连升接声道:"富爷您别题啦。小钰子的话,养活不了玩艺儿,打头他工夫不勤,没工夫儿溜,那就算结啦完啦。您瞧他这个打扮。"说着,提起钰福的辫发,笑哈哈的道:"三把松的辫子,拖地长的辫穗儿,这么热天,他带着三条白领子。您瞧哇,啊,嘿,简直的是一个吗?"钰福道:"得哩,你不用拣好的说,讲外面儿的话,你也不用逞英雄。早晚咱们那位,也得像小菊儿胡同一样,给你个照方儿抓。"那人亦问道:"嘿,你们几位,知道不知道,我们这小菊儿胡同出了新鲜事啦。"连升忙问道:"什么事?我不知道。小钰子一说,倒闹我一怔。您说我听听。"那人道:"就是那伯什户文家,他们是镶黄满的,那一个牛录我可不知道。这位文爷家里,很是可以的。有位小奶奶儿,外号叫什么盖九城。家里的话,横也是乱七八遭④。昨儿家里,他新娶的儿媳妇把他儿子给害啦。方才有一位喝茶的,在小经厂住家⑤。据他说,不是他媳妇害的,光景他这位小婆婆儿,不是好东西。"连升道:"不错不错,我也听说啦。这文家都有什么人?您知道不知道?"那人说:"他家的人口,大概我倒知道。文爷有个母亲,文爷是两位夫人,两儿两女。新近三月里,给大儿子办的事。这死鬼的小舅子,名叫常斌,跟我们那孩子都在左翼第二一个学堂里念书。今早在学堂里告假,说是他姐姐被人给陷害啦。我这么碰岔儿一想,您猜怎么着?真许是盖九城给害的,咱们是那儿说那儿了,如今这洋报的访员,可来得厉害。"连升点了点头,悄向那人耳

---

① 红儿:鸟名。
② 付:副。
③ 光景:大概,差不多。
④ 乱七八遭:乱七八糟。
⑤ 住家:普通住户(区别于机关、商铺等)。

边,嘀咕①了半日。那人也点头答应,说:"是了是了,咱们明儿早间,还在这儿见。我也到尸场里瞧瞧,冲冲我的丧运气。"连升等会了茶资,又向面熟的茶座儿挨次告辞。

至次日清早,四人会在一处,仍往公泰轩一路而来。钰福于当日晚间,就把阿氏的底细调查了一个大略。因风言风语,俱说阿氏在家时,有种种不正的行为。连升道:"钰子你不用说啦。这个小媳妇,难道你没看见吗?又规矩又稳重,不但是身上没血,连他的头部左胁还有挺重的伤呢!这是那儿话呢?"四人一面说著,来到公泰茶社,早见昨日那人已经来到。五人坐在一处,一面品茶,一面说话。候至十点前后,估量著验尸官员已经来到,五人会了茶资,同往小菊儿胡同,看这验尸的热闹。

早见有枪队巡警扎住尸场,由本地官厅,预下了珠笔②公案。甲喇达德勒额带着门甲步兵,亦在尸场伺候。不一会,协尉福寿也带着官兵到来,说今日验尸官是法部一位司员,姓蔡字硕甫,原籍是浙江某县人。尚书戴鸿慈,因为蔡硕甫最极慎重,所以委派前来,带着件作③人等,检验春英的尸身。工夫不大,有官兵皂役在前喝道,本地看街兵亦接口嚷道:"有冤的报冤,有仇的报仇。"又见左翼翼尉乌珍、副翼尉鹤春、委翼尉普泰,带着仆从官弁,乘马而来。又见有一乘轿车,停驻于南巷口外,正是法部司员蔡君硕甫。见了乌公等,彼此见礼,谦谦让让的进了尸场。又见有官兵多人,围护着阿氏、范氏、德氏、瑞氏,并文光、托氏等一干人犯。官兵哄散闲人,钰福等五人也随着众人跟入。

只见乌公、鹤公、普公、福寿等,陪着检察委员升了公座。乌公道:"这案子很离奇,要求蔡硕翁谕令件作等注意才好。"硕甫点头道:"自然,自然。兄弟的责任所在,不敢不细心。我先到动凶屋里看一看去。"说着,有乌公、鹤公等在后相随,往春英死事屋内,看了看大概情形,又往厨房里查验一番。

官人枪队带着阿氏、范氏等,在院相候。阿氏哭著道:"你们老爷们,高抬贵手,我看看我的丈夫,究竟是怎么死的?那怕我凌迟偿命呢,死也瞑目哇。"说罢,放声大哭。德勒额喝道:"你先别哭。是你害的与不是你害的,我们也管

---

① 嘀:啾＊。
② 珠笔:朱笔。
③ 件作:旧时官署中专司验尸和验伤的差役。

不着。这个工夫,你又想着叹丧啦? 哈哈,得啦,你别委曲了。"阿氏一面擦泪,听见官人威喝,吓得浑身乱颤,连项上的大锁练全都花花①乱响,引得看热闹的闲人俱为堕泪。乌公、鹤公等见此光景,忙令协尉福寿暗暗的通告官人,不准威吓犯人,谁要去瞧,就把他们带去。他们哭喊,也不许官人拦管,好借此窥其动作。官人奉了此谕,谁不想送个人情?随令各犯人自由行动,把方才的严厉面孔换一幅和容悦色神情,手内拉着犯锁,也显著松懈多了。

德氏站在院内,眼望着西厢房里,呜呜的乱哭。瑞氏、文光并托氏、春霖、大正、二正等,亦皆掉泪。惟有范氏一人,圆睁杏眼,直竖娥眉,恶狠狠望著阿氏,嗤嗤冷笑。阿氏站在一旁,已经鼻涕眼泪哭成泪人儿一般了。忽见官人等哄散闲人,蔡硕甫入了公座,协尉福寿把法部送来的尸格②呈于案上,又令官人等闪在一旁,好令部中仵作,检验春英的尸首。所有检验用品,盆儿、筷子等类,已由看街兵备齐。

仵作挽了衣袖,正欲下手,忽的官人等往前一拥。阿氏直著两眼,用手推着官人,急煎煎③的奔了过来,望见春英尸身,噗的一声,跌倒就地,迟了一刻钟的工夫,方才缓过气来,失声哭了。乌公、鹤公等都直眼望著阿氏,不胜悽楚。仵作官人等也都楞在一旁,看着阿氏神情,深为惨切。德氏也呜呜哭道:"孩子,你不用哭了,是你不是你的,咱们先不用说了。"说罢又呜呜的哭个不住。范氏厉声道:"你们娘儿们,也不用老虎带素珠儿——充这道假慈悲。天网恢恢,疏而不漏。杀人的得偿命,欠账的得还钱。当着堂官大人们,你们不用闹这一套。到了堂上,有什么话说,再说也不算晚。"文光顿足道:"嗳哟,这时候,你们斗什么口齿呕。"说罢,走向案前,深深请了个安,悽悽切切抹着眼泪道:"大老爷明鉴。小儿春英,死的实在可惨,要求大老爷给我洗冤!"蔡硕甫点了点头。鹤公道:"你先在一边候着。验完了尸首,看看是什么伤,有什么冤枉事,衙门里再说去。"乌公站在案旁,亦唤福寿道:"你叫阿氏的母亲把阿氏也劝开,尸场里不用诉委曲。"福寿答应一声,唤过德氏,死说活说,劝了阿氏半日。谁知此时阿氏,因见了春英尸身受的这样重伤,死得这般可惨,早已背过气去。

---

① 花花:哗哗。
② 尸格:仵作验尸之记录表格。
③ 急煎煎:很急切的样子。

德氏擦着眼泪，把"姑娘、姑奶奶"五字叫不绝声，好容易鼻翅①动颤，慢慢的苏②醒过来。福寿亦劝道："此时也不用伤心了。有什么委曲，等到衙门里说去。"阿氏缓了口气，望见春英的尸身，复又失声哭了，引得文光、德氏并瑞氏、托氏等亦皆坠泪。托氏亦扢泪③劝道："你先起来。事到而今，什么话也不用说了。这都是我的不好。"说罢，亦哭个不住。德氏一面擦泪，死活把阿氏掖起，母女拉着手，泪眼模糊的望着死尸发怔。

仵作挽了衣袖，验了春英的上身，复又解去中衣，验了下部。随将竹筷放下，走至公案前请安报道："头顶上木棍伤一处，咽喉偏右，金刃伤一处，横长二寸有余，深至食气嗓断破，当时致命。"蔡公点了点头，随即填了尸格，欲令尸亲等画押。

话未说完，只见死尸之旁，阿氏噗的仆倒，抚著春英尸首嚎啕恸哭，声音细弱，那一派惨切的神情，真叫人闻之掉泪，一时又昏了过去。德氏擦著眼泪，望著公案跪倒，哭著道："我女儿头上胁上，还有重伤呢。"福寿喝道："你先过去，把你女儿劝一劝，有伤自是有伤，没伤自是没伤。"

话犹未了，忽有带刀的巡警，并枪队官弁等数人，慌慌张张跑来，走至福寿跟前，悄声回道："外面有几个人，要进来看热闹。"说著，取出几个名片，递与福寿道："这是他们的名片，是准他们进来，是不准他们进来？敬候夸兰达吩咐。"福寿接过一看，虽然名片上没有官衔，而姓名甚熟，一时又想不起谁来。随即禀告乌公，乌公看了名片，点了点头，因告福寿道："这几位是探访局的，请他们进来看看，倒可以帮帮忙。"福寿连连称是，吩咐队官等优礼招待，准向各房中查看一切，不肖细说。

此时阿氏已经昏过三次。仵稳等验了活伤，报说："阿氏的头上右胁，均有击伤一处。"德氏哭喊著道："大人们明鉴。若说我的女儿谋害亲夫，他头上右胁，打伤是那儿来的？"

蔡公见此光景，低声向乌公道："看阿氏这宗神色，实不像动凶的人，不知那件凶器，究竟由那屋里翻出来的？"福寿听了，忙将凶器呈过。蔡公一看，是

---

① 鼻翅：鼻尖两旁。
② 苏：甦＊。
③ 扢泪：擦拭眼泪。

一把常用的切菜刀，刀刃上缺了一块，像是砍人时折去似的，上面有血迹甚多，并有粉红色洋绉绣花儿的绢帕裹著刀把儿。蔡公道："这条手帕，是他们谁的物件？"福寿忙的回头，把文光唤来，喝著道："这条手巾，是谁的东西？"文光答了声"是"，又回道："这是谁的手巾，领催也不甚知道。"因回首欲唤范氏，蔡公冷笑道："你家里的东西，你都认不得，你那平素的家法，也就可想而知了。"说罢，望著文光冷笑了两声，又见范氏过来，厉著脸色道："那手巾是我们儿媳妇的，寻常他也不使，出门时才拿出来的。"鹤公道："知道了，这儿没问你，你不用乱答言。"又喝福寿道："把阿氏叫来，让他认一认。"

阿氏低著头，哭的两只杏眼肿似红桃一般。乌公又叫过文光来问道："你儿媳妇投缸，你救出他来之后，给他换衣服没有？"文光道："没有。"鹤公问阿氏道："这刀上这条手巾，是你的不是？"阿氏睁了泪眼，看了看手巾、菜刀，又呜呜的哭了。乌公连问数遍，方哽哽咽咽的答道："这条手巾……"说至此处，又哽咽了好半日，才细声细气道："是我的。"鹤公恐怕情屈，又问道："是你的吗？若不是你的，可也要实说。"阿氏低著头，流泪不语。范氏接声道："是你的你就得认起来。既把男人害死，此时就不用后悔啦。好汉作好汉当，又何用搗诡①呢！"说的阿氏眼泪簌簌的滚了下来，悽悽惨惨的答道："手巾是我的，大人也不用问了。"

蔡公见此光景，心已明白八九，忙命文光、德氏等在尸格上画押，随告乌公道："尸身已经检验，叫他们先行装殓，我也要告辞了。"乌公连连答应，因拟将可疑之点，欲向蔡硕②甫研究一回，随令协尉福寿等先将人犯带回，听候审讯。遂约著蔡公、鹤公、普公，并本地面的警官，同往东西厢房及上房、厨房等处，查看一回。蔡公把可疑之点细与乌公说明，又说刀上血迹大小与伤口不符，阿氏的头上胁上俱是木棍的击伤，恪翁有保障人民的责任，务要多为注意。乌公、鹤公等连连称是，普公亦紧皱双眉，想著纳闷。

探兵钰福等五人，已在院子里查看许久，候至检察官，告辞先行，三位翼尉也相继回翼，这才随著众人慢慢的走出。连升道："嘿，老台，咱们的眼力如何？

---

① 搗诡：搗鬼，搞鬼。
② 底本作"砚"。

你佩服不佩服？也不是吹下子牛下子①，要专信你的话，全拧了杓子②啦。"润喜亦赞道："二哥，真有你的。小钰子的话，到底是小两岁，不怨你薄他。俗语说的好，缩子老米，他差著廒③那。"钰福急辨道："嘿，润子，你不用踩我。要说二哥的话，净瞧了外面皮儿啦。深儿里头的话，还不定怎么一葫芦醋呢？要听他们亲戚说，这事儿更悬虚啦。阿氏这娘儿们，自从十五岁，他就不安顿，外号儿叫小洋人儿。简断④截说，过门的时候，就是个烂桃啦。"一面走著，又笑道："嘿，刚才验尸的时候，你们瞧见了没有，动凶的是谁。那探访局的人，眼力倒不错，他姓什么叫什么，我方才也问了，他是跺子蹄儿的朋友。你要是信我的话，咱们跟著就摸摸，不然叫探访局挑下去，或者那凶手躲了，你们可别后悔。"连升冷笑道："嘿，老台，你不用麻⑤我。这个案子，要不是盖九城的话，我跟你赌脑袋。"

二人一面赌话，同著润喜等二人，别了那茶友富某，四人说说笑笑，到了北新桥天寿茶馆。四人拣了座位，要了茶饭。钰福为阿氏的声名少不得辨论一番，又与连升等赌了回东儿。德树堂道："老台你不用嘴强，反正这件事，也不能完呢，等到水落石出，倒瞧瞧谁的眼力好？你这神眼的外号儿，我是木头眼镜儿，有点儿瞧不透你。"说罢，哈哈大笑，气得神眼钰福一手指著鼻梁儿，瞪著眼睛道："嘿，你不用天牌压地牌⑥，咱们调查的话也是有据有对，谁与春阿氏也没有挟嫌，也不犯偏向范氏。左右的话，杀人偿命，欠债的还钱。咱们是同事访案，犯的什么心⑦呢？"说罢，把筷子一摔，扭过头去，呼呼的生气。德树堂冷笑道："有得，两盅酒儿入肚，你跟我来上啦。"因指著鼻梁道："嘿，姓钰的，谁要二楞⑧的话对不起那股香。"钰福亦站起来道："那是呀！那是呀！"又拍著胸脯儿道："嘿，花鼻梁儿，你说怎么著吧？"两人越说越急，引得连升、润喜俱嗤嗤

---

① 吹下子牛下子：吹牛。
② 拧了杓子：出差错，出岔子。
③ 缩子老米——差著廒：缩子老米，指质量较差的米。廒，仓廒，放米的仓库。这句话的意思是说，粗米不如细米，不能和细米放在同一个仓库里，意思即相差很多。
④ 简断：简短。
⑤ 麻：用言语恫吓他人。
⑥ 天牌压地牌：牌九术语，比喻上压下，大压小。
⑦ 犯心：闹意见。
⑧ 二楞：害怕。

的笑个不住。润喜劝着道:"这里说的是闲话儿,著的是那一门子急呢?"一面说着,把两人按下。德树堂笑道:"大爷您说说,这件事情,碍的着我吗? 我这儿闲说话儿,他跟我吵上啦。"钰福忍不住气,又欲答言,幸被连升一把按住凳上,叫过走堂①的来,要了两壶酒,笑嘻嘻的道:"老台,你不用生气。你的心思我也明白啦。你在小街子住家,八成儿那盖九城的话,许同你不鲁都罢。"

一语未了,把个走堂的也引的笑了,因凑趣笑道:"你们几位说的,大概是小菊儿胡同那件事吧?"连升道:"可不是吗。"走堂的道:"洋报上头,今儿都有了。怎么著,听说这个媳妇有个小婆婆,是不是您那?"说着,又问酒问菜。

虽然走堂的是无心说话,而连升、钰福等却是有心探访,一面要了菜饭,又向走堂的借取洋报,要看是怎么登的。走堂的去了半日,举着报纸过来,口里嘟嘟念念,向连升道:"喝,这张报可了不得,自要是登出来,这家儿就了不了,打头人这样儿好哇,洋报上什么都敢说,那怕是王爷中堂呢。自要是有不好儿,他真敢往实里说。嘿,好家伙,比都察院的御史还透著亡道②呢。"说罢,又赞道:"嘿,好吗。"连升接了一看,果见报纸上本京新闻栏内,有一条谋害亲夫的新闻正是小菊儿胡同文光家内的事情。润喜、钰福二人也抢著要看,连升道:"嘿,别抢。我念给你们听罢。"说著,把报上话语坷坷坎坎的念了一遍。又向钰福道:"嘿,怎么样? 要是赌东儿的话,管保你输了罢。"钰福也满脸发火,因为报上新闻亦如此说,也不敢再三分辨了。四人胡乱著吃了早饭,又忙著洗手漱口,一同回翼,把所见所闻的事情当日回了协尉,由协尉福寿报告乌公③。当日要缮具公文,解送提督衙门。要知提督衙门如何审讯。且看下文分解。

---

① 走堂:茶楼饭馆的招待。
② 亡道:也作"王道",厉害,霸道。(《北京话语词汇释》)
③ 底本无"公"字。

第五回　讯案由公堂饮恨　录实供外界指疵

话说乌公,自验尸回宅之后,正在书房中阅看公牍。忽有瑞二进来,回说协尉福寿要求见大人。乌公说了声"请",瑞二答应出去。工夫不大,见协尉福寿带著探兵钰福等四人,自外走来。乌公忙的迎出,让说请坐。福寿唯唯而应,不敢就坐。乌公道:"来到我家,倒不必拘泥,比不得公所里面要讲规矩的。"福寿满脸堆笑,连说不敢,又笑著回道:"钰福他们已经回来了。"钰福等不待说完,忙的报名请安。乌公点了点头,招呼让坐。钰福等规规矩矩,垂手侍立。福寿又回道:"阿氏这一案,他们各有所闻。现在街谈巷议,其说不一。今天白话报上也都登出来了。惟据钰福等报称,说阿氏幼时就不甚安顿。他父亲阿洪阿已经去世,只有他母亲德氏带著他一兄一弟,在家度日。他哥哥名叫常禄,现今在外城巡警总厅充当巡警。阿氏有个外号儿,人人都叫他小洋人儿。自此案发生之后,他娘家的左邻右舍都说是阿氏。而连升调查,又听说文光家里,范氏很不务正。传闻这个范氏,曾于未嫁之先,作过丑业。既是他品行不正,对于春英之死,也不无嫌疑,而且那把菜刀,更是可疑之点。这是他们四人所调查的大概情形。"连升亦回道:"据兵丁想著,此案的原因,就便是阿氏所为,也必不是一个人。"乌公点头道:"这些事我倒明白。方才我告诉档房①了,明天就解送提署。你们几个人,还是确切侦察,随时报告。"福寿忙应道:"是。"钰福、连升等亦答了几个"是"字,告假退出。

迎头遇见瑞二,手拿着一封信,匆匆的走来,遇见福寿等也不及周旋,一直的跑至书房,见了乌公回道:"闻大老爷遣人送了封信来,要老爷赏个回条②。"

---

① 档房:清朝内阁、军机处及六部、理藩院、大理寺等设有档房,负责管理档案等事务。各旗均设有档房,除了管理档案公文外,还兼有办事处功能。

② 回条:回信。

乌公忙的接过，拆信一看，正是闻秋水调查此案的详情，大略与探兵钰福所述的相同，因即写了回信，请着闻秋水于明日晚间，过舍一谈。将信付与瑞二，交付送信的带回，不在话下。

乌公见了此信，深为诧异，暗想这谋害亲夫的案子，俱是因为奸夫才有害夫的思想①。莫非这个阿氏杀害春英的时候，也有个奸夫动凶吗？想到此处，不由的犹疑莫决，胡乱着吃过晚饭，传唤套车。先到提督宅里，回了些别项官事，又将白话报上所登文光之事及委派官兵等如何调查的情形细述一遍。当奉提督口谕，令将阿氏等作速解署，严行审讯等语，乌公奉此口谕，告辞而出。

到了副翼尉鹤公家里，先把秋水来信及②堂宪交谕述说一回。鹤公道："此事我看著很奇。阿氏他年纪不大，人又安娴，如何能谋害亲夫呢？这真是人心隔肚皮，令人难测了。"乌公道："天下事最难悬揣，若按著秋水来函，跟钰福的报告，则此案的原凶确是阿氏所为，决无疑义了。但是我的心里，还有些不大明白的地方，所以来同您研究。第一是阿氏寻死，既然杀了他男人，自己要寻死，为何不就刀自刎，反又跑到厨房去投水缸去呢？这是头一宗可怪的地方。再说这阿氏身上，也有击伤。若说是阿氏害的，那阿氏击伤，又是谁打的呢？这些事情，我们都应当研究。"鹤公摇手道："恪谨，恪谨，你过于谨慎了。天下的事无奇不有。我中国的妇女，向来就没有教育。既无教育，则无论什么事，都许行得出来。方才我上街打听，闻说这个阿氏，实在的不可靠。据我想著，此事先不必细追，等著送过案去，再去细为采访。如果是奸夫所害，我们有缉捕之责，严拿奸夫就是了，此时又何必犹疑呢？"乌公道："此案的办法，固是应该如此。但我们眼光见到，也须要侦察详确，方为合理。"鹤公点头道："那是自然。我们调查真像，是我们应尽的天职。别说恪谨你还是个头座儿，就是地面甲喇达，也是应该的。今真像既已探明，万不要枉生疑惑，自相矛盾了。"乌公陪笑道："此事也并非矛盾。可疑之点，就是那把凶器。以一个十九岁的少妇，杀了亲夫之后，能将杀人凶器藏在东房，二反③又跑到厨房去浸水缸。谅

---

① 思想：想法。
② 底本作"即"。
③ 二反：再次。

他有天大胆量,我想杀人之后,也行不出来。"鹤公道:"那可别说。既有杀人的胆量,就许有移祸于人的心肠,焉知他害人之时,不是奸夫的主动呢?"乌公道:"这话也很有理,前天我跟市隐也曾这样说过。然据文光所供,二十七那天,他妻子托氏带着阿氏等去行人情。当晚阿氏回来,是同着文光一齐①回来的。不但文光的供词是如此说,连瑞氏、二正并范氏、阿氏,也都是这样说。不过他夫妇打架一节,是范氏一人所说的,旁人却没有说过。据此看来,他婆婆儿媳妇,必然是不和睦了。"鹤公道:"是呀,我亦是这样说呀。设若他婆媳和睦,那阿氏杀人之后,还不想移祸于人呢。"乌公道:"你是这样说法,我想的那层理,就不是这样说了。"说著,又呼唤瑞二忙着套车。鹤公道:"你何用这么忙?此时也不过十点。"乌公道:"不坐了,咱们明日晚间在我家里见面,光景闻秋水,亦必要到的。"鹤公答应道"是"。因为天色已晚,不便强留,遂送至门外而回。

次日上午,协尉福寿因奉了乌公交谕,带著送案的公文,押著阿氏一干人犯,解送帽儿胡同步军统领衙门。沿路看热闹的人,男男女女,成千累万,皆因谋害亲夫的案子,要看看杀人的淫妇生的是何等面貌。则见头一辆车上,有两个官兵把守,阿氏坐在车内,乱发蓬松的,低头垂泪,那一幅惨淡的形容②,殊令人望而惊愕。到了提督衙门,官兵技勇带着一干人犯,进了西角门。协尉福寿,同着甲喇达德勒额并该段的看街兵,先到大堂上投递公文,又到挂号房挂了送案的号。

然后那档房的司员外郎,先把阿氏等传唤过去,问了问大概口供,与左翼送案的呈词是否相合。据瑞氏、文光并托氏、范氏所供,皆与原呈无异。阿氏、德氏母女皆眼泪婆婆的,无话可回。堂上问了数遍,阿氏方才答言:"说是我害的,我给抵命就是了。"德氏也模模糊糊,不知那行凶之犯究竟是谁。因为自己女儿既已承认抵偿,乐得不脱出身来,避开灾祸呢,遂回道:"我女儿作的事,我一概不知道。那天晚上,我们亲家老爷遣人找我,说有要紧的事,又说我女儿病得很厉害,叫我赶紧瞧去,我赶紧就去了。到我们姑奶奶家里一瞧,才知道我们姑爷是被人杀了。究竟是谁给杀的,我并不知道。若说我女儿杀的,我想著不能。连我女儿头上还有打伤呢。"档房执事

---

① 一齐:一起。
② 形容:样子,面容。

的听了,阿氏德氏所供,皆与送案的原呈大致无异。遂令文光等取保听传,先将阿氏母女收在监口,听候审讯。当时协尉福寿,并甲喇达德勒额等,把差事交代清楚,各自回翼。

因翼尉乌公对于阿氏一案,极为注意,遂忙去回报,述说提督衙门里收案情形,乌公点头道:"这件事情,我们还要注意。虽然把案子送了,究竟春阿氏是否冤枉,此时也不能料定。一面叫钰福他们悉心采访。"又向德勒额道:"你下去也多多注意。倘于三五日内,能够得其真像,当予重赏。"福寿等连声道是。乌公道:"我见连升的报告,很有见识。你多多的嘱咐他,再把那范氏娘家也细细的调查一回,好早期破案。"话未说完,忽见仆人瑞二匆匆的进来回道:"闻老爷来了。"乌公说了声"请"。只见竹帘启处,闻秋水走了进来。二人忙的见礼。福寿等忙的退出,见了钰福等,把乌公口谕吩咐一回,不在话下。

此时乌公与秋水见礼毕,忙的让坐,又笑说:"天这般热,难为你这样跑。"秋水亦笑道:"都是公益事,真叫我没有法子,只盼学堂里放了暑假,我也就消停了。"又问道:"昨天我来的信,您见了没有?"乌公道:"见了。多承你费心,今天把阿氏的案子已经解上去了。"随把送案的情形与派委探兵等调查的报告细述一遍。秋水道:"阿氏为人,我调查得很的确。方才与苏市隐吃饭时,我们抬了半天杠。据他说阿氏很冤,他说连街谈巷议都说范氏可疑,你怎么袒护范氏呢?闹得我此时心里也犯起犹疑来了,惟恐所访的各节,不甚的确。我回去再打听打听。如其来信,我必然赶紧来。"乌公称谢道:"你就多分心罢,有了消息,你就给我信。我想这件事情,也很可怪。我这里调查得也是一个人一样儿话。究竟谁的的确,我也不敢说定。连日报纸上又这么一登载,越显着吵嚷动了。此事若敷衍官事,舆论上必要攻击。你既有妥靠人,再替我详细调查一回。若阿氏真有奸夫,万不可令其漏网。若果是范氏所害,也别教阿氏受冤。这件事我就托咐你了。"一面说着,一面让茶。

秋水因有别事,便欲告辞。乌公极力挽留,说少时鹤松亭还来,你先不必忙。秋水又坐下道:"不是我忙。因为阿氏一案,闹得我很犹疑。市隐那么说,报纸上也那么说。我所听来的话,未免太荒诞了。"乌公道:"这也不然。人世间事,无奇不有。若说是阿氏太冤,则杀人之犯,又该是谁呢?我们所以起疑,所以纳闷的心理,就因为那把菜刀与夫范氏的妖媚。若实指是范氏所为,又无确实证据。那天阿氏的供辞①,又前前后后支支离离,乍一听去,仿佛是冤。然杀人的凶手,能够自投实供的,又有多少呢?自昨日接你来信,我想了好半日。我们正堂那里,也知道这一案了,昨日有堂谕,叫我们先送衙门。我同鹤松亭商议许久,就按着文光所报给送过去的。我们要有所见闻,或将其奸夫访获,那时再解送提署,也还不晚。常言说,事缓则圆。此时倒不必急了。"说著,壁上的电话铃郎郎乱响。乌公摘下耳机,听那面问道:"您那里是乌宅吗?"乌公应了声"是",又问说:"你是那里?"原来是提督宅里打来电话,请乌公赶紧到宅,有要紧的公事商议。乌公放了耳机,传唤备马,一面又穿靴戴帽,忙著要走。秋水道:"松亭来与不来,我也不等了。"说罢,起身便走。乌公道:"提宪找我,大概也因为此事。阁下要得了消息,可赶紧给我信。"二人一面说话,一面走出。

　　乌公因提督电请,必有要紧的公事,遂别了秋水,上马扬鞭,飞也相似,跑至提督宅内。门上同了进去,见了那提督,忙的请安,提督亦忙还礼。这位那提督,因为乌恪谨为官公正,于地方情形很为熟悉,筹画②地方,深资臂助,因此待遇乌公,极其优厚。此番因阿氏一案,报纸上啧有繁言,遂请了乌公过来,讨论侦察的方法,笑嘻嘻的道:"阿氏一案,你调查的怎么样了?"一面说著,一面让坐。乌公谦逊半日,方才坐了。

　　仆人等献上茶来。乌公把派委③侦探及④托嘱市隐、秋水二人如何调查的话,回了一遍。提督点头赞道:"很好,很好,这件事也非此不可。现在报纸上亦这样攻击,若不把案情访明,澈底究治,实不足折服人心,洽乎舆论。适与左司春绍之,业已通了电去,以后那阿氏供词,一律要登报宣布。阁下得了空闲,务要注意才好。第一是两宫阅报,若见了这类新闻,一定要问。兄弟又差务太多,顾不及此,务祈你老兄台要替我注意才好。"乌公连连答应,随口又回道:"此案的可疑之点甚多。翼尉与鹤春、普泰等也讨论好几次了。若说是阿氏害夫,看他那容貌举动,跟他所供的供辞,实没有作恶的神色。他婆婆范氏,倒非常妖冶,举止言语,也极端的轻佻,而且那把凶器又是在范氏屋里翻出来的。

---

① 供辞:供词。
② 筹画:筹划。
③ 派委:委派。
④ 底本作"反"。

所以据翼尉想著,范氏也是嫌疑犯,不能不婉转调查,归案究治。"提督道:"是极,是极。兄弟对于此事,亦是这样想。但世俗人心,变幻不测。若使原凶漏网,反将无辜的人拘获起来,我们于心也不能安,外间名誉,也不甚好听。现在咱们衙门里,正在剔除宿弊改良整顿的时候,对于这宗案子,更应当小心了。"乌公连连称是,因恐天气已晚,遂起身告辞道:"中堂所嘱,翼尉谨谨遵命。俟将真像访明,即来续禀。天色已晚,翼尉也要告辞了。"提督站起道:"何必这么忙?"说着一面相送,又把阿氏案子叮嘱一番。乌公一面应声道是,一面说"请中堂留步,翼尉实不敢当"。提督送至二门,早有仆役人等喊说送客,一见提督出来,一个个垂手侍立,有手持纱罩灯笼在前引导的,有手提纱灯在两旁伺候的。送至大门以外,那左翼正翼的队兵,亦手提铁丝灯笼,排班在门外站立,一见乌公走出,忙的呼喝道:"乌大人下来了。"

仆役瑞二忙的拉过马来,递鞭纫镫。本段看街兵丁,亦忙著传报下去,说乌大人灯市口查队。这声喊了下去,由南边堆兵传告北堆的堆兵,一段一段的传嚷喊喝,连乌公宅里都知道乌公回来了。乌公骑在马上,前后左右,均有枪队技勇,围护跟随。扛枪的扛枪,穿号衣的技勇,有扛著花枪的,有抱着铁尺单刀扛著筲①子棍的,前面有铁丝灯笼,引导喝道。沿路上,各甲各队,全都站班行礼,那一派威武的景象,亚似金吾巡夜的一般。

不一会来到宅内,有门上仆人,迎面回道:"方才闻老爷来一封信。"说着,把信呈过。乌公接过信来,暗喜道:"秋水为人,可真个实心任事,又爽快又实诚。这么一会儿的工夫,就调查回来了。"一面想著来至书房,先把官服脱去,换了便服。门上人又来回道:"方才鹤大人、普大人也都来了,说明天晚上还一同来呢。"乌公一面点头,说声知道了,一面把来信拿来,见来信的封面上字迹很怪,写的是端正小楷,写道是"送至六条胡同,呈钦加二品衔赏戴花翎左翼正翼尉,乌大人钧阅",下面写道是"闻庄跪禀"。又有小小图记,篆文是"秋水文章"四字。乌公尚未拆信,便心里纳闷道:"可怪得很,莫非得罪他了不成?不然是信皮上面怎的这般写法?"随手又启了信皮儿,里面是凸凸囊囊的一卷信纸,写的是核桃大的行书字。乌公坐在椅上,展开一看,上面写道是:

---

① 筲:梢。

恪翁大人钧鉴：所命事，即遵而办。调查该氏，实非女贞花，只嫁一东风者。大人以皮相，竟欲置无罪，而脱有罪。如此糊涂狱，弟实不敢再效牛马劳也，请辞。

即肃

钧安

闻庄顿首

乌公看罢，诧异的了得，暗想道："秋水为人，怎的这般古怪？为这阿氏一案，我没有得罪过他，何致于负气如此呢？莫非因为我猜疑范氏，恐怕阿氏冤屈，他倒多疑了不成？"正自犯想之际，忽的壁上电铃花瑯瑯的乱响。乌公取了耳机，问是那里。原来苏市隐为著阿氏一案，又通了电话来，说："方才闻秋水所说的意思，据兄弟调查，相差千里。阿氏为人，又端庄，又沉静，决不似杀夫的妇人。那日范氏所供，既然极口①的攻击阿氏，则其中必有可疑。阿氏口供，虽说是情愿抵偿，而后来口供，又与前相反。他说是出门回头，他丈夫春英已经睡了。阿氏拆头之后，去到厨房洗脸，忽背后来了一人，打了他一杠子，登时将阿氏打倒，不省人事了。及至他苏醒过来，才知他丈夫春英被人杀了，又见他母亲也来了，官人也去了。按此一说，阿氏是被屈含冤，口难②分诉，所以才抱屈承认，情愿抵偿。你想是不是这个道理？"

乌公急嚷道："市隐，市隐，你先不用说了，我告诉你一桩③奇事。"随将闻秋水如何来信、信上如何口气、封皮上如何写法一一说了。又问道："你说闻秋水，这是怎么件事？是你得罪了他还是他恼了我了呢？"市隐在那面道："念书的人，都有个乖谬脾气，怎么回事？我也摸不清。明天我访他一趟，问问是怎么件事，你道好不好？"乌公亦笑道："好极，好极。见了他你替我认罪，明天早间，请你到这里来。若能把秋水约来，尤为至妙。"市隐连声答应。乌公放下耳机，仍④在椅子上，对灯纳闷，想着秋水的事情非常可怪，猜不清此信来意，是什么心理。又细想闻秋水临行景象，并没有疏忽失礼的地方，怎么一旦间这样

---

① 极口："竭尽口舌。多谓尽力褒扬、规劝或抨击。"（《汉语大词典》）
② 底本作"虽"。
③ 底本作"桩"，应是"桩"之误，"桩"是"桩"的繁体。
④ 仍：扔。

骂我？即便是阿氏不冤，亦不致如此啊。越想越闷，直坐到东方发晓，这才安歇睡觉。然躺在床上，仍是翻来覆去，睡卧不宁，想著秋水来信，太无理由。又想著阿氏根底，不知是当真怎样。市隐电话，是那样说法；秋水调查，又那样情形；钰福、连升也是各有所见，其说不一。这件事情，真要闷死了我。

当晚闷了一夜，至次日清晨起来，先令仆人瑞二去到公所里，把钰福、连升叫来，当面嘱咐一番，叫他们实力调查。如果调查的确，必有重赏。倘有调查不明，唐塞①公事者，定予惩罚，决不宽贷②。

连升等应命而出，因听乌公口谕，有不确则罚的字样，那钰福的心里首先便打了鼓，一手理著辫发，笑嘻嘻道："嘿，二哥，这事可有些难办。前天我那个报告，跟你们大家伙的可全都不同，将来要出了楼子③，准是我倒霉晦气，什么也不用说了。"连升冷笑道："本来你胡闹吗！十个人当差，偏你要独出己见么？俗语说，一不谬众，百不随一。谁叫你胡说白道④，出这宗甑儿糕⑤呢？"说的钰福心里也犹疑不定，随向各戚各友家里及各茶社各酒肆里，细细的询听一回。

谁想此时文光自取保出来之后，先将春英的尸首装殓起来。亲戚朋友皆来探望文光，并吊祭春英的亡魂。因为文光家里，范氏很是轻佻，故此也不多言多语，只向文光、托氏问问死时的情形，并左翼提督的口供。文光、托氏因为疼子心胜，也哭痛不已。瑞氏亦疼爱孙儿，叹惜孙媳阿氏不该行此拙事，自陷法网。范氏则摇头撇嘴，恨著文光、托氏眼力不佳，不该娶这儿媳。春霖、大正等，虽是幼弱孩重，因哭兄悼嫂，亦流泪不止。

这一日提署来人，送唤文光、托氏于次日正午到堂听审。文光与托氏商量道："堂上口供，可非同小可。你这颠三倒四，嘴不跟腿的，可不要胡说乱点头。前后口供，无论闹到那里，务须要前后一律，万不可自己矛盾，把口供说错了。"范氏道："没什么可惜的，事到而今，叫他抵偿就完啦。若堂上问长问短，你就说谋害亲夫，该当何罪，送过刑部去，也就完了。到那时候，您可要咬定牙关，

---

① 唐塞：搪塞。
② 宽贷：宽恕。
③ 楼子：娄子。
④ 胡说白道：胡说八道。
⑤ 甑儿糕：旧时北京街头常见的名小吃。把米装在模子里加上糖、芝麻等蒸四五分钟，取出食用。出这宗甑儿糕，指胡乱出些馊主意。

往他身上推。别到那时候,又疼上外甥女儿了。"托氏听了此话,咳声叹气的泪流不止,又纳闷顿足道:"怎么这孩子,行出了这事呢?"说罢,又大哭起来。范氏道:"事到如今,还哭的什么?这是他家的德行,我们家该遭难。您相的儿媳妇,这传扬出去,你瞧有多么好听啊!"托氏一面擦泪,无言可答。夫妇把供词说定。

次日清早,范氏忙著梳洗,到了某亲戚家里,托了一个人情,先把提署的下面疏通好了,免得文光进去,有扣押的事情。天交正午,文光同了托氏,去到提署回话。直等到日落西山,并未来传。原来那堂上问官,已将阿氏口供问了一次。此日又提出阿氏,到堂审讯,阿氏出了监口,带著大铁锁,手镯脚镣,悽悽惨惨的跪倒堂前。堂上皂役,喊哦的喊起堂威,吓得春阿氏头不敢抬,俯而垂泪。

堂上问官喝道:"你把你的丈夫是怎么杀的?你要从实说来!"阿氏低着头,眼泪婆婆的道:"我丈夫怎么死的,我不知道。"问官冷笑道:"这么问你,你是不说呀。"因喝站堂的道:"掌嘴。"一语未了,皂役走过道:"你实话实说罢,省得老爷生气。"因又向问官乞道:"老爷宽恩,先恕他这一次,叫他说实话就是了。"问官又问道:"你若说出实话,我可以设法救你。若一味的撒谎,那可是诚心找打。"阿氏跪在地下,泪流如洗,先听了"掌嘴"二字,早吓得魂不附体了,今听堂上问官又来追问,遂悽悽楚楚的回道:"我丈夫死,我实在不知道。"问官点头道:"你丈夫死,你知道不知道,我先不问你。你过门之后,你的公公、婆婆,合你的太婆婆、二婆婆,疼你不疼?"阿氏迟了半日,滴下眼泪道:"也疼我也不疼我。"问官摇首道:"这话有些不对。疼你就是疼,不疼你就是不疼。这模棱两可的话,不能算话。究竟疼你呀还是不疼你呢?"阿氏听了,哽哽咽咽的回道:"疼我。"问官道:"这又不对,才说是又疼又不疼,怎么我一订问①,又说疼呢?"阿氏不待说完,呜呜哝哝的哭个不住。

问官迟了半天,容阿氏缓过气来,又问了两三遍,阿氏才悽悽楚楚的回道:"初过门时,家里都疼。后来我丈夫、我婆婆都时常打骂。"问官听到此处,又追问道:"你丈夫、婆婆他们打你骂你,你恨他们不恨呢?"阿氏道:"我婆婆好碎

---

① 订问:盯着问,追问。

烦①，我虽然挨打受气，也从未计较过。"问官道："你丈夫打你骂你，你难道也不有气吗？"阿氏一面洒泪，呜呜囔囔的道："是我命该如此，我恨他作什么？"说罢，又呜呜的哭了。问官道："你既是不恨他，他怎么会死了呢？"阿氏哭着道："我丈夫死，我不知道。如今我也求一死，大人就不便究问了。"问官听至此处，看了阿氏脸上，并无畏罪的神色，低头跪在堂上，只是乱哭，因此倒纳闷的了不得②，遂问道："照你这么说法，你的丈夫又是谁害的呢？"阿氏道："大人也不便究了。若说我害的，我抵偿就是了。"问官道："你这话说的不对。你公公原告，说是你害的。若不是你害的，你也经管说。"阿氏擦了眼泪，悽悽惨惨的道："我的公公，即与我父亲一样。父亲叫我死，我也就无法了。"问官道："你作了欺天犯法的事，自作孽，不可活。你的公公如何能害你呢？你想，三更半夜，你们夫妇的住室并无旁人，那么你的丈夫是谁杀的呢？不但你公公说是你，我想无论是谁，也要疑你的。姑无论是你不是你，究竟是谁给杀的，你把他实说出来，本司替你做主，保你没事，给你那丈夫报仇，你想好哇不好？"站堂皂役等也接声劝道："你不用尽著哭，老爷有这样恩典，你还不据实的说？谁害的谁给抵偿，与你们母女毫无关系，为什么吞吞吐吐，落一个谋害亲夫呢？"

阿氏迟了半晌，滴了无数眼泪，悽悽楚楚的回道："那天早起，我大舅家接三，我跟我婆婆、小姑子去行人情，晚间我公公也去了。送三之后，把我接回家去。那时我丈夫已经睡了。我拆头之后，去到厨房洗脸，将一转身，背后来了一人，打了我一杠子，我当时疼痛难忍，就不省人事了。及至醒来，就听见有人说，我丈夫被人杀了。又见我母亲也来了，好些个巡捕官人也都来了，不容分说，将我母女二人一齐锁上，带到一处衙门，问了我一回，楞说我公公告我，说我把我丈夫害了。我想官衙门里，原是讲理的地方，还能屈枉人吗？"说至此处，又呜呜的哭了。问官道："你不用伤心，只要你说出实话，衙门里必要护庇③你。你这岁数，也不是杀人的人，我也是替你抱屈，只是你不说实话，我也就无法救你了。"阿氏哭着道："我说的俱是实言。若伤天害理，一定有报应的。"说罢，又泪流满面，悽惨万分。问官摇首道："你不要瞒我，你所作所为的

---

① 碎烦：唠叨。
② 了不得：不得了。
③ 护庇：庇护。

事情,我都知道,只是我不好替你说。那一日去行人情,你遇见熟人了没有?"阿氏听了此话,不由得一愣,又流泪道:"熟人是有的,我大舅的亲友,差不多都是熟人,焉有不遇见的理呢?"说著,又低下头去,哭个不了。问官是话里套话,设法诱供,因为他前言后语大不相同,乃冷笑了两声道:"这样问你,你还不实说,可是诚心找打!"因喝皂役道:"掌嘴!"一语未了,皂役恶狠狠的过来,掌了二十个嘴巴。阿氏是两泪交流,哭不成声,登时把杏脸肿起,顺著口角流血。问官连问半日,方忍著痛楚,按照前供,又细回了一回。

问官拍案道:"你不要这样装屈,不给你烈害①,你也不肯实说。"因喝左右道:"把麻辫子②给他盘上!"皂役答应声"嗻",立时将麻辫子取过,掷于阿氏身旁,喝著道:"你快求老爷恩典罢!若把麻辫子别上,你可禁不起。"阿氏听了,吓得蛾眉愁锁,杏眼含睇,娇声细气的回道:"大人不必问了,我丈夫是我杀的。"问官摇首道:"不对,不对。你的丈夫,也不是你杀的。你说出凶手是谁,不干你事,你怎么这样糊涂啊!"说著,又婉为劝解。

阿氏一面垂泪,呜呜囔囔的道:"自过门后,我丈夫时常打骂我。我两个婆婆,也是常说我。二十七日的前天,我洗孝衣的时候,因打了一个茶碗,我大婆婆、二婆婆说我一回,当时我并没计较。到晚我的丈夫不叫我跟随出门,又骂我了一顿,我也没计较。次日清早,无缘无故的又要揪打。幸有我祖婆母合③小姑子等劝开。到我大舅家里,逢亲遇友,都夸我好。我婆婆当在人前,还说我不听话。晚间我公公去了,我婆婆说大舅家地方小,叫我公公带我们回去。我公公也说,家有许多的事,叫我回去。至送三之后,带我合我小姑子就回去了。是时已将夜半,我丈夫已经睡了。我拆头之后,去到厨房洗脸,将一转身,背后来了一人,打了我一杠子,我当时疼痛难忍,昏了过去。及至醒来,浑身都是水,听见旁人说,我丈夫被人害了,又道是我给杀的。又见我母亲也来了,当时有官人走进,把我们④母女二人一齐锁了。我的二婆婆站在院子里,跟我太太婆、大婆婆,并我母亲,四人拌嘴。我也不知何故,只得随到衙门,乞求一死。"说著,泪流如洗,又磕著响头道:"我丈夫已经死了,我活著亦无味,乞求大

---

① 烈害:厉害。
② 麻辫子:一种勒头部的刑具。
③ 合:和。
④ 底本作"么"。

人恩典,早赐一死。"说罢,呜呜的乱哭。问官见此情形,深为可惨,遂唤左右道:"把他带下去,把阿德氏带来。"左右答应一声,吆呼阿氏起来。此时阿氏,因跪的工夫许久,两腿两膝,皆已麻木。有皂役搀扶着,好容易忍痛站起,带回监去。

官人把德氏带上,跪倒磕头,口口声声,只说春英死的可惨,阿氏是被屈含冤,请求究治。问官听了此话,因为提督有谕,要切实究讯,少不得一面解劝①,一面引诱,又一面恫吓,一面威逼,变尽了审判方法,要从德氏口中套出实话。

阿德氏眼泪婆娑,摸不清其中头脑,只说:"我女儿年幼,不是害人的人。今日他作出此事,我也无法了。"这几句话,在于德氏心里,本想是杀人的偿命,自己先脱出缧绁②,再作计较。不想问官心里犯了狐疑,因听阿德氏口供,承认春阿氏杀人是真,则阿氏所供,难免有隐瞒之处。当时便取了供词,令将德氏带下,将原告文光带堂问话。

左右一声答应,将文光、托氏一齐带到。问官道:"文光,你的儿媳妇素日品行如何?"文光道:"素日他品行端正,并没有别的事情。今竟无缘无故将小儿杀死,则其中有无别故,领催就不知道了。"问官点了点头,又问托氏道:"你儿子儿媳妇,自过门以来,和睦不和睦?"托氏道:"说和睦也算和睦,居家度日,那有盆碗不磕的时候?偶然③他夫妻反目,究竟也不算大事。"问官又点了点头,告诉文光夫妇下去听传,随后将供词缮妥,先给三堂提督打了禀贴。又把阿氏口供誊清了一份,送到白话报馆,求其宣布,好令各界人士知其内容。不想那连日口供,自从登报之后,惹起各界人士指出提督衙门种种的错谬来。要知是什么错谬,且看下文分解。

---

① 解劝:劝解。
② 缧绁:指捆绑犯人的绳索,此处借指牢狱。
③ 偶然:偶尔。

第六回　春阿氏提署受刑　德树堂沿街访案

话说提督衙门,因问了德氏口供,连日又改派问官,熬审阿氏。阿氏是青年女子,因为受刑不过,只得抱屈招认。当时那承审司员,回了堂宪,说阿氏谋害亲夫,连日讯究,已得实供,订日将阿氏全案送交刑部。不想各界人士听了这个消息,大为不平。秋水得了此信,却极口称快,当时写了封信,遣人与乌公送去。信上说阿氏在家时,原不正经,此次杀夫,决定是阿氏所为,别无疑义。

乌公得了此信,将信将疑,忙与市隐通电,笑着道:"那一日你不肯来,秋水调查此案,现在他得意已极。按他来信上说,简直是骂我。你怎的袖手旁观,竟自不来呢?"市隐在那面笑道:"我并非不管。秋水为人,原有些乖谬脾气。人家说白,他偏要说黑,众人说真,他口里偏要说假。我想这件事,不能卤莽①。提督衙门里,此次讯问阿氏,也不无乖谬之处。近自白话报纸录出口供之后,那里巷的议论上,皆为不平,纷纷与报馆投函,替著阿氏声冤。大概报上的话,您已经看见了。昨日在提督衙门里,刑讯阿氏,春阿氏供说:'自过门后,我丈夫春英,无故就向我辱骂。'这两句话,可疑得很。若不是受刑不过,断无此言。记得那日翼里,除范氏一人供说阿氏夫妇素日不和外,其余文光等及文光二女,供的是伊嫂过门后,并无不和,这就是先后不符、可疑可怪的地方。"乌公道:"是的,是的。但是这件事情,你又没工夫调查,依你说怎么办好呢?"市隐在那面道:"事缓则圆。据各处的议论,范氏的别号,叫什么盖九城,又叫盖北城,平常的声名很坏。我往各处打听,他实在是暗娼出身。文光的朋友,有一个姓普的,号叫什么亭,是他们佐领之弟,与鄙友原淡然两人相好。早日在普云楼上,同我也一处喝过酒。我是各处穷忙,不暇及此,您再打发别人,探听

---

① 卤莽:鲁莽。

探听,如有其事,不妨将普某拘案,问他个水落石出。那社会舆论,自然就平复了。"乌公连连称是,嘱托市隐道:"明天你破个工夫,到我这儿谈一谈。"市隐亦笑道:"我有工夫便去。秋水那里,您先不用理他,等着案结之后,他也就明白了。"乌公答应声"是",放下耳机。

正要呼唤瑞二,忽见竹帘一启,走进一人,正是协尉福寿,垂手向乌公回道:"连升、德树堂两人有紧要公事面回大人。"乌公道:"叫他们进来。"福寿答应一声,出去传唤。又有瑞二进来,回说鹤大人、普大人来了。乌公忙的迎出,只见鹤、普二人,一面说着话儿,自外走来,三人忙的见礼,让至书房。鹤公坐下道:"恪谨,你看见没有,白话报上,把我们骂苦了,楞说我们翼里,不会办事。其实我们翼里,那有审判的权力呀?"乌公道:"你不用说了,若不是信你的话,断不致惹人讪笑。报上的议论,与我所见的略同。我们调查的情形,原没敢指出实据。若都依照你说,春阿氏越发的冤了。"鹤公道:"我调查的情形,俱是实情,谁想此事之中,还另有缘故呢。"乌公笑著道:"你见识太浅,当日若同你吵嘴,你必不乐意。"

说著,福寿等进来,望见鹤、普二公在此,忙的请安,鹤普二人也忙起还礼。乌公问道:"连升来了没有?"福寿未及答言,鹤公赞著道:"连升倒很是可靠,调查点儿事情,也肯其下心①。"因告福寿道:"叫他们进来。"说著,门帘一启,连升、德树堂二人,穿著灰布大褂,套著镶红边儿的黄号衣,前后有两个圆光,写道是"正翼小队"四字,见了乌公等叱名请安。

乌公叫连升道:"我叫你探听的事,得了消息没有?"连升"嗻"了一声,笑著回道:"大人交派的事,我已经访明了。大概钰福的报告,还不的确。"乌公道:"钰福的报告,你且不必管。他的报告,虽然未必的确,而你调查的情形,也难保不错。"连升又"嗻"了一声道:"范氏的绰号,原叫盖北城,又叫盖九城。他跟大沙雁儿②他们,都是一路货,早先就以着③吃事④。近来仓库两面儿,也都结了完了。他跟著文光,就算从良啦。文光的牛录普津,有个兄弟普云,此人有二十多岁,挑眉立目,很像个软须子。范氏在家的时候,普云也认识过他。他

---

① 下心:用心。
② 大沙雁儿:本指形如"大"字的风筝,此处喻指娼妓。
③ 以着:倚着,凭借着。
④ 吃事:靠不正当行为谋生。

二人有无别情，连升可没法去调查。"这一句话，说的乌公、鹤公并普公、福寿等都嗤嗤的笑了，德树堂扭过头去，亦笑个不住。连升知是说错，而言已出口，驷不及舌，只得规规矩矩庄庄重重的接著回道："文光家里，普云常去。若按报上说，阿氏是屈枉已极，若不是阿氏害夫，则必是范氏所为，决无疑义了。"乌公道："这事你调查的的确么？"连升道："确与不确，连升不能说定。然揣情度理，若不是奸情牵掣着，也决不至于动凶。我在文光家里，查看情形，大概杀人的凶犯，不止一人，不管是阿氏、范氏，也必有奸夫帮忙。"乌公听了此话，点了点头，随令福寿等将普津、普云的住址记下，吩咐连升等挂桩①跟着，勿令普云漏网，连升等连连答应，福寿亦随后退下。

乌公把瑞二唤来，令把近日的白话报纸按日拣出，递与鹤公道："这报上的话一点不错，所指的错误，亦极有理。你细细儿的看看。"鹤公接了报纸，一面把帽子摘下，一面取出眼镜来戴上，看那报上，有疑心子的来函，题目是《春阿氏原供　与乌翼尉访查不符》，一件一件的指出错误，上写著："昨天贵报上，登载提督衙门春阿氏的供词。原供上说，自过门后，我男人无故向我打骂。又供说二十七日行情回家，我男人无故又向我打骂。又供说，在东房洗脸的时候，自己打算寻死。又供说自己一阵心迷，才把男人杀了。"鹤公把眼镜放下道："如此说来，春阿氏的口供，已承认杀夫是实了，嗳呀，怪得很。"普公亦纳闷道："这事怪得很。怎么这些口供，都被白话报访去了呢？"乌公冷笑道："你真糊涂，前几日提宪有谕，叫承审司员把询问春阿氏的供词一律登报，免得外界指疵，你难道不知道吗？当初若不登还好，一自登出报来，倒成了笑话了。"鹤公道："谁说不是呢？这些口供，与我们所询口供，大不相同。俗语说，小孩儿嘴里最能讨实话。那天二正说，伊嫂过门后，并无不和。二十七日他跟他嫂子回家，一会儿就睡了觉啦。死鬼春英，并没有辱骂阿氏的话呀。"普公亦纳闷道："大概衙门里，必然是麻辫子跪锁，用刑给问出来的。我想这件事，极为可怪。若说文光、范氏深夜睡熟，怎么听见动作，就知是春英已死，阿氏跳水缸呢？若说春阿氏有意寻死，缘何洗脸时不去寻死，又跑到西房去用刀杀夫呢？杀夫之后，若真个有意寻死，为何不用刀自抹，反把切菜刀送在东房，又跑到厨房里去投水缸呢？"鹤公亦纳闷道："真是可怪，怪不得白话报纸这样指摘。这些口供，

---

① 挂桩：黑话，指盯梢。

纯乎①是受刑不过，诌出来的。"

乌公亦皱眉道："为这事不要紧，我得罪一个朋友。"鹤公忙问何故。乌公叹了口气，迟了半晌道："咱们的事，本不该求人。我恐其不洽舆论，招人指摘，所以把苏市隐、闻秋水二人一同请出，求他们事外帮忙，我们也好作脸②。谁想秋水来信……"说著，把来信取出，递与普公道："他说春阿氏不是好人，笑我们猜疑范氏，成了糊涂狱。信皮儿上面，称我大人，写我官衔，意思之中，满是挖苦我。昨天又来了一信，依旧的满纸漫③骂，楞说报馆访员，必与阿氏有染，不然也不致袒护阿氏。你道这件事，可笑不可笑？"鹤公道："那么苏市隐先生，也没有来吗？"乌公道："方才苏市隐通了电来，他的事情很忙，近日与闻秋水也没能见面。据他调查，与白话报上所见略同，跟连升的报告也相差不远。"普公道："这么一说，这普津之弟，必是个嫌疑犯了。方才恪翁交派，实在有理。"鹤公亦插口道："我想这件事，不宜迟缓，急早把普云拘获，送交提署吧。不然，春阿氏就要屈打成招了。"乌公笑著道："你这个人，可真个翻云覆雨，反覆无常。据你的意思，既说是阿氏所害，怎的又反过嘴来，说他冤枉呢？"鹤公急辩道："不是我一人说冤，人人为阿氏声冤，我何必悬揣谬断呢？"乌公笑指道："你真是好口齿，我说不过你。"说的普公亦笑了。

一时瑞二进来，回说："晚饭已齐。"鹤公忙著要走，乌公道："你这是何苦，在这里吃饭，不是一样吗？"说著，厨役等安放桌凳，鹤公、普公也不便推辞，彼此谦逊半日，各自坐下。仆人等摆上酒菜，普公道："当咱们这类差事，真是受罪。你看那别的衙门，差不多的丞参员外，都是花天酒地，日夜喧呼，看看人家有多们④乐呀。"乌公笑著道："你这话大不通了，世间苦乐，原是寻常事情。在你以为苦，在旁人就以为乐。你以为乐的，旁人就以为苦。一苦一乐，就是眼前境界，心念上的分别，又何必犯牢骚呢？"鹤公道："我也要同你抬杠。苦子乐子，本是两件事，怎说是一样呢？"乌公一面斟酒，一面笑道："你不要抬杠，你心里以为乐，就是乐子；你心里以为苦，就是苦子。《中庸》上说，喜怒哀乐之未发之谓中，发现出来，便可以为喜、为怒、为哀、为乐。在于未发之先，那喜怒哀

---

① 纯乎：完全。
② 作脸：长脸，挣面子。
③ 漫骂：谩骂。
④ 多们：多么。

乐,还不是一个理吗?"鹤公一面喝酒,笑嘻嘻的道:"咱们别抬杠。你说是苦乐一样,那么阿氏一案,就不必深追了,反正屈也是不屈,不屈也是屈,屈不屈同是一理,咱们就不用究了。"这一句话,说得乌公、普公笑个不住。乌公把酒杯放下,笑的喘不过气来,嗳哟了一声,指著鹤公道:"你要把我笑死。"普公亦笑道:"鹤三哥的快言快语,真招人好笑。"鹤公一面喝酒,一面用筷子指道:"你们不要笑,这不是正理吗?"说的乌普二公又都笑了。乌公将饮了一口酒,亦笑得吐了,点手唤叫瑞二取了热手巾来,一面醒了鼻涕,一面理须,笑对鹤公道:"阿氏屈不屈,不能以性理处断。我的话你没听明白,糊里糊涂,你说到那儿去了?"

鹤公正欲发言,忽的壁上电铃琅琅乱响。瑞二忙的跑过,摘下耳机来,问是那里,又对著电机道:"大人用饭呢,有什么话,回头再说吧。"说著挂了耳机。乌公忙喝道:"什么事这样混帐!难道我吃饭时,就不能当时说话了么?"说著,把糊涂混帐骂个不休。普公忙劝道:"不要生气,告诉这一回,下回来了电话,不可以如此对待就是了。若遇了堂官打电,岂不是麻烦吗?"乌公站起道:"若真是堂官,倒不要紧。若是秋水那样人,因这一次电话,就能骂我十年。知我者还有原谅,不知我的听了,这不是阔老恶习么?"瑞二站立一旁,不敢则声,迟了半刻回道:"方才的电话,是福寿福大老爷从档房打来的。若是别人,我当时就来回了。"乌公又喝道:"更混蛋!翼里老爷们,当的国家差事,论职分虽比我小,并不是我的奴才。你们要这样胆大,岂不该死!"说的瑞二脸上万分难过。随又摘下耳机,叫接公所的号码儿,随又向乌公道:"福老爷请您说话。"乌公放了筷子,来接耳机。

原来是协尉福寿,因在左翼公所接了提署电话,说春阿氏谋害亲夫,业已询得确供,订日要送交刑部,委翼派人的话。乌公道:"那么春阿氏谋害亲夫,承认了没有呢?"福寿道:"承认与未承认,大概报纸所登,尽是实供。今天衙门来电,要传令文光到案,不知是什么缘故。"乌公道:"既如此,就先传文光。"说罢,将耳机放下。

鹤公、普公问说福寿来电,为的什么事情。乌公一面催饭,一面把提督衙门现已询得确供、订日要送交刑部的话细述一遍。鹤公道:"这么一说,春阿氏谋害亲夫,是实而又实啦。"乌公亦皱眉道:"这事我真是为难,闹的我张口结舌,也不敢说定了。"话未说完,忽见有门上来回,说队兵钰福要求见大人。乌公点头说:"叫他进来。"那人答应而去。

　　工夫不大,只见神眼钰福掀帘进来,见了乌公等,挨次请安。公一面漱口,一面问道:"你调查的怎么样了?"钰福道:"嗻,回大人话,阿氏为人,的确有不正的名儿。今天早间,我在澡堂子里烫①澡,听见澡堂子人说,死鬼春英是个标标溜溜②的半憨子③,常到该堂洗澡。有时他四肢朝天,躺在凳子上睡觉,洗澡的人,全都不爱近他,因为他两只大脚,有非常之臭。"说的鹤公等俱都笑了。普公道:"你调查的真新鲜,连春英脚臭你都给访来了。"乌公亦笑道:"说了半天,我都没听明白,究竟此案的原凶,还是春阿氏不是呢?"钰福道:"现在报纸上一登,队兵倒不敢说了。"乌公一面要汤,一面向普公道:"你们二位,也不是饱了没有? 我这里粗茶淡饭,慢待④得很。"普公陪笑道:"鹤三哥饱不饱,我不知道。我是已经饱了。"说著,梆锣声响,外面已经起更。仆人把杯盘撤去,按坐送茶。乌公唤钰福道:"你不要专看报纸,从来世界上没有真是非。我们当的差事,要想着如人之意,恐怕不能。古人说,岂能尽如人意,但求无愧我心。那真是有定力的话。若是一犬吠影,群犬吠声,那还有公理吗?"鹤公亦笑道:"咱们是当官差,办官事。报馆的话,也可信可不信。你怎么调查的,要你真说。"

　　钰福道:"春阿氏的模样儿,生的很漂亮。在家的时候,很有不正的名儿。过门之后,他一心一意的恋爱⑤旧交,不肯与春英同床,所以他婆婆、丈夫全都不乐。"乌公道:"范氏的为人如何? 你调查了没有?"钰福又回道:"范氏的外号儿,实在叫盖九城,自嫁文光之后,虽说是好穿好戴,嘴极能说,而庄庄重重,很是归正。连升所说的普津,原是个穷佐领。那佐领图记,还在外署着呢。伊弟普云,虽不是正派一路人,而确是文光的小使。"因向乌公笑道:"这旗下的事,您还不知道吗? 没钱的穷牛录,惯与领催往来,接长补短,借上包儿钱粮,就是

---

① 底本作"盪"。盪,用同"烫",以热水温物的意思。
② 标标溜溜:傻乎乎。
③ 半憨子:有点呆傻的人。
④ 慢待:怠慢。
⑤ 恋爱:留恋。

那们档子事,因此涎皮淡脸①的,常在文家苟事②,买买东西呀,扫扫院子呀,简断截说吧,没什么起色。"普公点头道:"这一类人,那能有起色?他既这样下贱,就难怪人说他与盖九城不清楚了。"钰福道:"嚇,可不是吗?终日际捶腰砸腿,笑笑嘻嘻。那阿氏过门后,那里看得上啊。一来春阿氏是个偷香国手;二来盖九城是个流滑妇人。婆媳两口,那里能对劲呢!"乌公点头道:"你调查的很是详细,为什么杀人的凶器又藏在范氏屋里呢?"钰福答应声"嚇",顺着脑门子,滴滴流汗。鹤公亦问道:"是呀,那把切菜刀又是怎么回事?"钰福迟了半日,笑回道:"凶器是怎么件事,队兵倒没去调查。"乌公道:"这就不对。调查案由,应从要紧地方先为着手。案外枝节,很不必过事追求。若在大海寻针,那不是难上加难吗?"钰福连连称是。乌公道:"你再去打听,得了细底③,即来报告。"

钰福连连答应,退了出来,暗想此案的情形,可真个奇怪,阿氏是杀人凶犯,怎的混身④上下,并无血迹,反在头顶胁下有了重伤呢?以一个青年女子,能把丈夫害死,还能将丈夫尸首移在床下,能令白色衣裤不染血痕,真是可怪的很。又纳闷道:杀夫之后,既打算自己寻死,为何不就刀自刎,反把杀人凶器送到东房,自己又到厨房,去投水缸呢?一面想着,一面纳闷,又想著方才光景,乌公虽未申伤,那究问凶器的意思,就是不以为然,我若随声附和,改过口来再说范氏,一来与连升气不出,二来也说不下去。

正自思索,背后走来一人,拍了钰福一掌。钰福忙的回头,那人又咚咚的跑了。钰福忙问道:"谁这么打哈哈⑤,吓了我一身汗。"连问数遍,左右无人,又嚷道:"你再不言语,我可要骂了。"话未说完,只见有几人提灯,自东跑来。又见有枪队数人,拉马走来。西面有看街兵丁,高声喊道:"鹤大人、普大人,六条胡同往西咧。"钰福忙的止步,一面将号衣大褂儿脱下折叠,望见乌公门首,有鹤、普二公先后上马,乌公亦随后相送。有技勇枪队等左右围护,簇拥著鹤公、普公往西去了。钰福在墙阴之下,看得逼真,拍肩的那人,骂了半日,也没

---

① 涎皮淡脸:嬉皮笑脸,厚着脸皮。
② 苟事:逢迎献谄。
③ 细底:底细,真相。
④ 混身:浑身。
⑤ 打哈哈:开玩笑。

有问出是谁来,只得低头忍气,悻悻的回家。

　　这钰福家里,也没有旁人,只有母亲媳妇娘儿三个度日。到了门首,只见人山人海,围著看热闹,里面有妇人声音,高声骂道:"街坊四邻,你们都听听。如今这年月,颠倒儿颠啦,媳妇是祖宗,婆婆是家奴,你们给评评,是我昏君了?是他欺辱我?"又一人劝道:"大姐,您家去罢。三更半夜,满街满巷嚷嚷什么?是了也就是了,这是怎么说呢?"那人又哭著道:"嗳哟,姐姐们您可不知道呃,自从我们三零儿,补了口分①之后,喝,这位公主女就上了天儿喽。喝,福田造化吗,爷爷儿②能挣吗,什么薰鱼咧,灌肠咧,成天际乱填塞。我今儿喝点豆汁儿,他就驴脸子瓜搭③,立刻就给我个样儿。我这老婆子,岂不是越活越冤吗?"一面数落,一面乱哭。有旁人劝道:"老太太,不用说了。家家观世音,到处弥陀佛。谁家过日子都有本难念的经。"说著,将老妇搀起,又劝解道:"三更半夜的,您进去歇歇儿罢。"这一片话,钰福站在一旁,听了逼真,心知是母亲张氏并媳妇爱氏,因为闲是闲非,呕了闲气,遂用手分散众人,一面道著借光,一面说:"街坊邻舍,这不是谋害亲夫,春阿氏害人呢!"又向他母亲嚷道:"这么大年纪,您又怎么了?"众人亦劝道:"得了,您家去歇著罢。"说著,拉拉扯扯,把张氏搀入。

　　钰福见了众人,道说劳驾,又笑道:"无缘无故,又惹得街坊笑话。这是怎么说呢?"旁人皆陪笑道:"不要紧,不要紧。居家度日,这不是常有的事吗?俗语说,背晦爷娘,如同不下雨的天,您也不用言语了。"说著,又向钰福打听春阿氏的消息。钰福道:"咳,不用题了。总算春阿氏有点儿来历,不知他怎么弄得,居然白话报上就替著阿氏声冤,那街巷议论,更不用细题了。"旁有一人道:"钰子,你看见没有?帽儿胡同西口,贴了些匿名揭帖,帖上话语,骂的是提督衙门,说是承审司员,有个叫穷钟的,不问案由,胆敢以非刑拷问,屈打成招。那看热闹的人,全都极口瞒怨④,深替阿氏不平。你说北衙门里有多么可恶。"又有一人道:"你说的笑话儿还小,听说北衙门的司官,昨天在什刹海饭庄子⑤,

---

① 口分:口分钱,旗人的饷银。
② 爷爷儿:男人,丈夫。
③ 驴脸子瓜搭:拉长脸,形容不高兴。
④ 瞒怨:埋怨。
⑤ 饭庄子:饭馆。

要贿赂报馆主笔。主笔的不受,今天在白话报上,又合盘托出了。你说有多么笑话呀!"钰福亦陪笑答道:"衙门的官事,本来是瞎掰①。报馆的新闻,也不可当作真事。告诉您几位说罢,阿氏的根底,满在我肚子里呢。我们的亲戚跟春阿氏家里,拉拢着是亲戚。深儿里的事,您就不用问了,天长日久,总有个水落石出。"

众人听了此话,皆欲叩问,忽见钰福媳妇爱氏匆匆自门内走出,泪眼婆娑,拍了钰福一掌,悽悽切切的道:"你家里来瞧瞧,德树堂大哥来了好半天啦。"又见有一人走出,笑向钰福道:"嘿,老台,方才在六条胡同,实在是我的错。"说罢,请了个安。钰福亦忙着还礼,抬头一看,正是德树堂,不由得恍然大悟,遂揪了德树堂道:"嘿,花鼻梁儿,你在黑狐影子②里,没那么吓人的。"德树堂道:"得咧,我拍你一巴掌,也没那么骂人的。"说著,两人也笑了。

钰福与邻家众人道了费心,又说家里闲吵,叫老街坊见笑,手拉著德树堂,一同走入。见母亲张氏坐在炕头上,犹自洒泪。钰福道:"您这是何苦,因为豆儿大的事,吵烦什么?招惹一群人,有多么笑话儿呀。"一语未了,张氏又高声嚷道:"呕,是了,你娶了媳妇不要妈了么?"一面说一面哭。德树堂忙的解劝③,又叫著爱氏道:"弟妹,您给老太太陪个不是,平白无故,这是怎么说呢?"爱氏亦一面擦泪,走来请安。德树堂道:"大大您瞧我了。"张氏一面擦泪,反倒扭过头来,呜呜哭道:"我可受不起,灶王爷多么大,我们大奶奶多么大。叫他给我请安,岂不折寿?将来他爷爷儿,还要供起他来呢。"钰福听了此话,满脸冒火,不容分说,揪过爱氏来,按倒便打。德树堂嚷道:"嘿,钰子,这是怎么说?这不是诚心静意跟我不来吗?"说著把钰福拉住。

爱氏倒在地上,又哭又喊,又用头撞地道:"你宰了我啵,我不爱活著了。"钰福撒了爱氏,气犹未息,不堤防④炕上张氏,又哭又喊的闹了起来。同院邻人又忙的跑过,一面把钰福劝住,将爱氏拉起,一面劝著张氏,先到别屋里坐著,大家你言我语,连德树堂等都过去请安,劝说老太太不用生气。又回来劝钰福道:"居家度日,没这样打闹的。老太太年老糊涂,尚有可恕。好端端的你

---

① 底本作"掰"。"掰"意为用力抱。
② 黑狐影子:没有光亮的暗处。也作"黑鼓影子"。
③ 解劝:劝解,劝说。
④ 堤防:提防。底本为"隄",即"堤"的异体字。

揪住弟妹就打,那还行了吗!老太太说他,你就别言语了。"钰福挽了辫发,紫脖红筋的道:"咱们是外场儿人,像这宗事情,能压的下去吗?饶这么著,还闹些闲排儿①呢。"一面说,一面与德树堂斟茶,又唤爱氏道:"嘿,你把炉子里添一点儿炭,再做一吊儿水②去。"爱氏坐在一旁,装作未闻,一面用手巾擦泪,竟自不理。钰福说了两遍,并不答言。

德树堂道:"老台你不用张罗,我也不喝了,正经你明天早起,同我出一趟城,一来为阿氏的案,二来天桥迤西,新开了一座茶馆,也有酒坛子,代卖熟鸡子、咸花生等等,我请你个酒喝,咱们再详细谈谈。"钰福一面说话,一面赌著气拿起茶壶来,自去檐下做水。又叫德树堂道:"嘿,德子,这阵儿院子,很觉凉快,咱们在院里坐著罢。"德树堂道:"弟妹,您也歇著罢。钰子的脾气,您难道不知道么?"说著,卷了长衣服,出来与钰福道:"你不用做水了,咱们明天见罢。"钰福放了辫子,随后相送。又打听连升、润喜今天在那里该班儿③,德树堂道:"他们摸普云去,还没有回来呢。大概今天晚上,总可以够下来。连二也调查实啦,春英是范氏所害,有普云帮凶。你费了会子事,恐怕你要担不是。"钰福道:"咳,味儿事④,咱们⑤哥们的话,当差也吃饭,不当差也吃饭。连二的话,咱们是好歹心里分⑥啦。要说春阿氏的话,满在我肚子里呢。久日以后,你准得知道。现在的话,搁著他的,放着我的,井水不犯河水路,好汉作了好汉当。"德树堂赞道:"嘿,得,好朋友,说句怎的话罢,这件事情,满听你的招呼,有时要外抛枝儿,向著连二的话,你竟管吐沫唾我。"说著去了。

至次日早起,德树堂来找钰福,欲往公泰轩茶社,与那茶友祥某探听文光家内出事的缘由。不想钰福因昨晚婆媳呕气,直闹至明天日出亦未合眼。忽听德树堂在外呼唤,忙的出来道:"喝,你到早班儿⑦。"一面说,一面让德树堂进去,好一同出去。德树堂再三不肯,说是天已不早,公泰轩里有祥爷等著呢。

---

① 闲排儿:闲话。
② 做一吊儿水:吊儿,余子,一种放在炉子上有长柄的温水器。也作"坐一吊儿水"。
③ 该班儿:值班。
④ 味儿事:小事,不紧要的事。
⑤ 底本作"么"。
⑥ 心里分:心里有数,心里明白。
⑦ 早班儿:起得早。

钰福亦不便再让,回去换了衣服,同着德树堂迳往公泰轩,一路而来。

钰福为著家事,懊恼已极,又因着一夜未睡,一路上垂头丧气,闷闷不乐。德树堂道:"家务事小,你不用挂在心上。平白无故,皱什么眉毛呢?"钰福道:"我不是皱眉毛,因为我家务事,我想起春英来了。居家度日,这些闲话口舌,最容易出事。阿氏的奸夫,虽未访明是谁,然杀害春英时,也未必有人帮忙。不必说平素不和,就便是恩爱夫妻,也须有杀夫时候。"这一句话说的德树堂笑个不住,扯着钰福道:"嘿,老台,我同你并不玩笑。怎么着,我们弟妹也要杀你吗?"钰福亦笑道:"别打哈哈,我想夫妇房中,真有些难说难道。昨日我们那一位哭了个死去活来。若说老太太,也不是不糊涂,成日际闲话到晚,把我们那一位所给闹急了。横竖他悖悖谬谬的闹了几句,把老太太惹翻了。按说因为豆汁儿,很不值当①。自你走后,老太太并没言语,我想著也就完了。谁想他连哭带闹,吵了一夜,连枕头笼布②,全都哭湿啦。我想着背地教妻,劝劝就完啦。谁想到,越劝越殃③,抓过剪子来,就往肚子上扎,吓得我连忙抢住。说句丢人的话罢,我直点儿④央告他,你猜怎么着?不劝还好,劝了半天,他夺过剪子去,反要扎我。不然,就又哭又闹,要死在一处罢。你想我这心里有多么难过。莫非那阿氏杀夫,也是这宗情形吗?"德树堂摇首道:"不能,不能。若是阿氏所害,他的衣服上必有血迹。现在他身上有伤,衣上没血,那能是他呢?"钰福道:"嗳,那可别说。若是害人时,又没穿着衣裳,又那能沾血呢?"德树堂道:"你这胡钻点子,也算有理。但是阿氏的伤,又是那里来的呢?"钰福道:"你想这情理呀,昨天晚晌⑤,那样蛮闹,我实在忍不住气,所以才搥他几拳。不因着搥他,也不能合我拼命。难道春英死时,就不许打人、净等著人砍吗?"德树堂道:"有理,有理,我不同你抬杠了,你真是坐窝儿摆酒,关上门访事。"说的钰福也想著笑了。德树堂道:"我告诉你说,家里的事,不用碎鼓激。要比春阿氏的话,咱们家里头没那德行。"

二人一面说著,来至公泰茶社,祥某见了钰福,站起让道:"二位在那里喝

---

① 值当:值得。
② 枕头笼布:枕巾。
③ 殃:糟糕,扩展,不可收拾。
④ 直点儿:不断地。
⑤ 晚晌:晚上。

呢？怎么这两天总也没来？"德树堂一面洗碗，陪著笑道："那儿也没去，净跑了西大院儿了。"祥某道："那么菊儿胡同事情怎么样了？"德树堂道："您没听说吗？春阿氏满都撂了。"祥某道："撂是撂了，无奈这件事情，阿氏是被屈含冤受刑不过呀。人家洋报上说的不错，一款一款的全给指实啦。范氏的外号叫作盖九城，平素就不大安分，因嫌著阿氏碍眼，所以才下此毒计。我听朋友说，阿氏在家的时候，极为安稳。过门之后，因范氏不正经，儿媳妇时常碰见，又背前面后，常跟他丈夫题说。春英是粗卤汉儿，一肚子气愤，打算要替父捉奸。因此盖九城积恨在心，您说那阿氏口供不是冤枉吗？"钰福一面让茶，陪著笑道："冤与不冤，尚在两可。我听旁人说，阿氏在家的时候，也不大安分。不知这个议论，还是真啊是假？"祥某摇首道："这可是造谣言，我与文家是本胡同街坊，阿氏的胞弟与我们少爷同学，深儿里的事，还能瞒我吗？"又向德树堂道："题起话儿长。大概其的话，德爷也知道。我们东屋街坊任家，有个本家的哥哥，现在吏部里当差。阿氏的家务，他知之最详。昨天晚上，我们谈论半天，他说白话报上所登最确，所说的话语也极其近理。他说阿氏行情，既是婆婆媳妇带著小姑子去的，为什么送三之后，他公公文光单单把儿媳妇接回？这一件事，就是可疑的地方。再者阿氏，既打算自尽寻死，又供说心里一阵发迷，将夫杀死。杀夫之后，心里转又明白了，这都是亘古至今从来未有的事情。既然是心明畏罪，手持切菜刀何不自尽？岂有抛去菜刀又跑到厨房里去投水缸的道理？既豁得出投水缸，就豁得出抹脖子。那有到寻死时还挑三挑四再找舒服的道理？我想这件事，阿氏是被屈含冤，无可疑义了。那白话报上，也登得有理。阿氏的原供，多有可疑之点。不信，你们二位也仔细瞧瞧。"旁有一人道："你们二位，听说是怎么回事？"钰福一面喝茶，照著祥某所说，敷衍了一遍，又笑道："横竖这案里，总有猫儿溺①，不然也不能吵嚷。"几人一面说著，德树堂道："大哥贵姓？府上在那里住家？"那人笑答道："贱姓李，在鼓楼后头住家。"答完了话，又与钰福道："我想这件事也很纳闷。中国的官事，向来就不认真。俗语说，屈死不告状，真应了那句话了。若以公理而论，春英躺在床上，既被阿氏一刀砍在脖上，无论是什么好汉，亦没有腾身起来骂完了才死的理。"祥某亦叹气道："嗳，是非真假，自要有银子，就能打阳面儿官司。当初小人儿韩，有句胆大的

---

① 猫儿溺：猫腻，不可告人的事情。

话,他说不怕官场中有天大的事,自要有地大的银子,就可以转得来。这句话虽是吹牛,而细味斯言,颇有道理。如今阿氏母女,若比文光有钱,不信这官司不赢。慢说是一个穷钟,就便是阔钟承审,也怕是有钱鼓捣。"四人正谈得高兴,忽见有一人过来,先会了祥某茶资,说是今天晌午春阿氏过部,约著祥、李二人同去看热闹。要知是如何光景,且看下文分解。

第七回　盖九城请究陈案　乌翼尉拘获原凶

话说钰福等,正在谈得高兴,忽见有一人走过,会了祥某的茶资,约同著去看热闹。德树堂听了此话,不胜惊疑之至。暗想阿氏过部,怎的这般快,莫非阿氏口供,已经确定了不成?因向神眼钰福丢个眼色。钰福会意,让了回同坐的茶资,陪着笑道:"您几位坐著,我么告辞了。"说罢,与各座鞠躬,同了德树堂走出茶馆。

钰福道:"嘿,德子,你给我参谋一回。我不是爱犯财迷,莫非北衙门里,阿氏画供了吗?"德树堂道:"若真定准了谋害亲夫,咱们的话,就算押宝押红啦。"德树堂道:"狗咬尿泡,不用瞎喜欢。案子到部里,翻案的多多哩。如今的年月,不像从先。早年营翼办案,满是一个套子。办案之先,先跟科房先生商量好了,绅士买保举,也在此时。轮到过部,那部里科房也是通同一气。定案之后,连兵部办保册的,都是一手①。你说那个年头儿,有多么好办哪。如今你东奔西跑,费九牛二虎的火车劲,临完了的话,还不定怎么样呢。慢说这宗事,就是破除死命,拿获盗案的事,也许在部里翻供。即至于有保举,也是官儿在头里,咱们得俩钱,究其实的话,你说是谁的功劳?"钰福道:"我说的不是这个。我想阿氏一案,街市喧传②,都疑是范氏所害。独我一人,偏说是春阿氏。别说旁人,就是乌翼尉,全闹犹疑。如今北衙门里业已问出口供,虽说是渺渺茫茫,未见的确,然而要揣情度理,不是阿氏所害,那么是谁呢?若说盖九城的话,不过是穿章③打扮有些匪气,其实也没什么。"德树堂道:"话不要这样说。一言出来,驷马难追。走错道回得来,说错话回不来。现在一万人中,足有九

---

① 一手:一回事。也作"一手儿事""一手儿活",形容都是一伙的,一个鼻孔出气。
② 喧传:谈论。
③ 穿章:穿着。

千九百九十九个人说是范氏。独有你我,按葫芦掏子儿①——偏偏的犯死凿儿。要据我说,咱也得搂著来②。不是别个,丢面子是小,保饭锅是大。我劝你不用题了,以后得了消息,随时报告。见了连二他们,也不必抬杠拌嘴,为此饶舌,图什么得罪朋友,招些恶感呢?"

二人一面说话,已来至帽儿胡同西口,望见翼里枪队并甲喇达德勒额等,皆在衙门对面小茶馆的门首用扇扇③凉,见了钰福等,道说辛苦。钰福亦陪笑问道:"天这般早,就这里候著吗?"德勒额道:"差事没法子,昨天翼里头传的是辰刻吗?"说着,有左翼小队带著文光、范氏等一干人证,进了角门儿。钰福道:"今天得什么时候走?怎么的话,我得治饿④去。"德树堂道:"你忙什么!天没到晌午呢。"钰福摇首道:"不成你哪。昨天晚上,我就没吃饭,为著不要紧的事闹了一夜,不但没吃,而且没睡。回头天桥的话,我可不奉陪了。"说著,进了茶馆,因为当差日久,常来北衙门送案,所以与茶馆中人皆极熟识。

这处茶馆,也没有旁人喝茶,左右是提署当差、营翼送案的官人,其余是监犯亲友。来此探监的人,或是衙门里头有外看取保的案子,都在茶馆里头去说官事。钰福、德树堂等俱是熟人,刚一进门,伙计就周旋应酬,忙着沏茶,又打听阿氏的案子究竟是怎么回事。德树堂随声附和答了几句,忽见那门皂常某,同着几人进来,衣服打扮俱是乡人模样,不顾与钰福说话,进门要了壶茶,同那几个乡人,坐在一张桌上,左回右顾的嘀咕半日。

钰福道:"常爷,什么事这样忙和?"常某转过头来,看见钰福在此,叫过伙计来,便让茶钱。钰福谦让一回,还是常某给了。钰福称谢道:"爷们儿什么事这样忙和?"常某见左右走至钰福耳边,悄声道:"这几位是东直门外的朋友,被贼所攀,先在东直汛⑤收了半个月。昨天有朋友见我,讨保出来的。"因见德树堂在旁,又问起阿氏事来。钰福把前前后后述了一番。常某连连赞好,又夸道:"小不了你,得下赏来的话,别忘下我。"说著答答讪讪,又向那桌上去了。

---

① 按葫芦掏子儿:把葫芦的子儿一个个掏出来,意即办事认真。
② 搂著来:悠着来。
③ 扇:搧 *。
④ 治饿:吃饭。
⑤ 底本作"汎"。应为"汛",明清时候有"汛地"这个说法,指军队驻防地。清代北京各旗的防区内,又细分为不同的汛地,本处位于东直门。

第七回　盖九城请究陈案　鸟翼尉拘获原凶

钰福一面说话,已令茶馆伙计烙过饼来,一面让过常某及在座诸人,与德树堂二人吃了。一时德勒额等自外进来,嚷说车已来齐,立时就要起身,钰福等忙的出来。

只见看热闹的人,人山人海,你推我挤,有如看会一般。只见春阿氏披头散发,惨切万状,穿着白布裤褂,带①著手铐脚镣,粉胫之上,带著极粗极大的锁练②。有枪队官兵等哄散闲人,先有一个官兵上车卧底,随有官兵枪队搀扶阿氏上车。阿氏之母,也披头散发的随后拥出,项上带著刑具,惨淡已极。那看热闹人,因见报纸所载,皆替阿氏不平。今见了这般光景,纷纷议论。有说是盖九城害的;有疑是普云害的;更有那少妇长女,因见春阿氏这般可惨,为之堕泪的。那些官兵官长,一个个狐假虎威,连呼带嚷。甲喇达德勒额等,带著领催文光等一干人证。文光是赤红面孔,两撇黑胡子,穿一件半新不破两截褂儿。瑞氏、托氏俱是随常衣服。范氏是油光的头发,挽著旗髻,眉中带笑,腮里含娇,穿一身花布裤褂,缥致③异常,看那面上颜色,颇有得意之态。文光是旗下领催,有本旗佐领办事的官人,带著投呈保片,随后相随。阿氏、德氏母女,车在前行,文光等坐车在后,定在刑部对面,羊肉馆门外会齐。只见那官兵枪队,威威武武的,喝道驱人。看热闹的鼻酸眼辣,观之不忍。一个个咳声叹气的道:"中国官事,这样惨忍④,不知何年何月,始睹青天。"有忍不住气的人,有语言激烈、开口就骂的,有骂说问官受贿的,有骂差役不仁的。钰福等跟随在后,听见这般议论,只好装作不闻。走至大街,德树堂向钰福道:"你听见没有?你我二人,也在挨骂之内。你说这宗议论,可怎么好呢?"钰福悄声道:"世界的事,左右是那么回事,糊里巴图,也就算完了。这宗议论,也不是有见识的人,他们只知其一,不知其二。错非⑤是报纸走哄,就便把阿氏剐了,他们也不知其细,碰巧还鼓掌称快、传作奇闻呢。"二人一面走路,一面谈论,又探头探脑的细察阿氏神情,不在话下。

单说文光等,随著左翼原办到了刑部门首,等候著官兵枪队把阿氏母女送

---

① 带:戴。
② 锁练:锁链。
③ 缥致:标致。
④ 惨忍:残忍。
⑤ 错非:除非。

进衙门去。站在墙阴之下,扇扇乘凉,专等著文书投到,传唤过堂。工夫不大,只见甲喇达德勒额自内出来,悄向文光道:"这里您托人没有?要不搭个天桥①,恐怕报纸上一嘈嘈,就要翻案。那阿氏的口供,问著很难。昨在提督衙门,就是强令著画的供。先前过堂时,阿氏至死不认。我听转子常说,好费手②啦,跪锁上脑箍,刑法都用遍了,急的座上问官无法可问,遂将阿德氏带上,撒开了③一收拾,好容易死说活说,才把他女儿说好,对对付付的,把口供画了。如今过了刑部,您要不托人的话,可就完啦。"钰福也凑至跟前,唧唧哝哝的问道:"订亲之时,您怎么不睁眼呢?"文光叹口气道:"题起话儿长。事已至此,不怕您二位笑话,错非是亲上作亲,娶他那一天,也就成了词了。一来他扭头别膀,不肯归房;二来那风言风语,我听了好些丑事。我若不怕丢人,也早就休了。"钰福是有心探问,看了看左右无人,悄声道:"事已至此,您也不用隐瞒。既知道阿氏不正,早该把奸夫指出。日子一久,奸夫可就走了。"文光皱眉道:"话虽如此,我也指不出谁来,不过风言风语,说他不正。究竟同谁不清楚,谁帮他下得手,我是丝毫不知。那天夜里,若非小妾叫我,我还在梦中呢。"说至此处,忽见有官人走来,说阿氏母女大概是收在北所,司务厅里传唤原告呢。

　　文光听了此话,急忙站起,望钰福一鞠躬,说是回头说话儿,遂同了德勒额,随从那官人进去。到了一处院落,冷气森森,寂无人语,有皂隶高声喊道:"带文光。"文光战战竞竞④,走在公室以内,垂手侍立。公案之后,坐著个年约四十、面如古月、两撇黑胡须的官员,左右有书班皂隶,望见文光进来,高声喝道:"你是那一旗那一牛录,细细报来。"文光道:"旗人名叫文光,是镶黄旗满洲普津佐领下的领催。"问官道:"你儿媳阿氏,说亲是谁的媒人?你儿子春英是谁给害的?死时是如何情形?你要据实的说。"文光答应声"嗻",随把两姨结亲、上月二十七日往德家行情、晚间如何出事的话,按著左翼所供,细回一遍。随有本旗佐领的办事人,投了保结,带了文光下来,然后一起一起的把瑞氏、范氏等挨次问过。查与送案口供,并无不合之处,传告一干人证,下去听传。福寿德勒额等带著官兵枪队回去交差,钰福把沿路见闻也回去报告。文光、范

---

① 搭天桥:托人情。
② 费手:费事,麻烦。
③ 撒开了:放开了,无所顾忌。
④ 战战竞竞:战战兢兢。

氏等恐怕原说的口供不足以立时治罪，少不得日夜研究，托人弄枪①，好令春阿氏凌迟除死②。瑞氏是疼爱孙子，痛惜孙媳，又因报上纪载③，皆为阿氏声冤，街巷传闻，为指说范氏不正。老年人心实好气，不免于家庭之间闹些麻烦。托氏因儿子被害、儿媳投缸时，自己并未在场，未免因著舆论也要生疑，因此家庭骨肉之间，在默默无形中皆不和睦。那一些琐琐碎碎，闲话流言，不肖细说。

这日刑部出文，行知本旗都统传唤文光等到部听审。文光带了范氏、并托氏、春霖等，一齐到案。那刑部司员因著报纸传闻，不能不加之慎重。分司之后，先把送案的原文传阅一过，然后才开庭审讯。这位承审司员姓宫名礼，表字道仁，是恩科举人出身，为官清正，审判极明，不管是甚么重案，一到宫道仁的司里，没有不即日问清的，因此那尚书葛宝华、侍郎绍昌皆极倚重。今因阿氏一案，外间报纸上颇有繁言，所以宫道仁更加注意。

当日升了公座，提取春阿氏过堂，先把阿氏上下打量一回，见他那似颦非颦两道笼烟眉，半醉半醒一双秋杏眼，腮如带愧，唇若含嗔，羞羞涩涩的跪倒案前。宫道仁见了光景，心里好生疑惑，暗想："我为官多年，所遇谋害亲夫，或因奸致死本夫的案子，不知凡几。无论他如何凶悍，到了公堂之上，没有不露出真像，先从他脸上神色招出实供，怎的这一妇人这样自如，莫非是被人陷害认的口供吗？"因问道："你现在几多年岁？"皂隶亦喝道："你今年多大岁数？"阿氏低头道："十九岁。"宫道仁道："你把你丈夫怎么害的？你要据实说来。"阿氏迟了半日，细声细气的道："那日我行情回家，心里一阵迷糊，打算寻死。不想我丈夫醒了，我当时碰他一下，不想就碰死了。"宫道仁摇首道："不能，不能，你说的这样瞎话，朦不得人，无缘无故，你为什么寻死呢？"阿氏又回道："我想我活着无味，不如死了倒干净，所以那日晚上决定要寻死。"宫道仁道："案到这里来，不比别处。你若说出实话，我可以设法救你。你若一味撒谎，或是胡诌乱扯，那谋害亲夫四个字，实在打不得。你若说出真话，谁把你丈夫害了，一定要谁给抵偿，把你脱出来，不干你事。一来你丈夫的仇，你也给报了。二来你母

---

① 弄枪：作弊，作假。
② 除死：处死。
③ 纪载：记载。

亲,也免得着急。你放着'节孝'两字,不留个好名,偏要往谋害亲夫的案上说,这不是糊涂人吗?"皂隶亦劝道:"老爷这样恩典,你还不实说吗?"阿氏听到此处,呜呜的哭了,迟了半日道:"我是该死的人,此时我只求一死,大人不必问了。"说罢,泪流不止。宫道仁再三询问,仍然不说,问到极处,只说是惟求一死,请毋深究。急的宫道仁无法可问,看其情形,又不似杀人凶犯,有心用刑,又看著不忍,随令左右皂隶先将阿氏带下,将范氏带上。

  宫道仁察言观色,看著范氏神情,颇不正经,遂问道:"春英被害,你看见没有?"范氏道:"春英被害时,我已经睡熟了。因听院子里有人的脚步声儿,当时我以为闹贼。又听西屋里喊了一声,所以提灯出来,谁知是春英死了呢。"宫道仁道:"春英之死,你既然不知道,阿氏投水缸时,你总该知道了罢?"范氏道:"阿氏投缸,我也不知道。我从屋内出来,我丈夫文光亦从屋里出来了。他到西房去瞧,我到厨房去瞧,才知是出了逆事。当时我喊叫丈夫,先把阿氏救出,问他因为什么下此毒手。后来我丈夫报官,把阿氏的母亲一齐带官,这就是当日情形。"宫道仁道:"你说的这宗情形,是真话是假话?"范氏道:"家有这宗逆事,岂敢再说假话?"宫道仁冷笑两声道:"我且问你,那日你闻声而起,怎不到上房去瞧?偏偏你丈夫往西房去,你便往厨房去呢,想来是杀人之初,你必然知道,不然,怎这般凑巧?"范氏迟了半日,无话可答,乃笑道:"事有凑巧,横竖是春英被害,神差鬼使,领我们去的。"宫道仁哈哈大笑,望著范氏道:"这些瞎话,你休得瞒我。你说的既这样巧,我问你杀人凶器,你是怎么藏的?"范氏发怔道:"凶器?凶器我如何知道?人不是我害的,虽说是从我屋里翻出来的,究竟谁放下的,连我也不知道。幸亏我睡的机警,不然那凶手进去,还想要害我呢。大概是我一咳嗽,把他吓跑,因此把凶器放下,亦未可知。"宫道仁道:"你这样狡展,实在可恶。难道你儿媳阿氏为什么杀人,你也不知道么?"范氏道:"杀人为什么,我那里知道。就请大老爷追问阿氏。阿氏不说,还有他母亲呢,素常素往,他们就鬼鬼祟祟,不干好事。当初我们亲家,就是上吊死的。深里的事,我虽然不知道,而揣度情理,定是阿德氏逼的。向来他母女,专想著害人。我们家里,合该倒霉就完了。"

  一面说,一面把德家根底说了个一文不值。又说阿洪阿之死,并未经官,是亲友私合的。又说阿氏幼时,家里不知教育,女儿人家,终日际唱唱喝喝,不作正事。除去他簪花涂粉,撒娇作态,修饰打扮之外,一无所成的话,细述一遍。说的宫道仁也听的怔了,暗想这个妇人可真个凶悍,他既把陈案勾出,便可以证明阿氏定然是谋害亲夫了,因笑道:"你说的这样玄虚,莫非你儿媳养汉,被你看见了不成?"范氏冷笑道:"看见做什么,自他过门①后,不肯与春英同房,那就是可疑之点。大老爷这般圣明,何庸细问?"宫道仁道:"好你个阴毒妇人!我这样原谅你,你竟敢一字不说,还任意的污蔑人,这真是诚心找打!"因喝皂隶道:"掌嘴!"左右答应一声,走过便打。范氏扬扬得意②,冷笑著道:"打也是这样说,难道杀人凶手还赖在我身上么?反正这光天化日,总得讲理。"皂隶喝著道:"快说,再若不说,可要掌嘴了。"范氏发狠③道:"到这说理地方,不能说理,我亦就无法了。"

宫道仁道:"何事你怎么这般刁恶?再若不说,我连你一齐收下。"范氏道:"收下便收下,难道儿媳妇谋杀本夫,还连带著婆婆一同科罪吗?"宫道仁道:"你不要口恶,我且问你,阿氏过门后,孝敬你不孝敬你?"范氏道:"孝敬我也是面子上,我婆母丈夫跟我姐姐,全是忠厚好人。我这眼睛里,不揉沙子。论起理来,他岂肯孝敬我?过门以后,我们是面和心不和。我同他虽不理论,他见我知他底细,他如何不恨呢?"宫道仁道:"你说的这般的确,阿氏的奸夫是谁,你要指出来。俗语说捉奸要双,你指说阿氏不正,就该有凭据。"范氏道:"这凭据我是没有。他若同谁有事,他岂肯告诉我呢?慢说是婆婆,就是生他的母亲,他也不实说呀。"宫道仁道:"这是揣度的话,不足为凭,你指出证据来,便可以按法论罪。若无证据,则你们全家老幼,皆在嫌疑之中,又不止阿氏一人了。"

范氏道:"老爷若问这节,须究问我姐姐,亲事是他的主意,外甥女是他的外甥女,是好是不好,我如何能知道?"宫道仁道:"你既说根底好坏,你都知道,此时又翻过嘴来,往你姐姐身上推,显系是信口撒谎,不招实供了。"因叱左右道:"打!"范氏听一声"打"字,忙又辨道:"我说的不实,您问我姐姐,便知是实与虚了。"宫道仁道:"这一层也不必问,指不出奸夫来,定然是案中有你。"说着,又喝道:"打他!"皂隶答应一声,因为范氏口供异常狡展,词锋口气,又极烈

---

① 底本作"们"。
② 扬扬得意:洋洋得意。
③ 底本作"很"。

害,又兼他生的像貌①有些凶悍,言语之中,又像是污蔑儿媳,听了这一声"打"字,一个个摩拳擦掌,恨不得七手八脚打他一阵,方出此不平之气,因碍着官事官差,不敢露出。今见坐上司员这样生气,遂过来一声喝喊,拍拍拍拍的掌起嘴来。打得范氏脸上立时肿起,顺著嘴角上直流血沫,呜呜的咮沫道:"打也是这样说,谁叫是暗不见天呢!"宫道仁道:"你不要口强,慢说你这刁妇,不肯承认,就是滚了马的强盗,也是招供。"因喝左右道:"带下去收了。"左右一声答应,登时带下。

　　座上又传带文光。工夫不大,只见领催文光自外走来,见了宫道仁,深深的请了个安。皂隶喝声跪下,文光低著头,规规矩矩的跪在堂上。先把姓名年岁报了一遍,随又将亲上作亲,几时迎娶,并春英夫妇素日不和,以致二十七日夜出,出了谋害亲夫的事情,并于何时何处报了官厅的话,细回一遍。宫道仁道:"你说的话,我已经明白了。但此案真像,满不是那么回事。你儿媳阿氏,本是清清白白、公公正正的一个女子。你是为人父母的,乃竟敢隐瞒真情,庇护淫妾,勾引奸夫入室,害死亲子,陷害儿媳。你这妄报不实、陷人以罪的罪过,你晓得不晓?"文光听了,犹如凉水泼头的一般。迟了半日,方敢抬头回道:"领催实不晓得是实是虚,是真是假,只就我目睹的状况呈报的官厅。至于那凶手是谁,我想三更半夜,只是他夫妇同室,院里又没有街坊,我儿之死,不是阿氏是谁。因此我报了官厅,请求究治。是否真假,还求大老爷公判,领催是一概不知的。"

　　宫道仁拍案道:"胡说!你说是阿氏所害,为什么那把切菜刀藏在你如人屋里,这又是什么缘故?"文光道:"领催不知,只求老爷公断。"宫道仁道:"知与不知,却是小事。足见你家教不严,居家没有家法了。"文光迟了半日,无话可答,料著方才范氏必定招出什么,所以座上问官,有此一问。有心要打听打听,又不敢开口,只有乞求问官,秉公裁判,务将原凶究出,好与春英报仇的话,敷衍几句。

　　宫道仁听了,纳闷的了不得,暗想春英之死,是不是范氏所害,连他丈夫文光也不知底细呢,因问道:"范氏的奸夫,现在那里?你若指出名姓来,必予深究。若如此闪闪灼灼,似实而虚,实在是不能断拟。"文光道:"小儿住室,只有

---

① 像貌:相貌。

第七回　盖九城请究陈案　乌翼尉拘获原凶

他夫妻两口,并无旁人,半夜里小儿被杀,若不是阿氏所害,他望见有人行凶,定要喧嚷。既于出事前并未喧嚷,复于出事后去投水缸,若不是畏罪寻死,何能如是？老爷要仔细想情,替我报仇。"宫道仁道:"你说的却也近理。但阿氏面上,并没有杀人凶色。阿氏身上,又没有杀人血迹。既是杀人时,你没看见,那杀人凶器又没在阿氏手里,则动凶原犯,又焉准是他呢？即或是他,也必是虐待儿媳妇,把他逼出来的,或是另有奸夫胁迫出来的。不然,阿氏的击伤,又是谁打的呢？"

文光道:"未过门时,我见他端端正正,很有规矩,所以我极其疼他。过门以后,我母亲也疼他,我们夫妇待他与女儿一样。谁想到用尽苦心,哄转不来。终日他哭哭啼啼,无病装病,独自坐在屋里也是发怔,院里站著也是发呆,还不如未作亲时,到此闲住时显著喜欢呢。此中缘故,我以为夫妇不投缘,以致如此。然察言观色,素常素往,并没有不和地方。只是过门后,小儿与阿氏两口儿,并未合房。初以为春英愚蠢,好用工夫练武。后来内子斟问,敢情是两不能怨。虽说他没有劣迹,然既将小儿杀死,则素日的心思,亦可想见了。"宫道仁道:"这些情形,文范氏知道不知道？"文光道:"知道。"宫道仁冷笑道:"他知道怎么不说？难道你一家人,夫妇还两样话吗？"文光听了一怔,不知方才范氏供的是什么话,遂随口乱应道:"这些事情,家里都知道,岂能说两样话呢？领催有一字虚言,情甘领罪。"宫道仁道:"是了,这句话你要记下。"说著,把手一括,皂隶喝著道:"下去听传罢。"文光忙的站起,规规矩矩的退了出去。

宫道仁一面喝茶,看了看送案公文,正欲呼唤左右快带托氏回话,忽见有皂隶走来,回说堂官来了。宫道仁不知何事,暗想这半天晌午,又不是堂期,堂官有甚么要公,来署何事,莫非衙门里有什么要案不成？一边纳闷,慌忙著退了堂,整了整领帽袍褂,退入憩休室中,跟随著同寅司员,直上大堂。见尚书葛宝华,童颜鹤发,满部白胡须,穿一件蓝色葛纱袍,头戴纬帽,红灼灼的珊瑚顶,翠鲜鲜的孔雀翎,戴着极大眼镜,就着明窗之下,一手拿著报纸,正在查阅新闻呢。

宫道仁站在一旁,静候葛尚书转过头来,方敢走过请安。葛尚书忙的还礼,摘下眼镜来道:"阿氏的案子,问的怎么样了？"宫道仁见问,忙把阿氏口供,并范氏的形色可疑,现已收押的话,细回一遍。葛尚书点了点头,一手拿了报纸,递与宫道仁看道:"报纸这样嘈嘈,我也是不放心,所以到衙门来与诸位研究。我们部里为全国司法机关掌全国的刑罚权。似乎这宗案子,若招出报馆指摘,言官说出话来,可未免不值。"宫道仁亦陪笑道:"司员也这样想。但此案中真像,非以侦探,不能明晰。若仅据阿氏口供,万难断拟。"葛尚书道:"是极是极。我们掌刑权的人,若把案子定错,实于阴骘①上有亏。若据阁下所说,我也就放心了。"宫道仁连连应是。

葛尚书一面喝茶,一面叫皂隶出去,请了堂上的司员来,先与左右翼、内外城巡警总厅并各处侦探局所,缮具公函,求着各机关帮助调查,以期水落石出。堂主事沈元清连连答应,又笑着回道:"昨天绍大人业与各处机关写了函去。大人既欲写信,不如与各处行文,叫他们严密调查,以清案源。"葛尚书连连赞好,又嘱道:"阁下就赶紧办稿,别叫各界人民指出错谬来,方为合法。如今朝廷上,锐意图强,力除旧弊。倘书役皂隶们再有虐待犯人及受贿徇私等情,必须查明究办,勿稍徇隐②。"沈元清连连答应,随即办了堂谕,粘在壁上。又有各司的官员,回了回各司案件。葛尚书挨次看过,又因阿氏一案,嘱咐宫道仁格外细心,然后才乘轿回宅,不在话下。

单说左翼翼尉乌公,自阿氏过部后,因为报纸上屡屡指摘,一面与市隐、鹤公、普公、福寿等日夜研究,一面督饬探兵,秘为采访。这一日连升来回,说普津之弟普云,确与盖九城有些嫌疑,请即拘案等语。乌公闻了此信,正在思索,忽有苏市隐,同着个鬓发皆白的一个老人进来。此人有六旬以外,穿一件蓝纱大褂,足下两只云履,戴著漆黑的墨色眼镜,手拿着一柄纨扇,掀帘走进。乌公忙的站起,一面与市隐见礼,市隐笑指道:"这是我的至友原淡然先生。这就是乌恪谨。"二人忙的见礼,各道久仰。

市隐道:"阿氏一案,原大哥很给费心,他同普津、文光全都相好。"乌公忙谢道:"好极,好极。我们的差事叫大哥费神了。"说著,分宾主让座,仆人送上茶来。市隐道:"秋水没来么?"乌公道:"自前次来信后,至今没来。春阿氏过部的那天,我特地去拜他一回,谁知他不忘旧恶,竟自挡驾没见。你说这个人这样悖谬,叫我怎么办呢?那日我请你来,你又功课很忙,不肯腾

---

① 阴骘:阴德。
② 徇隐:隐瞒。

第七回　盖九城请究陈案　鸟翼尉拘获原凶

个工夫，给我们说合说合，闹到而今，我也没有法儿了。"淡然道："秋水是那一位？"市隐道："原大哥的记性，可实在太坏。那日我同您题过，我们同人，因为他这宗地方，常管他叫荒公，又管他叫傻子。不管是什么事情，他犯起晕头悖谬来，无法可治，成年累月，拿出钱糟践，立学堂捐些个，办报馆赔些个。作官他辱骂堂官，待下人他要讲平等，花天酒地里要逞豪华，到了金尽囊空司农仰屋①时，他还要恤人之贫济人之急，那种种荒谬绝伦地方，就不用题了。"淡然猛悟道："呕，是了是了，不错不错，他是小兄弟，我们要格外原谅，不加计较才是。"

　　乌公陪笑道："兄弟也未尝计较。那日小菊儿胡同验尸，他同市隐哥一同去的，当日回到舍下，还在本翼公所听了回口供。后来我托人调查，人人说阿氏冤屈，范氏可疑。他给我来一封信，说阿氏杀夫是真，笑我们无故生疑，没有定见，信内信外，刻薄了我两句，从此就没管。兄弟的意思，因为疑点甚多，惟恐屈枉好人，所以才托人调查。据他一说，确乎是阿氏所害，无有疑义。可是原来函内，并无证验。请淡翁想情，兄弟当如何处治呀？一来我们翼里，对于这宗案子，本是过路衙门。再说是审问裁判，都有刑部主持。冤与不冤，我们是不能管的。阁下替给想想，秋水是荒谬不是？"淡然点头道："年轻好胜的人，大都如此。这阿氏一案，他只知其外，不知其内。兄弟与文光、普云，全都熟识，大概情形瞒不得我。上月二十六日，兄弟与市隐二人在普云楼上喝酒，因近日纳妾的陋习，很谈了一回。后来那普津之弟普云也去了，我打听文光家的事，他说的很详细。那日市隐找我，说是你老先生对于阿氏一案，极为认真，我才敢据实说出。其实与文、普二家，并无嫌隙，不过是因友至友，看着报纸上这样嘈嘈，一个轻年②女子蒙此不白之冤，不忍不说，不能不说了。"

　　说着，让了回茶，便将普云楼上如何遇着普二的话，并普二替赁孝衣，当日如何说笑的话，细述一遍。市隐亦接口道："普二的神情，很透恍惚。不知通电之后，恪谨哥调查了没有？"乌公正欲答言，忽见瑞二走来，回说："鹤、普二位大人，普协尉福大老爷，现在公所相候。连升、润喜等已将小菊儿胡同杀害春英

---

① 司农仰屋：主管钱粮的官员一筹莫展，形容财政拮据。
② 轻年：年轻。

的凶手捉获带翼了。"乌公听了此话,说声就去,连忙著穿衣戴帽,留著原、苏二人,在此少候。市隐惊问道:"原凶是谁,可得闻否?"乌公一面更衣,一面笑道:"所获的就是普二。淡翁也不是外人,您陪着在此稍候,我去去便来。"说着,拿了纨扇,带著仆人瑞二,竟往左翼公所一路而来。要知如何,且看下文分解。

第八回　验血迹普云入狱　行酒令秋水谈天

　　话说乌公，带了仆人瑞二，到了左翼公所，早有步军校回了进去。鹤、普二公并协尉福寿等，全都出来迎接。福寿把连升、润喜如何将普云拘获的话回了一遍。乌公升了公座，先把连升、润喜等一齐叫来，问说："捕获普云，你们有何见证①？"连升道："探兵连日探访，见普云的面色很是张惶②。论他与文光的感情，很是联近。此次文家事出，他该当每日前去，才是交友之道。不但他每日不去，自此次出事后，他连一趟半趟也没敢去。大人想情，这不是无私有弊、可疑之点吗？"乌公点了点头，随命福寿等带过普云来。

　　左右齐声嚷道："带上来。"只见花鼻梁德树堂，还有几个穿号衣的官人，连拉带扯，把普云带过来，喝声跪下。普云是嫌疑凶犯，手带铁镯，足拌③铁镣，项下带著铁锁，穿一件白夏布大褂，下面是白布裤子，两条腿上带有许多血迹。走至公案以前，低头跪下。乌公坐在正中，看了个逼真逼切，又见他身上有血，暗想道："天网恢恢，真是疏而不漏。"随问道："你叫普云吗？"普云低著头，结结巴巴答了一声"嗻"字，立时他浑身乱抖，现出畏罪的神情来。乌公道："你是那一旗那一牛录？同文光甚么交情？详细说来。"福寿亦喝道："你是那一旗那一牛录，同文光甚么交情？大人问你呢。"普云又结结巴巴的说道："我是镶黄旗满洲普津佐领下人。"说到此处，想欲把差使说出，又恐怕销除旗档，打丢了钱粮，随口又接道："我是闲散人，没有钱粮。"乌公道："你到底有钱粮没有？莫非你自己不知道吗？"普云道："没有。"乌公道："你同文光，是什么交情？"普云道："我们是本旗亲戚。"乌公又问道："是什么亲

---

① 见证：证据。多为证人提供，常见的用法是"做见证"。
② 张惶：慌张。
③ 拌：绊。

戚？"普云道："干亲。"这一句话，引得乌公等反倒笑了，随喝道："干亲是什么干亲？究竟是亲戚不是？"普云道："不是。"福寿喝道："不是亲戚，你怎么说是干亲？干亲家不算亲戚，你同他什么交情？怎么相厚？为什么认的干亲？你仔细说来。"

普云迟了半日，颤颤巍巍的回道："文光家的事，我可不知道。"福寿又喝道："没问你那个，问你与文光家里是什么交情？"普云又回道："洋报上那样说，我跟盖九城那能够有别的？"乌公拍案道："有没有我不知道，你几时到文家去的？"普云道："文光的女儿，认我作干爹，我常到他家里去，穿房过屋的交情①，不分彼此。"乌公点了点头，迟了一会，又问道："前几天你去了没有？"普云抬了抬头，望见乌公问他，又低下头去道："没去。"乌公拍案道："胡说！你实说去了没有？"吓得普老二浑身乱战，迟了半日道："去过一次。"乌公冷笑道："一次两次，我到②不问。你说的这一次，是何日何时呢？"普二迟了半晌，不敢答言。鹤公、普公并协尉福寿等连问数遍，又喝道："再若不说，可是找打。"普云迟了半日，颤巍巍的回道："上月二十六日，我们文大嫂子带著姑娘儿媳妇，往他大舅家里行人情去，是我给赁的孝衣，别的事我不知道。"乌公道："你不知道的，我也不问你。春英是怎么死的，你必知道。你若是实话实说，我必然设法救你。你若一味的装糊涂，可是自寻苦恼。"一面说，一手把纨扇拿起，一面扇著问道："你的生死，就在于你了。"

普云听到此处，吓得直哭，结结巴巴的道："大人明鉴，春春春春英死的时候，我我我没在场，怎么死死死死的，我我那里知知道啊！"乌公摇著纨扇，冷笑两声道："这么问你，你如何肯说？"随喝令官人道："把他靠③起来！"左右一声答应，挪过几块破砖、两根木棍来，又把麻辫子等物预备停妥，吓得普云魂飞魄散，面如银纸一般，口里把"大人"两字叫得震耳，随口又百般央告。福寿道："你自己作的事，好汉子该当承认，干什么委委曲曲又哭一鼻子呢？"鹤公亦喝道："你怕受罪，就赶紧说实话，别这么苦作情。世间的因因果果，丝豪不爽。不管你如何亏心，横竖天网难逃，神目如电。你不用瞎害怕、假着急，不是你害

---

① 穿房过屋：交往时不避家眷，表示交情深厚。
② 到：倒。
③ 靠：拷。

第八回　验血迹普云入狱　行酒令秋水谈天　91

的,要你说;是你害的,你也要说。不怕我们翼里听你的罪过重,再给你往轻里摘呢。反正你不说实话,叫作不行。"普云一面抹眼,委委曲曲的哭道:"大人,大人,我是真冤枉呀。"说著伸出两手,抚眼擦泪,抬起头来道:"春春春英被害,是缸里没我,岔儿岔儿里也没我,把我带到这里,岂不是妥妥要我的命吗?想想想不到官衙衙门里,也也爱听洋报的话。"说着,把洋报馆的人骂个不休,又数数落落的道:"大大人想情,必是我得罪人了,所以才乱乱乱给捏合。要按报上说,我我成什么人了?大人是圣明大人,您给我分晰①分晰。"

乌公摇摇头,叹口气道:"我不打了,你是诚心静意的同我装傻呀。"因指其血迹道:"你低头也瞧瞧,杀人血迹,现在你身上带着,你竟敢粉饰撒谎,欺负我不打你,真是可恶之至。"乃厉声道:"捆起来!"左右一声答应,登时把麻辫拧好,一人站在身后,挺住普云脊骨,随把拧成的麻辫箍在普云脑上;一人②站在身后,尽力一拧。普云"嗳哟"一声,登时就昏了过去。那人把手一松,普云又明白过来,把"大人饶命,我说,我说"连声喊个不住。

乌公坐在椅上,把扇子一抬,官人把麻辫放松,普云挺③着脊背,直著两只胳膊,翻著眼皮,皱着眉毛,结结巴巴的道:"杀杀人的事,我真真正正不亏心,实实在在的不知道。"乌公听了,不由大怒,正欲再令官人拧□。普云伸著两手,摇恍手镯,口里百般央告道:"大大人饶命,容我细细细的说。"福寿道:"没工夫说细话,你那身上血是那里来的?快说!"普云道:"血血是那里来的,我我也不知道。炎天暑日,不知在何处蹭的,或是鼻孔流的血。我因一时疏忽,没能看见,亦未可知。怎么大人说,一定是是是杀人的血呢?"乌公道:"胡说。明明是一遍血迹,你不实认,还这样狡展。"普云低下头去,颤颤巍巍的不敢则声。

乌公摇著扇子,冷笑了两声道:"普云,你作的事情,我这里早有报告。你不肯认,也是不行的。不过受些刑罚,临完了还得说。你这是图什么?依我劝你,你实话实说,你与盖九城有什么拉拢④?你二人谁的主谋?为什么害的春英?你把实话都说了吧。"普云一面抹泪,结结巴巴的道:"大大人说的话,都是街上谣谣谣言,我平日安分守己,多一一步不敢走。文光家里,我倒时常去,我

---

① 分晰:分析。
② 底本作"那"。
③ 底本作"梃"。
④ 拉拢:关系。

那小嫂子待我,如同亲兄弟一般。我有了坏杂碎,还对得过①文爷吗?"乌公道:"别的事我先不问,还告诉你一句话,你要记在心里。我这里问你,你说与不说,无关紧要,反正这件事不能怨你。我看你公公正正,很是个又规矩又老实的人。错非盖九城那样吓呼你,你也行不出来。一来他赚著碍眼,二来要一害三贤,把春英夫妇一同害死,好出他羞恼之气。你的事也却不在你,你也是被逼无奈,上了娘儿们的当了。你若是明白的,把前前后后实话实说,满攻在范氏身上,把你就洗刷清了。虽说杀人的偿命,若按著律例上说,主动的凶手,造意②的凶手,都算正凶,帮凶的吃点苦子,也没有抵偿罪过。像你这任话不说,一味撒谎,一直在正凶里把结,我亦就不能管了。"随喊官人道:"来呀,先把他带下去,明天送衙门。冤与不冤,叫他到衙门说去。"

左右答应一声,正欲退下,普云连声嚷道:"大大人别生气,救命救命,要那么一来,岂岂不苦了我了么?"鹤公道:"你说实话呀。"普云磕头道:"这件事实在没有,深里切近③,我也摸不清。大大人见我血迹,疑是我杀的,其实是腿上疙瘩④流的脓血。大大人不信,我把裤子褪下,您验验瞧瞧。"乌公摇首道:"我亦不便看了,你既是不说,我拿你只当正凶,明天解送提署,转送刑部定罪,你爱认不认,只在你忍刑受罪了。"说罢,喝令官人,带下暂押。普云也不敢再言,悽悽惨惨的退了下去。

乌公、鹤公等退入休息室内。普公道:"好热的天,敢许是又要燥雨。"一面说,一面令仆从人等打了手巾,一手擦脸,一手扇扇子。乌公道:"我看普二脸色,颇为可疑。又兼他身上有血,简直是确而确了。现在那市隐、淡然皆在我家里等候,据他们说,也是普云。不知你们二位眼光怎么样?"鹤公道:"是也许是,无奈他身上血迹,不像是杀人溅的。过了这么多日,岂有那行凶衣服仍旧穿著的?再说这么热天,那能不换衣服?倘若他身上腿上,果然是长疮呢?总之,我看此事,仍宜慎重。"乌公道:"慎重是当然慎重。不过他被了嫌疑,不能不根究到底,问他个水落石出。少时我问问市隐,等晚上凉快了,我再细问普云。"鹤公道:"这么也好。阁下先行一步,问问苏、原二公有什么新奇事故,咱

---

① 对得过:对得起。
② 造意:出主意,教唆。
③ 深里切近:内情。
④ 疙瘩:瘩＊。

们到正堂宅里,见面再说。"普公道:"依我说,不必麻烦。今晚把文书办好,明日清早,先把普云掌上去,冤与不冤,叫他衙门说去。你们二公意见,以为何如?"乌公沉吟半响,摇着扇子道:"不妥不妥。普云既已捉获,据我想,解不解的事小,只恐屈诬好人,倒是我们的错处了。"说着,拱了拱手,与鹤、普二公告辞,忙着回去。

此时那市隐二人,坐在乌公书房,等候已久,因不见乌公回来,甚为烦闷。市隐靠进书案,一面与淡然闲谈,一面在破信皮上写了数字,递与原淡然道:"我这儿有一首诗,若赠与文范氏,非常切当。"淡然接过纸来,将看了第一句,忽见乌公回来,二人忙的站起。乌公道:"好热好热,二位受等①了。"说着,更换衣服,又连口道歉,说:"淡翁初次降驾,偏遇我这样忙乱,真是太不敬了。"淡然亦笑道:"恪翁说那里话来,我辈相交,不必拘于形迹,随随便便,倒是很好。"市隐亦插言道:"淡然不是外人,彼此皆不拘泥,才是道理。"说著,便向乌公打听普云的神色,是否是此案原凶。乌公把公所情形并所讯口供,身边的血迹,一一说了。市隐拍掌道:"快极,快极。普云被获,真是大快人心的事迹。"又向淡然道:"你把我那首诗也让恪谨瞧瞧。"乌公道:"什么诗,这么高兴?"淡然忙的递过,二人一同看道:"自为禽兽行,反兴儿女狱。杀夫复杀媳,此心真酷毒。"乌公道:"这叫诗么?"市隐道:"不是诗是什么,管保这二十个字,是那文范氏的定评。"乌公道:"这事可不能仓卒,一生评论,非到盖棺时,不能论定。究竟这件事,尚无一定结果,你焉可下断语?"市隐道:"不是我一人这样说,您问问淡然,那日普云楼上,我见过普云一次,看他那举止动作,听他那说话口气,决不是安分良民。记得喝酒时候,原淡然好言劝他,他是极口辩证,死说是传闻失实,并没那么八宗事。其实是贼人胆②虚,越辨论越真确,越粉饰越实在。那一幅自逞机灵、掩耳盗铃的神色,满都显露出来,连一丝一毫也欺不得人了。"说着,把普云楼上当日普二所谈的话学述一遍。淡然亦连说不错,说:"普云为人,是个小无二鬼③,家有当佐领的哥哥,他是任什么事也不爱作,终天在

---

① 受等:忍受等待之苦。
② 底本作"瞻"。
③ 无二鬼:无赖。

文家起腻①,买点儿东西,跑跑道儿,左右是义务小使,不花工钱的三小儿②。普云也最为殷勤,不管什么事,都往前伸脑袋,嘴儿又甜甘③,脸上又透媚气,我想缠来缠去,早晚是一团乱丝,无法可解。我知道深里切近,所以极力劝他,衬④早儿远避嫌疑,免得蜚言逆语,好说不好听。谁想他不肯承认,反说我血口喷人,不谈正事。如今有此案发现,旁人疑他,我也是疑他。不是我背地谈人,我见苏市隐对于这件事非常注意,所以才出来帮忙,把平素所知的事情说个大略。究竟是普云与否,兄弟也不敢悬揣。"

乌公愕然道:"本来这件事,是不能悬揣的,可疑的地方固然不少,而似是而非地方,也实在很多。方才我问普云,见他那脸上颜色,颇形惊恐。若依我们普先生的办法,明日就解送提署,不管他冤不冤了。我想这件事,不能卤莽。还求你们二位,替给想个法子。"淡然一手理须,正襟而坐。市隐亦走来坐下,一面点著烟卷,笑哈哈的道:"我想这件事,也是真该慎重。不必说你们贵翼名誉要紧,就是我私人调查,也得细心研究,断不是瞎胡闹的。"因指淡然道:"淡然的心思细,趁此无事,请将先时口供及连日的白话报,秋水的来函,并连升、润喜、钰福、德树堂的报告,一齐拿来,咱们好细细儿看看。"乌公连声说好,随令瑞二把协尉福寿并连升、润喜二人先为唤来,又开了一个纸条,叫档房的书手⑤把存案的供词报告一并检齐,送来查看。瑞二答应出去。

淡然摇手道:"这些案卷,据兄弟想着,无非具文,翻阅几回,也未必有何疑点。我们讨论此事,要以尸场的情形为断。"因向市隐道:"验尸那日,你去过没有?"市隐道:"验尸前一日,我同著秋水、恪谨一同去的。"淡然又问道:"厨房的水缸,是倒在地下还是未曾倒呢?"乌公愕然道:"没倒。"淡然笑了笑道:"那就是了。"又问道:"阿氏的伤痕,究竟是真啊是假呢?"乌公道:"伤是不错的,头顶、右肋共有两处击伤,大概是木棍打的。我看阿氏形容,惨淡⑥已极,验尸时

---

① 起腻:"无正事,闲坐谈笑,消磨时间;也许是两方面或几个人凑在一起,也许是一个人无聊地赖在别人家里不走。"(《北京土语辞典》)

② 三小儿:指给看门的下人打杂跑腿的人。下人比老爷小一辈,伺候下人的再小一辈,所以称之为"三小儿",又称"三孙子"。

③ 甜甘:甘甜。

④ 衬:趁。

⑤ 书手:从事书写、抄写工作的书吏。

⑥ 底本作"谈"。

第八回　验血迹普云入狱　行酒令秋水谈天

哭的很恸，决不是满脸煞气、杀人不认的神色。"说著把阿氏口供并连升、润喜的报告，一并令瑞二取来。三人围著冰桶，一面查看。

乌公与市隐赞道："倒底是淡然见识，与平常人不同，开口先问水缸，这就是要紧地方。我那日忙忙慌慌①的，也没顾得细致。今被淡然提起，我才恍然大悟。"市隐亦连连称是。淡然道："别的事小，第一是事出之后，那文家的街门，是开著的还是关著的，须要根究明白，才有研究的价值。"市隐亦猛然省悟，连说："淡然大哥，真是高见。我在这一层上，实在的疏忽了。"乌公道："我也是事情多，顾不及了。那日把文光拘来，我该当问问他。谁想问案的时候，我的脑筋不灵呢。"市隐道："如今不必后悔，好在这件事也容易打听。"淡然亦笑道："事缓则圆，没有不露风的时候。普云的品行，我虽尽知，然是否是普云的原凶，我可不知道。自要文光家内，平素没有旁人，一定是普云所为，决没有第二个人。若是厨房水缸是倒著是没倒着，内里也总有毛病。自要是街门开著，一定是另有奸夫，帮同谋害。若是街门关著，则动手的原凶，出不去院里人了。"

这一遍话，说的苏、乌二人连连点头，赞说原淡然的见解实在高明，我们这么许多日子，并没研究到这一层上，合该是翼里露脸，明日把原凶普云解送提署，这一案就算完了。乌公亦喜之不尽，随令仆人等预备晚饭，要留著原、苏二人痛饮几杯。晚间在左翼公所，好看看普云的神色。市隐是惦著学务，忙著要走。淡然因初次来访，诸多不便，又因秋水的事情，要约著乌、苏二人明晚在余园饭庄聚会一日。乌公是辞著有差，又说正堂宅里，明日有事，请著原淡然改订日期，乌公要自己备酒。市隐亦拦道："恪谨是差事忙，他既这样说，必然当真有事。依我的主意，明天余园一局，不如改个地方，我有几位至友，都是巡警厅探访局的人，自此案发生后，他们也日夜研究，时常的找我。明早多备上几分②帖，定一处清洁所在，咱们好联络联络，一来为热闹，二来也打听打听，他们是怎么调查的。"乌公道："如此很好。二位既这样费心，容日我再为道谢。若能与闻秋水见面，请把兄弟的苦衷代为述明，那尤其圆满了。"说罢，掖著市隐，仍欲留饭。又嗔市隐，不该不替著挽留，淡然是初次来，你何必这么忙呢。市隐道："他亦实在有事，留也是不能成的。"淡

---

① 忙忙慌慌：慌慌忙忙。
② 分：份。

然亦亟力辞谢，匆匆忙忙，同著市隐去了。乌公送至门外，拱手而回。

晚饭已毕，又到左翼公所审问普云一回，连打三次，普云是坚不承认，只认说二十六日上午，因为赁孝衣，到过文家一次，自春英死后，至今未去，身上血迹确是生疮的脓血。及致脱衣相验，那普云腿上又的确有疮。闹得乌公心里也犹疑不安，只得告知档房，明日把嫌疑犯普云先行送署。又叫过连升来，问他是什么缘故。连升、润喜等瞠目结舌，问其所以，只说普云可疑，而又毫无证据。乌公不由的著了慌恐①，一面叱令连升再去调查，一面与鹤、普二公通了电话，说普云的口供，不似杀人凶犯，身上血迹却是疮疗的脓血，请向提宪禀明，至要至要。当晚又写了封信，把普云不似正凶的疑点，告知市隐。市隐见了此信，也纳闷的了不得。

次日与淡然相见，又约了闻秋水等晚间在煤市街三义馆相见。市隐与淡然二人，先往等候。工夫不大，闻秋水匆匆进来，一手摘了眼镜，与淡然、市隐见礼，一面笑吟吟的让坐。市隐一面点烟，一面问了回秋水的近况，又笑道："你同乌恪谨，因为什么事这样生分？"秋水一面擦脸，一面笑着道："这事你不必打听。人若是顶儿一红，心里便黑了。以着他是翼尉，没事就指使人，我们是朋友相交，并没图过什么。像他那趾高气扬、拿腔作势的神气，我实在不敢巴结。再说我们是帮他的忙，他这宗神气，谁还敢惹他呀？"市隐拦道："先生，先不必犯牢骚，到底因为什么？你说说我听听。"秋水道："事情却不大，只是气儿难受。"说着，抓一把窝瓜子②，一面嗑着道："因为阿氏一案，我东奔西跑，费了九牛二虎的劲，好容易查清了。那日同你散后，我恭恭敬敬跑到他府上去，同他研究，他说连街谈巷议都说阿氏冤，你有甚么证据说阿氏不冤呢？我当时也没有抬杠。临完了，电铃一响，他说正堂宅里电话找他，他立时就要走，告我说，得了消息，给他送信。你们二位想想，谁是他三辈家奴哇，我们不图名，不图利，按着朋友相交，给他帮忙。像这么对待我，下得去么？呕，堂官的电话立时他得去。我小子，白跑白忙，算是活该受累了。世界③交朋友，有这么热气④的么？"一面说，一面有气，引得淡然、市隐反倒笑了。

---

① 慌恐：恐慌。
② 窝瓜子：又作倭瓜子，即南瓜子。
③ 世界：社会上。
④ 热气：热情。

第八回　验血迹普云入狱　行酒令秋水谈天

　　淡然一面斟茶，一面笑道："快休如此，恪谨为人，也不至如此。秋水先生，未免错怪了。"市隐亦笑道："这是那里说起，恪谨若是那样人，我早就不理他了。非因他是翼尉，我才苟他。想世间朋友相交，第一以知心为尚。像你这么小性，我实不敢谬赞。"说罢，哈哈大笑，闹得秋水面上不由的紫涨起来，心里是又急又恼，欲待分辨，又不能分辨，冷笑两声道："你说我小性儿，我就小性，你道好不好？"市隐又笑道："你不要心里不服，用那么大信套①写那么恭敬字，把钦加二品衔、左翼翼尉的字样抬起五六头来，那不是骂人吗？"说的秋水也笑了。淡然坐在一旁，亦拍掌大笑。

　　忽有走堂的进来，回说："项老爷来了。"三人忙的站起，只见竹帘一起，走进一人，年在三十以外，英眉武目，气宇昂昂，穿一件竹色灰官纱大衫，足下是武备官靴，见了苏市隐，忙的见礼。市隐指荐道："这位是闻秋水。这位是原淡然。"又指那人道："这位是项慧甫。"又悄向秋水道："这就是探访局项慧甫。"秋水点头陪笑，三人忙的见礼，各道久仰，谦谦让让的坐了。随后有慧甫的同事何砺寰、黄增元等二人，先后来到。又有市隐的至友谢真卿随后赶到。此人是某科优贡，终日际流连诗酒，以着祖上产业不务他业，对于社会公益，极其热心。向与苏市隐最为同心，恰与闻秋水是一样性情。大家相见毕，通了姓氏。走堂的换了桌面，大家谦让半日，让着项慧甫坐了首坐，真卿次座，再次是原淡然、何砺寰、闻秋水、黄增元。市隐在主席②相陪，让着要酒，先要了几样冰碗，预备下酒。市隐是饮量最大，等不得菜品摆齐，先与首坐的慧甫猜起拳来。秋水是存不住话，先把阿氏名声如何不正的话告知众人，又把报纸上混淆黑白不问是非的话，痛斥了一回。众人都默默不言，只说阿氏一案，现在无法，但看刑部里是如何定拟的。淡然亦一面饮酒，把昨天翼里如何把普云捉获、如何他身上有血的话，细说一遍，众人皆惊叹不已。

　　惟项慧甫与闻秋水二人都面面相视，不以为然。市隐心里本想是联络同志，调查阿氏、范氏究竟是何等为人，不想有秋水在此，不能开口。今听闻秋水贬斥阿氏，又痛诋白话报种种不辨是非的地方，遂接口道："阿氏为人究竟怎么

---

①　信套：信封。
②　主席：酒桌上主人的座位。

样,谁也说不定。现在左翼公所,因着①舆论攻击,无可如何。昨天将嫌疑犯普云业已拿获。因他身有血迹,常与文家往来,不能没有嫌疑,今日已解送提署了。想过部之后,当有水落石出,此时何苦饶舌?"

秋水笑了笑,假作不闻。增元道:"秋水兄以为如何?"秋水冷笑道:"此事实难料定,调查之初,不敢谓独具只眼,识其隐奸。而生在这一犬吠影、群犬吠声、没有真是非的时代,只可缄默不言倒也罢了。"市隐拦道:"秋水你说话忒伤众,难道庇阿氏的都是狗了不成?"秋水也自惭失言,不由的面红耳热,遂笑道:"我说是如今时代,并非辱骂世人。我想在坐的人,谁也不能挑剔。"真卿鼓掌道:"好一张快嘴。我们是狗先生,惹不起你,你道好不好?"说罢,哈哈大笑,引的合座诸人俱都笑了。秋水面上越发难过起来。

增元解和道:"划拳划拳。"说著,便向慧甫划起拳来。淡然与市隐二人,亦三星四喜的喊叫起来。惟真卿、秋水二人,素有书生习气,不乐拇战②,因见市隐等如此有趣,不免亦高起兴来。真卿站起道:"我有一个酒令,不知善饮诸君,赞成我否?"市隐等忙的止拳,问说何令。淡然摇手道:"你们不用问,凡行酒令,没有不闷人的,为什么欢欢喜喜,不助点儿豪放气,偏弄个酒令儿闷人呢?我不赞成。"增元亦笑道:"我不赞成。"砺寰道:"赞成者请起立。按本章程第三条,以多数表决之法表决之。"话未说完,引得慧甫、秋水等笑个不住。慧甫道:"国会未开,他把议事细则先就规定了。"说的市隐等亦都笑了。大家起立一看,除去原、黄二人,仍占多数。真卿道:"多数表决,我要发令了。"市隐道:"别忙。我要阻令。令官下令,须要雅俗共赏,不致闷人的令儿,方可通过。不然,本兄弟决不列席。"砺寰道:"今日聚会,不比往日。既为着阿氏一案,彼此研究,务必要不失原题,才算有趣。"

秋水点了人数,笑着道:"在座七人,可以七字为令。或是飞花,或那顶针续麻,我想都好。"淡然道:"我们是一不谬众,勉强遵命,自要不难人,我们无不认可。"慧甫拍案道:"飞花好,飞花好。"真卿望著秋水,笑嘻嘻的道:"飞花令,好是好,只是便宜些。"又笑道:"也罢,现在春英被害,我们以春英的春字为令,飞至那里,说一句有春字的七言诗。春字落在何处,何处喝酒,由喝酒者再飞

---

① 因着:因为。
② 拇战:划拳。

花。诸位以为何如?"众人俱各称善。随令走堂的催酒催菜。

真卿将手把一把筷子穿了一纸条,当作花筹,端起酒盅来,饮了门杯,用手指点着道:"一片花飞减却春。"春字正落在慧甫身上。慧甫端起酒杯,一饮而尽,接过花筹来念道:"东望望春春可怜。"增元亦念了一遍,因听是两个春字,遂嚷道:"两个春字,该是谁喝酒呢?"真卿忙的站起,按字数了一回,随指道:"第一个春字起令,第二个喝酒。"增元无话可好,连说"好好",低头把酒喝了。砺寰接过花筹道:"万紫千红总是春。"挨次指点,该到真卿。真卿喝了酒,指着秋水道:"端起酒杯来。"随念道:"客中不觉春深浅。"秋水摇头道:"现编的不算。你能把下由说出,谁的诗,什么题,都要说明,我才服你。"真卿道:"你不用赖。另换一句,也该是你喝酒。贾似道的芍药诗你可记得?"随念道:"满堂留客春如画,对酒何妨鬓似丝。"随将手里花筹递与秋水。秋水摇头道:"不行。令官行令,应以第一句为准,请把第一句注出来。"真卿站起道:"你不用绝我,我说你们少见多怪,你不肯服,连湛道山的荼蘼诗,都没见过,还要朦人。上句是'客中不觉春深浅',下句是'开了荼蘼一架花'。这可是诌的不是?"秋水无可再辩,只得把酒喝了。真卿道:"别人不算,你也要随诗加注,否则无效。"秋水笑了笑道:"那是自然。"随念道:"花落掩关春欲暮,月圆欹枕梦初回①。"真卿道:"什么题?"秋水道:"刘兼的《征妇怨》。再还你一句朱子诗:幽居四畔只空林,啼鸟落花春意深。"真卿点点头,把酒喝了。增元道:"这就是你们热闹,没我们事了。"真卿道:"你别忙。"一手指着淡然,说了句"小楼一夜听春雨"。淡然接过花筹,说了句"诗随千里寻春路"。轮到市隐,市隐喝了酒,说了句"草木知春不久归"。轮到慧甫,慧甫喝了酒,想了半晌道:"欲凭燕语留春住。"仍到市隐,市隐接了花筹,笑了笑道:"一庭春色无人管。"轮到淡然,淡然喝了酒道②:"这些便宜句子,都被你们占去了。"随念道:"老尽名花春不管。"接次指点数到增元,增元接了花筹,想了半日道:"铁球浆子春不老。"一语未了,引得市隐等大笑起来。慧甫把口中酒也笑得吐了。真卿笑问道:"你这句诗,也得加注解。"增元一面数字,将手中花筹递与慧甫。慧甫一面摇手,仍自笑个不住。增元道:"笑我不通文,你们才不知事物呢!连保定府三宗宝,铁球、浆子、

---

① 底本作"月圆歌椅梦初回"。
② 底本无"道"字。

春不老……"这一句话招得合座的人越发笑了。忙的走堂的打了水来,请著慧甫等漱口擦脸,又悄向市隐道:"六官里有位平老爷请你说话,并且要会您饭帐①。"市隐不知是谁,随了走堂来到六官,原来至友平子言要报告盖九城在家的历史。要知如何,且看下文分解。

---

① 会帐:结账,买单。

第九回　项慧甫侦视女监　宫道仁调查例案

话说苏市隐等，因为黄增元说的酒令儿，正在哄堂而笑。忽有走堂的进来，回说第六官座，有市隐的至友平子言平老爷来请。市隐忙的出来，到了六间官座，里面有五人在座，正在饮酒，望见市隐进来，一齐站起。

平子言年有三十余岁，麻面无须，穿一身蓝绸裤褂，学士缎靴，离了座位，先与市隐见礼，又挨次与市隐介绍，谦逊让坐。走堂的忙着添了匙箸，众人都举杯让酒。市隐以善饮著名，无法推辞。子言又极力奖誉，夸说市隐先生如何能饮，强令著多尽三杯。市隐一一喝了。子言道："市隐先生，怎的这般闲在？经年不见，面上越显得发福了。"市隐陪笑道："兄弟是无事忙，不为有事，轻易不肯出城的。"说着把阿氏的事情当作新闻笑话说了一回。子言一面斟酒，望着门外无人，笑向市隐道："难为你那样细心，那日在小菊儿胡同，见你与秋水二人，帮着乌翼尉检察尸场。我想你们二位，都是学界伟人，如何在侦探学上也这么不辞辛苦呢？当时我没敢招呼，后来听朋友说，你们二位，因受乌翼尉所约，很费研究，不知调查的怎么样了？"市隐听了此话，很为诧异，因问子言道："你是几时去的？听谁说的？"子言摇首道："这一层先不用问，请问春英一案，依照先生所见，凶手确系是谁？"

市隐正欲答言，众人道："子言是喝醉了。昨天左翼公所已将普云拿住。现在满城风雨，都知是普云、盖九城所害，此处还有何疑义么？"子言摇首道："不然，不然，当日那尸场的情形，疑点甚多，不知市隐先生，曾记下否？"市隐听了此话，追想尸场情形，历历在目，随笑道："记得，记得，阁下有什么高见？倒要领教。"子言道："第一处可疑之点，是范氏屋中的凶器，及凶器上阿氏的手巾；第二是墙上灰；第三是阿氏簪环及厨房里脸盆水缸；第四是茅厕中有一条板凳。这宗地方，都是侦察资料。"众人听了此话，皆笑子言迂腐。惟有市隐一人，深为佩服，暗想那日尸场，我与闻秋水那样详细，尚有未留心处，今被子言提起，这才恍然大悟，连声赞美。因为在坐人多，谈着不便，遂邀着平子言去过那屋细谈。子言亦领会其意，惟因有慧甫等在坐，不乐意过去。论其心理，本想以私人资格，要调查此案原委，既不求鸣之官，亦不乐白诸人，好似有好奇之癖，欲借此惊奇事故，研究破闷似的。听市隐请他过去，甚不谓然，随笑道："先生请便，改日访得的确，再与慧甫诸君相见未晚。"市隐亦知其用意，不便再让，当与告别，回到原席。

只见砺寰等酒令未完，正轮到黄增元喝酒，说了句"春风春月春光好"。众人一面笑，正问他此句的出处，逼他喝酒呢，一见市隐进来，大家齐笑道："市隐来了，咱们收令罢。"说着，催了菜饭，大家吃过。市隐把见着子言所谈尸场的情形，细对慧甫诸人述了一遍。砺寰道："子言是半开眼儿的人，何足凭信。我告诉你说，此案的内容，我同项慧甫、黄增元三人，已探得大概情形，只碍于没有证据，不敢指实。你要少安勿燥①，等过十日之后，我必有详情报告。"市隐道："你说的固然很是，但此时我的心里非常闷闷，非把内中真像探得实在，我心里方能痛快。我终日东奔西跑，专为此事，你们既已知道，又何必严守秘密，不肯告诉人呢？"砺寰道："不是我不肯告诉人，方才与真卿先生业已谈②过大略。真卿住家，最与刑部相近，部里情形，他知之最熟。现定于明日午后，真卿与慧甫二人赴部调查，等他们回来报告，我便有把握了。"市隐听了此话，很觉渺茫，细追问一切情形。砺寰终不肯说，真卿③含笑在旁，剔牙不语。闹得苏市隐犹疑不定，疑著方才出去时，必然慧甫等有何议论，或是慧甫等已得其内中真像，不肯与旁人说明，亦未可知，遂笑道："你们这鬼鬼祟祟，我实在不作情④。肯其说明呢，就赶紧说明。不肯说明呢，就不必告诉我，又何必吞吞吐吐，叫人家犯疑呢？"说的增元等也都笑了。慧甫亦笑道："不闷人不成笑话，你先少打听罢。"

真卿漱了口，也凑近众人道："以予所见，春阿氏一案，实在冤抑。过部的

---

① 少安勿燥：稍安勿躁。
② 底本作"淡"。
③ 底本作"市隐"。
④ 作情："'作情'有两种意义。如自己摆架子，诸事吹毛求疵，则他人必讥之曰'瞎作情'，是自己觉着自己不错的意思。如有人做事让他人看不起，则亦曰'别人不作情'，是不恭维的意思。"《北京土话》）

那一日，我已眼见其人，身量不甚高，圆方脸儿大眼睛，那面上严肃的颜色，绝不似杀人的女子。听说到刑部后，分在山西司承审，阿氏是收在北所，不令与家人相见，以免有串供的情弊。现在连过数堂，尚无口供，只认说一阵心迷，便死寻死，后来又一阵迷糊，误将伊夫砍死，所以才畏罪投缸。您想这一片口供，能算得实供吗？后来又再三拷问，他说他丈夫既死，落了谋害亲夫的罪名，于今只求一死，情愿抵偿。官问他婆婆如何，他也说好。官问他丈夫如何，他也说好。我想这一件冤枉案子，若一旦定谳①，必然依照律例，凌迟处死，死后便无日昭雪了。"秋水冷笑道："你们这宗见解，都是无稽之谈。凡评论一件事，万不能仓卒草切②，须把种种证据一一指明，方能把春阿氏证为好人呢。"淡然亦笑道："秋水卓见，诚可令人佩服。但昨日翼里，已将普云拿获，今午解送提署。大概一两日内，必然过部，是否为害人原犯，现尚难于论定。然若详细究问，必得其内中真像。"秋水含笑道："不见得罢？"淡然亦急道："普云常在文家，焉能不知？"秋水摇首道："不见得，不见得。我空自这么说，没有真实凭证，你们绝不肯信。咱们设一个赌约，等他定谳后，倒看是谁输谁赢。"说罢，与淡然击掌，以市隐为证人，将来输了时节，罚他五十人的东道，并捐助贫民院一百块洋钱。砺寰等连称"很好"，慌忙著净面穿衣，会了饭帐，各自分头回家，不必细题。

  次日项慧甫，同了谢真卿二人，去到刑部北所，要侦察阿氏举动。不想事有凑巧，这日山西司提讯阿氏，文光与范氏诸人，均在羊肉馆听传候审呢。真卿、慧甫等闻知，喜出非望③。先到刑部里面，寻了相熟的牢头引至北所。一面走路，一面与那牢头打听阿氏的举动。正走在西夹道内，忽见有一群小孩儿，围随一个女犯，年在十七八岁，挽着旗髻，穿一件蔚蓝色竹布褂，袅袅娜娜的走来。真卿一见，却是阿氏，随在慧甫身后拍了慧甫一掌，慧甫亦忙的止步，闪在一旁。则见那一群小儿，一个个欢欢喜喜，呼唤姐姐。阿氏则低着粉颈，悄声答应，眼皮抬亦不抬，消消亭亭④的走过。那一分惨淡形容，真令人观不忍观，任是铁石心肠也不免伤心落泪。

  慧甫待其走远，回首向真卿打听，这一班小儿是阿氏的什么人。牢头道：

---

① 定谳：定罪，定案。
② 草切：草率。
③ 喜出非望：喜出望外。
④ 亭：停。

"说来很奇,这都是附近住户的小儿,皆因春阿氏性极温婉,自入女监后,待人极好,不但监中囚犯全都爱他敬他,连女牢头梁张氏,全都怜悯他。看他的言容举动,颇有大家丰范①,又安静又沉稳,决不似杀夫淫妇的神气,所以合监女犯全都替他呼冤。这群小孩子,也因他性极温顺,今受婆母污陷②,幽于缧绁之中,暗无天日,实在的可怜已极,所以成群结队的呼他姐姐。有什么好吃好玩的东西,也都争先恐后的送来。现在半个多月,已经成习惯了。"真卿叹口气道:"这群小儿,真个有趣。只是中国刑罚,暗无天日。像这样冤屈事,得何时昭雪呀?"说罢,叹息不止。牢头悄声道:"二位到外边去,先不要说。昨天盖九城已经放出,大概是文光家里托了人情,不然也难于释放。"慧甫道:"那么过堂时节,范氏是什么口供?"牢头摇首道:"范氏口供,我们也打听不着。司里也下过谕,不准官差皂隶透出消息。倘外间有何议论,即以站堂的是问。像这么严谨,我么那能知道?"

三人一面说话,来到女监,先向女牢头梁张氏打听监内景象。据那梁张氏说,阿氏是极其沉稳,每天那两饭一粥,若有官人进去,他必远避。旁人都欢欢喜喜,又说又笑,惟有春阿氏,安然静坐,绝没有轻浮之气。即监里那样肮脏,阿氏亦极其洁净,不但他衣服履袜,一切照常;就是他所铺草帘,所盖的棉被,都比同床的干净。若道这样女子谋害亲夫,则阳世人间,就没有好人了。梁张氏越说越气,连把淫妇盖九城不该因奸杀子、污陷儿媳痛骂几十声。真卿等也听著痛快,仿佛那张氏一骂,便替春阿氏洗了冤枉似的。随向女牢头又打听阿氏在监说过他家事没有。梁张氏道:"没说过。"慧甫听了此话,谨记在心,因问阿氏过堂,能几时下来。牢头说:"过堂没有时限,有跪锁拷问时,至早须三个时辰,方能带出。"真卿又叹息半日。慧甫把监内情形得了大概,俯在牢头耳畔,欲求牢头费神,转向女牢头打听,可有阿氏娘家人来此探问否。梁张氏道:"上头有交派③,阿氏家里人不准进来。"说著,又用手指道:"您瞧,这就是他母亲阿德氏,由堂上下来了。"慧甫等回头一看,果见东墙夹道,有管狱官人,带著个年近六旬、苍白头发的老妇,面带愁容,穿一件旧蓝布褂,两只香色福履鞋,

---

① 丰范:风范。
② 污陷:诬陷。
③ 交派:吩咐。

后面跟随官人进了女监。慧甫把德氏上下打量一番，不由得紧皱眉头，暗中纳闷，看那德氏面貌很是严肃，断不是不讲家教、不知教女的举动，一面走着，似有无限伤心、受人屈柱的神色。慧甫看了一回，催促谢真卿赶紧回去，说："狱中他母女情形，我已得其大概，等过三五日，普云过部后，我们再来查看。"当下与那男女牢头告别，分头而回。

慧甫把部中情形告知砺寰，问他有什么法子，可以调查真像。砺寰道："先生不必着急，兄弟自有妙法。"慧甫道："既有妙法，你我分头调查，如有所得，即行商议。"两人计议已定，又约会黄增元等，调查文光的亲友并那阿氏的家事。又听说阿氏胞兄，名叫常禄，现在外城警厅充当巡警。慧甫要婉转托人，交结常禄的同事，好探听阿氏为人究竟品行若何。

不想这光阴似箭，时序如流，转瞬之间，已经岭上梅开，小阳将近。刑部的消息，自把普云送部，一连着拷问数堂，没有承认的口供，验其血迹，的确是疔疮脓血。虽在嫌疑之内，若公然指为原凶，又没有真实凭证，只不过报纸宣传，因为普云为人，不甚务正，又常在文光家内，难免与盖九城有拉拢。不想拷问多次，依然无供。尚书葛宝华、左侍郎绍昌、右侍郎张仁黼，全都非常着急，诚恐一司承审，所见不公，又更调几回司口，改派几回问官。凡部中有名的审判官，没一个没审过的。会审多次，都说那普云、范氏不似正凶，禀明堂官，请予释放。堂官也无话可说，只得将普云、阿德氏先行释放，好改派问官，严讯阿氏。随将合署员司聚在一处，大家讨论此事，毕竟①有什么方法可以得其实供。众司员面面相视，皆云无法。

葛公道："此案若不得真像，如何定案？现在舆论上这样攻击，若不见水落石出，我们本部的名誉自兹扫地。昨早叫起儿②，老佛爷曾问此事，我当时无话可答，只好支吾唐塞③，口奏了一回。至散门的时候，我同绍仁亭很是着急。仁亭要亲自提审，但能有个要领，虽一时不能定案，也好变个方法具折请旨啊。不然，因循日久，言官再一参奏，我们就没有颜面了。"绍侍郎道："前日在景运门他坦，曾与那中堂、景大人相见，谈及此事。据提署左翼报告，俱说春英之死，确是

---

① 毕竟：究竟。
② 叫起儿：皇帝上朝传见大臣。
③ 唐塞：搪塞。

阿氏所害,但不知帮凶者为谁。诸公对于此案,皆已承审多次,阿氏有什么供词,可以略说说,万不可拘泥成见。我们定求其真像,问其实供,若果是阿氏所害,我们居心无愧,将其种种罪状,布之报纸,即可按律定案,好免得延缓日期。"

问官宫道仁道:"大人如此高见,司员也不敢不说,本司提审阿氏,因见他举止言容,皆极沉静,颇不似杀人凶犯,未敢用刑。后因他没有口供,不说是情甘抵命,便说是心迷误杀。后见其手上指甲,有似用力折伤的痕迹,当即以严刑拷问。据那阿氏供说,一阵心迷,不知如何折落。司员听此口供,分明是支吾之语,遂设法诱其口供,并令女牢头梁张氏暗探其所思所忆,有什么情形没有,而直至改调别司,仍无口供。据司员想着,阿氏在家中受气,意欲自行抹脖,春英猛然惊醒。阿氏于惊慌失措之际,误将春英砍伤,似亦在情形之内。"又一司员道:"本司亦审过多次,惟衡情度理,所见与山西司稍有不同。日前与提署行文,将院邻德珍等传案质问,诘以春阿氏平日是否正经。据德珍等说,阿氏过门后,未闻有不正名誉。诘以文范氏品行若何,德珍等皆云不知。如此看来,则是否为阿氏所杀,尚在两可。"

葛尚书听到此处,随令各司员将屡次所讯供词一一调出,细与张、绍两侍郎,翻覆查阅。又一司员回道:"阿氏在本司所供,皆与他司不同。原供说,屡受春英辱骂,继又说素受夫妹欺负,后又说素受婆母斥责。且碰伤春英一节,原供说一时心内发迷,提刀向春英脖上尽力一抹。继又说,是日在家,提刀坐在炕沿上,本欲自尽,不料春英挣起,揪住该氏手腕,以致一时情急,刀口误伤其咽喉。其前后供词,屡经变易,殊难深信。当用严刑拷问,而阿氏一味支吾,迭次用刑,仍坚称委无他故。按其情节,原凶是春阿氏无疑。惟据文光、德氏、瑞氏、托氏,并院邻德珍等供称,阿氏过门后,夫妇向无不和,阿氏亦没有丑名。据此看来,必系别有缘因①。或为家中细故,偶与婆母小姑稍有不睦,一时思想不开,遂至情急寻死,抑或儿女缠绵,欲与丈夫同尽。或春英见其欲死,挣夺手中刀,以致误碰而死。这亦在情理之内,疑似之间的事。"又一司官道:"诸公所见,皆极近理。阿氏由本司承审,屡次所供,皆与各司略同。惟最后供说,丈夫已死,不愿再生。请早判一死,以了残生。其言惨痛,颇难形其状,似有别项缘由,隐蓄不能言者。后诘其所私何人,奸夫为谁,阿氏则受刑不过,昏了过

---

① 缘因:原因。

去,再讯其情形若何,彼则坚称愿死,别无可供。据此看来,则阿氏心目中,必有别项隐情,断非审判官所能猜测者了。"

一语未了,把旁坐一位司官名叫志诚的怒恼,冷笑两声道:"今有堂宪在此,愿我同寅诸公,要以官常为重,莫被奸人所误了。"说的那一司员,脸上发红。因为志诚所说,似以冷言激刺①,仿佛指摘旁人,受过文光运动②似的,因冷笑道:"我辈以法人③资格,谁肯徇私呢?"说着,你言我语,纷纷争议。

幸有郎中善全、员外郎崇芳等,婉为调解说:"为着公事,我们不要争意见",大家方才住口。绍公把供词阅毕,听了各司所见各持一说,当即指任善佺,细心推鞫,把各项案宗调查清楚,按该氏自认误杀属实的情形移送大理院,斟酌定拟。一面与葛尚书商议,再与提督衙门巡警厅,并各处探访局所行文,照西国破案例,烦请侦探名家,悉心采④访,俟得确实凭证,再行定案。葛公亦深以为然。

张侍郎道:"古来疑狱,有监候待质之法,现在现行例,强盗无自认口供,贼迹未明,盗伙又决无证明者,得引监候处决。则服制人命案件,其人已认死罪,虽未便遽行定谳,似可援监候处决之例,仿照办理。"葛公等亦深以为然。随令司员等先与侦探机关缮具公文,令其妥派侦探细心采访。并令宫道仁等,查检旧时例案,有否与此案相同者,好援例比拟,具奏请旨。嘱咐已毕,随即传唤搭轿,各自回宅,暂且不表。

单说那各家侦探,因为阿氏一案,皆极注意。其中有一位最精细的侦察家,姓张名瑞⑤珊,名号同一,常往来于京津一带,性情慷慨,极喜交游,能操五省方言,人人都称他福尔摩斯。是时在天津探访局为高等侦探。因见刑部堂官,有约请各处侦探帮同调查的公函,遂动了争名之念,暗想北京城中,是藏龙卧虎、人文会萃的地方,怎么阿氏一案就无人解决呢?随即携了银钱,不令众同事知其踪迹,暗赴老龙头车站,买了火车票,当日就乘车来京,住在虎坊桥谦安客栈,亦不暇拜望戚友,先往各茶楼博采舆论。

---

① 激刺:刺激。
② 运动:此处指贿赂的行为。
③ 法人:法官。
④ 底本作"踩"的异体字"跴"。
⑤ 底本作"锐",因下文多处用"瑞",故统一作"瑞"。

有的说文光家里,现在刑部托情,已将春阿氏问成死罪,不久即送过大理院,请旨定案了。有说文范氏手眼通天,未嫁文光以前,本是著名的暗娼,常与王公阔老交接来往,此次承审官员皆与文范氏原有夙好,所以连奸夫普云皆各逍遥法外,无人敢惹。大家纷纷议论,所说不一。瑞珊也一一听明,记在心内。忽见眼前桌上,坐着个年少书生,衣服打扮,皆极华丽。对面有一老叟,童颜鹤发,戴着圆光墨眼镜,手拿旱烟袋,口中吁着烟气,与那少年闲谈。

少年道:"中国事没有真是非。若望真实里说,反难见信。近如春阿氏一案,明明是谋害亲夫,偏说是受人陷害,竟闹得刑部堂官都不敢定案了。"那一老者叹道:"人世间事,由来如此。若非报纸上这样辩护,早已经定案了①。我前次承审此案,阿氏跪在堂上,我仔细一看,不必他自己供认,那脸上颜色已然是承认了。后来到别司拷问,他只说情愿抵命,请判早死。只此一语,即可见害人是实了。虽不是阿氏下手,亦必是爱情圆满、不可思议的情人了。"说着,声音渐低,唧唧哝哝的,听不真切了。

瑞珊把茶资付过,得了这般议论,心已打定主意,先往六条胡同拜见乌公,把翼里口供、尸场情形一一问明,婉转各界戚友,变尽侦探方法,先与文光交结,并探听阿氏的家事。先赴外城警厅,面见阿氏的胞兄。

自从丁未年冬月到京,费了若多手续,方知春阿氏乳名三蝶儿,自幼儿聪明过人,父母最爱如掌珠。自从阿洪阿去世,只剩母亲德氏带着他长兄常禄,少弟常斌,娘儿四个度日。德氏为人,本是拘谨朴厚、顽固老诚的一派人,言容郑重,举止凛然。在家教训子女,决不少假辞色,其对于亲戚故旧,也是冷气凌人,毫没有亲近气。以故那亲戚朋友,都笑他老八板儿,德氏亦并不解意②。

殆至丈夫死后,母子们困苦无依,遂迁在至亲家内,为是有些照应。这家也不是旁人,正是德氏的从妹额氏家,妹丈姓聂,表字之先,现任某部员外,生有一子一女,男名玉吉,女名蕙儿。玉吉幼而聪敏,长而好学,气宇英英,不可一世。惟昔于家庭拘束,年已十五岁,尤不许出外一步。额氏为人,也是拘谨庄重,向与德氏投缘,顽固气实相伯仲者。额氏住在西院,德氏带着子女,赁居东院,两家是一墙之隔,中有断垣可通,以故东西两院,如同一家。

---

① 底本作"已早经定案了"。
② 解意:介意。

玉吉比常禄小三岁，恰与三蝶儿同庚，蕙儿比长一岁，五个人年岁相仿，既是姨表兄弟，一院同居，所以耳鬓厮磨，每日在一处玩耍，毫无拘禁。德氏姊妹，是虚文假作的拘谨，从来于儿女性情悲欢喜怒上，并不留心。德氏虽知爱女，不过于表面上注意，只教其唯唯诺诺，见人规矩而已。

后来三蝶儿年岁渐长，出脱的如花似玉，丽若天人，邻居左右，莫不惊其美者。每当斜阳西下，德氏姊妹常带着子女们站在门前散闷。三蝶儿年方十五，梳一条油松辫子，穿一件浅蓝竹布褂，对着那和风霁景，芳草绿茵，越显他风流秀慧，光艳夺人，仿佛与天际晚霞，争容斗媚呢似的。过往见者，咸目为神仙中人，以故媒妁往来，皆欲与三蝶儿题亲。

谁知德氏姊妹，自从玉吉的幼时，早就有联姻之意，不过儿女尚小，须待长成之后，始能题起。这日有邻居张锣，是东直门草厂一带著名的恶少，因爱三蝶之美，托嘱媒婆贾氏往德氏家内议婚。贾氏刚一进门，先将三蝶儿的针线赞个不了。三蝶儿是聪明过人，见他这般谄媚，厌烦已极，收了手中活计，便向西院去了。是时那玉吉、常禄两人，正在外处读书，每日放学，教给三蝶儿识字。幸喜三蝶儿过目不忘，不上一年光景，已把眼前俗字认了许多。寻常的小说、书帖也可以勉强认得，只苦于德氏教女，常以"女子无才便是德"一语为戒，所以三蝶儿识字，不肯使旁人知道，只在暗地里看看说部，习习写字。晚间无事，便令玉吉讲解，当作闲谈笑话儿。

玉吉亦沉默向学，留心时事，每日下学回家，即与兄弟姊妹一处游戏。常禄的资质略笨，性又刚直，故与玉吉不同。常斌是年纪小，蕙儿是过于狡情，以故姊妹五人，只与三蝶性投意合。小时有什么好玩物，皆与三蝶儿送出，有什么好吃食，亦与三蝶儿留著。三蝶性情孤傲，亦好清洁，看著常斌、蕙儿等又腥臊又肮脏，心里十分厌恶，惟与聂玉吉脾胃相投，常于每日晚间，学经问字。到了年岁渐长，智识渐开，三蝶儿的聪明过人，体察着母亲心意，合姨夫姨妈的心里，显露了结亲之意，遂不免拘谨起来。每逢与玉吉见面，极力防闲，连一举一动上，俱加小心。玉吉不知何故，总疑有什么得罪地方，欲待问他，又无从开口。

这一日学塾放假，独在上房里练习楷字，忽见三蝶儿走来，站在玻璃窗外，因见屋里无人，收住脚步，隔着玻璃问道："我姨妈往那儿去了？你怎么没上学呀？"玉吉放下笔管，笑嘻嘻的点手唤他。三蝶儿摇摇头，转身便走。后面有一人扯住道："你上那儿去？我哥哥在家哩。"三蝶儿回头一看，正是蕙儿。不容三蝶儿说话，死活往屋里乱扯。三蝶儿央道："好妹妹，别揪我，我家里还有事呢。"蕙儿冷笑道："有事么？不搭棚，既往这里来，就是没事。"说着，拉了三蝶儿的手来到屋内。玉吉也出来让坐，笑问道："姐姐这几日，大门不出二门不迈，请你吃饭，你不肯来。请你听曲儿，你也不肯来，莫非我么院里，谁得罪姐姐了？"三蝶儿笑道："你真是没话找话儿，我若不肯来，焉能坐在这里？"说的玉吉亦笑了。

忽额氏自外走来，一见三蝶儿在此，便问他吃的什么，又问他做什么活计。三蝶儿一面答应，一面与蕙儿拉著手。蕙儿是年幼女孩，见了三蝶儿如见亲人一般。因有额氏在此，不敢放肆，遂坐在三蝶儿身旁，两眼望著玉吉，暗捏三蝶儿的胳膊，嗤嗤而笑。三蝶儿恼他淘气，因碍在额氏面前，不好说话。不想被额氏看见，瞪了蕙儿一眼，厉声喝道："什么事，这么揉搓人？这么大丫头，不知学一点儿规矩礼行，竟这么疯子似的，学讨人嫌么？"说著，把丫头长、丫头短的骂个不了。还是三蝶儿劝著，方才住了。额氏道："你不用护著他，你们姐妹们都是一道号，半天晌午，有这么不做活计满处散逛的？真不给小孩儿留分①了。"说的三蝶儿脸上一红一白，放了蕙儿手，又不敢久坐，又不敢便走。玉吉站在一旁，一见蕙儿挨说，早吓得跑进屋内，不敢则声了，一面磨墨，又听见外间额氏申饬三蝶儿，遂高声唤道："姐姐，你不要找寻了。猫从房顶上已经回去了。"

三蝶儿会意，三步两步的走出，回到东院。原来那说媒的贾婆仍然没走，坐在里间屋里，咭咭哝哝的正与德氏说话。三蝶儿把脚步放重，自外走来。站在母亲身旁，又与贾婆德氏斟了回茶，返身回到屋内，无精打彩的做些针线。不想那贾氏话多，坐到日已平西，仍在西里屋里剌剌不休。有听得真切的，有听著渺茫②的，句句是说谋拉纤、自夸能事的话。又奖誉三蝶儿容貌，必得嫁与王公，方才配合。三蝶儿听了半日，句句刺耳，因恐终身大事母亲有何变故，遂把针线放下静坐细听。

那贾婆道："告诉姐姐说，我管的闲事，没有包涵，你竟管打听去，家业是家

---

① 留分：留余地。
② 底本作"范"。

业,郎君是郎君。明天把门户帖儿……"说到此处,又嗫嗫的听不真了。三蝶儿不知何事,料定母亲心理,禁不得贾婆愚弄,若有长舌妇来往鼓惑,实与家庭不利。想到这里,心里突突乱跳,身子也颤摇起来,便闷闷倒在枕上,暗暗思量,觉得千头万绪。正在没有开心,忽见贾婆进来,笑嘻嘻的道:"姑娘大喜了!我保的这门亲事,管保门当户对,姑爷也如心。"三蝶儿听了这话,如同万箭攒心一般,正在不得主意,猛听西院里一片哭声,说是玉吉挨打,被聂之先当头一棒,打的昏过去了。当时一惊非小,三步两步跑了过去。果见聂玉吉躺在院里,之先拿著木棒,喘吁吁的站在一旁,有德氏、额氏姐妹在旁求饶。蕙儿、常禄等亦跪地央告。之先怒目横眉,头也不顾抬,只望着玉吉发狠。众人再三央告,死也不听。抢步按住玉吉,欲下毒手,急得三蝶儿"嗳呀"一声,仆①倒就地。要知如何,且看下文分解。

---

① 仆:扑。

第十回　露隐情母女相劝　结深怨姊妹生仇

　　话说三蝶儿一见聂之先按住玉吉,吓得嗳呀一声,仆倒就地,本打算婉言央告,不想摔倒在地上,心里虽然明白,口里却说不出话来,急得呜呜乱嚷。忽见德氏走来,唤著三蝶儿起来。三蝶儿一面哼哼,正在昏昏沉沉、恍恍惚惚之际,猛听德氏唤他,遂长叹一口气,睁眼一看,仿佛身在房中俯在床上发昏呢。又听德氏唤道:"姑娘你醒一醒,管保是魇著了。"三蝶儿定了定神,敢是方才枕上作了南柯一梦,只觉得头昏眼花、身子发懒,翻身坐了起来,一面揉眼,一面穿鞋下地。只听德氏叨念道:"半天晌午,净知道睡觉,火也耽误灭了,卖油的过来,也不打油去。贾大妈走了,也不知道送一送。这倒好,越大越没有调教了。"说的三蝶儿心里越发难过,一面理发①,顾不得再想梦景,只推一阵头疼,不知什么工夫竟睡去了。一边说,一边帮著做菜,伺候着常禄等。吃过晚饭,觉身上懒懒的,不愿做活,遂歪身躺在屋内,昏昏睡去。自此一连数日,如同有病的一般,早晨也懒得起来,晌午亦懒得做活,气得阿德氏终日叨唠②,只催他出外活动活动,不看闹成瘟病。三蝶儿答应着是,心里却无主意,有心往西院里散散闷,又恐受姊妈③教训,或是张长李短,讲些个迂腐陈言,实在无味,只得坐在屋里,扎挣④做些活计。

　　这一日向晚无事,德氏、额氏带著常斌、蕙儿,俱在门外散心。三蝶儿不愿出去,独在院子里浇花。忽见玉吉走来,笑嘻嘻的作了一揖,咚咚的往外便跑。三蝶儿有多日不见,仿佛有成千累万的话要告诉他似的,不想他竟自跑去,也

---

① 理发:梳头发。
② 叨唠:唠叨。
③ 姊妈:姨妈。
④ 扎挣:挣扎。

第十回　露隐情母女相劝　结深怨姊妹生仇　113

只得罢了。不一会,又见玉吉跑来,唤着三蝶儿道:"姐姐你快来看热闹。"三蝶儿不知何事,因问道:"有什么可瞧的,你这么张皇①?"玉吉笑道:"其实也没什么可瞧的,我怕姐姐闷得慌,要请姐姐出去散一散心,何苦一个人儿竟闷在家里呢?"三蝶儿道:"叫你费心,任是什么热闹,我也不爱瞧,你爱瞧只管瞧去。"说着,提了喷壶,仍去浇花。玉吉道:"姐姐的病,我知道了。不是挨了姨妈的说,必是那贾大妈气的。"玉吉是无心说出,不想三蝶儿听了,满脸飞红,暗想道:"贾大妈的事他怎么也知道?莫非贾大妈的事已经说妥了不成?"随忙著放下喷壶,摇手向玉吉道:"你既知道,即不便说了。"玉吉不解其意,只当今日三蝶儿又受了什么样气,遂悄声问道:"告诉我怕什么?决不向外处说去。"三蝶儿一面摇手,又蹙著眉道:"告诉你作什么?反正是一天云雾散,终久你也知道。"玉吉听了此话,越不能解,遂携手问道:"到底什么事?你这样著急。"三蝶儿叹了口气,眼泪扑簌簌的滴下,夺过手来道:"你不用再问了。"说著,擦了眼泪,走进屋内,低头坐在椅上,一语不发。玉吉也随后跟来,再三追问,连把"好姐姐"叫了几十声,又说天儿太热,不看闷在心里憋出病来。三蝶儿一面抹泪,一面跺脚,又红脸急道:"你一定要问我,可是挤我寻死?"这一句话,吓得玉吉也怔了。想了半日,摸不清其中头脑。欲待问他,见他如此著急,也不敢再问了。

　　正在没个找寻,忽德氏、蕙儿等自外走来。德氏见三蝶儿流泪,怒问道:"青天白日,这又是怎么了?"三蝶儿忙的站起,强作笑容道:"我眼疼,光景是长针眼了。"一面说,一面以袖掩泪。玉吉也在旁遮掩,方把德氏拦住。不一会常斌跑来,说西院我姨父又吐又泻,想必是热著了。玉吉听了,连忙跑去,德氏亦随后追出。将走到上房门外,听屋内连说"嗳哟",又呕又吐。额氏在屋内嚷道:"姐姐你快来,帮我一把手儿罢。"德氏答应一声,三步两步的赶入。之先坐在炕上,呜哇的乱吐,吐得满屋满地都是恶水。额氏站在身后,一手拿了顶针儿②,替他刮脊梁。又叫仆妇梁嬷上街买药去。一时三蝶儿、蕙儿等也自东院走来,忙著拿了笤帚,帮著扫地。

---

①　张皇:慌张。
②　顶针儿:做针线活时戴在手指上的工具,多用金属材料制成,上面有许多小窝儿,用来抵住针鼻儿,使针易于穿过活计而不至于弄伤手指。

忽之先嗳哟一声，嚷说腹痛，翻身倒在炕上，疼得乱滚，又要热物件，去温肚子。等至梁嬷回来，服了金衣去暑、六合定中、四丸子却暑药。不想服了之后，依然无效。又把痧药、红灵丹等药闻了许多，连一个嚏喷①俱不曾打。额氏等著急之至，忙叫玉吉、常禄去请大夫。候至九点余钟，医生赶到。德氏等一面待茶，一面把病人情形说了个大概，又央着医生细细的诊诊脉。医生答应道："不用你嘱咐，错非与之先相好，我今天万不能来。方才优王府请了三次，疝贝勒福晋也病得挺厉害，我全辞了没去，赶紧就上这儿来啦。"说著，进屋诊脉，合上两只鼠目，一会点点头，一会又皱皱眉毛，假作出细心模样来。之先一边嗳呦，一面给医生道劳，说："大哥恕罪，我可不起来了。"医生把二目睁开，说声不要紧，这是白天受暑，晚上著凉，左右是一寒一火，冷热交凝，夏天的时令病。说著玉吉等拿了纸笔，请到外间屋里去立方。医生把眼镜取出，就着灯光之下，拂著一张红纸，一边拈著笔管，一面寻思，先把药味开好，然后又号上分量，告诉额氏说："晚间把纱窗放下，不可著凉。"额氏一一答应，又给医生请安，道了费心。玉吉、蕙儿等亦随著请安。额氏把马钱②送过，医生满脸堆笑，不肯收受，还是德氏等再三说著，方才收了马钱，告辞而去。这里额氏等煎汤熬药，忙成一阵。德氏额氏等，一夜不曾合眼，本想著一剂药下，即可大痊。不想鸡鸣已后，病势愈加凶猛，急得额氏等不知如何是好。打发常斌、玉吉去请医生，又怕是痧子霍乱，遂令梁嬷出去请一位扎针的大夫来。

　　合该是家门不幸，这位扎针大夫，本是卖假药的出身。扎针之后，常斌所请的医生亦已赶到，进门诊脉，业已四肢拘急，手足冰凉。医生摇了摇头，说："昨晚方剂，已经错误，大凡霍乱的病症，总是食寒饮冷，外感风寒所致。人身的脾胃，全以消化为能，脾胃不能消化，在上腕则胃逆而吐，在下腕则脾陷而为泻。现在之先的病，吐泻并作，脉微欲绝，又兼著连扎十数针，气已大亏，我姑且开一方子，吃的见好，赶紧给我信，如不见效，则另请高明，免得耽误。"

　　额氏听了此话，一惊非小，一面擦泪，一面把医生送出。回房一看，之先躺在床上，牙关紧闭，面如白纸。额氏叫了两声，不见答言，又叫玉吉等伏枕来唤，急得常禄、常斌并三蝶儿、蕙儿等，亦在旁边守著，爹娘姨父的乱嚷。梁妈

---

① 嚏喷：喷嚏。
② 马钱：医生出外行医叫作"出马"，"马钱"即医生的车资，实际上就是出诊的酬劳。

把药剂买来,忙著煎药。因坐中不见德氏,遂问道:"东院大太太什么工夫走了?"额氏亦左回右顾,不得主张,急得叫三蝶儿去找,又抱怨德氏道:"好个狠心的姐姐,这里都急死了,他会没影儿啦。"

三蝶儿亦一面抹泪,忙的三步两步来到东院,说是我姨父已经不成了,您还不赶紧去呢!德氏叹了口气,一语不发。三蝶儿倒吓一怔,不知此时母亲受了什么感觥①,这样生气,有心要问,又畏其词色严厉,不敢则声,一面以袖子抹泪,一面往外走。德氏拍的一声,拍的桌子山响,怒嚷道:"你姨父病了要紧,你妈妈病了,也不知问一问?"三蝶儿吓了一跳,不知何故,转身便跪在地下,凄凄恻恻的道:"奶奶别生气,有什么不是,请当时责罚我。大热的天气,奶奶要气坏了,谁来疼我们呀?"说着,两泪交流,膝行在德氏跟前,扶膝坠泪。德氏把眼睛一瞥,赌气站起来道:"不是因为你,我也不生气。这们大丫头,没心没肺,我嘱咐你的话,从不往心里搁一搁,天生的下流种,上不了高台儿吗?"说罢,把手中烟袋用力在地上一磕,恶狠狠的问道:"你跟你玉兄弟,说什么来著?你学给我听听。"

三蝶儿一听,不知从何说起,吓得面如土色,颤巍巍的道:"大夫来时,我在里间屋扶侍②姨父,并不曾说些什么。"德氏呸的一声,唾得三蝶儿脸上满脸吐沫。德氏道:"看那药方子时候,你说什么来著?"三蝶儿想了半日,茫然不解,细想与玉吉二人并不曾说过什么,有什么要紧话被母亲听去,这样有气,乃惨然流泪道:"奶奶责我无心,诚是不假,说过的便忘了。"一面说,一面央告德氏,指明错处,好从此改悔③。

德氏装了一袋烟,怒气昂昂的走向三蝶儿眼前,咬牙切齿道:"你不用装糊涂,昨天你跟玉吉说,逼你寻死。谁逼你寻死来著,你说给我听听。"三蝶儿听到此处,知是昨晚说话未加检点,当时两颊微红,羞羞怯怯的不敢答言了。德氏又呸呸的两声道:"好丫头,我这一条老命,早早晚晚死在你的手里。我家门风,早早晚晚也败在你的手里。"说得三蝶儿脸上愈加红涨,惟有低垂红颈,自怨自艾。德氏见其不语,愈加愤怒,乃忿然道:"你说呀,你怎么不说呀?"三蝶

---

① 感觥:感伤。
② 扶侍:服侍。
③ 改悔:悔改。

儿一面抹泪,想著西院之先病在垂危,母亲这样的有气,实是梦想不到的事,因叹道:"奶奶,奶奶,您叫我说什么?"说著,拂面大哭。德氏放了烟袋,顿足拍掌的道:"说什么?你自己想想去罢。"说罢,倒在椅子上,哼咳的生气,一时又背过气去。三蝶儿擦著眼泪,俯在德氏怀里,奶奶、奶奶的乱叫。

一时梁氏蕙儿因三蝶儿来找德氏,半日不见回去,亦跑来呼唤。叫了半日,不见答言。又听上房里,连哭带喊,遂走来解劝,拉起三蝶儿,又把德氏唤醒,问说因为什么这么呕气。三蝶儿背了德氏,偷向梁妈摇手。梁妈会意,死活拉了德氏,说:"西院我们太太急得要死,我么老爷已经不成了。"三蝶儿亦随后相随。

走至西院,忽听额氏屋里说声"不好",梁妈等抢步进去,原来聂之先已经绝气了。额氏等措手不及,只顾扶著枕头,呜哇乱哭。德氏、三蝶儿等也望著哭了。梁妈劝住额氏,先把箱子打开,说制办寿衣业已来不及,难道叫老爷光著走吗?额氏一面擦泪,这才慌手忙脚开箱倒柜,三蝶儿也忙著收拾。大家七手八脚,先把之先装好,停在凳上,又叫常禄出去叫床①。额氏、玉吉并德氏母女及梁妈、蕙儿等,复又大哭一场。大家悽悽惨惨的商量事后办法。额氏虽称能事,到了此时此际,亦觉没了主意。德氏因昨日一夜不曾合眼,又因与三蝶儿生气,经此一番变故,亦显得糊涂了。玉吉一面哭,跪在额氏面前,请示办法。三蝶儿擦著眼泪,先令梁妈出去,找两个帮忙的爷们来,先与各亲友家里送信。德氏一面擦泪,不知与额氏闹了什么口舌,坐了半日,只有擦眼流泪,对于后事办法,一语不发。额氏亦没了主意。玉吉、常禄二人虽是少年书生,心里颇有计画,二人商量着先去看棺材,又叫三蝶儿等防著德氏姊妹,不要②天热急坏了。三蝶儿点头答应,见母亲如此不语,又兼有方才申饬,亦不便多言多语再去张罗了。一时德氏站起,推说头上发晕,自回东院去了。

额氏望著之先,仍是乱哭。一手挥了眼泪,醒了鼻涕,望著德氏走后,指给三蝶儿看道:"你看你妈妈,我这么著急的事,他连哼也不哼。你爸爸死的时候,我可没有这样。什么叫手足?那叫骨肉?看起你妈妈的,真叫有姐妹们的寒心。"说罢,放声大哭。闹得三蝶儿劝也不是,不劝也不是。又不知他们姊妹

---

① 叫床:旗人去世后,尸体停放正屋的灵床上。灵床又名"太平床""吉祥板",需跟棺材铺租赁,即"叫床"。
② 底本作"看"。

第十回　露隐情母女相劝　结深怨姊妹生仇

犯了什么心,今见额氏一哭,不由得也哭了。蕙儿站在一旁,不知所以,虽说是小孩子家不知世故,然父亲刚然①咽气,母亲与姐姐俱这样哭,亦不禁放声哭了。梁妈把雇来的爷们打发出去,烧完了倒头纸②,听得额氏屋中这样乱哭,也不免随著哭了。闹得一家上下,你也哭,我也哭。

额氏、三蝶儿等越哭越惨。额氏是悼夫之亡,悯子之幼,又伤心同胞姊妹尚不如雇用仆妇这样尽心;又想著办理丧事手下无钱;又虑著完事之后,只剩下母子三人,无依无靠,儿子虽已成丁,毕竟是幼年书生,不能顾全家计。越哭越恸,哭得死去活来,没法劝解。三蝶儿是心重女儿,知道自己家事皆倚着姨父一半。姨父一死,不惟母女们失了照应,若日后母亲姐妹失和,如何能处在一处?既不能处在一处,则早日结亲之说,也必然无效了。虽我自己亲事不算大事,然母亲年老,侍奉须人,若聘与别姓人家,万不能如此由性。再说哥哥兄弟,又是朴厚老实、循规导矩③的一路人,若使他守成家业,必能无忝祖德。然生于今之世,家计是百般艰窘,母亲又年近衰老,错非创业兴家,光耀门户的弟兄,万不能振起家声,显扬父母了。越思越苦,哭得倒在地上,有如泪人儿一般。一面擦泪,抬头望见死尸,又想起人生一世,无非一场春梦。做好梦也是梦,做恶梦也是梦,人在梦中,颠颠倒倒的,不顾生死,那里知道,今天脱了鞋合袜,不知明日穿不穿。一沙那④间,三寸气断,把生前是是非非也全都记不得了。想到此处,又哽哽咽咽的哭了,恨不得舍生一死,倒得个万缘皆静。

正哭得难解难分,有聂家亲友闻信来吊,少不得随着旁人又哭了一回。梁妈把来人劝住。随后额氏的从妹托氏、额氏的母家德大舅爷等,先后来到。三蝶儿倒在地上,哭的避⑤住了气。大家七手八脚,一路乱忙。有嚷用草纸薰的,有嚷灌白糖水的。额氏掩住眼泪,也过来拉劝,连把乖乖宝贝儿的叫了半日,三蝶儿才渐渐的苏醒过来。蕙儿等在旁乱叫,三蝶儿嗳哟一声哭了出来,大家才放了点儿心。额氏、托氏等连哭带劝,梁妈等用力搀起,掖在椅子上,轻轻的拍打着,又泡过碗白糖水来。三蝶儿呷了一口,两只杏眼,肿似红桃一般,

---

① 刚然:刚刚。
② 倒头纸:在人咽气后即刻焚烧的纸钱。也作"领魂纸"。
③ 循规导矩:循规蹈矩。
④ 沙那:刹那。
⑤ 避:闭。

尤自圆睁睁的望著死尸,潜潜①堕泪。

额氏与德大舅爷等商量办事。德舅爷久于办事,出去工夫不大,找著玉吉二人,看了寿木,买了孝衣布,先作孝衣。又著杠房②来人,先把旛杆立起,其一切搭棚事情,不肖细述。额氏把一切事项均托在德舅爷身上,允许③著事后还钱。玉吉一面哭,一面给舅父磕头,因素日孝心极重,抹著眼泪道:"外甥虽然没钱,情愿将父亲遗产全作发丧之用。"德舅爷拭泪挽起,引得托氏、额氏并三蝶儿、常禄等又都哭了。托氏、额氏等以事后的生计,劝了玉吉半日。玉吉一心孝父,哭着说:"我父亲养我这么大,凭我作小买卖去,也可以养活母亲。日后的生计问题,此时先不必顾虑了。"一面说一面哭,闹的托氏、额氏愈加惨恸,无可奈何,只得依了。

德舅爷跑前跑后,又忙著印刷讣告,知会亲友;又忙著接三焰口④、首七⑤念经以及破土出殡等事情。额氏见诸事已齐,想起德氏来,不免与托氏等哭了一回。托氏以姊妹情重,少不得安慰一回,又叫三蝶儿引著,安慰德氏去。三蝶儿因哭恸逾节,四肢浮肿起来,扎挣搀著托氏来到东院,不顾与母亲说话儿,遂躺在自己屋里朦胧睡去了。这里德氏与托氏相见,也不及为礼,先为西院丧事,哭成一阵。德氏为姊妹失和,少不得闲言淡语的说了一遍。托氏是来此安慰,不得不调解劝慰。又问说所因何事,竟闹到这步田地。德氏一面擦泪,叹了口气道:"题起话儿长。你不常来,这内中情形,你也不知道。"说著,掀了帘子,问说:"三蝶儿过来没有?"托氏摇摇手,德氏悄声道:"这事瞒不得你。玉吉小时候,最与三蝶儿投缘。我因没话题话儿,曾向你二姐说过,将来我们两人,两姨结亲。这原是孩子小时候姊妹凑趣的话。不想你二姐说话不知检点,如今这两孩子全知是真事了。前天有贾大妈题亲来着,被你二姐知道了,原是姊妹情重,同他商量商量,叫他替我想个主意,就便我们结亲,也该当放定⑥纳礼,开言吐语的说明了,才是正事。谁想他不哼不哈不言语,不理我。我同他

---

① 底本作"潜潜"。
② 杠房:指出租、提供丧葬用品或帮人举办丧事的店铺。
③ 允许:答应,承诺。
④ 焰口:焰口原是佛经中所指的饿鬼,此处指请和尚做法事放焰口,超度亡灵脱离苦海。
⑤ 首七:头七。
⑥ 放定:男方给女方下彩礼。

说了三遍,他说妹父病著,带孩子就走了。当时给我个下不来台,究竟是怎么办,你倒是说呀。倒底①你二姐心里是怎么个主意呢?难道我养活女儿的,应该巴结亲家强求着作亲吗?"说罢,眼泪交流,说话声音也越来越重了。托氏恐三蝶儿听见,一面以别的话乱了过去,一面悄声劝道:"你们的事情,也不知同我商量。二姐是那样脾气,你是这样脾气,论起来全不值当。俗语说,爱亲儿作亲儿,何必闹这宗无味的话呢?"说罢,装了一袋潮烟,听听三蝶儿屋里没有动静,又悄声道:"幸亏这两个孩子,全都老实。若是人大心大,那时可怎么好呢?依我说,事到这步田地,二姐夫是已经死了,你不看一个,也得看一个。现在各家亲友皆已来到。独独你不过去,未免太显鼻子显眼了。"说著,有梁妈过来,嚷说:"我们太太抽起肝疯来了,请两位姨太太快些瞧瞧去罢。"

这一句话,把托氏、德氏姐妹也吓得慌了,跑到西院一看,见德舅爷、玉吉等皆在左右围着,众亲友一面哭,一面按著。常禄忙的跑出,请了位医生来。医生在里间诊脉,阴阳生在外间屋里开写殃榜②。院里搭棚的棚匠,绳子竹竿子的乱嚷。又听门口外,几声香尺响,转运的寿材已经来到,闹得院里院外,马仰人翻,乱成一阵。玉吉、常禄等里外忙碌,德舅爷跑前跑后,又忙著送医生,又忙著灌药。乱乱腾腾,闹了两天两夜,直到接三之日,犹自忙忙碌碌,一起一起的接待亲友。

玉吉见母亲病重,亦急的了不得,因恐两院人多,不得静养,遂同常禄等,大家七手八脚,暂将额氏抬到东院,留下梁妈蕙儿专在东院伺候。玉吉在灵旁跪灵。德舅爷、常禄、常斌并托氏的丈夫文光,皆在棚里张罗。托氏与德氏姊妹接待各家女宾。只有三蝶儿一人,自从姨父死时,哭痛过甚,又受了母亲痛斥,因此郁郁不舒,四肢浮肿起来,身上一回③发烧,又一会作冷,头上也觉著混乱,眼睛也觉著迷离。后见蕙儿过来,说是额氏抽疯,病得很烈害,由不得动了点儿心,闹得一连两日,滴粒不曾入口,睡卧不宁,心里惊惊怯怯,行动亦觉恍惚了。后来有梁妈蕙儿,送了些水果西瓜来。三蝶儿把双眸微启,望见蕙儿在此,穿著白布孝衣,仿佛见了生人一般,想了半日,看不出是谁来。梁氏站在

---

① 倒底:到底。
② 殃榜:人死后,请阴阳先生书写榜文,张贴公布死者情况及殡葬仪式的信息。
③ 一回:一会。

地上，连把姑娘姑娘的唤了数遍。三蝶儿合上二目，点头答应，忽又尽命爬起，问着梁妈道："你姓什么？你到我家里挑什么是非来了？"梁氏吓了一跳，不知是那里的事，随笑道："嗳呀，我的姑娘，怎么迷迷糊糊的连我也不认识了？"说的三蝶儿心里一惊而悟，自知是心里迷惑，说出什么关系话来，被他听去了，由不得两颊微红，倒身便躺下了。梁妈拉了夹被，替他盖好，悄声嘱咐道："渴时吃点儿西瓜，有什么事只管叫我。若能扎挣起来，活动活动，那尤其好了。天儿又热，房里也没风，闹的热著了，更不是儿戏的了。本来我们大爷就急得要死，姑娘若再病了，那还了得。"说著，拉了蕙儿手，又到西里间屋里，扶侍额氏去。

不想此时额氏直挺挺躺在炕上，业已人事不知了，吓得梁氏、蕙儿面如土色，急忙与西院送信，惊得德氏、托氏、文光、玉吉等全都赶紧过来。托氏进前一望，摸了摸，手骨冰凉，圆睁两只眼睛，已经绝气了。文光等嚷说快抽，德氏就嚷说撅救。玉吉伏在枕上，连把奶奶、奶奶的叫个不住。托氏亦著了慌，颤巍巍的摸了摸胸口嘴唇，眼泪在眼眶里含著，悽悽惨惨的叫声"二姐"，引得德氏、玉吉也都放声哭了。文光把玉吉搀起，问说："你奶奶的衣裳，现在那里呢？快些个著人拿去，再迟一刻，就穿不得了。"托氏与德氏姊妹只顾乱哭，玉吉亦没了主意，抢地呼天的跪倒地上。德舅爷亦哭个不住，勉强拉著玉吉，又见茶役来回，说烧活引路香已经齐备，和尚师傅们静等著送三呢。急得德舅爷连连跺脚。众家亲友，也有听见哭声跑来劝慰的。玉吉把钥匙寻出，慌忙著翻箱倒柜去找衣裳，比著之先死时更显十分忙乱。大家把额氏衣服先行穿好，搭到两院上房，停在床上，又忙著西院送三。所来亲友看了这般可惨，无不坠泪。大家一面哭，一面劝著玉吉，说办事要紧，不要仅自著急。俗语说，节哀尽孝。为人子的，只要生尽其心，死尽其体，也就是了。难道不葬父母，儿子临时哭死，就算孝了么？说的玉吉心里极为感激。

当时忙乱送三，连那浑俗和尚及邻居看热闹①的听了，全都眼辣鼻酸，替著玉吉兄妹难过起来。大家悽悽惨惨，送至长街，看著把车马焚了，然后散去。玉吉跪在街上，先与德舅爷磕头，哭哭啼啼的求著费心，又哭道："母亲多么大，娘舅多么大。母亲一死，外甥已没人疼顾了。"说著，泪如雨下。德舅爷忍泪搀

---

① 底本无"闹"字。

扶,劝说:"不必着急,你这两件大事,都有舅氏承当,你就先回去罢。我带你常禄哥哥,先瞧棺材去。"

当时与玉吉告别,带了常禄,看了合式的一口棺木,并把接三前后的事情一律办妥。又邀著杠房的伙计,明日到聂家商议,好多预备一分官杠,言明价钱,其余的琐碎事情,亦有常禄等分头忙乱,笔不多赘。

单言三蝶儿屋里,自闻额氏一死,犹如钢刀刺骨、万箭攒心的一般。只可怜当时天气正在中元节后,斜月照窗,屋里孤灯一盏,半明半灭,只有三蝶儿一人,独自躺在炕上,冷冷清清,悽悽切切,哭得死去活来,无人过问。幸有茶役过来,收拾厨房傢俱①,忽听屋子里隐隐哭声,仿佛魇著了似的。当即跑至西院,告知玉吉,说东院屋里有人避住气了,您赶快瞧瞧去罢。玉吉不待说完,知是三蝶儿有病,今因姨母一死,急上添急,必是哭痛过甚,避住气了。当时跑了过来,掀帘一看,见屋里静悄悄,别无动静,只有三蝶儿一人,将头握在枕下,斜搭一幅红被,正自悲悲咽咽的哭呢。玉吉把蜡灯移过,探头往里一望,见三蝶儿面上有如银纸一般,口张眼闭,娇喘吁吁,那一派惨淡形容,殊觉怆楚。玉吉也不顾唤人,轻轻的拍他两下,颤颤巍巍的叫声"姐姐",刚欲说话,三蝶儿便翻身坐起。玉吉倒吓一跳,几乎把蜡灯失手,往后一退,却被三蝶儿一把紧紧挽住手腕,两眼望著玉吉,又复悲悲咽咽的低头哭了。玉吉不解其意,只道能够起来,便无妨碍,随将手灯放下,坐在一旁,见他如此可惨,亦随著哭了。三蝶儿自觉忘情,本有一肚子委曲,此时见了玉吉,仿佛一部史书,千头万绪,不知从何说起了,一面擦泪,放了玉吉的手道:"你我两人,是姨父姨妈的宝贝。自今以后,我们便没人管了。"说罢,抚面大哭。

玉吉扎挣劝道:"姐姐不要心窄,你若急出好歹,岂不叫姨妈著急么?"一面说,一面以孝衣擦泪,又悲悲切切道:"你竟管放心,我横竖急不死。"三蝶儿听了此话,知道自己的心,玉吉全都知道,很觉感激。但恐他人听去,有些不便,遂叹口气道:"我不悲别的,姨父姨妈一死,你家业零落了事小,连你功名学业,也自此便完了。"说著,自叹命苦,又说:"你我此时,不如死了,倒也干净。等到来生来世……"说到此处,自觉失言,不禁红潮上颊,玉吉亦顿足道:"姐姐疼我的心,我全都知道。只现在死丧在地,本来我姨妈就终日发怔,姐姐若再急坏

---

① 傢俱:家具。

了,叫我对得过①谁呀?"说罢,两泪交流,引得三蝶儿亦呜呜哭了。

忽有常斌走来,说:"德大舅已将诸事办妥,等你商量呢。"玉吉一面抹泪,出至西院,见座上僧人已经入座,铺排侍者唤说本家跪灵。玉吉奠了回酒,赶忙到厢房里面去见德大舅。在座有许多亲友,玉吉也不及周旋,伏在地上,先给德舅爷磕头。众人亦即站起,因玉吉年纪不大,如此聪明沉稳,实不易得,只可惜幼年英俊,父母双亡,真是可怜的事情,随皆劝著道:"夜已深了,少爷吃什么了没有?俗语说,爹死娘亡,断不了食嗓。现在父母大事,全都仗恃你了。倘若有了灾病,谁来替你?"说著,便叫厨子先给玉吉开饭。玉吉一面称谢,摇手连说不饿。德舅爷亦一面劝说,一面把所办的事情告诉明白,又说:"方才阴阳先生未开殃榜,说今天日干,有些不好,至多能搁上七天。若等著一同出殡,不但乍尸②,还是闹火漆③。依著我说,死了死了,就是多停几日,终久也须埋的,不如早些安葬,你父母的心里反倒安静。方才与你姨妈已经商妥,索性把日子缩少,连你父亲三天经全都不必念了。一来省心,二来省钱,留你们后手,还得过日子呢。自要是你有孝心,那怕是周年念经、冥寿念经呢。"说著,把杠房单子递与玉吉,说:"原杠价银,折成两分杠,仍是那些银子,把无用的红牌执事去了一半,连样车样马、小拿儿鼓手一概减去。虽然憨蠢一点儿,然穷人不可富葬。这个年月,谁也不能笑话你。只要你心中要强,那就是孝父母了。"玉吉连连答应,又伏在地上磕了个头。

众人见玉吉脸上尚不满意的颜色,遂齐声劝道:"大少爷,大少爷,就那么办罢。大舅说的话,的是实情。出殡之后,咱们把一切事情全都圆上脸④,比什么体面都好。一来你父母死后,躺下没背著债;二来你们兄妹,还得烧钱化纸,争强要胜呢。若父母一死,把家业都花净了,以后叫亲亲友友谁不笑话。"玉吉听了此话,又刺心,又难过,无奈是一番好意,所以也不敢抢白,只得委委曲曲的低头应了。

当时把讣闻帖上加了一行小字:择于二十九日伴宿领帖,三十日辰刻发引。仍著帮忙的几个人,尽早分送。一面与德舅爷商量,说父母去世,本旗的

---

① 对得过:对得起。
② 乍尸:诈尸。
③ 闹火漆:闹火期,即火烧棺材。
④ 圆上脸:圆脸,挽回面子。

佐领、领催尚不知道,应当怎么报法,望大舅想个主意。德舅爷沉吟半晌,皱皱眉毛道:"说到这里,我还要问你呢。此时报不报,原不要紧。你求你父亲的同寅,多请十天假,无论如何,先把初二的俸银领到手里。至说你母亲病故,我想此一切,很不必报佐领。既然你没有钱粮,为什么便宜领催,不吃一分孀妇钱粮呢?"玉吉摇头道:"这倒不必。堂堂的男子,要一分空头钱粮,值得什么!唐①不得饥,解不得渴,对于国家费用,还落个冒领名义。我想拿他吃饭,也从脊梁骨下去。"说罢,连连摇首,只说不必。德舅爷道:"孩子,你过于糊涂。旗下事情,你也摸不清。说句简截话罢,你若不吃,旗下也照旧支领。不但国家社会不知你的情,倒给领催老爷留下饭了。与其便宜旁人,何不自己吃呢?"玉吉听了此话,很觉诧异。德舅爷知其不信,随把旗下积弊细说了一遍,方把玉吉心里说的信了。

一时和尚下座,大家忙乱喝汤。玉吉在屋里院里,不得不周旋一回,然望着父亲金棺,母亲内寝,由不得抢地呼天,愈加哀痛。过了一日,又为母亲接三。不料天气太热,玉吉哭痛过节,晚间便躺在炕上昏昏的睡了。要知端的,且看下文分解。

---

① 唐:搪。

第十一回　贾婆子夸富题亲　三蝶儿怜贫恤弟

话说玉吉,因为哭痛过甚,不待父母窀穸①,先自病了,急得德氏、德舅爷都著了慌,劝了半日,玉吉才呷了口糖水。当时把医生请来,开方服药,闹到伴宿②那天,方能起步。幸有德舅爷料理一切,玉吉躺在床上,皆不过问。惟遇用钱时节,只令梁妈、蕙儿开柜拿东西,交与德舅爷,拿向当铺里换钱便用。到了伴宿一日,虽有些亲戚朋友前来祭奠,然从来的世态炎凉,全是人在人情在的多。之先的同寅,虽亦有来吊祭的,然人心险诈,奸巧百出。有为乘人之危来买之先住房的;有为暗中算计,量著玉吉兄妹无人照管,要趁势入步的。有姓贾名仁义的劝道:"少爷别著急,我们亲戚有一家放帐的,只要有房契作押,对③他个铺保④水印,借几百两都可现成,但恐是利息过大,扣头大多。依我的主意,少爷不必惜钱,寻个合式的主儿,把这所住房暂且典出去,倒是个正当主义⑤。一来每月利钱,免得著急;二来典个准期限,缓至大少爷官旺财旺,还许赎回呢。"这一类话,本是市侩小人暗算房产的奸计。玉吉是年少书生,听了这片议论,如何能晓得利害,只当是交友热诚,无上的美意呢。随与德舅爷商量,就托嘱贾仁义费心,将此一所住房速为典出。所得典价,还了各处急债,犹可富裕,孝除之后,预备赁房居住,以免亏空。德舅爷听了此话,亦无如何,自己跑前跑后,闹了这么多的债务,虽想著暂且别典,然在急难之中,借钱是没处借去,铺保又没有近人,无可奈何,只得依了。晚间亲友散后,把自己经手帐目记

---

① 窀穸:墓穴,此处指入土安葬。
② 伴宿:出殡前一个晚上,家人在灵前伴守一夜,也叫"坐夜"。
③ 对:兑。
④ 铺保:以店铺名义为他人做担保。
⑤ 主义:主意。

第十一回　贾婆子夸富题亲　三蝶儿怜贫恤弟

了清单，一件一件的交与玉吉。因为送殡的车辆，又向德氏商量，问说甥女三蝶儿到底是去不去。

话未说完，只见一个人影，自外走来，踏得月台上木板支支乱响。玉吉忙的出来，问说是谁。借著灯光之下，只见来的那人，蓬松发辫，一手扶著墙，颤颤巍巍的自外走来，走进一看，却是三蝶儿。玉吉吓了一跳，嗳哟一声道："姐姐不能动转，还过来作什么？"三蝶儿头也不抬，扑的一声跪倒，望著两口棺木，哭了起来。梁妈、蕙儿等亦忙跑出，德氏拿了烟袋，亦自里屋出来，咬牙发狠的道："你姨父姨妈白疼了你啦，你怎么不随他们死了？我亦好省心哪。"这一句话，引得三蝶儿越发的号恸不止了。

玉吉一面抹泪，一面劝解。梁妈抢步走来，一面劝，一面用力搀起。蕙儿亦过来拉手。常禄在背后悄声道："妹妹你少哭吧，奶奶又有气呢。"三蝶儿擦著眼泪，复又跪倒灵前，行了回礼，哽哽咽咽的道："姨父姨妈，疼了我这们大，临到死了，我连哭也不曾哭，头也不过来磕，实在于心有亏。"一面说，一面滴泪。那一分凄惨声韵，好不哀恸。玉吉在灵后站著，先不过低头堕泪，感念三蝶儿的心，后见德氏生气，吓得止住脚步，亦不敢过去劝了。既而①三蝶儿数落，说到于心有亏，不觉恸倒在地。试想三蝶儿的心里，因为悲人父母，尚尔哀恸如此，像我这父兮生我，母兮鞠我，无父何怙，无母何恃呢？越想越恸，越想越亏心。此时此际，只恨人世上，留此不孝儿子，有何用处？因此一痛而倒，正应了：读礼要知风木感，吟诗当起蓼莪悲。

众人劝解三蝶儿，猛听棺材后玉吉栽倒，吓得都著了慌。三蝶儿亦吓得一楞，一面扎挣站起，看是玉吉栽倒，反倒留著身分，不便过去了。玉吉哭恸一回，有德舅爷等百般劝慰，方才回到屋中，坐下说话儿。蕙儿拉了三蝶儿，随后进来。德氏劝玉吉道："你不用尽著哭。你姐姐半疯儿，没事惯流蒿子②，他是吃多了称③的，跟他学什么！甜罢苦罢，就剩一晚上啦。咱们说点儿正事，倒是正经的。"随说著，又流泪道："孩子，我告诉你，你爹妈是死了，久日以后，我也疼顾不了你。俗语说，亲戚远来香，街坊高打墙。过了你们圆坟儿④，好歹

---

① 既而：不久。
② 流蒿子：流泪。
③ 称：撑。
④ 圆坟儿：人死后安葬的第三天，其子孙近亲到坟地烧纸祭奠。

我找房搬家,你们典三卖四,几时搬到别处,我亦管不来了。"一面说,一面用手绢擦泪。

　　玉吉听了此话,急的乱哭,不知母亲、姨妈结了什么仇恨,竟至绝裂如此,随哭道:"姨妈搬家,我亦不敢拦。但日后姨妈不疼我,我活著亦无味了。"说著,抚面大哭,好像有千般委曲,欲与姨妈剖解①似的。只是此时此际,说不出来。德氏是粗心不懂话,顾不及玉吉话里别有深意,只道是小儿亲切,舍不得离开姨母,故以手帕擦泪,想著姊妹一场,暗自伤心而已。谁想那三蝶儿在座,听著母亲说话,心如刀割,只望著玉吉发怔,哭也不敢哭,虽有万千言语,此时亦不敢声叙了。后听玉吉说,日后姨妈不疼顾,活著亦无味的话,真是一字一泪,句句刺心,只可怜母也不谅,偏以寻常见解,学了人在人情在的口吻,想到此处,不免伤心哭了。蕙儿是童子无知,解不得三蝶儿心理,俯在身边道:"姐姐别伤心。你不愿意搬家,只让我姨妈、哥哥自行搬走,把你留在我家,过这一辈子,你道好不好?"蕙儿是无心说话,引得德舅爷等不觉笑了。德氏瞪了眼睛,怒视三蝶儿一回,蕙儿亦不敢言语了。

　　玉吉"哇"的一声,吐了一口鲜血,登时昏在椅上。德舅爷嗔怨道:"姐姐是图什么?没是没非,说这些话做什么?"一手把玉吉扶住,又叫常禄帮忙,搀到炕上,回头又令梁妈跑去,拿了水壶,冲了一盅糖水。德氏蹙起双眉,一面点烟,一面咳声叹气。常斌与蕙儿两人站在德氏面前,手里拈著孝带儿,四支小眼睛滴溜滴溜的望著德氏,亦不敢出声了。

　　三蝶儿见风头不顺,腾身而起,告诉德舅爷说:"明天送殡,我在家里看家。姨父疼我一场,谁叫我有病呢?"说著去了。梁妈看此光景,很不放心,随后追出,用手揪住道:"姑娘慢著些,黑洞洞的不看栽著②。"三蝶儿头也不回,被眼前一张杌凳几乎栽倒。梁氏在后面紧追,吓得嗳哟一声。三蝶儿道:"我怎不一下儿栽死呢?"梁妈道:"嗳□,我弥陀佛,您可死不得呀。"说著,过来扶住,一直来到东院。

　　吓得梁妈此时提心吊胆,不知怎么才好,一手揪了帘子,让著三蝶儿坐下,悄悄的劝道:"十里搭长棚,没有百年不散的筵席。我是心直嘴快,有一句说一

---

① 剖解:解剖。
② 栽著:摔跟头。

句的人，跟我么老爷太太已经十三四年啦。好罢歹罢，也都换下心来啦。姑娘这一分心，谁也都知道。姨太太上了年纪，虽然颠三倒四，有点儿脾气，然天长日久，总可以想过味儿。俗言说的好，背晦爷娘，犹如不下雨的天。总姑娘受些委曲，终久有出阁日子，有个逃出来的日子。若大爷二爷受委曲，难道还抛了母亲不成？"说著把娘姑、姑娘的叫了数遍。三蝶儿只去擦泪，并不答言，哽咽了好半日，猛然把纤手一挥，示意叫梁妈回去。梁妈不解其意，站起身来□："姑娘要我作怎么？"三蝶儿叹口气道："不作怎么，你就赶紧过去，看看你们大爷去罢。"梁妈答应道："我这就过去，姑娘也歇著吧。少时姨太太过来，您就别伤心了，图什么又招麻烦呢？"三蝶儿点点头，使性子道："我都知道，你不用碎烦了。"梁妈答应著，转身走去。

走到穿堂，听见西院里又哭又喊，梁妈吓了一跳，恐怕德氏与德舅爷吵闹，遂三步两步上了台阶，隔著玻璃一望，常禄、常斌等跪在地上，德舅爷嚷道："我为的是你们。你们和不和，与我什么相干？"德氏亦嚷道："那是管不著，那是你管不著！你要排宜①我，就是不行。"常禄等央道："奶奶，大舅，全少说两句吧。"说著，连连嗑头，碰在地上直响。蕙儿亦抚面乱哭。玉吉从炕上爬起，下地跪倒。梁妈赶著进来，先劝德氏坐下，又叫德舅爷出去，说天已不早，差不多到迁棺时候了。

玉吉一面哭，一面央告道："此时外甥，只凭著姨妈大舅疼顾我们了。姨妈、大舅，看著我父亲母亲吧。"说罢，连连叩头。德舅爷也不言语，气昂昂出来道："好端端的，这不是欺负孩子吗！"德氏又欲说话，被玉吉一把推倒，伏在德氏怀内乱哭起来。常禄一面抹泪，一面站起，帮著德舅爷扫了棺材上土，又来劝告母亲说："天已经快亮了，您上东院里略躺一躺儿，省得明天困倦。"德氏听了此话，头也不抬，只去气哼哼的抽烟点烟，吓得常禄、玉吉都不敢多言了。

当下一屋子人，你看著我，我看著你，连一个大声大气也没有了。急得德舅爷连连擦掌，因惦着送殡以前，事情很多，家里也应当安置，外面也应当张罗，都为这一场闲吵，闹得忘了。随唤常禄等焚化鸡鸣纸钱，又叫玉吉过去，预备锣封尺封②并明日拆棚以后各项应开的酒钱，一面又劝解道："你要往宽里

---

① 排宜：训斥。
② 锣封尺封：给杠夫、吹鼓手的赏钱。

想。将来的事情,都有我呢。你姨妈的气,不为三蝶儿,也不是为你,这都是二位死鬼办的糊涂事。如今闹到这样,他们也放下不管了。"随说着,便欲坠泪。玉吉怕德氏听去,又怕德舅爷伤心,只得悄悄答应,劝著大舅放心,姨妈说什么,我断不往心里去,只盼著上天睁眼,别叫我姐姐随著受气,于我心便无愧了。

正说话,梁妈进来,点手请德舅爷出去。德舅爷不知何事,忙的放下单子,随了出来。梁妈悄声道:"您到东院里,说说姑娘去吧。不看姨太太看见,又是不心净。"说著,把手中钥匙递与德舅爷道:"这是箱子柜子的钥匙,大爷交给我,叫我交给姑娘的。"德舅爷知是难办,接过钥匙来,走至东院的窗前,听屋里常禄嚷道:"你怎的这么谬①啊!"又听三蝶儿哭道:"是了,我谬!我谬!你不用管我,成不成啊?"德舅爷不问何事,接声嚷道:"你们娘儿几个,莫非疯了吗?"常禄见德舅爷过来,跺脚走出,将欲掀帘,恰与德舅爷撞个满怀,吓得缩住脚步,先让德舅爷进来,又述说方才三蝶儿爹呀娘的直嚷,又要寻死,又要觅活,若叫我奶奶知道,岂不又是麻烦吗?三蝶儿亦闻声站起,靠著隔扇门,擦抹眼泪,两只秀目,肿作红桃一般。

德舅爷又气又恼,坐在一旁椅上,叹息不止,半晌把手中钥匙放于桌上,喝著三蝶儿道:"这是钥匙,交你看家的。"三蝶儿哽咽答应。常禄亦不敢答言,惦著西院有事,又张罗厨房去了。三蝶儿醒了鼻涕,望著常禄已去,悽悽惨惨的道:"钥匙不要交我,西院事我不能管了。"德舅爷道:"你不管谁来管?不叫你送殡去,倒也罢了,难道你在家看家,你奶奶也说你么?"三蝶儿哭著道:"反正是难题。送殡也不是,看家也不是。莫如我什么也不管,倒也清静。挨说的事小,我姨父姨娘既已去世,若把我奶奶气坏了,我们谁管呢?"说著,滴了点泪。德舅爷道:"你不要多虑,你奶奶说你,自有我呢。"三蝶儿道:"大舅不知道,我哥哥没心眼儿,他想是姊妹兄弟都是至亲,既在一处居住,更应像自己一样。那知我奶奶心里,可不是那样呢。"德舅爷道:"那也不能。你奶奶闹生分,犹有可恕,你们姊妹兄弟,既如骨肉一般,何必跟老家儿学呢?你们越亲近,我看着越喜欢。若两姨弟兄,全是姨儿死了断亲,那我就不管了。"这一片话,把三蝶儿说得无可辩论,料著话里深意,德舅爷也未能解透,所以说出这不相关的话

---

① 谬:拧,脾气倔。

来。此时要细陈委曲,无奈女孩儿家不好出口,又怕德舅爷生了猜疑,尤为不便。偏生德舅爷性子爽快,说完话,站起便走。三蝶儿亦不敢言,只得把钥匙收起。

自己又回思一番,虽说是两姨兄弟,比我亲手足亲近,到底是有些分别。我敬爱同胞兄弟,何曾有过闲话?如今为敬重玉吉,惹得母亲心里这样有气,可见生为女子的,应当触处①留心,不该放诞。见人亲近,则流言诽②语的,必要掂量。待人或冷,则旁言旁语的,嘲笑酸狂。难道女儿家就不准见人了吗?左思右想,又想起幼年事来,若非母亲指定,纵令女儿无知,亦不敢错行一步。缘何到了此时,母亲不认前识,反把处处错处都放在女儿身上?女儿虽愚,如何担当得起?现在亲亲友友,人所共知,母亲若变了卦,女儿的身分何在呢?越想越伤感,也不顾晓夜风寒,秋窗露冷,独对着一盏残灯,悲悲切切的呜咽起来。正应了:珠沉玉碎无人识,絮果兰因只自知。

三蝶儿自德舅爷去后,哭到天明,忽听西院里一片哭声,才知是有信起灵了。自己把钥匙带好,把母亲、哥哥应穿的孝衣衣服,慢慢的预备出来,转身出了西院,无精打彩的奠祭③一回。又把各处东西查点一番,闻说此日看家,有德大舅母帮忙,心里便放下一半。随把一切事情交与德大舅母,自己好省一点事。玉吉也不去过问,临起杠时,先与德大舅母、三蝶儿磕了回头。德氏也不问家事,自己穿了孝衣,先去上车。门外看热闹的人,拥挤不动,都因聂家出殡,前后是两口棺材,很为奇特。又因玉吉兄妹年纪很小,不幸父母双亡,虽是闲看热闹,也不免动些悲感。当时鼓乐哀鸣,执事前导,杠前杠后,男女的哭声震天。三蝶儿亦送至门外,号啕不止。

幸而德大舅母惦著许多的事情,不能不收住眼泪,先理正事。眼望著金棺去远,劝了三蝶儿进去,娘儿俩查点一切,先把净宅的先生伺候完毕,然后又一起一起的开发酒钱。三蝶儿的身上有病,顾不得一切事情,哭了一会,才把聂家事情交过德大舅母,便向东院里昏昏的睡去了。到晚德氏回来,三蝶儿扎挣起步,虽然不放心玉吉,而思前想后,亦不必过问了。只好洗心涤虑,去向厨房

---

① 触处:处处。
② 诽:蜚。
③ 奠祭:祭奠。

里作菜作饭，伺候母亲，把聂家的事情一字不题，免使母亲生气。德氏亦追悔无及，不该把额氏罪过托在女儿身上，随用好言安慰，把额氏在日姊妹所积之仇述说一遍。

原来那德氏为人，生性孤僻，尤饶古风，行动以家法为重。对于亲生子女，从未少假颜色，因此与女儿心里很是隔绝。终日在规矩礼行上注意，把母女亲情，丝毫都没有了。当那三蝶儿幼时，额氏向德氏说过，将来两姨作亲，把三蝶儿许与玉吉。不想当时德氏并未许可，因碍于姊妹分上，未便驳回，只推年纪尚小，长大了再说。岂知额氏心里信以为实，逢亲遇友，遍为传布，后传到德氏耳里，不禁震怒。本想待女儿长成，谋一乘龙佳婿，今被额氏之口造出种种言词，我再欲翻悔，亦翻悔不及了，因此与额氏犯心，结成深怨。德氏是因爱女心盛，自己决定主张，宁把亲生女儿锢死深闺，亦不与聂家为妇了。迨^①至额氏已死，正好搁起前议，另换新题。这些前因后果，玉吉合三蝶儿二人如何能知道。这也是前生造定，合该如此。

德氏自额氏出殡后，找了几名瓦匠，先把穿堂门砌墙堵死，两院好不通往来；一面又急著找房，赶著搬家，终日际忙忙乱乱，皆为远移的事情。常禄见母亲如此，不敢多言，知道迩来家道，不似从前，只得把学房辞退，告诉母亲说要谋个挣钱的事业。德氏亦不便拦管，知道常禄为人，极为孝谨，出外作事，也不必母氏操心，所以常禄一说，便答应了。这日德氏出去，把某处房舍业已租妥，归家与常禄商议，急早搬家。三蝶儿见事已至此，不必多言多语，任是如何，但凭母亲去作，自己也不便管了。有时与玉吉见面，格外留心，既防母亲猜疑，又恐哥哥说话，又恐此时玉吉人大心大，生出意外思想来，反多不便，因此与玉吉兄妹日渐殊^②远。只有梁妈过来，尚可背著母亲询听一切。偏偏梁妈为人，极其朴厚，额氏在日，曾把结亲的事对他说过。后见之先一死，额氏抱病，德氏与女儿闹气，翻悔前议，三蝶儿寻死觅活那样悽惨，心里十分惨痛。

这日五七已过，德氏母子已经择定日期，往别处搬家了。梁妈想著三蝶儿不知此时此际什么光景，正欲往东院里来，忽见玉吉走进，问他往那里去，遂把东院姨太太有日迁移的话说了一遍。玉吉听了，不由的一怔，半晌道："好极，

---

① 迨至：殆至。
② 殊：疏。

好极。人生聚散，本是常有的事。"遂唤梁妈进屋，说有几件东西，叫他带过去，免得搬家以后，仍有轇轕①。梁妈接了一看，却是一堆乱书，也有破笔残墨等物，共总捆了一捆，交给梁妈道："你问问姨太太，这院存的东西，经管指明来取。"梁妈一面答应，出了西院街门，原来自不走穿堂后，两院是各走一门，拐过一个小湾②，方才到了。

是日德氏母子有事外出，只有三蝶儿在家，正在房内做活。一见梁妈过来，拿著一捆乱书，随问道："半天上午，你怎的这么闲在？"一面说，一面让他坐下，打听典房的事情怎么样了，大爷可在家么。梁妈请了个安，笑嘻嘻的道："大爷请姨太太安，问大爷、二爷并姑娘的好。叫我过来打听，姨太太几时搬家，我好过来帮忙。"说著把一捆乱书放在炕上道："这是这里大爷在西院存的，大爷叫我带来，还说西院里有什么东西，请姨太太指明，我给送过来。搁了这么多年，我也记不清，大爷也都忘了。"三蝶儿听了此话，很为诧异，看了看一捆乱书，原无要紧物件，何苦这样生分呢？莫非听了搬家，玉吉气了，因问道："大爷想起什么来，这样细心，难道自今以后，不见面了不成？"随说，把手中活计放在一旁，下地张罗茶水，又把书捆打开，翻腾一过，皆是些乱书残纸。惟有一本仿本，是自己三四年前摹著写的。翻开一看，有当日灯下玉吉写的对联，字迹模模糊糊，犹可辨认，写道是："此生未种相思草，来世当为姊妹花。"

三蝶儿触起伤感，回环看了两遍，不禁眼辣鼻酸，几乎掉下泪来。梁妈只顾饮茶，猜不明什么缘故，只见三蝶儿脸上，忽然一红，忽又一白，一会把仿本放下，一会又拾了起来，仿佛有无限伤心，受了什么感动似的，有心要劝解两句，又怕三蝶儿心里不乐意听，只得说些闲话，差了过去。又看了回三蝶儿的活计，三蝶儿冷冷的，很有不高兴的样子，忽问梁妈道："到底你们大爷什么意思？你要实告我说，若这么骂人，姨太太虽不明白，我却不糊涂。"梁妈听了此话，不知是那里的事，又不知从何说起，因陪笑道："姑娘错想了，我么大爷，可不是那样人。"三蝶儿点头道："我也知道，但是我心里……"说到这里，自悔失言，不由得脸色一红，便缩口不言了。梁妈道："姑娘放心，送来这些个东西，原是我们大爷的好意，恐怕二爷念书有用的著的，所以叫我送来，并非有什么意

---

① 轇轕：纠葛。
② 湾：弯。

思。难道大爷为人,姑娘还不知道么?"三蝶儿点了点头,想著也是,又想玉吉人品,最为浑厚,断不是满腹机械的可比,随用别的话粉饰一番,免使梁妈心里别生疑惑。一时德氏、常禄先后回来,梁妈说了会儿话,也就去了。

  到晚德氏睡熟,三蝶儿无精打彩的卸了残妆,常禄等素知三蝶儿性情,时常的无事闷坐,不是皱眉,便是长叹,且好端端的,不知因为什么常常坠泪。先时还背著母亲暗去劝解,后来成天论月,常常如此,也都不理论了。这日独对残灯,洒了回泪,把仿本打开,一手在桌上画著,研究那对联的意思;一会合上仿本,默想当日的景象,又自伤感一番,不肖细题。德氏把住房租妥,订日迁移。常禄亦挑了巡警,自去任差。一切繁文细事,亦不多表。

  光阴如驶,时序如流,转瞬之间,德氏与玉吉分居过了一个年头儿了。是时玉吉的家业,已经败落。玉吉是好学的书生,作不得别项营业,日间无事,只靠着读书破闷。厨中无米,自己也不知筹画。临到无如何时,便令梁妈出去,叫个打鼓担儿[①]来,先卖无用的器皿,后卖顶箱竖柜。常言说,坐吃山空,真是一点儿不假,卖来卖去,连破书残帐也得卖了。每日为早晚两餐,急得满屋转磨。看看这件东西,又看看那件东西,看了半日,亦没有能值几文的了。幸而这玉吉心里极其开畅,梁妈也深明大义,看著玉吉如此,不忍辞去,反倒一心一意的帮著玉吉兄妹过起日子来。

  这日在门外散闷,要盼个打鼓担子过来,卖些东西,好去买米。忽见有一婆子走来,唤著梁妈道:"梁嬷嬷好哇。"梁妈猛然一怔,回头一看,不是旁人,原来是旧日街坊,惯于说媒的贾婆。梁妈请了安,让他进去坐著,说:"家里没别人,我们大爷合姑娘,您也都认得,为什么不进去呢?"贾婆摇摇头,直是不肯,二人在墙阴之下就叙起陈话儿来。贾婆道:"大爷的亲事怎么样了?"梁妈道:"还说哩!我们老爷太太一去世,家业是花净了,亲事亦不能题了。"随把玉吉景况,并现在已与德氏断绝往来的话,细说一遍。贾婆道:"呋,怪不得呢,前几天我见了阿大姐,他说姑娘大了,叫我有合式的人家给他题著。我想你们当初既有成议,怎么又另找人家儿呢。记得前年夏天,我碰过阿大姐的钉子,那时有挺好的人家,他不肯吐口话儿,他说跟西院玉吉已经有人说著呢。此时又急着说婆家,叫我可那儿说去哪?"一面说,又问现在玉吉于此事怎么样。梁妈听

[①] 打鼓担儿:旧时北京有收旧货的,打着鼓走街串巷。

了此说,犹如一个霹雷①,打到头顶上来了。本想忍耐几年,等著玉吉除服,德氏有回心转意,成全了美满姻缘,岂不是一件好事?今听贾婆一说,前途已经绝望。登时不好发作,只好一答一和,探听德氏消息,其实心理早已替著玉吉灰了一半。说话间,脸上变颜变色的,好不难过。贾婆不知其细,听著梁妈语气颇不喜欢,随即告别,又让说:"梁嬷嬷闲了,到我们那儿坐著去呀。"梁妈答应著,便扭头进去了。

贾婆看此光景,料著此时玉吉既没有求亲之望,德氏又不乐意作亲,正好借此机会,想个生财之道。记得前年恶少张锷,曾许我三百两银子,叫我去说三蝶儿,何不趁此说亲,得他几个钱呢。主意已定,先到张锷家来报个喜信。

次日清早,便到德氏家里,来与三蝶儿说亲。偏巧这一日,正是各旗放饷,德氏早起去到衙门领饷,并未在家,只有三蝶儿一人在屋里梳头呢。一见贾婆进来,心里烘的火起,如见仇人一般,半晌没得说话。倒是贾婆和气,问了回好,又问老太太上那里去了,大爷的差事好啊。三蝶儿放了木梳,坐在一旁,迟了好半日,方才说出话来,知道自己气盛,不该不答理,此时倒很是后悔,随叹了口气道:"我也是该死了,篦了回头,就会接不上气了。"贾婆笑道:"吆,这是怎么说?清晨早起,怎么死啊活的说呢?管保是刚一扭身,差了气了。"随说著,答讪著走来。细看三蝶儿的头发,又夸赞道:"姑娘的头发,真是又黑又长,怪不得不好篦呢。"三蝶儿也不答言,低头笑了笑,一手把青丝挽起,过来斟茶。贾婆笑迷瞇的没话找话说:"有人问姑娘的好,姑娘你猜猜是谁?"三蝶儿见了贾婆,本不欢喜,又见他面目可憎,语言无味,越发的厌烦了,随冷笑两声道:"大妈说话,真是可笑。大妈遇见的人我如何猜得著?再说亲戚朋友,外间多得很,凭空一想,叫我猜谁去?"这一片话,说得贾婆脸上好不好过,暗想:"三蝶儿为人,可真个厉害,这么一句话,就惹他这样挑剔。我若不指出他毛病来,他那知我的厉害?"因笑道:"不是别人,是姑娘心里最合意的人。"说罢,拍掌大笑。

三蝶儿倒吃一惊,不知贾婆所见,究竟是谁。正欲追问,忽的房门一响,德氏叨唠著自外走来,一面与贾婆见礼,口里还嘟哝道:"好可恶的奸商,每月领

---

① 霹雷:霹雳。

银子,银子落价,买点儿晕油①猪肉,连肉也涨钱,这是什么年月?"又向贾婆道:"你说这个年头,可怎么好?一斤杂合面,全都要四五百钱。我长怎么大,真没经过。"说著,又问贾婆,今日怎这么闲在。

三蝶儿趁此工夫,躲了出来,暗想方才贾婆所说意中人,很是有因,莫非旁言旁语,有人说我什么不成。越想越可怪,坐在外间屋,一手支颐,纳起闷来。忽听德氏哼哼两声道:"这么半天,还没下梳妆台呢。贾大妈你瞧瞧,这要到人家,行不行啊?一来就说我碎烦,若叫我看过眼儿去②,我何尝爱这么劳神。"贾婆陪笑道:"姐姐别说啦。这么半天,都是我耽误的。不然也早梳完了。"说著,又花言巧语夸赞三蝶儿个不了。德氏道:"这是大妈夸奖,我同我们小姐,许是前房女儿继母娘,不必说大过节儿,就是他一举一动,我连一丝儿一星儿也瞧不上。只盼个瞎眼婆婆,把他相看中了,我就算逃出来了。"贾婆嗤嗤笑道:"喝,叫姐姐一说,真把我们姑娘要给屈柱死。"随手掀了软帘,唤著道:"姑娘,姑娘,你马力梳头罢。"叫了半日,不见答应。出至外间一看,并无人影儿,转身又进来道:"姐姐的心高,如今这个年月,那能比先前?像你我做姑娘时候,要同现在比较,岂不是枉然吗?是了也就是了,停个一年半载,姑娘出了阁,少爷娶了亲,我看你消消停停,倒是造化。"说著,把自己家事说了一回。又叹道:"姐姐是没经过,外娶的媳妇,决不如亲生女儿。我们大媳妇,是个家贼,时常他偷粮盗米,往他娘家搬运。我家的日子,姐姐是知道的,若非仗你侄女省吃减用,常常背他丈夫给我点儿体己钱,你说我家的日子,可怎么过呀?告诉姐姐说,到底亲是亲,殊是殊,外娶的媳妇究竟不如女儿。"德氏听到此处,不觉好笑。贾婆脸也红了,不想翻覆这一比较,反把自己为人陷在其内了,随又改口道:"我们姑爷,待人浑厚,只是他公公婆婆嫌贫爱富,叫我好看不起。"德氏是精明妇人,听了这段言词,心里好笑,直把与三蝶儿生气亦笑得忘了。当时又张罗茶水,又催着三蝶儿做饭。弄得贾婆子坐卧不安,想著方才的话颇欠斟酌,不禁脸亦红了。后见德氏母女这样款待,以为方才德氏并未理会,二反③陡起雌胆,信口胡云起来。三蝶儿本极厌烦,梳完了头,抓著做饭工夫,便

---

① 晕油:荤油。
② 看过眼儿去:看得过去,看得上眼。
③ 二反:再次。

第十一回　贾婆子夸富题亲　三蝶儿怜贫恤弟

自去了。

贾婆高高兴兴提起草厂张家,少爷名叫张锷,学业怎么好,人格怎么高,又夸他房产怎么多,陈设怎么阔绰,说的津津有味,犹如非洲土人游过一次巴黎,回家开谤①似的,自以为话里透话,打动德氏心意。岂知德氏为人,更是沉稳老练、主张坚定的人,任你怎样说,就便说得天花乱坠,他也是哼呵答应,并不动念的。急得贾婆无法,吃过早饭,犹自恋恋不走,背着三蝶儿,又向德氏道:"俗语说,是婚姻棒打不回。记得前年春天,我同姐姐题过,所说的那家,就是张家这位少爷。您瞧年纪也配合,相貌也配合,合该是婚姻不是呀?"德氏冷冷道:"我却不记得了。现在我们姑娘,约有五六处都给题婆婆家呢。如果都不合式,再求贾大妈费心,过后儿给题一题。"贾婆又做态道:"这不是应该的么,您还用托咐作什么?告诉您说吧,这门亲若是作定了,管保您这一辈子,也是吃著不尽的。"德氏听了,噗哧儿一笑。贾婆道:"大姐怎么笑哇,养儿得济,养女也能得济,难道白养他这么大吗?"刚说着,只见三蝶儿进来,贾婆便不言语了。坐了一会儿,起身告辞。

自此常常来往,一心要与三蝶儿题亲,并欲以金钱富贵打动德氏。三蝶儿见贾婆常来,必无善意,又因那日贾婆说遇了合意的人,问我的话,心里着实懊恼。一日贾婆来此闲坐,当在德氏面前,把那日遇见梁妈及近日玉吉如何艰窘的话细述一遍。德氏听了,并不理论。三蝶儿有无限伤感,背了母亲,常常坠泪。

这日德大舅的生辰,每年德氏必遣儿子女儿前去祝寿。今年因常禄有差,常斌上学,德式若是母女同去,又无人看家,欲令三蝶儿前去,又不愿与玉吉再见。正自犹豫莫决,忽的德大舅亲自来接,并告德氏说:"要留著外甥女多住几日。"德氏也不好阻拦,当日便去了。

三蝶儿为人,于寻常应酬,本不乐意。此次母舅来接,料定生辰之日,或可与玉吉相见,亦未可知,遂同德大舅欢欢喜喜的去了。谁想玉吉兄妹,均未曾到②。三蝶儿盼了两日,慢说是人,就是祝寿的礼物,亦未送到。满屋里亲亲友友,团聚说笑,只有三蝶儿一人,吃不下喝不下,坐在屋里头,怔怔痴痴的好

---

① 开谤:吹牛,吹嘘。
② 底本作"倒"。

生烦闷。幸有德大舅母的胞妹,跟前有个女孩儿,乳名丽格,年纪相貌均与蕙儿相仿,因见三蝶儿烦闷,走过拉了手,说:"今日药王庙异常热闹,何不告知舅母,我们姊妹二人前去逛庙呢?"三蝶儿是无聊已极,听了此话,很是称意。但恐出去之后,那玉吉兄弟来了,不得相见,遂又懒懒的坐下了。丽格那里肯舍,用力挽了三蝶儿,告知德大舅,说是去去就回。一直出了大门,迳往药王庙而来。丽格一路说笑,又打趣三蝶儿道:"姐姐有什么烦心事,这样懊恼?难道你怕那老太太给你说婆婆不成?"三蝶儿听了,如同傻子一般,没明他说的什么,随口笑了两声,并不答言。丽格指引道:"姐姐你瞧瞧,大概这个胡同就是我玉哥哥蕙儿妹妹那里。"三蝶儿不由一惊。丽格又笑道:"你不爱上药王庙,咱们上玉哥哥那儿去,你道好不好?"三蝶儿听了,正合心意,随令丽格引路,一答一和的打听玉吉的近况。走至半途,丽格忽的止步,连说:"去不得,去不得,我想起来了。"三蝶儿惊问道:"怎么去不得?"丽格道:"玉哥哥心多。今日我姨父生日,他人也没去,礼也没去。少时见了我们,反倒没意思,不如且回去的好。"说著,拉了三蝶儿复往回去。要知如何,且看下文分解。

第十二回　讲孝思病中慰母　论门第暗里题亲

　　话说三蝶儿心心念念去看玉吉，不想走至中途，丽格怕玉吉心多，掖著三蝶儿的手，想欲回去。三蝶儿也站著犯犹疑，既不言去，又不言不去。丽格催了半日，三蝶儿直著眼睛，只去出神。丽格催促道："尽着站在这里徘徊什么？不看与玉哥哥遇见，反倒不便。"一语未了，自西走过一人，穿一件破青布夹袄，囚首垢面的走来，望见三蝶儿在此，反倒止住脚步了。丽格笑嚷道："那不是玉哥哥么？"那人惊得一怔，迟了半晌，没答出什么话来。丽格怨三蝶儿道："我说什么，果然就遇见了不是！"三蝶儿烘的一下，脸便红了，半晌没得话说，只觉心里头突突乱跳。玉吉却低头过来，恭恭敬敬的请了个安，三蝶儿也不及还礼，仿佛见了仇人无处藏躲的一般。玉吉也不说什么，只让丽格道："妹妹既到这里来，何不到家里坐著，莫非怕肮脏吗？"丽格道："那儿的话呢？我们要去，因为不认得门儿。既遇了你，你就带个道儿罢。"玉吉只顾犯呆，眼望三蝶儿，想不到今生今世还能相见，真是出人意外的事情。三蝶儿亦低头不语，面色绯①红。丽格道："走哇。"两人倒吓一惊。

　　玉吉在前，三蝶儿与丽格在后，只见路北门楼，满墙荒草，院里有破屋数椽。玉吉先唤梁妈，说有贵客来了，还不出迎？丽格道："谁是贵客，你这样挖苦人？"说著开了屋门，抢步便进去了。三蝶儿犹在院里，痴痴呆呆的懒得迈步。梁妈出来道："姑娘请啊！"蕙儿亦笑著出来，揪住三蝶儿道："姐姐也梳上头啦。吆，更透著现花②了。"三蝶儿点点头，仍然不语。进屋坐在凳上，看著屋中景象，除去两张破椅，桌上有几本破书，一把黑眉乌嘴儿的破瓷茶壶，炕上

---

①　底本作"徘"。
②　现花：也作"现活"，漂亮、美丽的意思。

的铺盖褥垫亦不整齐。那一种潮湿气味,好不难闻。靠墙有一架煤炉,炉口周围烤著些黄面薰焦了的剩吃食。三蝶儿见此光景,焉能不伤心惨目?想起幼年姊妹同在一处玩耍,两家父母都是爱如珍宝一般,怎的福命不齐,玉吉兄妹竟受这般委曲呢?越想越苦,越想越伤心,由不得眼泪汪汪,望着玉吉兄弟,看得□了。

梁妈把茶壶洗净,一面与丽格说话,一面做水。玉吉亦无限伤惨,低头滚下泪来,因恐三蝶儿看见,惹他难受,转身便出去了。三蝶儿亦无限伤心,望著玉吉出去,扭头以手帕擦泪,因恐丽格看破,遂揉眼道:"眼里好疼,管保是沙子迷了。"说著,只见两只杏眼立时红肿。蕙儿道:"许是眉毛倒了,你看你这鼻涕。"三蝶儿一面擦泪,又醒了鼻涕,哑著嗓①音道:"梁妈,咱们几年没见了。"说罢,哽咽起来,把蕙儿、丽格等都闹得怔了。惟有梁妈心里略明其意,随笑道:"姑娘是记错了。常在一处的人,若偶然离了,就像许久不见似的,其实才一年多的光景。"蕙儿道:"姐姐是贵人健忘。年前我哥哥还叫梁妈去过呢,难得就忘了么?"三蝶儿擦了眼泪,悲悲切切的道:"我的眼睛,一定要起来。"丽格道:"你就别揉他啦,越揉越肿,回头再著了风,可不是玩的。"梁妈倒了碗茶,用手递给丽格,打听大舅爷生日都是谁去了,又说:"我们大爷,运气实然不佳,不然舅老爷生日总要去的。"蕙儿亦红脸道:"哥哥落礼②,我也没衣裳,出不得门。我们成年论月,竟同打鼓担子捣麻烦呢。"说著,滚下泪来。丽格饮了口水,听了蕙儿的话,著实惨切,随向三蝶儿丢个眼色,要他赶着告辞,免令蕙儿伤感。

不想此时三蝶儿两眼直勾勾望著墙壁,心却没在这里。丽格与梁妈说话儿并未听见,一手挪过茶壶,正欲倒茶,不意花的一响,倒得满了碗,连桌上都是水了。梁妈嗳呦一声,走来擦水。三蝶儿亦不甚解意,只见茶碗里满是茶叶末子,端起碗来,一饮而尽。蕙儿吃一声道:"姐姐是傻子不成,怎么连茶叶亦咽了?"三蝶儿恍然醒悟,忙用手巾角擦抹嘴唇,引得梁妈、丽格大笑不止。玉吉亦自外走来,欲留三蝶儿等在此吃饭。三蝶儿痴痴怔怔,没得话说。丽格决意不肯,推说回去忒晚了,我姨儿不放心,再说我们出来,家里并不知道,再若

---

① 底本作"颡"。
② 落礼:礼节上有不周到之处,应酬不周。

第十二回　讲孝思病中慰母　论门第暗里题亲

晚回去，更不放心了。说着，拉了三蝶儿便往外走。蕙儿却扯住丽格，不令出去。倒是梁妈解事，悄向三蝶儿道："姑娘是一人来的，还是与姨太太一同来的？"三蝶儿未能听真，只道梁妈说他不如一人来呢，随扭过头来嚷道："热咚咚的，你要说什么？"梁妈不知何故，只得笑了。丽格忙着夺了蕙儿的手，笑嘻嘻的道："改日给妹妹请安，我们回去了。"三蝶儿亦惨然道："不是上大舅家去，恐怕这辈子也不能……"说到"也不能"三字，两眼泪珠扑的掉下，幸亏丽格等不曾看见。玉吉道："是了，姐姐家里事，我是知道的，姐姐不必说了。"三蝶儿点点头，回首把眼泪擦干，惨然而去。

　　玉吉送至门外，转身便回，倒是蕙儿年幼，犹自恋恋不舍，揪住丽格手，叮问三蝶儿等几时还来。三蝶儿背过脸去，皆未听真，心里恍恍惚惚，如作在梦中一般，半晌又止住脚步，扯着丽格道："你放心，至死亦不能改悔。"吓得丽格一怔，惊问道："嗳呦，我的妈呀，你是中了邪了吧！"三蝶儿亦猛然醒悟，自知失言，不由脸色飞红，抬头一望，只见斜阳在山，和风吹柳，路上男男女女，俱是由药王庙回家的光景。有一个年近五旬的老妇，擦着满脸怪粉，抹着两道黑眉，嘴唇上点着胭脂，借着晴光一照，闪作金紫颜色。三蝶儿不觉好笑，因向丽格道："你道我中了邪，你看这一位，才真是中了邪呢！"说的丽格亦笑了。

　　二人说着话，拐入一条小巷。丽格是聪明伶俐的人，本想与三蝶儿二人仍到药王庙散一散心。不想行至途中，见三蝶儿这般光景，心里好生纳闷。看看三蝶儿眼睛，断不似沙子迷了的样子，又想他方才景象，凄怆异常，见了玉吉兄妹，并没说什么话，想必是因他困苦，很是酸心，所以伤心起来，亦未可知。因见左右无人，悄声劝道："姐姐的心事，瞒不得我。方才那个光景，那已经明白了，必是……"刚说"必是"两字，吓得三蝶儿一怔，随问道："必是什么？"丽格道："必是因为他们这样贫苦，姐姐看得惨了，才有那样伤心。"三蝶儿道："可不是呢。他们兄妹，本来没受过苦楚，今他这般光景，岂有不伤心的？像你玉哥哥为人，品行那样好，志向那样高，论学问论才干，皆不至受这苦处。何以天道不公，竟使幼失父母的人，竟连运数机会亦如此迟滞呢？"丽格听了，亦慨叹不已。正欲说话，三蝶儿又问道："你看你玉哥哥气宇，有些福气没有？"丽格含笑道："这亦奇了，这样家运，讲什么福气不福气。我看他品行性格，总是老气横秋，天生的小顽固老儿，所以每逢见面，从来也不答理他。张嘴他就讲道学，真比七八十的人还透顽固。轮到如今年月,讲的是机灵活变,像他那老七版的兄弟①,据我看没什么起色,不信你经管瞧着。"三蝶儿摇首道:"这却不然。我听书上说,天将降大任于是人也,必先苦其心志,劳其筋骨,饿其体肤,空乏其身,行拂乱其所为,所以耐心忍性,正是增其历练,发其智慧呢。"丽格不待说完,嘻嘻笑个不住。

拐过小巷,已至德家门首。三蝶儿一路走,仍自哓哓不休,题起古来名人家境的苦处来。丽格道:"不必说了,咬文哑字②,我也听不懂。说了半天,好像对驴抚琴。玉门关的戏,我也没听过。大器晚成,我只知放大器皿,碗里盛不开。"说罢,掩口而笑,让著三蝶儿道:"到了家还不进去么?"三蝶儿不由一怔,只见一群小孩儿嘻嘻自里面迎出,扯著三蝶儿等,姐姐、姐姐的叫个镇心。丽格扶著门框,狂笑不止。三蝶儿亦自觉发愧,引著一群小孩儿,抢步进去,见了众亲友,并不周旋,仍向一间房里,独坐犯呆③。

丽格却站在院里,指手画脚的比说三蝶儿的景象,又说一路上几乎吓死人,管保是受了风邪了。德大舅闻言,吓了一跳。德大舅母说:"后院有大仙姑,有时冲撞了,必要缠人。必是昨晚上,三姑娘不留神,一时冒犯了。"众人一闻此言,皆至屋里去看。果见三蝶儿脸色犹如银纸一般,圆睁著两只杏眼,口里呼呼气喘,果然像中邪一般。随即买了纸马,先到财神楼烧一回香,又叫丽格替著祷告一回。闹到晚饭已后,亲友散去,只剩至近的亲友并几个小孩子,在此住下。大家不放心三蝶儿,一齐拥到屋里观看三蝶儿的举动。三蝶儿一时明白,一时又糊涂起来,嘴唇也白了,眼睛也大了。急得德大舅连连跺脚,因恐病在这里,对不住姑太太。随令德大舅母好生看护,自己点了灯笼,三更半夜请了个医生来。诊脉一看,果然是中了邪气。只见他倒在炕上,口吐白沫,精神恍惚,四肢颤成一处,抖擞不止,一时背过气去,一时又苏醒过来。面上气色,或黄或红,屡屡改变。医生立了药方,告辞而去。急得德大舅无可如何,反倒抱怨丽格不该无缘无故引他出去。丽格亦害起怕来,因为三蝶儿路上谆谆嘱咐,两人上玉吉家去不叫他回来说,故亦目定口呆,不敢言语了。

---

① 老七版的兄弟:即前文所注的"老八板儿"。
② 咬文哑字:咬文嚼字。
③ 犯呆:发呆。

德大舅看了药方，因方上之药，皆极贵重，不由暗自皱眉。若不去买，又恐治不了病，看药方上写著：犀角二钱，羚羊角二钱，龙齿二钱，虎威骨二钱，牡蛎二钱，鹿角霜二钱，人参二钱，黄蓍①二钱，其余药味，尚不在数。据医生说，各药共为细末，要用羊肉半斤，煎取浓汁二盏，尽调其末，要一次服下去，立时就好。看了半日，又盘算得用若干钱，当时带了钱钞，先去给德氏送信，又到药铺一问，共该银四两八钱有零。当时也心疼不来，只可嘱告药铺，研为细末，明日早间来取。

至次日德氏来接，看著女儿如此，不知是什么病。大家纷纷议论，又把一夜情形告知德氏一回。德氏也著了慌，等到德大舅回家，三蝶儿饮下药去，方才渐渐好了。德氏是爱女心盛，赶紧雇了辆车，接了回去。丽格是恋著三蝶儿，又惦著三蝶儿回去无人扶侍，又知德氏有脾气，家有种种限制，不得自由，本想随著德氏前去住几天，又一想，实在有种种不便，只得罢了。

不想三蝶儿之病，本不是医药可治的。自此冰肌瘦减，精神恍惚，满脑如针刺一般，忽忽乱跳，德氏亦不得安心。一日深夜无人，母女躺著谈心。德氏把近来市面、家中景况种种的艰难困苦先述一遍。说来说去，说到三蝶儿身上，先劝了三蝶儿半日，又流泪道："养你们这么大，我还这样操劳。不知何年月日，才得逃生。那日贾婆子来，因为你的亲事，闹了我好几天吃不下喝不下的。我想他说的那家儿，倒也不错。凭咱们这样家家儿，难道还妄想攀高聘一个王孙公子不成？谁想你哥哥不依不饶，死活的不答应。他说男子家业，都是小事，只求人儿好，比什么都强。照他那一说，莫非我愿你出了簸箩，陷到火炕里去不成？这也好，以后说不说的，我也不管了。并非娘母子不办正事，这是你哥哥的主意，以后可别瞒怨我。"德氏一面说，一面垂泪。

三蝶儿早听得怔了，先听论婚的话吓得一惊，后听有哥哥阻挠，好像一块石头落在平地一般，心里倒觉得痛快了。然思前想后，母亲又这样伤心，不免哽咽起来，暗中在枕上流泪，唏嘘劝道："女儿的事，可望母亲放心。母亲百年后，女儿寻个庙宇，削发为尼去就是了。"说罢，哽哽咽咽，哭个不住。德氏亦伤起心来，拍著枕头道："孩子，你的心，我亦未尝不知道。但是男大当婚，女大当配。我今年五十多岁，做出事来，活著要对得起儿女，死后要对得起祖先。自

---

① 黄蓍：黄芪。

要你们听话，就算孝顺了。"说罢，也呜呜哭了。三蝶儿一面哭，一面劝解母亲。病久的人，那禁得这样动心？母女说话声音越来越低，哭得声音也越来越惨，直哭到东方大明。常斌都醒了，因听里间屋有人哭泣，暗吃一惊，随问屋里头是谁哭呢，连问数遍，屋里并无动静。半晌三蝶儿唤道："你该著上学啦，奶奶刚睡著，你安顿一些，教奶奶歇会儿罢。"

说著，开门出来洒扫院宇。常斌也穿衣爬起，忙著上学。这日常禄正值休息之期，一手题著包袱，咯支咯支的皮靴底响，自外走来，进门问三蝶儿道："奶奶怎么了，这时还不起来？"三蝶儿把眉头一皱，因恐常禄著急，随答道："没怎么，昨天许睡得晚了。"常禄把包袱放下，一面脱衣服，瞧著三蝶儿脸上带有泪痕，又问道："你又怎么了？必是奶奶有病，你不肯告诉我。"说著，抢步进去，扶着德氏枕头，奶奶、奶奶的叫个不住。三蝶儿亦随了去，揪住常禄袖子，又向他摇手，不叫他言语。常禄掀了被褥，看著母亲睡熟，这才放心。

三蝶儿道："那有这样冒失的！就是病着，也不该这样卤莽啊。"常禄把皮靴脱了，换上破鞋，拿了茶壶茶碗，帮著三蝶儿擦洗，又问早间吃什么，好上街去买。三蝶儿把油罐醋瓶、买菜筐子拿出，一一交与常禄。常禄是读书出身，虽充巡警，仍有读书的呆气，当时洗完了脸，穿上长大衣服，方才缓步出来。迎面遇著一人，年在四十上下，面色微黄，两撇黑胡须，穿一件灰布大褂，青缎福履鞋，看见常禄出来，忙招叫道："老弟上那儿去？这两天正要找你，怕你差事忙，又不知几时休息，今日相遇，真是巧极啦。"常禄抬头一看，不是别个，正是①素好的牛录章京②。此人姓普名津，号叫焕亭，家有胞弟普二，即是本案的嫌疑犯，前文已经叙过，兹不多表。常禄忙的见礼，普津还了个安，笑嘻嘻的问了回好，又说："那天家去，我给老太太请了回安。因为敝旗的文爷，有位少爷，我要给妹妹题亲，惹得老太太一脑门子气，叫我见了你，同你再商量呢。你想这件事情题得题不得？"

常禄恍惚之间，听说"文爷"二字，忙问文爷是谁。普津道："就是我们领催。"常禄又闷了半晌，想不起是谁来。普津道："你的记性，可真是有限。领催文爷，同你的姨儿家是个亲戚，你怎么就忘了呢？"常禄猛然想起道："哦，是了，

---

① 底本作"事"。
② 牛录章京：官名，清制，三百人为一牛录，设牛录章京一人管理，即前文所注的"佐领"。

第十二回 讲孝思病中慰母 论门第暗里题亲 143

他同我姨母家,也不是近亲戚。文爷的夫人,我也称呼姨儿,向同我们老太太,很是投缘。怎么老太太说,叫您问我呢?这也奇了。"普津道:"这也难怪。那天老太说,家里事情都仗著妹妹分心。一来离不开,二来就这么一个女儿,总要个四水相合①,门当户对。你们哥儿们,全都愿了意,然后才可以聘呢。"常禄道:"事情固是如此,但是前两天有一件麻烦事。旧日我们街坊,有个贾婆,日前跟老太太题说,要给我妹妹题人家儿。那头儿在草厂住家,此人名叫张锷。新近我打听过一回,此人是吃喝嫖赌,不务正业。虽然他家里很阔,只是他原有媳妇,这明是贿赂媒婆,要说我妹妹作二房。我跟老太太一说,老太太不肯信,你想我能够愿意吗?一来以慎重为是,二来名儿姓儿我家的家风都是要紧的事。大哥总不常去,大约我妹妹性格,亦不致不知道。他本是安详老实、性情温厚的人,若聘与一个荡子,就算给耽误了。虽然是女大当配,今年我妹妹才十八岁,多迟一二年,尚不致晚。"一面说,掖著普津,便往回走。

普津直意②不肯,说是有事在身,不能久延,改天有了工夫,必去找你,又问道:"我到总厅里那儿找你去呀?"常禄道:"您到兵马司一打听就行,我现在司法处呢。"普津点了点头,回头便走。常禄又追著问道:"您说的这位文爷,大概是花稍人儿③。我听旁人说,新近于某处放风筝,同盖北城遇见了。两人是一见情投,现今在某胡同里过上日子啦。不知这件事,是真呀是假?"普津皱眉道:"我却不知道。花稍人儿确是不假,如今已扔下四十,要往五十上数啦。大约这类事情,必不能有。眼前头大④的儿子,都要定亲啦。岂有半百的公公,还闹外家呢。没有,没有,你许是听错了。"常禄也知的不详,听了普津的话,信以为真。当时别了普津,买了早菜,心心念念,只惦著妹妹亲事,必须选一个美满姻缘方才称心。不想事有合该,人世儿女姻缘,真是前生造定,天作之合,断不是私意可成、人力可作的。常言道,有缘千里来相会,无缘对面不相逢,又道是婚姻棒打不回。这些个俗文故典⑤,皆应在三蝶儿的身上了。

德氏是爱女心盛,因为贾婆子题亲,大儿子不甚乐意,又想贾婆子诚不可

---

① 四水相合:指婚姻双方各方面都很相合。
② 直意:执意。
③ 花稍人儿:喜欢沾花惹草的风流人物。
④ 头大:最大。
⑤ 故典:典故。

靠,遂与女儿谈心时,一五一十的说了。三蝶儿是忧心如焚,惟恐母亲、哥哥背地里作事,遂察言观色,屡屡的探听,得了题目,便说把人世间事已经看空,情愿等母亲下世①后,自己削发为尼,断不想人世繁华、虚荣富贵了。德氏听了此话,那里忍得住。虽然是孝母之诚,于兹可见,而为父母的人断不忍儿女悲啼,说出伤心的话来。因此背前面后,常恐三蝶儿所说是反面出来的话,不免又添些忧虑,暗自伤起心来;而察看女儿举止,并无不是的地方。每日黎明疾起,洒扫庭除,礼佛烧香,亦极诚笃。常时他口口声声,祝延母寿,盼著哥哥兄弟立业兴家的思想,仿佛花花世界上无可系念的事了。日长无事,或在窗前刺绣,或在院里浇花,无虑无愁,无忧无喜,梳装衣服,只爱个清洁雅淡,不著铅华。德氏却时常叨念,说是女儿家不著红绿,不成规矩,强逼女儿傅粉涂脂。其实那三蝶儿容貌,本是冰雪为神玉为骨,芙蓉如面柳如眉的美女,一被那脂污粉腻,反把仙人本色倒衬得丑了许多。这是书中暗表。

　　这日常禄回家,把路上遇见普津、如何与三蝶儿题亲的话暗自禀告母亲。德氏叹了口气,想著文光家里是个掌档伯什户,因亲致亲,拉拢又是亲戚。今有普津作媒,料无差错,随同常禄道:"这事也不是忙的,等著因话题话,我同你妹妹商量商量,打听他那宗性情。若这么早说人家儿,恐怕他犯恼撞②。"常禄道:"我妹妹很明白,谅也不致恼撞。难道女儿人家,在家一辈子不成?他说他的,什么事情须要母亲作主才合道理。"德氏道:"这主意我可不作,合式不合式,将来他瞒怨我。你妹妹心里,我已经看破了,只是我不能由他,不能够任他的性儿,这话你明白不明白?"常禄唯唯答应。看著母亲词色颇有不耐烦的地方,因笑道:"这也奇了,我妹妹大门不出,二门不迈,自幼儿安闲淑静,那能有什么心思?这实是奶奶的气话,我也不敢说了。奶奶阿玛,生我三个人,就这么一个妹妹,他若有何心思,不妨投他的意,也是应该的。"说著,语音渐低,凄怆不止。德氏亦嗳声叹气,拿过烟袋来吸烟,扭过头去,不言语了。

　　常禄道:"据普大哥说,文家这个小人儿,倒也不错。家产我们不图,功名我们不图,只要门当户对,都是佛满洲旗人。两人站在一处,体貌相合,我们就可以作得。"说着,三蝶儿走来,望着母亲、哥哥在此,临揪帘时,听见"作得"二

---

① 下世:去世。
② 恼撞:发怒。

字,往下不言语了。三蝶儿迟了一会,审视常禄语气,一见自己进来,缩口不言,料定是背我的事情,在此闲谈呢。当时懊悔已极,不该掀帘而入,不顾自己身分,越想越悔,连羞带臊的低下头去,偷看母亲颜色,著实凄惨。料定昨晚所说,今日必发泄了,随向八仙桌上斟了半碗凉茶。

借此为由,转身走了出来,看了回地上草花,揣摩母亲、哥哥近来的意思,正在闷闷的不得头脑,站在西墙角下。只听西院邻家,三弦弹起,婉转歌喉,娇声细气的有人唱曲。曲文好坏,虽未留心细听,偶然有两句,唱的明明白白,清清楚楚,吹到三蝶儿耳内,一字不落,原来是:"夜深香霭散宫庭,帘幕东风静。拜罢也斜将曲槛凭,长吁了两三声。剔团圆明月如圆镜,又不见轻云薄雾。都只是香烟人气,两股风儿,氤氲得不分明。"三蝶儿听了,倒也十分感慨缠绵,便止步侧耳细听,又唱道是:"月夜溶溶夜,花阴寂寂春。如何临皓魄,不见月中人。"听了这四句,不觉点头自叹。心里暗想道:"原来词曲上,也有这样无望的事。可惜世界上人,只知听曲,未必能领略编曲的深意。"想毕又后悔不止,不该胡思乱想,耽误了听曲子。

正在后悔,又有一阵风吹,送到"狠毒娘,老诚种"六字,再听时恰唱到"对别人巧语花言,背地里愁眉泪眼"。三蝶儿听了这两句,不觉心动神摇,又听道"从今后我相会少,你见面难。月暗西厢,便如凤去秦楼;云敛巫山,早寻个酒阑人散"等句,越发如醉如痴,站立不住了。一蹲身,坐在一块砧石上,细研究"早寻个酒阑人散"的滋味,忽又想起当日事来。记得玉吉仿本写过"此生莫种相思草,来世当为姊妹花"两句,大约他的意思,亦是早学个酒阑人散的思想。又想词句上种种与自己合的地方甚多,当时千头万绪聚在一处,仔细忖度,不觉心痛神驰,眼中落泪。正在没个开交,忽觉身背后有人击他一下。三蝶儿猛吃一惊,不知拍者是谁,且看下文分解。

第十三回　没奈何存心尽孝　不得已忍泪吞声

话说三蝶儿，正自情思萦逗、缠绵固结之时，忽有人背后走来，拍的一声，拍了三蝶儿一掌，笑吟吟的道："你在这里作什么呢？"三蝶儿吓了一跳，回头看时，不是别人，却是丽格。三蝶儿道："你这孩子，吓我一跳。你这会打那里来？"丽格请个安道："我跟我姨儿一同来的，来了这么好半天，总没见你。大哥哥说许是出去了，他慌手忙脚，便出去找你去了。谁想被花儿遮著，你在这儿发怔呢。"一面说，一面拉著三蝶儿的手回到屋里。

果见德大舅母与德氏坐在一处，唧唧哝哝说话儿呢。三蝶儿请了个安，问了回好，拉著丽格手，坐在一旁，谈讲些编物刺绣一切针黹的话。一会又回到屋里，看了回三蝶儿的活计，丽格要剪个鞋样，三蝶儿拿了剪子，慢慢的替他剪。

忽德氏掀帘道："姑娘，你回头收拾收拾，同你舅母一齐走，你大舅想你了，叫你去住几天呢。"三蝶儿答应声"是"，想著家里没人，母亲怎么这么开放，莫非与哥哥议定有什么事情不成？忙的放了样子①，出至外间，笑道："舅母接我，我本该去。只是我奶奶近日一寒一暖的，有些不舒服。索兴等我奶奶好了，不用舅母来接，叫我兄弟送我去，我再多住几天，您想好不好？"德大舅母未及答言，丽格插口道："那可不行，去也得去，不去也得去。"说罢，不容分说，拉了三蝶儿进去，强②令他梳头。德大舅母道："这么大姑娘，别不听话，赶紧归著归著，差不多就该走了。"说罢，与德氏二人又至外间屋说话去了。

这里丽格又忙著拿抿子③取梳头油，又替三蝶儿去温洗脸水，前忙后乱的

---

① 样子：鞋样子。
② 底本作"虽"。
③ 抿子：妇女梳头时抹油等用的小刷子。

第十三回　没奈何存心尽孝　不得已忍泪吞声

闹个不了。三蝶儿放了木梳，笑吟的道："谢谢你费心，天儿这样热，我不擦粉了。"丽格直意不听，一手举著粉盒，笑迷唏的道："姐姐你擦一点儿罢，不看老太太又碎嘴子。"说着，挤身过来，帮他取了手镜，又帮他来缝燕尾儿。三蝶儿道："咳，小姑奶奶，你要忙死我。我的燕尾儿，不用人家缝。"说着，接过丝线，自己背著镜子，慢慢缝好。丽格冷笑道："敢情你的头发好，我有这样头发，也能叫他光流①，不但没有跳丝儿，管保苍蝇落上都能滑倒了。"说着，拿了粉铺儿②，自己对著镜子，匀了回粉，又把自己的燕尾儿捃了一回。等著三蝶儿梳完，又催促他换衣裳。两人在屋里，乱成一阵。

半晌见德氏进来，问三蝶儿道："什么事这么磨烦，舅母都等急啦。"三蝶儿红脸道："您瞧他这分忙，忙得我抓不著头绪了。"丽格笑道："您还说我哩，不是这样忙，管保这时候，连头也不能梳完。怪不得大姑姑说你，日后若有了婆婆，瞧你受气的罢。"三蝶听了，那里肯依，过来便要捶他。德氏拦住道："别闹啦，快些走罢。"丽格亦见势不好，笑著跑了。三蝶儿把手使木梳零星物件包了一个包袱，站在桌子一旁，蹙着两道蛾眉，带有万分为难的神色。德氏道："这么大丫头，你是怎么了？"三蝶儿把眼圈一红，赶着背过脸儿去，假意去整理头发。德氏又问道："到底是怎么了？"三蝶儿把眉头一皱，取出手帕来，擦了眼泪，凄凄惨惨，叫了两声奶奶。德氏不知何事，气得坐在椅上，咬牙发狠的道："又怎么了？"三蝶儿含著眼泪，呜呜哝哝的道："奶奶作事，不要背著女儿。"德氏怒嚷道："有什么瞒心昧己事背你办了？"吓得三蝶儿一跳，疾忙③跑过来，站在德氏面前，噙泪央告道："奶奶别生气，女儿说的话，句句是实。叫女儿站着死，我不敢坐着④死。"一面说，一面吁吁喘气，著实伤惨。德氏三焦火起，推了一掌道："不能由著你。"说罢，顿足走出。

德大舅母、丽格皆在院内相候，不知屋里何事，疾忙跑来，见三蝶儿背著脸，坐在炕沿上，斜倚著炕桌儿，哭个不住。德大舅母道："姑娘，又怎么了？难道是不愿意去吗？"丽格亦抢步过来，掖著三蝶儿手腕，替他擦泪，连声嚷道："都是我的不好，又叫姐姐挨说。"三蝶儿低下头去，醒了鼻涕，哽哽咽咽的道：

---

① 光流：光溜。
② 粉铺儿：涂粉用具，用质地柔软的材料制成，也作"粉扑儿"。
③ 疾忙：急忙。
④ 底本作"者"。

"舅母走,舅母走吧,外甥女不去了。"刚说到此,德氏又自外进来,气昂昂的嚷道:"你爱去不去,牛儿不喝水,不能强按头。"说著,摔下烟袋,坐在椅子上,一面生气,只听"拍拍"两声,自己在自己脸上抽了两掌,又要摔砸陈设。吓得德大舅母慌了,过来夺住手腕,按住桌上家伙道:"姐姐怎么了?这不是叫我为难,叫我著急吗?去与不去,但凭他的心,他大舅接他,因为想他。姐姐因此生气,岂不给我们娘儿俩不得下台吗?"德氏哼哼气喘,气得说不出话来。三蝶儿亦惊慌失色,连忙跪在地下,扶著德氏两膝哭喊求饶。丽格亦不得主意,犹以为方才说笑德氏气了呢。一手拉起三蝶儿,便与德氏请安,连把"大姑姑"叫了几十声,口口声声的道:"我姐姐没有不是,都是我闹的。"又向三蝶儿道:"姐姐不去,是给我没脸。"说着,请下安去。三蝶儿掩泪还礼,口里呜呜哝哝,话亦说不清了。

忽被德大舅母一把拉了出去,丽格亦随出劝解,连连与三蝶儿陪错,笑吟吟的道:"刚擦的粉,眼泪又给洗了。"说著,接过包袱,掖著三蝶儿便走,又向屋内笑道:"大姑姑别有气了,改日再给您请安罢。"说著,竟自走出。三蝶儿夺了袖子,转身又回里屋,劝告母亲道:"女儿再不敢了。"随说著,眼泪簌簌滴下,请了个安。德氏只顾生气,连正眼亦不瞧。德大舅母无法,只得劝解一番,请安告别。德氏沉着脸道:"到家都问好,我也不送了。"三蝶儿把眼泪擦净,跟随舅母走出。一面走,丽格与德大舅母极力排解,无奈三蝶儿心事,旁人不知其详。丽格与德大舅母劝解,皆是好意。三蝶儿一面答应,又极口遮饰,只说母亲脾气叫人为难的话,丽格当作实话,亦只过去了。

傍晚到了德家,吃过晚饭,德大舅高高兴兴叫了两个瞎子①来,唱了半夜的曲儿。三蝶儿心中有事,无心去听。后唱到《蓝桥会》伤心的地方,不觉心动神摇,坐卧不稳,想起昨日在家所听《西厢记》来,愈加十分伤感,转身回到屋里,躺在炕上垂泪。丽格亦追了进来,笑问道:"姐姐你困了么?"三蝶儿也不答言,头向里只去装睡。丽格亦卸妆净面,揣度三蝶儿心里必是因为呕气,想著伤心,乃劝道:"今天的事,都是我招的。论来你也不好,说你一声婆婆,你也值得那样?莫非你的婆婆我就说不得吗?"三蝶儿啐道:"你还说呢,若不是你,何致那样呢?"丽格陪笑道:"好好的,为什么要打我?莫非因我说你,动你心尖了

---

① 瞎子:说书唱曲的艺人,因是盲人,所以称之为"瞎子"。

第十三回　没奈何存心尽孝　不得已忍泪吞声

不成?"三蝶儿呸了一声道："我告诉舅母去,你这么跟我上脸①,可是不行。"说着,穿鞋下地,往外便走。丽格不知要怎么样,心下也慌了,忙扯住三蝶儿道："好姐姐,我一时走了嘴,再也不说了,你别告诉去。我再敢说这样话,叫我嘴上长疔,不然就烂了舌头。"正说着,只见德大舅母进来,催他姐妹睡觉,说趁着凉快,明儿好早些起来。丽格一面答应,一面嗤嗤的笑。

三蝶儿卸了头,坐在椅上发怔,一会又抹抹眼泪,一会又醒回鼻涕。丽格躺在炕上,又是好笑,又是纳闷,又恐三蝶儿恼他,随笑道："姐姐你不用恼我,你心的事,满在我心里呢。"三蝶儿冒然②一听,心里暗吃一惊,随笑道："我眼睛不好,白天怕风吹,黑夜怕灯亮儿。"随说,又用手巾擦眼。丽格冷笑道："我知道,八成是要起针眼。记得去年,你在玉哥哥家里就是这样么。"说得三蝶儿又一怔,迟了半日道："我几时要长针眼,被你知道了?"丽格道："你每遇哭时,就说要长针眼,我怎的不知道?"三蝶儿听了此话,连腮带耳,俱都红了。丽格又坐起笑道："你看我记性好不好?"三蝶儿点点头,想著自己心事大约瞒不过去,随笑道："你是昏天黑地,只知说笑凑趣,那知人世间有为难事呀?"说著,把眼圈一红,又欲掉泪。丽格恐其伤心太过,下地劝了一回。两人到四鼓已后,方才睡下。三蝶儿背过脸去,犹自伤心,直到东方大亮,亦未合眼。

话休烦絮,这日德氏母子自从三蝶儿走后去向舅舅家住著,已把他的亲事说成八九。这日常禄休息,约定冰人③普津在家相见。母子商议半日,知道三蝶儿性情,倘若知道此事,必闹麻烦,不如与普津见面,要过八字帖儿来,先去合婚。好在男女两头儿,彼此都认得,不必重来相看。正好是先放小定儿,将来通信过礼④,再放定礼不晚。当时把事情议妥,及至普津到来,亦是满口应承,极力担保,许着将来通信,必要个鲜明荣耀,男家是开通人,合婚不合婚,倒是末节。德氏道："那可使不得,合婚是要紧的,虽然他大相相合,倘若有点儿波澜儿,两家都不好。将来有口舌,您也得落含怨⑤。"说著,把生辰八字帖递

---

① 上脸:指小孩子在大人面前嬉皮笑脸地不讲规矩。
② 冒然:贸然。
③ 冰人:媒人。
④ 通信过礼:指放大定儿,通常都在迎娶前两个月或一百天举行,主要内容就是男家送聘礼,并通知女家迎娶的吉期,故又谓之通信过礼。
⑤ 含怨:埋怨。

给普津。普津笑著接过，又把男的八字帖递与德氏，笑着道："姊娘高见。这倒是很好的事。"当下三言五语把亲事说定，约著十日后，来取八字帖儿，合得上则放定纳彩，合不上则作为毋庸议。

这也是三蝶儿命里合该如此。男家合婚，说是两无妨害。德氏合了婚，又细与男女两人课了回生辰八字儿，俱说是上等婚姻，夫妇能白头到老，享寿百年，男的是当朝一品，女的是诰命夫人。一个是天河水命，一个是霹雳火命，两个人水火相济，可望兴家。这一套油滑口吻，说的德氏好不高兴。想起轻年算命，自己奔忙一世，应靠女儿福气，才能享福。如此说来，真个不假，即日把合婚相配的话告知普津，又令儿子常禄去到小菊儿胡同一带打听女婿的行为，以免过门后女儿受气。常禄又探听多日，回来报告母亲，说："春英为人极其朴厚，外间因其朴厚，笑他憨傻，我想这门亲事，却可以作得。"德氏点点头，本来为慎重婚姻起见，今听常禄一说，更觉放了心。

次日即令常禄告知普津，又把这件事告知同族人等，并几家至近戚友，大家均极赞成。德氏更觉喜欢。这日中秋已近，屈指算著三蝶儿已在德大舅家住了一月有余，正欲去接，忽有德大舅母来送。丽格亦随了回来，又在德氏家住了几十日，然后去了。从此常来常往，有时德大舅母来接三蝶儿，丽格亦来回住著。

光阴荏苒，时序如流。不知不觉间，转过一个年头来，正是新年正月，文光家里，因张罗娶儿媳妇，托嘱冰人普津来往撮合，定于元霄节后，通信纳彩，三蝶儿一概不知。是时因为逛灯，正在德大舅家闲住，忽见母亲来接，德大舅母亦催他回去，想其来时本说多住几天，今忽来接，三蝶儿很是纳闷。又见德大舅母面带笑容，不免狐疑起来，以为母亲来意必为自己事情有人相看，心下不由一酸，眼圈亦立刻红了。丽格冷笑道："姐姐回去罢，明天我还去呢。一来给姐姐道……"说到此处，德氏瞧他一眼，丽格拍手而笑，往下便不言语了。三蝶儿看此光景，知是有事，遂歪身坐在椅上，一声大气也不敢出，低头摆弄衣襟，眼泪滴滴掉下，犹如断线明珠，双双失坠的一般。德氏催他梳洗，三蝶儿怔了半日，仍是使性生气，不愿回去。急得德大舅母连连跺脚，明知放定，而当在德氏面前又不敢说。丽格是天真烂漫，心里存不住话，叫了德大舅母出去，问明所以，又进来笑道："姐姐走罢，过后儿我去接你，你不回去，岂不叫大姑姑生气吗？"三蝶儿低著头，装作未闻，揭起衣襟来，擦抹眼泪，一时衣襟衣袖俱都湿

第十三回　没奈何存心尽孝　不得已忍泪吞声

了。德氏与德大舅母赌气走出，只说道："赶紧收拾，天可不早啦。"丽格答应一声，仿佛哄小儿的一般来哄三蝶儿，连把"好姐姐"叫了好几声，又笑道："我陪你一同回去，你看如何？"三蝶儿把头一扭，反倒呜呜哭了。丽格扯著手腕，一手取了手帕，替他擦泪，费了好半日口舌，方才劝住。一时德氏来催，丽格连说带凑，帮著三蝶儿先把包袱包好，又劝他擦净眼睛，不看疤了脸。三蝶儿也不答言，两眼直勾勾，犹如傻子一般，随著德氏去了。这里德大舅母甚不放心，次日便带了丽格去看三蝶儿，又好帮著德氏预备放定的事。

德氏把女儿接回，本想是欢欢喜喜，好预备明天喜事。不想三蝶儿回家，两眼直瞪瞪愣了一夜。德氏睡在一旁，一夜不曾合眼，暗想女儿心里，必为著聘与别家，心里不乐，此时若说他几句，恐怕越羞越恼，急出疯病来，如何是好。越想越为难，深悔一时气岔，不该因为小儿，错过婚姻。然事已至此，追悔莫及，只有变个方法，瞒哄一时，别叫他中了迷症，寻出短见来才好。主意已定，催著三蝶儿起来，张罗梳洗。三蝶儿迷迷瞪瞪，高声答应一声，下地便走。德氏一把揪住，按在一张椅上道："你不在这里梳头，要往那里跑？"三蝶儿听了此话，抬手便去拆头。德氏见此光景，不胜著急之至，又是酸心，又是后悔，当时万感交集，揪住三蝶儿膊胳，凄凄惨惨的叫声"宝贝儿"，随著便心肝儿肉的哭了起来。三蝶儿愣在椅上，半晌无言。常斌听了哭声，赶急跑过来，不知母亲何故这样伤感。一时常禄也回来了，两人劝住母亲，一见三蝶儿如此，不由亦著了慌。常斌说去接舅母。常禄说："先去接婶娘。"德氏亦急得发愣，不知怎样才好。

眼看著天将正午，新亲①放定的人不久来到。三蝶儿坐在屋里仍自发愣，急得德氏、常禄来回转磨。忽见德大舅母带著丽格进来。常禄忙的迎出，顾不及请安问候，先把妹妹发迷大约是伴狂疯病的话，述说一遍。德大舅母吓了一愣，不顾与德氏道喜，先到屋里来瞧。丽格亦跟著进去，因恐新亲来到，措手不及，先嚷说快给梳头。丽格亦脱了长衣，打了一盆脸水，按著三蝶儿头发叫他洗脸。三蝶儿胡乱洗过，丽格又替他敷粉。德氏站在地上，一面学说，一面流泪。急得德大舅母手足失措，忙了扫地，又忙著掸桌子。常禄与常斌二人，约了个帮忙的厨子伺候早饭。大家胡乱吃过，静候新亲到门。三蝶儿把衣服换

---

① 新亲：结婚之日及婚后一段短时间内，男女双方家属互指为"新亲"。

好,仍是痴痴憨憨的,坐著发楞。丽格也不知何故,纳闷不止。后见德大舅母唤了德氏出去,姑嫂坐在外间,唧唧哝哝的啾咕半日。德氏哭著道:"事到而今,我倒没有骨肉义气了,谁想这孩子这样认真呢。"说到此,声音渐细,丽格亦听不清了。半晌德大舅母道:"我不敢抱怨姊姊。当初您就想错了,那有吐出口话来再又变卦的?幸亏两个好孩子,不然,生出缘故①。"说著,亦声音低下,听不真切了。

德氏掀了帘子,望著丽格点手,丽格忙的出来。德氏悄声道:"你不要言语,好歹把今天的事瞒哄过去,过后儿我细细跟你说。少时新亲到来,千千万万别题你姐姐的病。"丽格一听此话,不知何事,只得点头答应。德大舅母道:"这么办罢,您歇歇儿去,我有法子。"说著,走进屋去。丽格不解其意,也要随著进去,德氏连连摇手,丽格只得站住。看著德氏面孔这样惊慌,不知三蝶儿之病从何而起。随向德氏探问道:"到底我姐姐是什么病?"德氏听了,不知怎样回答,由不得眼辣鼻酸,滴下泪来,扯著丽格袖子道:"题起话长,大概你也许知道。"说著,拉了丽格手,去向别屋坐著。不想天已正午,一起一起的来些亲友,总不能说。丽格已猜明八九,只想著事太离奇,那有女儿家这样想不开,这样死心眼儿的,放著阔婆家不愿意,嫁个穷汉子,有什么希图呢?想到这里,忽把当日三蝶儿见了玉吉的光景,想了起来,心里跳了一回,又纳闷一回,以玉吉那样穷,三蝶儿还这样诚实,真是令人钦佩。转又一想道:"三蝶儿为人,不至有这样思想。必是孝敬母亲,疼兄爱弟,不忍离别骨肉的伤感。"左想右想,越想越怪。想来这样情景,必有极痛心的事了。

正自纳闷,忽见常斌进来,同了一群女眷,德氏亦陪了进来,一一与丽格引见道:"这是九姑姑,这是十姨,这是八舅姥姥,这是三姐,那是二妹。"丽格挨次请安,初次相见,认不清谁是谁,只是胡乱坐下,让烟让茶。工夫不大,只听门口外,鹅声乱叫,新亲已经到门了,亲友的孩子们来回乱跑。有的说,鹅声乱叫,主新郎好说。有的说馒头齐整主家室和谐的。大家乱乱哄哄,齐出迎接。只见一抬一抬的,往院里抬彩礼。小孩们爬头爬脑②,又说又笑。两个放定的女眷,自外走来。这里亲友女眷,按着雁行排列,由街门直至上房,左右分为两

---

① 缘故:事故。
② 底本作"恼"。

翼，按次接见新亲，从著满洲旧风，皆以握手为礼。

普津在前面导引，先与德氏请安道喜。德氏是举止大方，酬对戚友们，向极周到，此日因三蝶儿闹得话亦说不出来了。普津道："大娘是见事则迷，难道连新亲家太太也不认得了吗？"大家听了此话，俱都掩口笑了。原来放定的女眷，不是别个，一位是新郎的婶母邹氏，一位是新郎之母、文光之妻、前文表过的托氏。邹氏在前，托氏在后，挨次与众人见礼，蜂拥入房。先在外间暂坐，众人左右相陪，谈论这门亲事，实是天缘凑巧，前生造定的婚姻。有认识文家的，随口便夸赞新郎，又赞美三蝶儿的容貌及其针黹。只有德大舅母一人，皱着两道眉毛，来回乱跑，送过来两碗糖水，勉作笑容道："这是向例的俗礼，两位亲家太太，漱一漱口罢。"说着，普津、常禄二人自外进来。普津在前，捧着一柄如意；常禄在后，托着首饰匣子。两人把物件放下，请过德氏来过目。托氏刚欲说话，普津道："我替您说罢。这是我大哥大姐给这里我妹妹打的粗首饰，合样不合样，时兴不时兴的，等着过门后，自己再变换去。"说着，把匣盖揭开，一一指点，又向常禄道："你倒是替替我，把衣服拿过来呀。"常禄把衣服送过，又去打发喜钱，不在话下。

这里德氏等看了过礼物件，丽格等揭起门帘，请了邹氏、托氏等进去。一屋子烟气腾腾，并无旁人，只有三蝶儿一人，静悄悄坐在炕上，目不转睛的呆呆楞着，望著众人进来，并不羞涩，仍自扬著脸，望著邹氏痴笑。邹氏不知底理①，很觉纳闷，只可与嫂子托氏谦逊一回，按著行聘成规，安放如意。托氏也不知其故，只道是女大心大，不顾羞臊了，当时用四字成语说了几句吉祥话儿，什么吉祥如意咧，福寿绵长咧。邹氏亦一答一和的说道："吉庆有余，白头偕老。"一面说，拉过三蝶儿手腕，带了镯子，又笑著夸赞道："这姑娘模样好，手也这样秀嫩，您瞧这手上指甲，有多么长啊。"说著把礼节交过，同了嫂子托氏，仍然归坐。

德氏心中有所感，此时千头万绪聚结一处，望著女儿如此，益觉后悔，由不得眼中垂泪，坐在一旁哭了。丽格亦姊妹情重，看著三蝶儿疯傻，很觉难过，当时亦眼辣鼻酸起来。众人见德氏一哭，想著慈母之心，自幼儿娇生惯养，到得女儿长成，自要聘礼一到，人就属男家的人了。俗语说，娶妇添人进口，嫁女的

---

① 底理：底细。

人去财空。想到此处,亦各伤心流泪。

　　此时满屋的人,你也哭,我也哭,把个良辰喜事、繁华热闹之场,闹得悲悲泣泣,成了举目生烦的日子了。只剩德大舅母尚能扎挣得住,一面陪着新亲,一面叫常禄、常斌并亲友家几个小孩子,把那龙凤呈祥的帖匣安放一处,把那喜酒馒首收拾起来。忽一人扎撒两只手,自外走来道:"常大弟,你再给我几个钱,门外念喜歌儿的又来了两个。"常禄一面灌酒,掏了两个铜元,那人才著跑去了。普津把帖匣接过,拿出个红纸条来,劝著德氏道:"大娘不用伤心。俗语说,男大当婚,女大当配。谁家有姑娘,也不能家过老。再说您的亲家,准保疼爱媳妇,如同女儿一样。那一时想了,你就经管去接。"邹氏亦插言道:"姐姐放心。我们两下里,如同一家子人。今后做了亲,越发要近呼了。普大哥说的好,您那一时想了,那一时就去接。"德氏抹著泪,连连点头。托氏亦接口劝解,好容易才劝住了。

　　普津把手中字帖递于德氏,笑著道:"这是梳头上轿的方向时刻,您要仔细,不看忘了。"德氏颤颤巍巍,一手接过道:"大爷费心。你这么跑前跑后,我实不落忍。素日大妈待侄儿们有什么好处哇。"说著,把帖儿收起。正欲与普津道劳,忽见托氏站起,告辞要走。大家一齐站起,随后相送。普津笑著道:"我也回去。今天桥儿上有个约会儿。"说着,随着众人冬冬跑去。常禄随后便追,死活叫他吃完饭再走,普津直意不肯。这里德大舅母等归著一切,顾不得三蝶儿怎么样,只去酬应亲友,催著摆晚饭。德氏见女儿如此,不便声说,只好等亲友走后,再作计较。当下把常禄唤来,母子开箱倒柜,先把定礼衣服收藏起来,直闹到日已西沉,所来的亲亲友友一起一起走了,才得休息。

　　晚间与德大舅母商量,说三蝶儿的病症可有什么治法呢。德大舅母叹道:"这也难说。究竟什么病,我也看不出来。虽姐姐那样说,我终久也不能信。我想这孩子并不糊涂,若说他心高性傲,倒是不假。去年他大舅生日,他跟我谈过心。依他的心思,总想给哥哥兄弟好歹先娶了亲,无论怎么不贤,母亲也有人扶侍了。论理这孩子说话,很有见识,姐姐很该应允才是道理。一来是孩子孝心,二来孩子出阁,姐姐也有人扶侍,乐得不多等二年。何苦这么早逼迫孩子呢?"德氏听到此处,叹了口气道:"嗳,我心的事,你那儿知道?"说著,眼泪婆娑,太息①不止。德大舅母劝道:"姐姐不必着急。我看著不要紧,十成占九成,是冲撞什么了。去年他大舅生日,不就是这样儿吗?"

正说著,丽格进来,说三蝶儿吃下药去,已经睡了。德氏惊问道:"吃的什么药能够这样?"丽格红脸道:"实告您说吧,我向来存不住话。您早间告诉我,别跟我哥哥题。我看我姐姐很难过,找出去年的方子,叫我哥哥出去抓了一剂药来。"德氏听到此处,嗳呀一声,道:"什么方子?药可不是胡吃的。"德大舅母听了,亦惊慌不止,不顾与丽格说话,三步两步的出来,唤了常禄,取了药方一看,脉案是久病肝郁,外感时邪,宜用分解之剂,因问常禄道:"你看这方子上药,你妹妹可吃的吗?"常禄又细看药味,上有枇杷叶、知母、甘草等类药,一面念著道:"这药倒不要紧。方才药铺说,好人病人,全可吃得,大概是有益无损。"德大舅母道:"这是什么话!你怎也糊闹②起来?"说着,又瞒怨丽格,不该胡出主意。德氏亦惊慌失色,跑至屋里来瞧,三蝶儿盖著红被,香睡正浓。听其呼吸,或长或短,有时长叹口气,口里嘟嘟囔囔,嘴唇乱动,吓得德氏、德大舅母俱著了慌。丽格见此光景,亦吓得傻了。

不想这一件事,却也奇怪。三蝶儿服下药去,浓睡了一夜,屋子又暖,盖得又重,出了一身香汗,渐渐好了。次日稍进饮食,觉出身子发倦,头上发昏来。问他昨日的事,一概不知。德氏只得瞒起,姑且不题。后听院里鹅声呱呱乱叫,三蝶儿躺在枕上,亦渐渐明白了。无奈事已至此,只得顺从母命,将养自己身体,免致母亲著急。常禄又请了医生,开方服药。不上五日光景,已见大痊。丽格方才放心,只是姊姊情重,一时舍不得别去,又住了十数日,方与德大舅母一同去了。

这里三蝶儿病愈,德氏把嫁女的事情忙个不了。今日买箱笼,明日买脂粉,每日催促三蝶儿做些鞋袜衣服,预备填箱陪送。谁想三蝶儿心里,全不谓然,终日叨叨念念,劝告母亲道:"不要这样花钱,陪送多少,终久也是人家的。母亲著这样急,女儿实有不忍。"说话时心其诚恳,音其惨切。德氏不待说完,早已滴下泪来,自己思前想后,似有无限伤心,一时都凝结一处了。三蝶儿亦放声大哭,把近年家里景况述说一番,又说年月怎么难,哥哥兄弟怎么苦,母亲

---

① 太息:叹息。
② 糊闹:胡闹。

若聘了女儿,不顾事后的事,叫女儿如何能忍。越说越惨,德氏亦眼泪婆娑,见女儿这样孝顺,那爱女惜女之心,益觉坚固了。自己决定主张,任凭他怎么说,只这一个女儿,断不忍辜负他。无论怎么样,偏要个鲜明荣耀。生前慈爱儿女,死后也对得过丈夫。一来自丈夫死后,此是经手第一件事,好歹要亲亲友友看得过去;二来常禄、常斌尚未定亲,此时若嫁女太刻,必受他人指摘,将来儿子亲事,亦不好张罗了。这是德氏心里一种疼爱儿女不能不如是的苦衷。至于常禄心里,亦合他母亲一样,想著父亲已死,妹妹出嫁,是我母子们第一件要紧事。若不从丰治备,惟恐委曲了三蝶儿,心想我兄弟三人,仅有一个妹妹,设有父亲在世,岂不比今日丰光①些。虽今日这样为难,毕竟没了父亲,终是委曲的。想到此处,那孝母爱妹之心,不能稍减。自己拼除一切,只以妹妹于归当一件至要至重的事,闲时常向母亲说道:"父亲遗产,都该是妹妹一人的。我等生为男子,不必倚靠祖业,好歹要挣衣挣饭,奉养母亲。今日无论如何,请勿以破产为念,豁除钱粮米去,连儿子厅里薪水,也爽性借些钱财,全数聘了妹妹。日后的事,自有儿子担负,不要母亲著急的。"这一片话,说得德氏心里益觉难过。起初怕儿子不愿意,故多留一分心。此时常禄兄弟反倒瞒怨母亲不肯为嫁妆花钱,所置的木器箱笼,常禄亦面前面后嗔怪不好,簪盒粉罐,亦怨说不细致,闹得此时德氏反倒为上难了。

眼看著春深三月,节过清明,先去坟地上祭扫一回,然后与常禄计议,母子分头办事,又挨门数户敦请戚友,预备二十四日三蝶儿的喜事。不想彩棚搭起,诸事已经齐备,三蝶儿的容消玉损,连日不进饮食了,比著前两次的痴傻,益觉沉重。不过有时明白,有时糊涂;有时说说笑笑,一若平常;有时哭哭啼啼,若临大难。所来的亲友,除去德大舅母、丽格,尚可攀谈,其余的亲友女眷,三蝶儿是一概不见。至日喜轿到门,院子里鼓乐喧阗②,非常热闹。独有将离家的女子,心里突突乱跳,仿佛身在云雾中,不由自主的一般,扯住德氏哭道:"奶奶,奶奶,你怎这样的狠心哪!"说罢,哽咽半日,往后一仰。不知后文如何,且看下回分解。

---

① 丰光:风光。
② 喧阗:声音大。

第十四回　宴新亲各萌意见　表侠义致起波澜

话说花轿到门，三蝶儿坐在屋里，嚎啕大哭。所来戚友，俱各闻声堕泪。三蝶儿揪著母亲，叫了两声奶奶，往后一仰。德大舅母等忙的扶住，德氏听了，如同摘了心肝一般，抹著眼泪道："我的儿，都是为娘的不是，害得你这样苦。事到而今，你该当听我的话，才是孝顺呢。"说著，把心肝肉的叫个不住。德大舅母在旁劝道："姐姐不必悲痛。你若尽着哭，更叫孩子心里割离不开了。不如赶着上轿，不看误了吉时。"说著，把德大舅叫过来，又劝三蝶儿道："姑娘别哭了，多哭不吉利，反叫你奶奶伤心。"说罢，罩了盖头，忙向德大舅丢个眼色。德大舅会意，两手抱起三蝶儿，便往轿子里放。三蝶儿哇的一声，犹如杀人的一般，坐在轿子里，仍是乱哭。德氏等忍著眼泪，帮著德大舅母放了轿中扶手，又劝他端正坐稳。只听抬轿的轿夫嚷声"搭轿"，门外鼓乐齐作，新亲告辞声、陪客相送声、茶役赞礼声、儿童笑语声、连著门首鼓乐轿里哭声，闹闹哄哄，杂成一处。

德氏倚著屋门，洒泪不止，忽见棚中亲友一齐站起。门外走进一人，穿著四品武职公服，正是普津。后面跟随一人，年约二旬上下，面色绯红，头戴七品礼帽，足下缎靴，身穿枣色红宁绸袍子，上罩燕尾青簇新补褂，低头自外走来。普津拿了红毡，笑笑嘻嘻的道："老太太请坐，这是养女儿赚的。"德氏抬头一看，见是新郎官来此谢亲，连忙陪进屋去，先令其向上叩头，拜过先岳。自己抹著眼泪，亦坐下受了礼。常禄与普津见礼，随后与新郎相见。普津把礼节交过，即时告辞。只见棚中戚友，纷纷起立，大家唧唧哝哝，自去背地谈论，按下不表。

次日清晨梳洗，德氏与德大舅母去饮喜酒。先向亲家太太声述女儿糊涂、日后要求著婆婆多加疼爱的话，按次又会见亲友。托氏指引道："姐姐不认识，这是我妹妹。"德氏听了一愣,只见引见的那人,年在二十以外,媚爽迎人,梳著两把旗头,穿一件簇新衣服,过来向德氏拉手,口称亲家太太。德氏不知是谁,正欲细问,忽见普津进来,请著德氏进房,笑吟吟的道:"看看我妹妹去吧,怎么这么大年岁,还像小孩子儿似的。这里我文大哥头生头养的儿子,娶了媳妇来,必比自己女儿还要疼爱,大娘先劝劝他去。"刚说著,忽见一群女眷,拥着新人出迎。只见三蝶儿头上,满排宫花,戴著珠翠钿子,身著八团绣裥,项挂朝珠,脸上的香脂铅粉,带有流泪的痕迹,望见德氏姑嫂自外走来,低头请了个安,转身便走。德氏见他如此,好生难过,当在新亲面前,不便落泪,只得勉强扎挣,同了德大舅母走进新房。三蝶儿扯住母亲,先自呜呜的哭个不住,德氏忍著眼泪,婉言开导。三蝶儿是不言不语,一味乱哭。问他什么话,三蝶儿并不答言,仍去抹泪。

急得德大舅母满身发燥,急忙与德氏出来,向托氏道:"没什么说的,孩子岁数小,又无能又老实,要求亲家太太多疼,我姐姐就放心了。"托氏道:"好亲家太太话,姑娘的脾气性格,样样都好,就是他不听话,我心里不痛快,不怕姐姐过意,养儿子不容易,养女儿也不容易。久日以后,就盼他夫妻和睦,咱们两下里,就全都喜欢了。"说著,酒筵齐备,请着德氏等坐了席。德大舅母不放心,恐怕两造里①要闹口舌,随向坐陪的女眷,悄悄说道:"一对新人,都是小孩子,按这样年月说,总算难得。"说的那一女眷亦觉笑了。

一时有普津过来,带领新郎官,跪地敬酒。德氏坐了一会,望著方才托氏②引见的那人,越想越眼生,不知在何处见过面,究竟是什么亲家,遂一面起席,悄悄与旁人打听。旁人都掩口而笑,当在托氏面前,不好直说。托氏亦看出光景,叹了口气道:"亲家太太不用问,这是您亲家老爷老不成气,背我在外间娶的。娘家姓范,还有个好绰号,叫什么盖九城。因为三月里,要娶儿媳妇,不得不早早归家,省得儿媳妇过门耻笑。"说着,向德氏使眼色道:"您瞧这块骨头③,孟良④怎么盗来著?"德氏扭项一看,见范氏站在一旁,同一个少年男客指手画脚的,又说又笑。德氏哼哼两声,又向托氏说一声好。托氏闹了一愣,诚

---

① 两造里:两边。
② 底本作"德氏"。
③ 这块骨头:贬义,相当于"臭德行"。
④ 孟良:京剧《孟良盗骨》,说的是杨六郎派孟良往辽国盗取其父杨继业骸骨的故事。

恐因为此事,不肯答应冰人。随向左右女眷,俯耳嘀咕一回,众人皆各点头,先陪著德氏起席,进到屋内笑道:"亲家太太经管放心。姑娘这里,决不能受气。"瑞氏亦插言道:"什么受气,孩子挺好的,谁敢给他气受,我豁除老命去,合他拼了。"说罢,气昂昂坐在一旁。看其光景,好似因娶范氏,很是生气似的,揪住德氏道:"亲家太太,我怎样疼孙子,怎样的疼孙子媳妇,难道你的女孩儿不是我的孙女儿吗?"一面说,一面吁吁直喘。德氏笑了笑道:"果然这样,我那能不放心。不瞒老太太说,我寡妇失业①,养他这么大,真不容易。"说著,蛾眉竖起,语音渐高。德大舅母一听,好生害怕,惟恐诸事已过,再因小小枝节,生了恶感,随以别的话岔了过去,订问托氏姐妹几日接回门的话。忽见范氏进来,唤了托氏出去,悄悄问道:"姐姐这样懦弱,太不像话。日后有人家说的,没我们说的。难道您这么大岁数,只听新亲的下马威,我们就没话问他吗?"托氏摇摇手道:"嗳,你不用小心,凡事都有我呢。孩子腼腆,自幼儿怕见生人,所以他不能不如此。"范氏道:"这可是您说的,既是这样,我就不管了。"说罢赌气去了。托氏一听此话,不由冒火,惟碍于新亲之前,不便争吵,遂与德氏商量,四天回门,第五日要上坟拜祖去。德氏点头答应,起身告辞。

到了回门之日,常斌备了轿车,接取三蝶儿,常禄备了轿车,来接新郎。三蝶儿刚一进门,拉住德氏胳膊放声哭了。德氏亦不禁落泪,想著娇生惯养的女儿,一旦离了亲娘,去作媳妇,实是一件苦事,随用婉言开导说:"太婆疼爱,公公婆婆也疼爱,姑爷又那样老实,人生一世,享福也不过如此。虽有个小叔小姑,毕竟年纪尚小,还让头生头长为人长嫂的拔尖儿。常言说,出了门的媳妇,不如闺女。刚进门儿的人,自然显著生疏,等著熟悉几天,也就好了。"说著,又打听他公公婆婆有无脾气,太婆小婆婆儿是否和睦。三蝶儿一面落坐,只去擦抹眼泪,并不答言。一时把胸上衣襟全都湿了。

丽格与德大舅母一面解劝,一面酸心。德氏与常斌母子亦为滴泪。工夫不大,常禄陪著新郎自外进来。众人擦了眼泪,迎出阶下。按著通俗礼节,请了作陪的亲友,周旋说话儿。一会酒筵摆齐,让著新郎新妇并肩而坐。男女陪客,即在左右相陪。德氏疼爱女儿,连带亦疼爱女婿。看他一双夫妇,坐在一齐,想着养女一场,盼到与女婿回门,实是喜事。可惜女儿心里有些固执,不然

---

① 寡妇失业:指寡妇孤苦无依。

宴尔①新婚的女子,不知要怎样的喜欢哩。想到此处,不禁滚下泪来。一面布菜,颤颤巍巍的道:"你们多多和气,白头偕老。"三蝶儿低著头,洒泪不语。德大舅母道:"姑娘吃一点儿,取个吉利。"常禄亦劝道:"妹丈喝点儿酒。"德大舅亦过来道:"富贵有余的,你么吃一片鱼。"说著,把碗里鱼片挟了一箸子,叫新郎拿过碟儿来。新郎红著脖子,死也不肯抬头,引得丽格等全都笑了。德氏道:"得了,交过规矩,别这样臊皮了。"当下把酒筵撤下,新郎也不知漱口,慌著带了帽子,嘴里呜呜哝哝,不知说些什么,放下一个喜封儿,便向德氏等挨次请安,告辞而去。德氏等送至门外,看著上了车,然后进来。

忽屋内丽格嚷道:"姐姐你是怎么了?怎的这么拙②呀?"说著,花拉一声,不知倒了什么。德氏等忙的跑入,见丽格按著三蝶儿,两手向怀里乱夺,桌上的茶壶茶碗摔在地上粉碎。德氏等近前一看,只见三蝶儿手里拿著一把剪子。丽格咬著牙,夺了过去。德氏嗳哟一声,登时倒在地上,背过气去。常斌与德大舅母忙著跑来,大家七手八脚,扶起三蝶儿,过来又撅救德氏。丽格愣在一旁,伸出手来一看,连指上指甲全都折了。德大舅道:"你们娘儿俩,这是怎么回事呢?"丽格摇摇手,咳声叹气道:"嗳哟,老爷子您不用问。"说著,指那剪子道:"您瞧瞧,若非我没出去,事情就出来啦。"说罢,扭过头去,滴下泪来,半天又哽咽著道:"想,想不到,我,我姐姐这样糊涂!"德舅爷道:"这都是那儿说起?千想万想,想不到你这么拙?"三蝶儿坐在炕上,浑身乱颤,头上钿子连珠翠宫花等物,散落一炕。德大舅母道:"姑娘,你换口气,有什么过不去的事,径管说出。平日你最为孝顺,怎么这时候倒糊涂了呢?"一面说,一面抹泪。看着三蝶儿脸上,已如银纸一般,吓得德大舅等目瞪口呆,半晌说不出话来。

大家把德氏撅过来,劝着呷了口糖水。三蝶儿亦长叹一声,渐渐苏醒过来。丽格含着眼泪,走过向三蝶儿道:"姐姐这样心窄,岂不叫姑姑著急吗?"当下你言我语,闹得马仰人翻。问了三蝶儿半日,死活也不肯言语。

德氏叹气道:"这是我的命里,该着这样急。好容易盼星星,盼月亮,盼到儿女长成人,我好享福哇。好,越大越糊涂。出了门子的女儿家,二反倒不听话了。不听呢,也罢了,有什么不如心的,至于寻死?是人家儿对不起你呀?

---

① 宴尔:燕尔。
② 拙:愚蠢,此处指自尽。

是嫁妆对不起你？是妈妈不疼你，对不起你？是哥哥兄弟不睦，对不起你？"说着，泪流满面。自己又叹惜命苦，哭了回丈夫，又哭起爹娘来，数数落落的道："抛下这苦老婆子，没有人管。儿女这么大，谁又心疼母亲，问问母亲的心，问问母亲的难处呢？"哭得德大舅等无不堕泪，一面排解，一面又规劝三蝶儿，叫他赶着收拾，回去要紧。

丽格俯在炕上，捡拾珠翠，抬头向德大舅母蹙眉，问说这宫花钿子叫怎么收拾好。德大舅母道："不要紧的，拿去叫你哥哥到街上弄去罢。"说着，三把两把，急将珠翠宫花等物拿到外间，点手①又唤常斌，悄悄嘱咐一番。又叫德氏请出，好再安慰三蝶儿，别叫他回到家去，再行拙事。德氏亦领会其意，随即躲出。

不想此时三蝶儿，心里又后悔，又害怕。悔的是自己无知，不该这样糊涂。倘真那时死了，岂不把母亲兄弟一齐坑死了吗？事出之后，婆家必不答应，因此成讼，必要刷尸相验。到那时节，岂不把祖上德行、父母家风全都扫地了吗？想越越后悔，千不该万不该这们心窄，忘了自己身分。怕的是，自今以后，若把母亲气坏，谁来侍奉？哥哥有差事，兄弟年纪小，虽不致同时急病，想来自今以后，为我必不放心，既不放心，必要常常惦念。我已是出嫁的人，若令母亲惦念，弟兄不放心，自己又居心何忍？倘若今日之事，一被婆婆知道，必向母亲究问。及致不问，日久天长，也必能知道的。那时若知道此事，岂不与两家父母勾出生分来了么？此时越想越怕，越想越后悔，身上得得②乱颤，欲向母亲声述，连嘴唇舌头俱不听用了。

后见常斌走来，要请母亲出去，急嚷了一声道："奶奶，别走。"伸手抱住德氏，呜呜的哭个不住。德氏推了两掌，问他有什么话，只管明说。三蝶儿哽哽咽咽，说不上来，两手把前胸乱挠，急著嚷道："奶奶奶奶，女儿自今以后，决不使母亲着急，再这样胡闹了。"德氏抹著眼泪，少不得谈今虑后，劝解一回。一时常禄回来，说姑爷回到家去，很是喜欢。亲家阿妈、亲家额娘等，都问奶奶的好。又夸赞大正、二正怎样机伶③，春霖在学堂念书怎样进步。一面说，一面

---

① 点手：招手。
② 得得：形容颤抖的样子。
③ 机伶：机灵。

见三蝶儿的钿子坏了,又见德氏等肿著眼睛,因问什么事这样伤心。德氏叹了口气,想著这样麻烦,不便叫儿子著急,随说:"不为什么,你不用又着急。你妹妹家来,不放心你们合我。他一伤心不要紧,引得一家子全都哭了。"常禄听了此话,信以为真,亦不再去问了,只催著三蝶儿梳洗,说:"现在天已不早,赶著回去要紧。才听亲家额娘说,今日如回去得早,还要借著戴钿子,先拜两家儿客呢。"说著,帮著德大舅母收拾宫花钿子等物,催著三蝶儿戴好,又忙著叫母亲换衣裳,笑著嘱咐道:"见了那个娘儿们,您不用捽闲话。俗语说看佛敬僧,好罢歹罢,已就是这样亲戚,还有什么可说呢?一来给我妹妹作罪,二来儿女亲家,总是越和睦越好,图什么闹些生分、犯些口舌呢?"

德大舅母道:"这事也不怨你奶奶,说亲时候,你也欠慎重。家有这样婆婆,决难有好儿。"常禄叹口气道:"事到而今,也就不用说喽。当初说的时候,不知我亲家阿妈有这样事。当时也询听过几回,连我普津大哥都不知道。听说这个娘儿们,叫什么盖九城,娘家姓范,虽不致怎么瞎猜,也是女混混儿出身,手拉手儿来的。听说在东直门、后海地方,我这位亲家阿玛,看人家放过风筝①,不知怎么个缘由……"说到此处,看看母亲脸色又笑道:"好在我妹妹,也是出了阁的人了,说也不要紧。横竖这么说罢,常时有普引线,搭上之后,安排一处地方,就过上日子啦。今年因儿媳妇过门,不能不归到家里去。方才我普大哥说,这位进门之后,倒很是安本分,只是他言容举动,有些轻佻外场,其实是精明强干。按著新话儿说,是位极开通极时派②的一流人。说话是干干脆脆,极其响亮,行事是样样儿不落场,事事要露露头角。简断截说,就有点抓尖儿卖快③。舅母您想想,咱们是爱亲作亲,当初作亲的时节,望的就是小人儿,谁管分婆婆好歹呢。"一面说,一面叫三蝶儿挂珠子,紧催着德氏走。随将所备的礼物送至车上,打发德氏母女上车去了。这里德大舅母、丽格等,临别哭了一回,又商议单九双九十二天亲友瞧看的事情。从此两造亲友,互相往来。左不是居家琐碎,不足细述的繁文。

到了一个月后,三蝶儿回来住家,各处亲友皆来瞧看。三蝶儿呜呜哝哝,

---

① 放风筝:风筝与前文"大沙雁儿"对应,放风筝意即狎妓。
② 时派:时髦。
③ 抓尖儿卖快:抓尖儿,即拔尖儿;卖快,即卖弄。抓尖儿卖快,就是指遇事抢先,显示自己比别人能干。类似于今天的"掐尖要强"。

第十四回　宴新亲各萌意见　表侠义致起波澜

偷向母亲哭道："起初一过门时，并不见小婆婆怎样。那天他回来说，方自外间回来，撞见二妈气色很透惊慌。屋里又跑出一个人来，看着后影好似……"说着，向耳边悄悄的说了，又大声道："依著他的意思，恨不得即时下手，以雪此耻。当时我吓得直抖擞，好容易好说歹说，死活给拦住了。您瞧有这件事，叫我心里头如何受得下？"说著，抚面大哭。气得德氏半晌说不出话来，当时咬牙切齿，连哭带气的咒骂范氏一番。因恐常禄知道要闹麻烦，不如权且忍耐，劝著女儿留心，莫令姑老爷生出事来。一为保全名誉，二来儿子儿媳，管不得母亲闲事，事已至此，只好平心静气，坦坦实实的□着。虽然他外面风流，显著招摇一些，究实事迹上，也未必果然这样。按你们心里，平素就看他不尊重，所以处处起疑，亦是常有的事情，何苦这么操心，管这没影儿的瞎事？一面说，又将今比古，引证些新闻故典，比较与女儿听，免得他忧心害怕，伤了自己身子，弄出家庭笑话来。这一片话，足见德氏苦心，不但疼顾女儿，又恐女儿家里闹出事故来，所以变著方法安慰女儿说，无稽之谈，意气用事，断断是靠不住的。心想这样劝解，以女儿如此颖慧，必可以得大解脱，回到家去，必能规戒丈夫，不致闹事了。

谁想三月二十七日，正是前文所说，托氏的堂兄家里，接三之日，阿氏坐了一夜，不曾合眼。早间与丈夫春英呕些闲气，早饭以后，随著大婆母托氏，带同小姑子，前往堂舅家里去行人情。托氏是好谈好论的人，是日与威友相会，少不得张长李短，说些琐屑故典。阿氏是未满百日的新妇，既随婆母行情，在座又都是长辈，不能不讲些规矩，重些礼节。抑且阿氏为人极其温厚，言容举动又极沉稳，所有在座亲友全都夸好。有的道："大姐真有眼睛，怎的这么好的姑娘，被大姐选上了。"有的道："哥哥嫂嫂都有造化，树桩似的儿子，娶了鲜花似的媳妇。再过个一年二载，不愁就要抱孙孙。将来老太太得见四辈重孙，在那老人心里，还不定怎样喜欢哩。"有的道："娶媳妇难得十全，似乎托大姐的儿妇，又机伶又稳重，长的好，活计又好，可谓之四德兼全了。"当时你言我语，全都赞美不置。

惟托氏听著，因是婆婆身分，虽旁人这样夸赞，然当在自己面前，不能不自作谦辞。俗语说，自己的女儿贤，人家媳妇好。凡是当婆婆的，都有这宗心理。此时托氏于无心之中，说出几句屈心话，什么不听话咧，起的晚咧，作活计太慢咧,做事颠预①咧。这一些话,虽说是谦逊之意,本是作婆婆苦心,欲在戚友面前施展当人训子的手段。殊不知这宗讥诮,最容易屈枉人。慢说寻常女子,就是阿氏听着,也要发火,当时把脸色红晕,羞涩得不敢抬头了。

忽的背后一人,唤着阿氏出去。阿氏一面抹泪,正好借此机会,暂为避去。出至门外一看,此人全身素服,并非别个,正是玉吉。阿氏正欲问他此时从何处来,玉吉请个安道:"姐姐家里人,怎的这般混帐?"说话时声音很大,此时得阿氏惊慌失色,连连摇手,乃惨然流泪道:"玉兄弟,我的事,你不要管。这亦是命该如此。"说罢,呜呜咽咽哭了起来。玉吉顿足道:"何姐姐这般懦弱?"说罢扭过头去,哽哽咽咽的哭个不住。玉吉迟了半晌,叹口气道:"姐姐不必忧心,以姐姐待我的心,此时我粉身碎骨,亦难答报②。姐姐这一口气,我一定要除③的。"说到这里,阿氏怕旁人听见,诸多不便,一面摇手,一面忍住眼泪,躲进屋去,心想等戚友去后,劝劝玉吉,别叫他多管闲事,这也是事由天定,不由人算的结果。谁想找了半日,竟无玉吉踪影,只得随著婆母,坐了晚席。忽见公公进来,一手拉著二正,悄悄向托氏道:"天儿挺热,这里又没地方。回头叫他嫂子跟我回去。"托氏道:"说是呢,方才要叫他走,我想没有人送去,你来也好。"因叫过二正来道:"少时同你嫂子,跟着你阿玛一同回去,等你舅舅伴宿,咱们再来。"说着,把孝衣脱下,交给阿氏包好。

送三之后,文光带着儿媳妇、女儿告辞回家。工夫不大,车行至菊儿胡同内小菊儿胡同□口,翁媳与二正下车。文光拉著二正在前,阿氏提著包袱在后,到了门首敲门,二正猛然一推,扑的一声栽倒,门儿是虚掩著呢。文光忙的扶起,问他栽著没有。二正挺身而起,嚷著二妈二妈的便往里跑。是时天已不早,瑞氏等欲睡未睡。此事在前文书上,已经叙过,兹不多表。

阿氏诸事已毕,打发丈夫睡下,自己卸了妆,要到厨房里温温洗脸水。将走至厨房门内,觉得身后有人随了进来。阿氏回头一看,那人在门外点首,唤著阿氏出去。阿氏心慌意乱,想着时当深夜,此人是谁。出来一看,那人穿一身青衣服,后影好似玉吉,匆匆往西房便跑。此时阿氏心里早吓得魂飞魄散,

---

① 颠预:愚笨。
② 答报:报答。
③ 除:出。

第十四回　宴新亲各萌意见　表侠义致起波澜

不知如何是好了，只得随著进去。走至丈夫床下，那人手举切□刀，往下硬砍，吓得阿氏嚷亦嚷不出，用力夺住手腕。那人的力量猛，回手拍的一声，击在阿氏顶上。阿氏不顾疼痛，拼死拦着。那人狠命一下，手起刀落，砍在春英颈上，登时气绝。正欲再砍，阿氏已吓得魂不附体了。那人把已死尸身移在床下，扯住阿氏道："姐姐所事非偶，大仇已报，姐姐能随我去，情愿奉养一生。"阿氏听了半日，并未听明，望见菜刀在旁，狠命扑去。那人忙的拾起，随手以阿氏绢帕擦了手上血，扯了阿氏手，往外便掖。掖至院外，那人道："还有淫妇呢！"随手把阿氏一推，又往东屋里跑。阿氏心慌意乱，欲待声张，又恐玉吉好意变成了谋杀原凶，欲待与他同去，无奈他是谁，我是谁，贪夜杀了丈夫，携手脱逃，这事成何体统。当时把芳心一横，趁著那人跑去，自己往厨房便跑，只闻扑冬一响，奋然投入水缸。正是：

奇节所可传者，但看该死时；欲死不得死，最为憾事。
深情岂有验乎，都在相怜处；应怜未敢怜，犹觉痛心。

玉吉把春英杀死，欲与阿氏潜逃，实出于姊妹情重，看著阿氏受气，怀抱不平。想著这样女子，人世不可多得，缘何母也不谅，许了这样蠢子，还终日受人欺辱，这真是天道不公、人心不能平的事情。越想越愤懑，恨不得把大千世界上凡此不平等婚姻，一刀雪净，方解心头之恨。当时把阿氏推开，来杀范氏。刚走至里屋门外，听得院里阿氏木底乱响，又听范氏屋里问说是谁，上房文光亦连声咳嗽。吓得玉吉也慌了，站在屋子里，愕了一会，想著阿氏为人，极为懦弱，若不偕以俱逃，一被旁人拘获，必罹重难。想到此处，手把菜刀放下，出来要找寻阿氏，一同逃走。不想脚步略重，范氏连连问谁，随声靸鞋下地。上房文光并东房瑞氏母子，亦全都醒了。玉吉无处可藏，跑至犄角茅厕，两手攀墙而上，不想墙高足滑，使尽生平气力，欲上不得。又听文光夫妇正在院内喧嚷，玉吉心更慌了，反身又往回跑。合该他命中有救，望见茅厕墙外，立有板凳一条，随手搬进茅厕，挺身而上，两手攀住墙头，越身而过。只觉心里头突突乱跳，浑身发颤，不知此时此际，如何是好。心又不放心阿氏，想著姊妹一场，不该草切用事，虽然是一片好心，此时反给阿氏惹了大祸。当时懊恼已极，站在门外，犹疑半日，不知此时阿氏那里去了。正在纳闷，猛听街门一响，里面走出人来，吓得玉吉也慌了，开腿往北边便跑。

恰巧时当深夜，路上静悄悄并无行人，不知不觉间，已至自家站首。扣了半日门，里面无人答应，心里带急带怕，不觉头昏眼花，坐在一块石上呆呆发楞。忽见一人过来，弯身问道："你是那里来的？快要说明。"玉吉抬头一看，见是一个僧人，像貌甚奇，身穿一件破烂僧衲，笑吟吟的问道："你是那里来的？"玉吉坐在石上，觉得心里头渺渺茫茫，不知如何答对，僧人又问道："你既不知道来从何处来，难道你去往何方，自己也没个打算么？你以为你作的事情，没人知道？难道惹了大祸，从此就消灭了不成？"玉吉听到这里，吓了一跳，迟了半日，心里方觉明白。细想如今自己犯下杀人重罪，以后天地之虽大，并无容身之地了。越想越后悔，越想越害怕，当时悔惧交加。细看那一僧人，站在自己身旁，微微点头，似有叹息之意。玉吉知他是个异人，随即跪在地下，拉住僧人的袍襟，凄凄惨惨的道："事已至此，要求老和尚搭救。"说着，以袖抹泪，恸哭不止。僧人弯着身子，细把玉吉上下看了一会，见他这样哀求，乃长叹一声道："前生来世，因果分明。昔是今非业缘纠结。你合那个女子，但有朋友之缘，并无夫妇之分。他既出嫁于人，便算前缘已了，彼此清清白白，有什么割弃不下的？谁知你不明因果，妄与命数相争，你自以为着替那女子报仇，那知正是给那女子闯祸。你自以为出于一片侠心，那知正是造下无边恶业。若不急早忏悔，恐怕不但因果牵缠，来生受报，就是今生今世，亦怕你难逃法网啊。"说到此处，声色俱厉。

　　玉吉听了，犹如凉水浇头一般，心里这才醒悟，遂连连叩头，乞求解脱之法。僧人冷笑道："你自蔽光明，自作恶孽，谁来解脱？"说罢，抖袖欲去。玉吉知是高僧，揪住僧人破衲，死也不放。僧人呵呵笑道："善哉善哉。自迷不见自心，谁来搭救？"说罢，飘然而去，渺无所见。

　　玉吉定了定神，如同梦醒一般，暗想这一高僧必是佛菩萨化身，前来度我，忙的跪倒地上，望空遥拜，心里虔虔诚诚，暗发宏愿。正在虔祈默祷之际，忽见梁妈出来，扯住自己的手道："少爷是怎么了，这样磕头？"玉吉迟了一会，仰见满天星斗，四静无人，自己跪在地上，不知何故。梁妈唤了数遍，方才明白过来。细想方才所见，心里烘的一惊，浑身乱颤起来，一手扯著梁妈，嚷说好怕，转又一溜烟的跑进门去。蕙儿不知何故，听是玉吉声音，忙亦移灯出来，看他神色仓皇，脸上颜色如同白纸一般，坐在石阶上，口张眼闭，呼呼气喘。蕙儿吓了一跳。摸摸脑门上，俱是冰冷冷的凉汗。随把手灯放下，问他所因何事，这样抖擞,一手又摸着他手,手亦凉了。当时手忙脚乱,赶紧搀进屋去。梁妈也着了慌,忙著笼火,又忙著找白糖,冲了一碗滚汤糖水,给他喝下,方觉安顿些。此时梁妈心里只当是半夜回家路上受了惊吓,以致如此。不想他忽然坐起,口里嘟嘟囔囔,不知说些什么,一时又咳声叹气,发起昏来。直闹到早饭已后①,方才安顿睡下。梁妈看此光景,知他素日性情,有些胆小,这宗病况,必是半夜回家受了惊吓,随著就延医服药,闹了一日。

次日早起,玉吉坐了起来,唤过蕙儿来哭道:"哥哥对不起你。父母去世,本当兴家立业,等妹妹终身大事有了倚靠,然后再死。不想因事所迫,死期已近了。"说着,呜呜咽咽的哭个不住。蕙儿亦伤心落泪,不知玉吉的话从何说起,只得以好言安慰。玉吉擦了眼泪,当著蕙儿面前,叫过梁妈来,仿佛人之将死,托嘱后事的一般。自己拿定主意,想著杀人该偿命,若使最亲爱的姐姐无辜受累,自己于心何安。主意已定,安住蕙儿主仆,不叫他话外生疑,出得门来,雇了一乘人力车,随著看热闹的众人,直奔小菊儿胡同春英尸场。

恰巧这日上午,正是刑部司员蔡硕甫前来验尸。有左翼翼尉乌珍,副翼尉鹤春,委翼尉普泰,并内城巡警厅所派委员,本区警察长官,还有各家侦探,一院里乱乱腾腾,好不热闹。玉吉挤在人群里,想着今日好巧,不知阿氏被拘所供是什么言词。倘若他受了委曲,不肯说明,我便在此时自首,把我堂堂正正、替人不平的事情说给官众听听。大概人同此心,心同此理,大丈夫作事,要作正大光明,磊磊落落。主意已定,见有一群官人,带著文光、范氏,并德氏、阿氏等进来。听著文光供说,阿氏杀人之后投了水缸,由不得敬爱之心,益觉坚固。当时又懊悔又惨切,看着范氏那里指手画脚,由不得怒从心上,深悔昨日晚上不该留此淫妇,叫他血口喷人。正自磨拳擦掌,抑郁难平之际,忽见阿氏仆倒,抚尸大恸。玉吉吓得一愣,脸上变颜变色,心说好生害怕。要知端的,且看下文分解。

---

① 已后:以后。

第十五回　聂玉吉树底哭亲　王长山旅中慰友

话说聂玉吉看到阿氏恸哭,心里好生害怕,想欲自首,自己又出首不得。一来是阿氏母家的人,我们是自幼姊妹;二来听旁人说,他为著婚姻一事,发了几回疯。迎娶之日,欲在轿上寻死;回门之日,要在家里自尽。这样看起来,我若不避嫌疑,慨然自首,倘若官场黑暗,他再一时糊涂,受刑不过,认成别样情节,这便如何是好。想到此处,站在人群中,不寒而栗,当时站立不住,急忙走出,心里暗暗祝告道:"神天有鉴,不是玉吉不义,作事不光明。我若出头投案,死何惜足。但恐牵连姐姐,落成不贞不淑之名,陷入同谋杀夫之罪。但愿神天默佑,由始而终,那怕叫姐姐抵了偿,好歹保存住了名誉,我便即时死了,也是乐的。"祝告已毕,站在文家门内,泪在眼眶内含了许久,此时方才滴下。迟了一会,心里悠悠荡荡,不知去往何方才是正路。

正疑动间,忽想起昨日高僧点悟的几句话,不觉于人世红尘,顿为灰冷。转身便出了胡同,迷迷离离,走出安定门外。抬头一看,见有一片松林,正是自家坟墓。玉吉本来至孝,今又有无限伤心的事,回想父母在日如何疼爱,不免走入松林,抚著父母坟墓,嚎恸起来。正哭死去活来,没个劝解,后面有人拍打,连说:"大少爷不要伤心,这是从那里来呀?"玉吉止泪一看,是自家看坟的人,奴随主姓,名叫聂生,一手掖著玉吉,死活往家里劝解。玉吉也不必谦逊,收住眼泪,到了看坟的家中,只说偶尔出城,心里很不痛快,要上坟地里住上几日。聂生听了此话,极为欢喜,随着就沽酒作菜,殷勤款待,口口声声只怕玉吉委曲,说老爷太太在日,少爷怎样享福,到了奴才家里,就是自己家,有什么不合式的,视奴才力之所及,经管说话,将来少爷作了官,奴才一家子还要享福呢。玉吉点了点头,看著聂生意思,出于志诚,随即在他家里住了数日,把自己心里事、家里事一字不题。料著聂生为人,极其诚朴,梁妈、蕙儿一时也不能来

第十五回 聂玉吉树底哭亲 王长山旅中慰友

找,乐得不多住几日,避避灾祸呢。主意已定,就在此处暂避,并不远出。有时叫聂生出去,找几本破书来,闲着破闷;有时也绕著坟茔,看看庄稼。直至中秋将近,并不见有个人来打听踪迹。

这日聂生进城,听来一件新闻,说锣鼓巷小菊儿胡同,有个谋害亲夫的,此人才十九岁,娘家姓阿,外间传说,不是他自己害的,因为他婆婆不正,劝著儿媳妇随著下混水①。媳妇不肯答应,婆婆是羞恼成怒,使出野汉子来,暗把儿子杀死,打算一箭双雕,诬赖儿媳妇谋害亲夫,就把旁人耳目全都掩住了。不想神差鬼使,露了马脚,凶手把行凶的菜刀搁在他婆婆屋里了,你说是合该不合该?玉吉听了此话,蓦的一惊,当在众人面前,不好酸心落泪,只随声赞叹,说现在人心鬼域,不可悬揣,将来定案,必有个水落石出。一面说,心里咻咻咕咕,甚不安静。本想等阿氏完案,或生或死,自己放心之后,好寻个方外地方,按著高僧指引,削发为僧。谁知过了三月,得了这宗消息,由不得伤感起来,背著聂生,自在暗地里流了回泪。

到了次日清早,决计要进城探询。先到自己家里探望一番,刚一进门,遇著梁妈出来,惊问道:"大爷你那里去了?叫我们这样急。"玉吉叹了口气,未及答言,自己先滴下泪来。蕙儿亦流泪迎出,述说哥哥走后,急得我要去寻死,逢亲按友,已经都找寻遍了,恐怕你疯疯癫癫,不顾东南西北,没有下落了。说着,泪随声下,凄凄惨惨的哭个不住。玉吉亦大哭一场,连说哥哥糊涂,不该抛了妹妹,一去三月,如今回来,真是无颜相对。说着又要流泪。

蕙儿亦叹息道:"你说这些话,惹我酸心。你心的事,若不实告我说,便是对不过我。"随说著,叫过梁妈,取出两个名片来,递与玉吉道:"这两个人,你认得不认得?"玉吉听了一楞,接过名片一看,一个姓何的,号叫砺寰,一个姓项的,号叫慧甫。玉吉想了半日,很为诧异,当时想不起是谁来,随放下道:"这两个人是谁?我不认得。"蕙儿道:"你走之后,隔了有一个多月,姓项的那人便来找你。你同他什么交情,我那里知道?"玉吉想了半响,仍不知项某是谁,因问蕙儿道:"此人什么模样?那类打扮?找我为什么事?你没问问吗?"蕙儿道:"两人找你,都为一桩事。姓项的那人,年约三十以外,虎背熊腰,面上有些麻子,说话声音很亮,听著很爽快。我说你中了疯魔,出外已久。他问你往那里

---

① 下混水:一起干坏事。

去了,说吏部衙门有要紧又要紧的事,前来找你。"玉吉听到此处,连声吸气,怪问道:"这事怪得很,这人我并不认得,吏部里我也没事,这真是突乎其来。"说著,又问姓何的什么模样。蕙儿说了一遍,玉吉闷了半天,仍不认得。

蕙儿道:"后来的人,说是三蝶儿姐姐从法部带来的信,叫他面见你来。又说你若不去,叫我去一趟。我想空去一趟,也是枉然。后又跟人打听,都说南衙门北所,规矩很严。姐姐在监里收著,谁去也不能见面。你若在家呢,还可以去瞧瞧。那时你又不在家,我去作什么去呢?当时我跟梁妈商量半天,他说这个何某,必是你的至友。咱们亲友里,没这么个姓何的。后来又过了几天,有一个姓钰的,还有个姓黄的,前来找你。他说在左翼当差,推门就进来啦。我说你没在家。他么不肯信。进屋坐了半天,直眉瞪眼,问你现在何处。"蕙儿说到此处,惊惧万分,望了望院内无人,悄声道:"他说小菊儿胡同春英,是你同姐姐害的。他在翼里闻知,特来送信,叫你千万躲避。又拿话来试我,怕我知道下落,不肯实说。临行那姓黄的说,你要这几日回来,叫你别出去,死活在家里等他。我问你这些好事,都是怎么闹的?父母死后,本想跟哥哥享福,你怎么这样胡闹?难道把爹妈□遗言也都忘了不成?"说著,掩面大哭,吓得玉吉浑身乱颤,半晌答不□来。

梁妈道:"姑娘不用哭,大爷三姑娘,断不是杀人的人。必是文光家里,花钱走动的。你没见洋报上说,三姑娘太冤枉吗?"刚说著,玉吉往前一扑,梁妈一手揪住,幸未栽倒。只听哇的一声,吐了一口血沫,吓得梁妈惊慌□道:"姑娘别哭了,大爷又犯了陈病了,这是怎么说呢?"蕙儿擦著眼泪,过来相扶,一面仍惨惨切切的问道:"你把实话告诉我,你惹下祸,打算远走高飞,也要告明了所去的地点,然后再走。别的不顾,难道同胞骨肉你连一句实话都不肯说吗?"梁妈听了此话,嗳哟一声,连向蕙儿摇手,又扶起玉吉头来,细看脸上颜色,已如银纸一般,眼皮嘴唇颤成一处。蕙儿看此光景,吓得没了主意,随手把玉吉放倒,自己端坐一旁,直直楞著。梁妈亦手忙脚乱,有心抱怨蕙儿,却又不肯,忙著下了地,热了一壶滚水,冲了一碗白糖,悄向玉吉道:"起来喝一点儿水,定定神就好了。大爷这个病根儿,实在要命。"说著,眼辣鼻酸,一手端著碗,一手抹泪。

第十五回 聂玉吉树底哭亲 王长山旅中慰友

玉吉昏沉半日，睁开眼睛①一看，蕙儿、梁妈两人俱在一旁抹泪，当时心里头如同刀割一般，只得爬起来，呷了口水。蕙儿凄凄惨惨，百般劝解，梁妈亦没得话说，只问："三月之久，大爷往那里去了？怎么大舅太太道谢来，说你幌②了一幌就家来了呢？莫非道儿上遇什么邪魔外祟，纠缠住了？不然，怎么一日一夜天亮您才回来呢？"玉吉叹了口气，因恐蕙儿著急，不敢实说，只好胡诌乱扯，说了一片假话，心里打定主意，但能把蕙儿劝住，然后把一切事情告明梁妈，明日我到官投案，也就完了。当下以闲言闲语遮饰一遍。

到底蕙儿心里，知识无多，又兼玉吉为人极其诚笃，素常素往，并没有半句谎话，所以蕙儿听了，深信不疑。不过骨肉情重，倒用些开心话语来劝玉吉，惟恐与三蝶儿相厚，今遭此不白之冤，哥哥一动怒，难免出事。梁妈亦婉言劝解，说："年头不济，衙门里好使赃钱。虽说不干我事，究竟也得躲避。倘若牵连在内，事情一出来，很是难办。再者文光家里，有的是银钱，好歹他托托弄弄，就许把大爷饶在里。图什么担名不担利，闹这宗麻烦呢？咱们以忍事为妙。大爷的运气低，千万以小心为是。"说著，便向蕙儿筹画③明日玉吉往那里躲藏的好。

玉吉踌躇半晌，想著有人来访，必非好意。定然是阿氏过部后，因为受刑不过，供出实话来了。虽说是阿氏情屈，然自己思前想后，又经高僧点悟，早把一段痴情抛在九霄云外去了。此时只恼恨阿氏，不该把实话吐出，若把我拘去抵偿，原不要紧。士为知己者死，死亦无恨，只可怜你的名节从此丧尽，教我如何能忍？这是玉吉心里怜惜阿氏名誉不肯自投的苦衷。

那知此时阿氏收在北所女监，情极可悯。每逢提审的日子，不是受非刑，就是跪铁锁。堂上讯诘，只合他索问奸夫倒底他姓甚名谁，那里住家，用尽了诸般权变，诱取供词，怎奈他情深义重，受尽无数非刑，跪了百数余堂锁，始终连一字一声均不吐露。问到极处，只说我清白一世，今落了谋害亲夫的罪名，情甘一死。有时因受刑太过，时常跪倒堂前，昏迷不醒。有时因跪锁的次数多了，两膝的骨肉烂碎，每遇提讯日子，必须以簸箩搭上。到堂之后，由上午问至

---

① 底本作"睁"。
② 幌：晃。
③ 筹画：筹划。

日落，总不见有何口供。闹得承审司员无法可施，传了德氏来，一同苦打，一齐下狱。因为阿氏纯孝，好叫他痛母伤心，招出实话来，了结此案。不想连行数次，仍无口供。

德氏为受刑不过，自己困于囹圄，看著女儿如此，实觉伤心，常劝女儿说："有何情节，只管招认。若是范氏、普云两人所害，你尤其要实说了。我看你日日受刑，著实难忍。你哥哥兄弟听了，也要伤心，不如以早认的为是。难道你孝顺母亲，还忍令年老母亲同你受罪吗？"阿氏哭天抹泪，投入母怀，告诉母亲道："女儿只有一死，别无话说。若认出一个人来，女儿的贞节何在？孝又何在？女儿的事小，以女儿一人，败坏家声的事大。"说罢，大哭不止，引得监中难友俱各泪下。这是当时阿氏狱中的惨状。

有时亦想起玉吉来，不知此时此刻，究竟是生是死，因此长吁短叹。或在黑夜里，独醒暗泣。可怜你绝顶聪明，怎么就做这傻事，那里是敬我爱我？分明是前生冤孽，该下你的性命，到了今生今世，惹下这大祸，叫我还债吗？你若是有情有义，怎不早行设法？偏等著大事已去，你才出头。我若是忘情负义，扯你到案，何致你姨妈合我这样受屈？因想你前程远大，来日方长，总是我母亲作错了，才至如此。可怜我这片心，纵然死于刑下，你也不知道。可见我的心，一时一刻，受到这样委屈，全都是顾全你。你的行为都不是顾全我了。

其实玉吉心里，也是这个意思，不过与梁妈、蕙儿等不能实说。看来，人在两处，心是一样设想，较之寻常儿女的爱情，大有不同。那玉吉心中，又想著我不管怎么样，俱无不可，只要姐姐如了心，那才是姊妹情意呢。阿氏心里，又想著你不负我，只管破除死命，为我出气。那知道气不能出，反给我添了祸。我若是糊涂女子，供出你来，岂不反负了你？如此看来，两人是姊妹情重，断不是有何私见，像是无知儿女那等痴情。合算比痴情儿女的伤心，尤觉惨切。难得这两个人，自幼儿朝夕聚首，耳鬓厮磨。成年时候，又有两家父母戏为夫妇，而竟能发乎情止乎礼，不陷于两小无猜之嫌。这样知己，若非爱情真切、道德高尚的人，万难作到。

一个是父母死后，原议已消，恐怕阿氏心里伤心难过，所以处处般般极力疏远。一以免姨母猜疑，二可使阿氏灰心，免得违背母命，落成不孝之名。心里头虔祈默祝，看自己品学才貌，无一处可配阿氏。只盼着阿氏出阁，遇著个品学兼优、像貌出众、和乐且耽的快婿。再能够衣食无缺，安享荣华，方才快

第十五回　聂玉吉树底哭亲　王长山旅中慰友

意。岂知向日所望,都成梦想。请问他的心里,焉得不愤,焉得不怒?慢说是平素敬爱、最亲切、最关心的妹妹,就是寻常人,偶步街头,遇见个丑夫美妻、劣儿才女的事情,还要心里不平呢。

一个是知礼知义,人生得一知己,实在不易。何况幼年儿女,父母曾有过婚姻之议,如今往事如烟,既不能抗违母命,又不能忘却凤好。事到无可如何,只可怨天由命,存心忍受而已。过门之后,常自心香暗祝,盼着终身至死,不与玉吉相见。自己心里事,更不愿玉吉知道,以免惹他烦恼。谁知道事有凑巧,竟闹出塌天大祸来。此时自己只有隐住原凶,殉夫一死。

想不到心心相印的人,玉吉坐在家里并不知道,听梁妈所劝教他暂为躲避的话,很是有理。次日就别了妹妹,带上几件衣服,不敢往坟茔再住了,只好远走一遭,先往云津暂住,避避风气。

当日登上火车,只听汽笛子呜呜乱响,定睛细看,已至老龙头车站。因想着客囊羞涩,不敢往客栈去住,寻路至北营门地方,觅了一处小店。时光紧促,岁月如流,转旬之间,除夕将近。自己所带钱财,早已花净,还仗他能写一笔好字,店主人怜其文弱,常给他介绍生意,聊以糊口。

到了次年春日,听说春阿氏在狱绝粒①,每遇审讯时节,仍是一口咬定,说自己正欲寻死,忽然丈夫醒了,因此一阵心迷,扑在丈夫身上以致碰伤身死。据着报纸上登载情形,阿氏过部之后,良实可悯。玉吉闻知此信,焉有不痛心的道理?当时吐了口血,由此就寝食俱废,一病不起,急得店主人很是着慌。玉吉又没钱服药,每日店钱食物都要主人供给。以一个小店主人,如何供应得起?万不得已,只有典衣卖物,供给玉吉。玉吉躺在床上,过意不去,含泪向主人道:"店家这样待我,我没齿不能忘。只是病到这样,谅无生理。想着今生今世,不能图报了。"说罢,泪如雨下。店主人一面安慰,一面抹泪。玉吉长叹一声,凄凄惨惨的道:"我有一封信,明日早晨求你给我送去,我在你店里,是生是死,你就不必管了。"店主人不知何事,抹泪答应。

晚间拿了笔墨,叫玉吉写了信,以便送去。接过信来一看,皮面上写著:面呈天津县正堂公展。吓得店主人一愕,知是玉吉在此,没有官亲,何事与本县县台公然通信?既然通信,必当熟识,既然熟识,岂有不知其姓字的道理?转

---

① 绝粒:绝食。

又一想,这事很怪。莫非他因病所魇,死后要告什么冥状不成?越想越怪,自己回到帐房想了半日,背著柜上伙计,私自把信皮拆去,看见里面信纸,注著玉吉的籍贯、年岁,自认是命案凶犯,潜逃在此,因为店主人待我太厚,此生无以为报,情愿叫本地公差把我解押进京,免得累及店主的话。后面有几行草字,注著来此养病,费钱若干,店钱若干,饭钱若干。大约原凶被获,京里必有赏,所得奖赏,县台如不爱小,务将所欠各款一律清还的话。店主人看了一半,吓得浑身起粟,暗想玉吉为人,本是文弱学士,岂像是杀人的人呢?这必是病中胡话了,急忙把原信揣起,来问玉吉。玉吉躺在床上,正自昏沉恶睡,店主人拍著枕头,慢慢唤醒,问他写信之意所因何故,莫非是病缠的不成?

玉吉听了此话,点了点头,知道店主人恩深义重,不忍送去,长叹一口气,自又思忖半晌,含著眼泪道:"店家不忍送去,倒也罢了。只是我玉吉,真是杀人凶犯,纵令店家不忍,然天网恢恢,终久也不能遗漏的。"说罢,合眼睡去。店主人哭了一回,想著如此好人,断不会作出灭理的事来。且听他这宗说话,更不似杀人的人。今一见他这般景况,越发惨了。从此逢人便说,逢人便问,先夸赞玉吉的为人,后谈论前番的怪信。

虽然是一片好意,奖誉其人,不想一传十,十传百,传到隔壁店中有一个姓王名长山的耳朵。此人在天津住家,素以作小贩为业,年在三十上下,性极慷慨,因听店主人夸赞玉吉,次日便过来拜访。见过店主人,问他信在那里。店主人一面赞叹,随把玉吉原信递了过来。长山看了一过,夸赞的了不得,连说笔底有神,此人虽在病中,写字还能这样好,实在难得,阁下要极力保存,不可撕毁。店主人点头称是,随又引见玉吉,说近日玉吉吃了几次丸药,病已见好。店主人欢欢喜喜引进房中,唤著玉吉道:"玉老弟醒一醒,隔壁王先生特来看你。"玉吉微开二目,不知来者是谁,只得点了点头,复又合目睡了。长山道:"不要惊动。我辈相见,即是有缘,将来交情,不知到什么地位?"说著,便向怀中取了两块洋钱,递与店主人道:"主人请赏收下,我本欲将此洋钱购些食物,然不知病人口味,阁下是知之最深的,即请代为购买。四海之内,皆为兄弟。聂兄这个朋友,我实在愿意交。"说罢,作了个揖,闹得店主人无言可答,只好接过钱来,替著道谢。长山道:"□兄说那里话来?我辈都是朋友,应该如是。"说著,又托嘱店家细心照料,他还要时常过来,帮著扶侍,又劝著店主人,须把繁文客气一律免掉。店主人听了千恩万谢,替著聂玉吉感激不尽。这也是玉吉命中，合该有救。

　　从此王长山逢寒遇暖的常来问讯，每日与店中主人煎汤熬药。不上三月工夫，玉吉的病体已经大愈。看见报纸所载，普云与范氏二人现皆被拘，每日在大理院中严刑拷问，大概阿氏一案，已有能活的消息了。玉吉得了此信，更觉放心，由不得喜形于色，振起精神来笑道："天下的事，无奇不有。那里有真是真非呀！"说罢，哈哈大笑。不想这一句话说的很冒失，长山与店中主人不知何故，随问道："你说的话，很难明白。若没有真是真非，还成得世界？"玉吉摇首笑道："二位不知。我是心有所感，出之于口，不知不觉的犯了两句牢骚话，二位倒不必介意。"长山道："谁介意来著，我想你为人诚肯，听见不平事，必要动怒。大概你看着报纸有感于怀，莫非那春阿氏家里同你认识吗？"玉吉听了此话，蓦的一惊，迟了半晌："认识却认识。可怜他的为人，又温顺，又安悯。遇著那样婆家，焉得不欲行短见哪！"说著，自己不觉眼泪含在眼中，滴溜乱转。

　　长山笑道："这也奇了。你真好替人担忧！咱们既不占亲，又不带故，屈枉不屈枉的，碍着谁筋疼①了？咱们以正事要紧。一二日内，我打算进京访友。前天有敝友来信，嘱我荐个师爷，他家有一儿一女，年纪都不甚大。我想你很是相当，何妨你暂为俯就？等著时来运转，再谋好事。虽然他束修无几，毕竟也强如没事。且待我料理料理，咱们一同进京，不知你意下如何？"玉吉摇手道："不行不行。今年我不过二十岁，这么早便为人之患，就是第一个不行；再者北京城里，污秽不堪，我既离了京城，纵终身不再进京，亦不为憾。王兄美意，我实在辜负了。"说罢，隐几而卧，太息不止。

　　长山道："不能由你，我与店主人，硬掐鹅脖②。你乐意去，也得随我去；不乐意去，亦不能由你便。"说著，又向店主人道："主人翁，这事你作得主否？"店主人嘻嘻而笑，知道聂玉吉性情高傲，有些特别，又知王长山确是好意，随笑道："他不肯去，都有我呢。你经管料理一切，收拾行装，临行之日，我可以强他上车。"说的长山、玉吉全都笑了。长山订问道："一言既出，驷不及舌。"店主人道："快马一鞭，自要我说了，一定办得好。不但叫他去，我还要进京呢。"长山道："怎么店主人也要进京吗？好极好极，只是这个买卖，主人交给谁呢？"店主

---

① 碍着谁筋疼：碍着谁的事。
② 硬掐鹅脖：强迫，强制性地。

人道："题起来话儿长。这个买卖,我是新近倒的。昨天京里来信,有朋友叫我回去。二位进京时,住在那个店里,留个地名儿。等我把经手事情交给别人,随后就找了去。你道好不好?"长山与玉吉二人连说很好。当下把日期订妥,长山去料理一切,定于后日清早,同着玉吉起身,住在虎坊桥谦安客栈。

到了是日,别过店里主人,叙了会到京复会的话。玉吉洒泪道："人生聚散原属常事,惟此日生离,即如死别。"说罢,泪如雨下。长山道："这是何苦,等不到三五日,必能见面,图什么这样伤心呢?"玉吉道："王兄不知,日前我在病中,交与店家的书信,确是实事。此番到了北京,必罹奇祸。二公要怜我爱我,知道我的苦衷,千万把我的肺腑述告报馆。及至横死,我也得瞑目了。"说著,脸白如纸,浑身乱颤。长山害怕道："这还了得。你既这样为难,就不必进京了,何苦往虎口里去呢?"店家亦劝道："不去也好,乐得不躲静求安,逍遥法外呢。"玉吉道："话不是那样说,我作的事,从未向二公题过。一来怕二公惦我身分,二来也难为外人言。"刚说到此处,长山插口道："不用你说,我早已猜到了。"玉吉警问道："你猜到什么事?倒要请教。"长山道："此事也不必细说。你肯于进京,咱们赶紧走;不愿进京,即请留步。眼看著天已过午,火车都要开了。容日有了工夫,我们再细讲吧。"说著,便欲起身。玉吉是极温弱、极随和的一路人,听了这样话,不忍得改变宗旨,只得随著长山,别了店东,一同出了店门,直奔车站。

书要简断。是时正三月天气,不寒不暖,一路上花明柳媚,看不尽艳阳烟景。只听汽笛子呜呜乱吼,转眼之间,车已行过杨村了。玉吉道："王兄说话,有些可疑。临行之时,你说我的事情全都知道,究竟你知道什么事?请你说给我听听。"长山道："说也不难。只是在火车上,不是讲话之所。等到栈房里,我再细说你听。我不止只知一件,连你的家乡住处都可以猜个大概。"玉吉摇首道："这话我却不信,除非你是神仙,能够算的出来。"刚说到此,旁坐有两个闲谈的道："大哥新从京里来么?没听说京城的事吗?"那人道："京城什么事?我却没听说过。"那人道："听说京城里封了两个报馆,把办报的杭辛斋、彭翼仲全都给发配了,这话是真呀是假?真这么一来,恐怕春阿氏一案,又要翻案了。"那人无心说话,玉吉是关系最近的人,正与长山闲谈,冒然听了此话,吓得一个寒战,登时毛骨悚然,把要说未说的话也都咽住了。又听那一人答道："谁说不是呢?自从彭先生走后,白话报纸上也没人敢说话啦。昨天在别的报上,看了一段新闻，说现在春阿氏已经定案，报上有大理院原奏的摺子。前天我留下一篇，现在这里。"说着，取出来递与那人。两人一面看著，一面赞叹。

长山向玉吉道："天下事无奇不有。古今谋杀案子，不止数千百件。那一件都有原因，决不像这条这么新奇。你也常看报纸，对于此案真像，你有什么见解？说我听听。"玉吉听到这里，忽然一楞，半晌方才答道："人心鬼域难测，毕竟①是春阿氏本人所杀还是旁人所杀，抑为春阿氏有关系人所杀，现在尚难推测。审讯这么二年，皆无结果。今日你猛然一问，叫我回答，我那里能知道哇？"长山大笑道："本来你不知道，我是故意问你。"说著，向旁坐那人借了报纸，二人倚住车窗，翻阅一遍，上面有法部原奏及左翼翼尉乌珍调查此案的报告。

玉吉关心最重，看了一回，翻过头来又要再看，那时脸上颜色红了又白，白了又红，一时皱皱眉，一时翻翻眼，现出种种的神色，很为可怪。旁人见他这样，皆以为用心看报所以如此。独有长山在座，心下明白，扯过报纸来道："老弟老弟，你只顾看此报纸，你看到那里了？"玉吉吓了一惊，抬头一看，车到马家堡少站，转眼就是前门车站了，到底有亏心人，心里两样，随手把报纸放下，揪住长山道："你我患难之交，天津托嘱的话，你不要忘了才好。"长山发笑道："岂有此理，难道离了天津，咽不下米去吗？"说罢，把所看报纸还与那人。大家忙忙乱乱，取箱笼的取箱笼，取行李的取行李。工夫不大，汽笛儿蓦的一吼，再注目时，已到正阳门东车站了。长山扶著玉吉，两人下车，雇了两辆人力车，直往虎坊桥谦安客栈而来。

一路上人烟稠密，车马辚辚，一路的繁华富丽，玉吉也无心观看。到了谦安客栈，寻了客房，长山把行李铺盖安置已毕，随命店伙计沏茶打水，忙乱一阵。玉吉则坐在一旁，呆呆发愣。看著店中伙计皆与长山熟识，想必是常来常往店中熟客了，因此也毫不为意。只看长山此来，这样辛苦，心里过意不去，随问道："刚一进门，何苦这样忙累，为什么不歇一歇呢？"长山笑著道："老弟你不知道，负贩谋生的人，光阴要紧。耽延一刻，即少赚一刻金钱，不惟少赚，还要多亏哩。"说罢哈哈大笑，叫过店伙计来道："聂老爷不是外人，是我至近的朋友。我们这次来京，不能就走，你们要好好伺候。"说的店伙计连连陪笑。玉吉

---

① 毕竟：究竟。

道："这样交派他,你要往那里去?"长山一面发笑,打开一个包袱,换了一件簇新的衣服,笑嘻嘻的道："老弟的记性,真是有限。请问你随我来京,作什么事情来了?"玉吉楞了半晌,忽想起荐馆的事来,随笑道："事也不必忙,何用一进门就先出去呢?"长山亦不答言,嘱告店伙计留心伺候,转身便出去了。

　　剩下玉吉一人,异常烦闷,随令店伙计倒了壶茶,盘膝坐在炕上,由不得抚今思昔,心如乱发一般,独对纸窗棂①,无限感慨。一会又劝慰自己道："既然案已判决,此次进京来,堪保无事,专盼遇了机缘,去到法部监狱拜别姐姐一回,免他终身惦念,也就完了。自今以后,我已万缘皆静,从此皈依三宝,也就无牵无挂了。"一面思虑,一面翻拾行李,打算找卷书来,看著破闷。翻拾半日,一卷也没能找着。只见一个皮包,很觉希奇,打开一看,里面并无他物,竟是一色乱纸,俱是王长山来往的信件以及电报等物。玉吉纳闷道："长山本一商贩,怎么来往书扎却这样多?"一面惊异,想起王长山的言容,并方才所换的衣裳来,心下益觉诧异。随手便取出信来,逐件翻阅。忽于杂乱纸中,检出个电文来,电码之下,注着译出来的文字,一目可以了然。上写道："长山兄鉴：前报告,探已由津达部,院宪悯其情,不忍追究。昨犯已绝粒,所事速解至要。"下面注写着"顷何等叩"。玉吉瞧了半晌,不解其意。又见有一张电报,上面是："王长山哥鉴：案已判误罪,定监禁。我辈费神处,部院尽知。惟因情可悯,未出犯人口,不忍拘耳。"下面注写著"卿叩"。玉吉翻来覆去,环读了两三过。正在搔头纳闷,又见皮包里放有一匣名片,拿过一看,匣里名片很多,一半是"张瑞珊"三字,下注"直隶天津人",一半是"王长山"三字,并无注角儿②。玉吉看到这里,恍然大悟。料著王长山必是侦探大家,怪不得与吾交好,邀我进京来呢,真是人心诡诈,无微不至。一面想,一面把乱纸倒出,逐件审阅。又见有一张呈底,满注是自己事情,看完了一惊非小。要知如何投案,且看下文分解。

---

①　棂：櫺＊。
②　注角儿：注脚。

第十六回　阅判词伤心下泪　闻噩耗觅迹寻踪

话说玉吉拾起一张草底来,正是王长山访案的原报告。自己从头至尾看了一遍,由不得心惊肉跳,战栗不止。又见有一本细册,翻开一看,正是大理院结案二次覆奏的原摺。玉吉纳闷道:"怪得很,怎么长山手眼这样灵活,消息这样快呢?"一面惊异,一面翻开细看,见上面写道:

　　大理院谨 奏
　　为审讯杀死亲人犯妇,他无证佐,谨就现供,酌拟办法,由咨改奏,恭摺仰祈圣鉴事。准步军统领衙门咨送文光报称,伊子春英被伊儿媳春阿氏砍伤身死一案,当将人犯解部审讯。春阿氏初则赖称伊夫春英,因撞见文光之妾范氏与普云通奸,被文范氏谋杀毙命。迨□问环质,审系虚诬。始据供认自寻短见,以致误伤春英身死。法部恐案情不实,未及讯结,移交到院。臣定成等督饬遴派谳员,详慎讯鞫。春阿氏始犹藉词狡赖。当查照法部卷宗,严行驳诘。复自认误杀属实。臣院曾于上月十六日,沥①陈前后讯供情形,并声明严饬承审各员,予限讯鞫,如有别情发觉,自当据实推求。如春阿氏始终坚执一词,亦当酌取现供,会同法部拟议具奏等因。奏奉。
　　谕旨:知道了。钦此。钦遵在案。

玉吉看到此外,不禁眼辣鼻酸,流泪不止,暗暗咒怨自己,不该无事生事,陷害自幼的姊妹。幸亏他明白大体,不然若供出我来,岂不把两人名誉一齐都抹煞了吗?因□看下面道:

---

① 沥:历。

阿①氏坚认委因在家受气，欲自行抹脖，以致刀口误碰伤春英身死，并无别情。当伤取具现供，臣等详加查阅。据春阿氏供，系镶黄旗满洲松昆佐领下阿洪阿之女，伊父早年病故，有兄常禄充当巡警。光绪三十二年三月间，由伊母阿德氏主婚，将伊嫁给本旗普津佐领下马甲春英为妻。过门后夫妇和睦，夫翁文光系领催，祖婆母德瑞氏，二婆母文范氏，及夫弟春霖，夫妹大正、二正，均待伊素好。大婆母文托氏，系春英亲母，平日管束较严。家内早晚两餐，俱由伊做饭。自祖婆母以下衣服，皆由伊浆洗。伊平素做事迟慢，每早梳头稍迟，即被大婆母斥骂。间逢家内诸人脱换衣服，浆洗过多，不能早完，亦屡经大婆母斥责，因此常怀愁急。是年五月二十日后，大婆母因母家堂伯病故，定期接三。当给伊孝衣数件，嘱令浆洗，至晚尚未洗完。大婆母严加责骂，伊自思过门不及百日，屡被谴责，嗣后何以过度，不如乘间寻死，免得日后受气。二十七日早饭后，大婆母带同伊及大正，至堂舅家吊丧，会见各门亲戚。以伊系属新妇，同声夸好。大婆母声称做事无能，有何好处。伊愈加气闷。傍晚时夫翁走至接三事毕，大婆母天气炎热，堂舅家房屋过窄，商令夫翁将伊带回。伊随同夫翁坐车回归。至九点钟后，伊在厨房收拾家具，瞥见菜刀一把，触此寻死情由，念不如自行抹脖，较为干净。将刀携回自己屋内，掖在铺褥底下。移时春英回房，搭铺睡宿。上房堂屋门亦已关闭。伊仍在厨房温水洗脸。完后回至屋内，见春英侧身向里睡熟。维时约近十二点钟，全家及院邻均已睡静。伊将菜刀取出，提在手内，走近春英床边，向之愁叹。忽见春英翻身转动，伊心内发慌，站立不稳，扑在春英身上，以致刀口碰伤其咽喉近右，春英哼喊一声，滚跌床下。伊见其颈脖冒血，慌急无措，赶即跑出，将刀搁置外间桌上，复闻上屋祖婆声喊，伊情急走至厨房，投入苦水缸内，致头上扁方②磕伤左额角。后伊夫翁等将伊救醒，听闻春英业已身死。文范氏嚷称，须留活口。伊心怀忿恨，时伊母阿德氏闻信前来，询问杀死春英情由。伊声称情愿与之抵③命。当由夫翁报案，将伊带至厅上，眼同相验

---

① 底本无"阿"字，据文义补。
② 扁方：满族妇女梳旗头时所插饰的特殊大簪，一端略翘，插于发髻，均为扁平一字形。
③ 底本作"低"。

第十六回　阅判词伤心下泪　闻噩耗觅迹寻踪

后，解交步军统领衙门送部移交过院。今蒙讯问，伊夫春英咽喉受伤身死，实因伊自寻短见，以致误行碰伤。伊情急投入缸内，委无别故。伊身穿血衣，委系由步军统领衙门送案时，伊母阿德氏携回家内洗濯，以致血迹不甚明显。至伊前供，春英撞见文范氏与普云通奸，致被文范氏谋死，将伊投入水缸各节，委因听闻文范氏须留活口之言，心中怀恨。又因普云当日，代夫翁赁取孝衣来家一次，故捏造春英对伊声说撞见文范氏与普云通奸，希冀死无对证，藉图抵制，其实并无其事等语。

玉吉看到此处，正在惊心动魄之际，忽的房门一响，长山自外面走来，笑嘻嘻的道："了不得，了不得，福尔摩斯的文牍，被你给查着了。"说著把玉吉所看的原册一手按住，笑吟吟的道："我问你一句话，然后再瞧。"玉吉猛吓一跳，当时也说不出什么来，随把原摺放下道："王兄你过于疏远我了。既有这样事，何不早为说明？"说著把皮包挪过，要将原物收起，又陪笑道："小弟无品，不该趁人出去，检察人的东西。"说罢，挺身站起，坐在一旁。长山道："老弟不须瞒怨，听我把原委说明，省得你疑团莫解。"玉吉道："疑念我却没有，难为你这样细心，怎么就知道案里有我呢？我尝读西洋小说，深服那福尔摩斯是个名探，不想中国人里，居然有高过福尔摩斯的。"长山发笑道："话休过奖。既然我的信件被你看了，此时倒不妨说明，免你害怕。"玉吉道："我没什么害怕的。你经管说。虽然你侦明是我，但恐杀人的缘由，你有误会。先请你说我听听。"

长山道："司法人员因为你的事情，煞费苦心。连先后堂官戴鸿慈、葛宝华，并绍昌、王序诸公，都费过几日研究。因看着阿氏可悯，未忍追究。虽然法律上不能袒护被罪人，而此案被罪人，诚有可悯。以旧时律例考求，因奸致伤本夫，或因奸故杀本夫的案子，样样儿查来比较，俱没有此案奇特。阿氏在堂上的情形，颇为可惨。看那神色，决不是下流妇女因奸致伤本夫、犯妇于事发后袒护奸夫的神色。阿氏又日夜叫苦，自谓一辈子清清白白，可见他素日庄重，必非与行凶原犯……"刚说到此，玉吉以衣袖挥泪，拦住长山道："请问王兄，这几位承审司员，姓甚名谁？这样的体察至微，听讼如神的人，实在难得。"

长山道："题起话儿长，验尸官姓蔡，号叫硕甫。验尸之后，已将尸场情形报知部里。当时部里不甚注意，后因此案头绪无从清楚，部里把蔡君请出，问他要个主意。据蔡君说，若研究此案真像，很是费手。以尸场情形论，阿氏昏倒，必是春英死时，夫妇未在一处。按心理来揣摩，必是见了尸身，方才触动悲感。以春英的伤痕而论,决定是谋杀无疑。然既非范氏,又非普云,阿氏的口供,总说是情愿领罪。这宗话里,颇耐寻味。若根究此案原凶,宜从这句话里入手。当时那部里司员,俱以此话为然,也都是这样研究。问到归期①,始终也不得头绪。急得那朗中善佺并各司承审过此案的人员,全都日夜发闷。后从种种方面,把阿氏的家事调查清楚,又在女监里体察阿氏的动作,这才知道阿氏是个有情有义、纯心孝母、节烈可风的女子。"

说到此处,玉吉又滚下泪来道:"吾不意今日中国,还有这样明事人。"一面说,一面抹泪。长山斟了碗茶,递与玉吉道:"老弟且不必伤心。你的为人,我是极其佩服。错非是看你们可惨,那能还有今日?可怜这'情'之一字,不知古往今来,害了有多少痴男怨女。"说著太息不止。又把原摺打开,递与玉吉。玉吉点头感叹,顾不得再看什么,叹了口气道:"王兄,王兄,小弟为人,叫旁人好看不起。这不是妒奸杀人吗?"长山发笑道:"你的隐情,休得瞒我。不独我明白,大半官场之中,见过春阿氏的人,全都明白。错非知其内幕,亦不肯如此定案。你且喝一口水,静一静气,看看这大理院原奏,究竟是屈与不屈。"玉吉接过原摺,看了一会,因想着事情可怪,遂问道:"此摺看不看,却不要紧,想我心里事,止有我两人知道,虽然我在外多年,也从未向人题过,你如何知道的这样肯切?我到要请教请教。"长山笑著道:"此时你不必打听,等你把摺子看完,咱们吃过晚饭,我再细细的告诉你。"玉吉无法,只可拿了原摺,接着方才所看,又往下面看道:

臣等详究供情,春阿氏以幼年妇女,过门甫及百日,何至因婆母责骂细故,遽尔轻生?若既自愿寻死,春英即在床动转②,何至心慌扑跌?检阅原验尸格,春英咽喉近右一伤,横长二寸余,深至气嗓破,显系乘其睡熟,用刀很③砍,岂得以要害部位深重伤痕,诿为误碰。至碰伤以后,刀犹在手,尽可自抹,何以复走至厨房,投入水缸?且即自寻短见一节,原供谓因屡受春英辱骂,继又供系夫妹欺负,后则归之于婆母斥责。其碰伤春英一节,原供谓一时心内发迷,随持刀将春英脖项用刀一抹,继又供伊提刀

---

① 归期:归齐,最后的意思。
② 动转:转动。
③ 很:狠。

第十六回 阅判词伤心下泪 闻噩耗觅迹寻踪

坐在炕沿,春英挣起,致将其脖项碰伤,后则归之于心慌足滑,扑跌身上,致刀口误伤其咽喉。前后供词屡经变易,殊难深信。当饬逐层驳诘,春阿氏一味支吾,迭加严鞠,仍坚称委无他故。揆其情节,春英之被杀,非挟有嫌恨,即或别有同谋下手之人。屡饬传同文光家属及院邻人等质讯,诘以春阿氏夫妇平日是否和好。文光等供称,未见不睦情形。诘以春阿氏平日是否正经,则供称未闻丑声扬布。诘以春英被杀之夜,曾否有他人来家,则供称并未见有别人。诘以春英身死,何以初报官厅,即实指为春阿氏砍伤,则供称春英黉夜死在春阿氏房内,非春阿氏动手,更有何人。诘以春阿氏杀死春英,是否别有缘因,则供称时属夜深,全家俱已睡静,并未知春英何故被杀,事后探听亦无消息。诘以春阿氏是否被逼难堪,自甘寻死,文托氏供称,自春阿氏过门,合家格外疼惜,间因做事迟慢,被伊斥责,亦属管教儿媳常情,从未加以恶声厉色,何至便寻短见?诘以春英被杀之夜,何人首先听闻,德瑞氏供称,伊因老病,每晚睡宿较迟,是晚十二钟后,伊听见西厢房春阿氏屋内响动,伊恐系窃贼,呼唤春英未应,复闻掀帘声响,并有人跑过东屋脚步行走声音。伊遂唤醒文光等,点灯走至西屋,见春英躺在地上流血,业经气绝。春阿氏不在房内,找至东屋厨房,始见春阿氏倒身插入水缸,当由文光等救起拯活。至春阿氏因何杀死春英,伊等均无从知晓。质之院邻德珍等,供亦相同,并全称伊等走入文光家院内,已在春阿氏投缸之后,实不知春英何时被杀,春阿氏何时下手,查核各供,俱无实据。此春阿氏一案,不能遽行按律定罪之实在情形也。臣等查向来办理命案,非有自认供词,则必有尸亲或旁人为之质证,而后承审者,可以层层追究,即本犯亦不得不一一供明。独此案死系亲夫,而时当深夜,地属闺房,尸亲既未能悉其缘由,旁人复无可为之证佐。事后屡饬多方探访,亦无别项形迹可以推寻。而犯系年轻妇女,尤未便加以刑讯。以伤痕而论,则颇近于谋,而未得嫌怨之迹。以供情而论,则实出于误,而尚在疑信之间。且世情变幻无常,往往有非意料所及者。设令现讯供词之外,别有缘因,则罪名之出入滋虞,尤不可不格外慎重。此案已经一年有余,由步军统领衙门及部院司员,更番承审,佥谓疑窦尚多,碍难论决。查古来疑狱,固有监候待质之法。现行例强盗无自认口供,贼迹未明,伙盗已决无证者,得引监候处决。则服制人命案件,其人既已认至死罪,虽未便遽行定谳，似可援监候处决之例，仿照办理。案经再四推鞫，应即据现供酌量拟结。查春阿氏夤夜将伊夫春英杀死，据供系因屡受婆母斥骂，自愿抹脖毕命，携刀走向春英炕前愁叹，适春英睡熟转动，一时心慌足滑，扑跌春英身上，以致刀口碰伤其咽喉近右身死。查核所供情节，系属误伤，尚非有心干犯。按照律例，得由妻殴夫至死斩决本罪，声请照章改为绞候。惟供词诸多不实，若遽定拟罪名，一入朝审服制册内，势必照章声叙，免其予勾，迟至三年，由实改缓。如逢恩诏查办，转得遂其狡避之计。且万一定案以后，别经发觉隐情，或别有起衅缘因，亦势难追改成狱。臣等再四斟酌，拟请援强盗伙决无证，一时难于定谳之例，将该犯妇春阿氏改为监禁。仍由臣等随时详细访查，倘①日后发露真情，或另出有凭证，仍可据实定断。如始终无从发觉，即将该犯妇永远监禁，遇赦不赦。似于服制人命重案，更昭郑重。尸棺即饬尸亲抬埋。凶刀案结存库。再此案因未定拟罪名，照章毋庸法部会衔，合并声明，所有杀死亲夫犯妇，他无证佐，仅就现供酌拟办法缘由，是否有当，谨恭摺具奏。

请旨，光绪三十四年三月二十三日　具奏。奉旨依议钦此。

玉吉把摺子看完，心里怦怦然不由自主。因为判决词句，极为清楚，定罪亦极为公道，不禁又点头咂嘴，深为叹服。长山道："你只顾看摺子，横竖把饿也忘了。"玉吉听了此话，猛狐丁②的闹了一怔，看见满桌上放著杯盘菜碗，才知是已经开饭了。又见店伙计送汤送饭的来回伺候，遂向长山道："你先吃你的。此时我吃不下去，等一会饿了再说。"长山笑着道："无论什么事，也不至不吃饭呀。我已经等了半天，菜饭已经凉了。虽然天热，毕竟吃了凉的，必要受病，乐得的不趁热吃呢？"说着，提了酒壶，便与玉吉斟酒，又笑道："酒要少吃，事要别急。好在已经是定案了，你就坦坦实实的养静，管保什么事他没有。"玉吉道："我不是不吃，实在是吃不下去。"说著，把摺子揭开，翻覆着细看一遍，转身问长山道："摺子是谁拟的？这样巧妙，闹了二三年的麻烦。他以世情变幻，往往有人不可测数字，包括了结，真是好文章。"长山道："你知道作者是谁？就是修订法律大臣沈家本。法部大理院因为这件案子

---

① 倘：倘。
② 猛狐丁："狐"应为"孤"之误。猛孤丁，即猛然间，突然的意思。

无法拟罪,久悬不决,也不像事;冒然定罪,也不像事。如今永远监禁,合算把此案存疑,容把案情访实,再行定拟。"玉吉点头道:"是了。"随把摺本放下,坐在一旁发怔。

长山也不顾答理他,只去喝酒。玉吉直著两眼,脸上白了一阵,黄了一阵,问不得此时此际有何等伤心了。直待王长山吃过晚饭,方才扭过头来问道:"此时我没了主意,王兄有什么高见?替我出个办法。"长山道:"这也奇了。事已至此,叫我出什么主意?我是作什么的,你难道还不知道吗?"玉吉听到此处,吓得发了慌。想著定案原奏,本是姑且存疑、容待探访的意思。今长山约我进京,必是送我到部了。想到此处,由不得嗳呀一声道:"王哥,你是我知己的朋友。我与春阿氏实在情形,但恐你知道不清。死了我原不要紧,可怜那阿氏名节,亦从此扫地了。"长山冷笑道:"别的不说,究竟此案原凶,是你不是?"玉吉道:"是呀!"长山道:"既是你,便不算屈。俗语说,杀人偿命,欠债还钱。自要我访的确,就不算屈枉人。"玉吉听到此处,发慌了,忙说道:"是我却是我。只是我的心,不是那样,你可知道不知道?"长山拍掌笑道:"你不要起急,我说的都是玩儿话。其实你的心理,我都知道。说一句简截话,我若不知道你,不怜悯这件事,我在天津地方,就把你送官了。"说著,把自己报告拿出来,笑嘻嘻的道:"实对你说,方才我出去,本来没事。算著我出去,你必闷得慌,故意把皮包忘下,叫你解闷。说一句放心的,如今法部里决不深究了。你与阿氏情形,人人都知道,人人都知道可怜。错非那样,还不能如此定案哩。这事你还不放心吗?"玉吉道:"不是我不放心。倒底你姓甚名谁?如今我还知道不清呢。我辈既称知己,何不真实姓名示我,叫我打闷葫芦①呢?"长山笑道:"这事没有什么。"说著把名片取出,递与玉吉,玉吉接过一看,就是方才那"张瑞珊"三字。玉吉道:"你既姓张,自今以后,我就不称你王兄了。"说罢,站起身来,深作一揖道:"活我之恩,生生世世的不能忘报。大哥不弃,情愿永结为异姓兄弟。倘有行事乖谬地方,愿受大哥的责罚。"说毕,就要下拜。瑞珊忙的搀扶,连说不敢。又听他说话的声音,很为凄惨,随又安慰一番,劝他吃了点东西,然后睡下。

次日清晨,忽有店伙计进来,回说有人来找,叫进一看,此人是仆役打扮,

---

① 打闷葫芦:比喻猜哑谜。

见了张、聂二人,请了个安,献上一个请帖、一个知单①来。瑞珊打开一看,却是项②慧甫、何砺寰二人请客,同座有左翼几个侦探,定于次日酉刻,假座元兴堂便章候驾。瑞珊看了一遍,先向店伙计要了笔砚,随在知单上写了"知"字,笑问来人道:"我在这里住著,昨日才来的,如何何大老爷、项③三老爷却知道这么清?"来人陪笑道:"上头遣派我来,我也不甚知道。"瑞珊点了点头,暗想慧甫等手眼这样灵敏,诚可钦佩,遂取名片一纸,交付来人,允许明日必去。来人答应着去了。

这里瑞珊心里本想为春阿氏一案,自己很为露脸,虽费了一年工夫,然能把极难解决的疑案访查明白了,自然是扬眉吐气,兴兴头头的。想着砺寰等虽为侦探,毕竟于侦探学上实欠研究,果真要独具只眼,岂有本京本地出了这宗疑案不去下手的道理?倒底是程度低微,合该我姓张的享名,出人头地。想到此处,心里愈发的高兴起来。到了次日下午,慌忙着换了衣服,留著玉吉看家,自己雇了人力车,直往元兴堂一路而来。

是时项④慧甫、何砺寰、黄增元等,皆已来到,望见瑞珊进来,齐起欢迎,各道契阔。又赞美张瑞珊聪明睿智,足可与福尔摩的名姓同传了。说着,有堂倌过来,回说谢老爷来了。众人回头一看,此人有三旬以外,面色微黄,鼻端架着眼镜,穿一件竹色灰官纱大衫,足下两只官缎靴,进门见了众人,挨次见礼。砺寰道:"二位不认识罢?"那人听了此话,望著瑞珊发楞。慧甫道:"这就是大立人儿家张瑞珊,这是大律学家谢真卿。"两人相顾失笑,彼此请了个安,各道久仰。真卿笑道:"什么叫立人儿家?慧甫可真会取笑。"说的增元等亦都笑了。砺寰道:"作我们这行儿的,若真是呆如木鸡,可不同立人儿一样么?"增元亦笑道:"什么叫立人儿不立人儿,自要挣站人儿,就算立人儿。"这一句话,引得瑞珊等越发笑了。大家一面凑趣,彼此让坐。

堂倌把桌面儿换好,安放杯箸,随著便接二连三摆上菜来。砺寰提起酒壶,先向瑞珊斟酒,笑嘻嘻的道:"我们一为洗尘,二为讨教。请把调查玉吉种

---

① 知单:通知客人的请柬,上面注明日期、地点等,被通知者需在上面签写"知"字,并交来人带回,故名"知单"。
② 底本作"顷"。
③ 底本作"顷"。
④ 底本作"顷"。

种手续,细细的对我们说明,我们增些学问,长些阅历。"瑞珊不待说完,站起陪笑道:"砺寰哥,你若当着众人这样希落①我,可未免下不去。"慧甫道:"砺寰也不是打趣。我们为著此案,很费研究,虽知是玉吉所害,可是连玉吉的踪影,都没找着。那日我在局里,听说你的报告,很以为奇。昨天车站上又有报告,说是你老先生,同著个年纪很轻、面色很白的一个书生,一同下了火车,住了栈房了。我想你来京住所,没有别处,一定是谦安栈,所以才下帖请你。不管这案了定了没定,所为跟你打听打听,毕竟这个玉吉是个何等人物,春阿氏这样护庇他?"增元亦笑道:"你们先喝酒。若这们长篇大套的一说,饭也就不用吃了。"说著,斟酒布菜。大家又要了些随意的菜品,一面喝酒,一面说话儿。

瑞珊把天津探访种种的手续述说一遍。砺寰道:"别的不说,请问这内中情形,你怎么调查的这样的确?我们止知玉吉因为妒奸而起。又听外人说,阿氏在家里时候,很不正经,外号叫什么小洋人儿。如今听你一说,居然春阿氏是个贞节可风、既殉情又要殉夫的奇女子了。"瑞珊道:"谁说不是?当时那小洋人的别号,也有原因。因为草厂住户有个纨袴②子名叫张锷的。此人淫佚无度,放荡已极,家里三房五妾,犹不足兴③。一日由阿氏门前经过,看见阿氏很美,曾托姓贾的媒婆前去题亲。阿氏的母亲知道张锷的为人,直意不给。贾婆儿是贪了酬谢,无以覆命。一日与玉吉家的梁妈相遇于途,谈起两家的事来。他是贼人心多,想着当初玉吉既与春阿氏同院居住,必是春阿氏素日不正,灯前月下,与玉吉有了毛病。想到此处,正好用这些话回覆张锷。所以自春英一死,出了无数谣言。小弟揣情度理,未始不由于此。"

众人听了此话,俱各鼓掌,说老先生真个神圣,这样细致,怎么调查来着?慧甫道:"这事我又不明白,既然春阿氏、玉吉都是正人,杀机又由何而起呢?"瑞珊道:"告诉诸位说,我为这件事用心很大。中国的风俗习惯,男女之间,缚于古先遗训,除去夫妇之外,无论是如何至亲,男女亦不许有情爱。平居无事,则隔绝壅遏,不使相知。其实又隔绝不了,比如有某男子爱慕某家女子,或某家女子爱慕某家男子,则戚友非之,乡里以为不耻。春阿氏一案,就坏在此处

---

① 希落:奚落。
② 纨袴:纨绔。
③ 足兴:满足。

了。玉吉因阿氏已嫁，心里的希望早已消灭。只盼阿氏出嫁，遇个得意的丈夫。谁想他所事非偶，所受种种苦楚，恰与玉吉心里素日心香祷盼的是个反面儿。请想玉吉心里那里忍受得住？慢说是玉吉为人那等朴厚，就是路见不平的人，也是难受呕。"说著，揉揉眼睛，几乎掉下泪来。真卿、砺寰等也都赞息不止。

  增元道："这是从何说起？没事在戏台底下，掉些眼泪，这不闲着没事替古人担忧吗？"说著，把酒壶提过，又要斟酒，砺寰拦住道："你不用瞎张罗，听听瑞珊的侦探案，你也长点儿学问，别这么不求甚解，没事乱哄嚷。你以为探访局里专指着买个眼线、卧底抄烟馆呢。"说的大家亦笑了。慧甫道："别乱吵，先请张老兄说点儿要紧的。究竟大理院定案，张老兄以为公不公？"瑞珊道："有什么不公？这样疑案，舍去监禁候质之外，有什么法子呢？总之中国习惯，侦案是缉捕盗贼，要作裁判佐证，是万万兴不开的。"砺寰点头称赞道："是极是极。我们因为此案，费了很多手续，日夜研究。张兄所调查的张锷、梁妈、贾婆子等等，我们也调查过，只不如张兄这样细切。一来是学识不足，二来也扫了点儿兴。上司对于此事，不甚注意，我们也实在没工夫。不然，无论如何，也可以帮点儿忙啊。"真卿磕著瓜子，笑嘻嘻的道："这们半日，我没敢说话。咱们空费精神，没见过玉吉什么神气。虽然法部里不欲深究，我们借瑞翁的光，倒是开开眼界呀。"一句话题醒了慧甫，立逼著瑞珊写信，打发轿车去接。瑞珊以天晚为辞，慧甫那里肯听，不容分说，自己便替著写了。谁知去了半日，车夫独自回来，回说谦安栈中，连玉吉的踪影全都见不著了。瑞珊等一惊非小。要知如何寻觅，且看下文分解。

第十七回　避弋鸟世外求仙　薄命人狱中绝粒

话说项慧甫打发车夫走后，仍与瑞珊闲谈，说起尸场里当日是如何光景来。瑞珊问真卿道："大哥在法部当差，住家又离著很近。阿氏的容貌如何，举动如何，大约著必然知道。像这样奇女子，我深以没见过为恨。真翁不弃，可略示梗概否？"真卿道："阿氏住在监里，著实可惨。前年与项慧甫看过一次。后来由审录司审讯，我又看过一次。那时正在九月底，阿氏穿著蓝布棉裤，两只福履鞋，乱发蓬松，形容枯槁，比上一次看时相差多多了。起初部里司狱，有个姓福的，因见阿氏情景实在可惨，跟提牢姓何名叫秦籐的，二人大发慈悲，每天以两饭一粥，送给阿氏。监里头的女牢头，也待他极好。山西司承审时，也很替他辩护。直至三十三年，归了大理院，全都没受什么罪孽。一来他为人和厚，二来这案子里很屈枉，所以连法部带大理院，没有一个人不护庇他的。过院之后，正卿沈家本、少卿刘若曾，全极注意。后来把范氏、普云二人补传到院，拷问了三四个月，均无口供。还是阿氏上堂，证明他们二人此案无罪，然后才取保释放的。当时堂上问他，说你把他们保出去，没有他们的事，那么杀人的凶手究竟是谁呢。阿氏回说是丈夫已死，我亦不愿活著，只求一死。连问了多少次，都是这话。急得沈正卿亲自提审，问到归期，始终也都是这话。沈正卿无可如何，只得暂且下狱，听候审讯，一面与法部堂官绍仁亭等商量，再给各侦探家去信，调查此案的原委。此案连前带后，自光绪三十二年，直到而今。部院里审讯阿氏，皆极严蜜①。除有他母亲德氏，常常往监里送钱。其余的阿氏戚友，一概都不许见面。好算前些日子，定案把阿氏送部永远监禁了。闻说现在阿氏，已经混上伙计了，大概如今景况还须好些。若像当初北所，虱子臭

---

① 蜜：密。

虫那样多,犯人疥癣那样烈害,恐怕那如花似玉的美人,早已就熬煎死了。"说着,蹙眉裂嘴,很替阿氏难过。

瑞珊亦点头赞叹,太息不止。慧甫道:"倒底官场人,偏向著官场说话,他真给法部贴靴①。"说罢,嗤嗤而笑。众人都不解何事。慧甫道:"你们没听说么?他说南衙门监狱,自改名法部后,很是干净,这不是瞪眼冤人吗?"一句引得瑞珊等全都笑了。真卿道:"不是我遮饰。现在监狱里实在好多了,比起从先监狱,强有百倍。如何你说我贴靴?"慧甫摇手道:"得了得了。你是知其外,不察其内。你又没坐过狱,如何知道不肮脏?"两人越说越拧。慧甫说:"你不用抬死杠。过日②你细去看看,如果不肮脏,你叫我怎样,我便怎么样。"两人说话声音越来越高。增元拿着筷子,只顾与瑞珊说话,不堤防旁边慧甫猛然一拍桌子,拍的一声,把增元手中筷子碰掉地下。增元吓得一跳,回头见慧甫、真卿两人还是你争我论,那里吵嘴呢,引得砺寰等俱各失笑。

增元叫了堂倌,换了筷子,忽见车夫回来,回说谦安栈里聂老爷没在家。栈房里找了半天,不知上那里去了。慧甫忙问道:"没叫他们外处找找去吗?"车夫回道:"外处也找了。伙计说,聂老爷出去,没有准地方。及至③有个地方,店里也不甚知道,所以我赶著回来了。"瑞珊听了此话,哈哈笑道:"果不出我之所料。你们也不用见了,大概也见不著了。"众人惊问道:"什么事见不着了?"瑞珊道:"诸位不知道。"随把昨日出去如何把皮包放下、故意使他看见、今日有事出来故意给他个工夫叫他远走的话,细述一遍。众人都点头称赞,佩服瑞珊的高见。砺寰道:"瑞哥的识见,我们钦佩之至。只是案子也完了,何苦又让他远走?走不走的,有什么关系呢?"

瑞珊道:"诸位不知,我有我的道理。以京城人物说,除去你们几位,是我素所钦仰佩服之至的。至于别的机关,我简直没看起。当日此案发现,我到京里来调查的时候,看见报纸揭载,听了社会的舆论,那时我的心里十分的不明白,当时没敢说话,拜了回乌翼尉,见了回宫道仁,探明了玉吉逃走,我赶紧就走了。"慧甫道:"这也奇怪。玉吉逃走,先生有何见的,知道他必在天津?"瑞珊

---

① 贴靴:吹捧、奉承他人。
② 过日:过几日,以后。
③ 及至:即使。

道:"这件事极容易明白。你要知道玉吉为人,是个有情有义的男子。慢你是姊妹情重以致杀的春英,就是妒奸行凶的人,他与春阿氏既然有情,临到弃凶逃走时,那一缕情丝也是不能断的,一定在交通地方探听阿氏消息,以定行止。所以调查已毕,即知玉吉出去,不在通州保定,便在天津,不然就在京城附近,决意不能远去的。当时我出过安定门,到过玉吉家的茔地。"说到此处,自己斟了碗茶。砺寰与增元诸人,全都点头称赞,暗服瑞珊的细心。真卿亦听得楞了。

　　瑞珊道:"聂家看坟茔的人,名叫聂生,此人有四十来岁,貌极忠厚。据他说玉吉在他家里,除去念书,便是写字。那时我记写过他的诗,句句都极沉痛,另外有两句十四字,凑成一联,大概是最得意的诗句子,字字都对得很工,上句是'此生莫种相思草',下句是'来世①当为姊妹花'。像这样清而且丽的句子,足可见他与阿氏两人,纯乎是姊妹之情,决没有不清的地方。当时我佩服之至,恨不得即时就见了此人,方才痛快。谁想到天助成功,居然在天津地方看了一幅对联,写的是一笔王字②,对文是'欲残秋蝶浑无梦,抵死春蚕尚有丝。下款落的是'忏庵主人'。'当时我纳闷的了不得,何故这忏庵主人专写这宗对文呢?寻来寻去,此人就住在隔壁,恰是玉吉,你道这事情奇不奇?"说着,穿好衣服,又对众人道:"明日上午,我打算约著慧甫,先到乌翼尉家里问他探访的什么情形,咱们几下里合在一处,若果情形相同,我们打一报告,省得疑案久悬,致使外国人看我不起。"众人又极口称赞道:"很好很好。二位若明天去,我们后天晚上,仍在这里见面。"砺寰道:"不妨多约几个人,我们热闹一天。别管案定的怎么样,我们侦探了会子,大家听明原委,心里也痛快痛快。"说着,走出元兴堂。真卿的轿车已在门前等候,大家拱手而散。约准明日上午,瑞珊与慧甫二人去拜乌翼尉。

　　瑞珊回到栈房,知道聂玉吉已无踪迹,问了问店伙计聂老爷什么时候走的,店伙计回道:"约有七八点钟便出去了,临行并未留话。伙计们一瞧,门儿敞着哩,忙的给锁上了。"瑞珊点点头,不甚为意,想着玉吉为人,极其古怪,虽未留话,想必在屋里案上留下信简,或在墙壁上留几行字,断不能飘然而去的。不想进到屋里,寻找半日,慢说字帖儿,就是一丝痕迹,全都没有,遂不免纳闷

---

① 底本作"时"。
② 王字:晋代书法家王羲之的字体。

道:"事也奇怪,莫非他并未远走,寻个清僻地方,寻死去了不成?"此时欲待去找,又无方法找。有心要求著慧甫帮忙访一访,却又不好开口。自己想了半日,转又自慰道:"我既放了他去,何苦又去追寻他。及至找回来,亦已无益,不如放他远去,或叫他殉情死了,倒也干净。"想到这里,不免替着玉吉反倒为难起来。因此一夜工夫,不曾安睡。

次日清晨早起,出院散步,忽有店伙计来回,说门外有人来访,此人在三十以外,相貌魁梧,说话的声音很亮,现在柜房里打听你老人家呢。瑞珊听了,不知是谁,正欲出去接待,又见一个店伙计陪进一个人来,果然是身材雄壮,嗓音很高,远望著瑞珊嚷道:"瑞珊哥你一夜没睡罢?"瑞珊仔细一看,却是市隐,随著见礼问好,又陪笑答道:"果然我一夜没睡。你老先生,何以这么高眼,莫非要学学福尔摩斯吗?"两人一面说笑,进屋落坐。

瑞珊道:"昨日你睡得好晚,如何却起得这般早?"市隐惊异道:"怪得很,我睡的早晚,你怎么知道的?"瑞珊笑道:"阁下刚①一进门,先以冷言刺我,不得不以此而答。昨日你睡得不晚,不能与慧甫见面,不见慧甫,你焉能来到这里?我这是据理推测,究实确否,倒请你说我听听。"市隐点头称道:"果然不错,倒底是侦探学家,别具双眼。"说着,取出纸烟,两人吸烟饮茶。市隐把昨日晚上如何通见慧甫,听说你到京来已将玉吉访明的话,细述一遍。又打听如今玉吉那里去了,又问项慧甫什么时候来。瑞珊一一答对。市隐道:"西洋侦探,倒底比中国强。此事在外国境界,早已就访明判决啦,岂有因为一件事搁起好几年的?幸亏遇见了你,不然一辈子糊涂案,只知春阿氏冤,不知为什么冤。只知盖九城有嫌疑,究不清有什么嫌疑。你这么一来,合算把三四年来的疑窦满给剖解明白了,真是功德不小。"瑞珊笑道:"论功我不敢居。像这样希奇古怪的事,倒可以长点知识,不过这场事情,若与普通一般人说,他们未必了然。按着中国习俗,一男一女,从来就不许有感情。除去夫妇之外,若男子爱女子,女子爱男子,就算越礼。其实爱与爱,原有不同,像这玉吉、阿氏之爱,那真是出于志诚,断不是寻常男女所讲的爱情可比。不知这内中真像,你老先生知不知道?"

市隐道:"我知的不甚详细。今听你这么一说,我已经了然啦。早先我很

---

① 底本作"刪"。

第十七回　避弋鸟世外求仙　薄命人狱中绝粒　193

是纳闷,看着阿氏神色,很是可怪。虽不是杀人原凶,一定是知情不举。当日与慧甫、原淡然,并秋水、谢真卿诸人,我们时常研究。若说普云与范氏所害,我想被阿氏看见,一定要声嚷。若说在厨房里,先把阿氏打倒,抬入水缸之后,然后才害的春英,这话又有些不对。一来工夫很大,阿氏在水缸里,不能不死。二来文光醒来,亦决不致不知道。若果真是范氏害的,阿氏也不自认。这都是可疑之点,今听你这一说,阿氏头上胁下的伤痕,原来是玉吉打的。凶器的所在,原来是凶手放的。茅厕的板凳,原来是凶手挪的。这么看起来,你费的这份心,可实在不小。那么起祸的根由,又始于何日呢?"

瑞珊太息道:"说来话儿很长。若论起祸的根由,就让阿氏的母亲,全都不能知道。到德氏知道时候,事情已经完了。"市隐怪问道:"何以见得呢?"瑞珊道:"阿氏用剪子寻死的故事,你知不知道?"市隐道:"知道,知道。我听一个人说,阿氏出阁的那天,暗在轿子里带著一把剪子,大概没死的原因,就因为娶的那日,没同玉吉见着。后来住对月回家,见了玉吉,大概还麻烦一回。详细情形,我就不得而知了。"瑞珊摇首道:"不对,不对。依阁下这么说,玉吉、阿氏二人,还是因奸不愤,谋杀本夫了。"市隐道:"那么起祸于何时?用剪子寻死,又在何日呢?"

瑞珊道:"起祸在玉吉父母未死之前。自从德氏悔婚,祸根子就算伏下了。可怜这十七岁的女子,又要顾名,又要顾义。母亲之命,又不敢违。弟兄之情,又不敢忘。你道那阿氏心里,如何难过?不过中国风俗,在家庭父母之间,很是奇怪,若真能依照古礼,限制男女交际,亦还罢了。偏偏我国风俗,都是贼走了关门的多。小时候无猜无忌,只任儿女们一处游嬉,还不要紧;到得十五六岁,儿女智识已开,很应该加点限制,才算合礼。而中国限制法,向止限制外人,于亲戚故旧里面,从不小心。父母心里,只合《红楼梦》上那邢、王两夫人一样,以为至近子女,不是外人。那知袭人有话,人大心大,保不定有点意思。按理像这宗家法,既然是始而不慎,演成贾宝玉与黛玉的情形,就应该察其心理,成其恩爱,才合道理。一来林黛玉不至于死,二来贾宝玉也不至当和尚。像这样绝好的姻缘,作人父母的人,何妨就成全成全呢?偏偏中国礼法,不是那样,向来以意气用事的多,不顾轻重,不顾利害,大半以王熙凤的主张为然。看儿女这样心意,未免有悖于礼,遂不免大发雷霆,日加束缚。其实那相思种子,早种在儿女心里,再欲拔除,已是不容易的事了,怎么办呢?只得以使性子动压力,心里存一个偏不能如他愿的念头,早早儿给个婆家,想着女大心大,希望就算达到了。这就是普通人民家庭对于儿女的办法。遇着温顺女子,只得信命由天,听从父母之命,落一个哭一阵喊一阵,勉强到了婆家,就算完了。若遇这婆家阔绰,一切如心,或是女婿才貌,果与向日所望,相差不远,犹可以移转脑筋,徐徐的改变。若遇个蠢笨愚顽、龌龊不堪的男子,婆家再没个后成,举目一看,正与向日所望,成了反面。请问这女儿心理,如何禁受得住?轻者要抑郁成病,憋出胃病肝疯来,重一重就许闹是非。果能像阿氏这样清洁,这样孝顺,这样的崇礼尚义,我恐其很难得呢。"说着赞叹不已,又把向日玉吉所写的字画诗句拿了出来。两人一面赏玩,一面夸奖。

　　正在折卷之际,猛听窗纸外一人喊道:"你们只顾说话,把肚子也忘了罢。"说着启门而入。二人猛吓一跳,回头一看,却是项慧甫。二人忙的让坐,唤人沏茶。慧甫道:"沏茶不沏茶,倒是末节。天已经上午歪①了,咱们吃点什么,进城访乌恪谨去,倒是要紧的事。"说著,便令伙计出去叫饭。三人把早饭吃过,看看身边时计,正正指到两点。三人雇了人力车,迳往东四牌楼六条胡同而来。

　　一路上马龙车水,京城的繁华景况,不肖细述。工夫不大,顺著马路两旁的槐风树柳影,已来到乌宅门首。三人投了名刺,仆人进去回了,站在二门内,说一声"请",三人谦逊一回,款步而入。只见跟班的瑞二迎出来笑道:"三位老爷驾到,我们门房里拦驾了么?"慧甫等听了此话,不解何故,更不知怎么答对。市隐笑答道:"门房那里敢拦?横竖你们老爷,又问来著罢?"瑞二答应声者,走近三人面前,深深的请了安,闹得慧甫、瑞珊很是惊异。市隐道:"你们不知道,向例②这宅里规矩,凡属至亲至友来到这里,不准门房阻难。自要是交情深厚③,便可以直捣黄龙府,一直的进去,不必等门房儿回事。这是乌恪谨待人优厚、惟恐仆人们得罪亲友的法令,你们倒不必多疑。"刚说到此,乌公亦迎了出来,彼此见了礼,各道契阔。乌公道:"三位光降,何必叫门上回呢?我们这样交情,断不用虚理为客套。"说着眼望着瑞二,恶恶的瞪了一眼,嗔怪他迎的

---

① 上午歪:天已过正午,一般写作"晌午歪"。
② 向例:向来,历来。
③ 底本作"何"。

忒慢了。瑞二垂手侍立,不敢少动。瑞珊等一面走着,见乌公这样正直,直这样真切,不禁肃然起敬,深深佩服,倒替瑞二等说些好话,方才罢了。四人来到书房,谦逊让坐。市隐一面让坐,惟恐乌公心里看着厌烦,随笑道:"咱们倒不必拘泥,恪谨是最怕客套的。"瑞珊亦笑道:"我们于礼节,也是疏忽,这样倒好。"说着,瑞二倒上茶来,叙了会别的闲话。

乌公道:"阿氏杀夫一案,已经入奏了,不知瑞珊、慧甫两兄看见没有?"瑞珊等笑道:"看见了,案定也还正当。只是内中情形,不知乌恪翁调查了没有?我们今日来拜,正欲向阁下请教。闻得贵翼侦探很称得手,不知是怎么访的?"乌公听了此话,知是瑞珊等已把案情访明,来此要希落自己,乃冷笑两声道:"二位是有名侦探家,访得案中情形,必当详细。我们翼里兵丁,一来没学问,二来没见识,何能称为侦探,焉能算是得手呢?小弟访查此案,只知范氏、普二本来不正,阿氏在家的时候,亦不正派,所以案发之后,事情是难办极啦。我听市隐兄说,二位因著此事,很费脑力,费了一年多的手续,调查的必极详细,何妨把内中情形指教指教我呢?"慧甫道:"恪翁说那里话来。我们调查此案,大略与贵翼相同。今日与瑞珊来拜,正欲向阁下讨教,我们设一方法,别叫法部里久悬着这一案。"市隐亦插言道:"瑞珊的心思很细,称得起一等侦探,头把交椅的福尔摩斯。如今在天津地方,他已将原凶玉吉访明拿获,解到城里头来了。"

乌公道:"哦,玉吉是什么人?他与这一案里又有什么关系?我怎么不知道呢?"听了瑞珊此话①,知道乌恪谨必不知道,登时在眉尖眼角现出得意之色,冷笑两声道:"不怪恪翁不知道,大约除我之外,没有第二人知道。"于是把前年进京,如何在各处采访,如何与梁妈、惠儿相见,如何向丽格、张锷并贾婆等搜问的话,细述一遍。市隐道:"这不足奇。要紧把玉吉的事情细同恪谨说说。你们有责任的人,彼此同了意,也好报告法部,免得秃头文章,永没有定谳的日子。"乌珍亦笑道:"您把玉吉的相貌及当日起祸的缘由,告诉告诉我,我也开开耳界。"说著,便叫瑞二张罗茶水,四人凑在一张桌上,或吸烟,或饮茶。

瑞珊把天津店里访准玉吉踪迹,如何隔店同居,如何与他交接的话,从头至尾,及如何进京,如何把玉吉放走的话,细述一遍。乌公道:"既是把玉吉带

---

① 底本作"听了瑞珊此话"。

来,何必又放他走呢?大料这玉吉一走,万无生理①,您没去访访去吗?"瑞珊道:"访也无益,慢说一去无踪,就是访出踪迹来,又该当怎么办呢?"乌公道:"这又奇了。既说是合在一处,去向法部声明。难道报告上去,有失了正凶的理么?"这一句话,问的瑞珊等目定口呆,半晌答不出言来。市隐道:"是呀,如此该怎么办呢?"瑞珊搔首道:"这也不难,自要法部里尊重人道,断不忍再追原凶。"乌公笑着摇头道:"断无此理。果然法部里不追原凶,不另定案,我们又上此报告,能有什么用呢?若依兄弟的拙见,此案结果最好也不过如此。我们既尊重人道,安见得法部人员不是尊重人道呢?我们有若多不肯,难道法部承审人员就没有碍难②吗?再者天下的事情,若论法按律,就没有讲道德与不讲道德的解说。若对聂玉吉尊重人道主义,不忍按奸夫论拟,莫非春英之死,就算是该死了吗?此案定案时,兄弟到知道八九。当时沈大人、绍大人、戴大人以及定振平、善芝樵、崇秋圃、蔡硕甫、宫道仁,并法部律学馆诸人,全都因为此案很费研究,不但过部后,这般人看到这样,就是敝衙门承审过此案的,钟彦三诸公,也都知是异怪③。不过阿氏到官,供认是自己所杀不讳,此事就无法可办了。后来报纸上很说闲话,看着司法衙门如此黑暗,一件疑案居然费这么大周折,又不公开审判堂,又不采取舆论,每遇审案时,用刑跪锁,异常严谨,不叫外处人知道消息,这不是暗无天日吗?岂知审案人员虽然是不学无术,而于审判经验上,不见得毫无见识。犯人到堂,差不多总露马脚。一来是人怕亏心,通俗说当堂有神,就让是杀人凶犯,滚了马的强盗,自要是一朝犯案,到了公堂上,不用他嘴里招供,从他脸上气色就可以看出来了。大概审过案的,全都明白。此案见阿氏到堂,很是慌恐,问他十五句,只答一句。不说是自己误杀,便说受婆母气,不然则眼泪婆娑,自叹命苦。再不然,说是此生此世清清白白,既然丈夫已死,自己也不愿活了,今请三公明鉴。似乎这一些话,虽然坐在座上,没有侦探报告,试问承审人员,心里明白不明白?不必调查,只从这几句话里,就可以揣明情形了。"

市隐道:"这也不然。当初你审问此案时,我曾在座。不仅是我一人,还有

---

① 底本作"万望生理"。
② 碍难:困难,障碍。
③ 异怪:怪异。

第十七回　避弋鸟世外求仙　薄命人狱中绝粒

闻秋水,并鹤、普二公,协尉福君等在座。那时是什么心理?怎么一见阿氏,都说他冤枉呢?"乌公笑了笑道:"那是你说他冤枉,那时我只知调查,不敢公然为阿氏冤。我问你一件事,你能记得否?"说着,走向案前,翻了本日记来,随手递给市隐,又笑着道:"我为这件事,受了无数闲气。当时也不敢辩正,及至辩正,也仿佛无甚滋味,不如等水落石出,人人都明白了,然后再说。你瞧瞧这几页。"随手便揭开日记,一一指与市隐。瑞珊、慧甫二人亦凑近观看。上面一行一行都是春阿氏一案乌公亲手的日记;也有探兵钰福报告此案的原呈;也有往来文牍,均有乌公注语,句句都可哀可恸,全是伤心风俗,说婚嫁不良,致生种种患害的话。又翻一页,上写着"聂玉吉"三字,下有玉吉父母姓氏以及前后迁移的地址。

瑞珊看了,不胜惊异,又看下注赞语云:"聂者,孽也。"瑞珊看到此处,方知乌公早把此案原凶调查清晰了,因问道:"恪谨可有些下不去。我们把此案查明,诚心敬意的来此报告,你如何明知玉吉,却又隐瞒不说呢?"乌公陪笑道:"瑞翁不要见怪,我恐其所探不实,所以未敢吐露。今听你这么一说,原来几方面的结果都是一样,我才敢拿来现丑。"说罢,哈哈大笑,闹得瑞珊脸上很是难过。可见为人作事,不可不详慎,更不可自矜自信,心存看不起人的思想。此时张瑞珊不言不笑,自己瞒怨自己,悔不该扬扬得意①,先向乌翼尉夸口。幸亏都是故友不拘形迹的交情,倘若外人在此,岂不令人窃笑?孔子说,德不孤必有邻。真应了俗谚所说"能人背后有能人"了,因又责问道:"恪谨,这真是你的不对。你怎么早不说?"市隐亦惊异道:"这事很奇怪。恪谨,你听谁说的?我看这日记上很是详细。怎么我时常到这里来②,从来你未题一字?"乌公道:"题这有什么用处?好罢歹罢,案子已经完了。法部大理院,连提督衙门跟本翼,都明明知是玉吉,只是犯妇口里不认有其人,更不认有其事,受尽了多少刑罚,他只说情愿抵命,咱们又有什么法子?可惜这个女子,因为母也不谅,闹到这步光景,如今有满腹冤枉,无处分诉。还不如春英死后投入水缸里,那时就死了呢。如今受了这二年罪,生不得生,死不得死,你说他那心里,该当怎么难受哇?"一面说,一面嗟叹不已,太息中国陋俗,不该于儿女婚姻这般草切。

---

① 扬扬得意:洋洋得意。
② 底本作"这到里来"。

瑞珊亦叹道："此类事情，没有法子，天生是一对可怜虫，不能不生生世世叫人怜惜他。若真是美满姻缘，双双的白头到老，我想倒是平平常常，没有什么滋味了。"说着，又题起玉吉当日在天津店里如何犯牢骚，偶然给旁人写幅对字，都是太常斋①的滋味。市隐道："这也不能怪他。言为心之声，不平则鸣，也是世间常事。但不知玉吉心里，究竟于阿氏身上，还是姊妹的关系，还是夫妇的关系呢？依照瑞珊所说，玉吉为人，竟是个痴情男子。恪谨所说阿氏亦可谓痴情女子了。"瑞珊道："这也不然。玉吉的心事，虽然他没同我说过，然看其平素，决不是恣情放荡的男子。相貌正直，话言沉静，我敢一言断定，他与阿氏两人，一定是姊妹关系，决没有意外之想。"市隐刚欲说话，慧甫先摇头道："这话我有些不信。他若是姊妹②情重，何以他胞妹蕙儿，他竟自置之不顾呢？他若是姊妹情重，如今又犯什么牢骚呢？简断截说，一言以蔽，就是婚姻的仇愤。"

瑞珊道："不然，不然，你的见识，还是普通一般人的议论。要论这两人感情，非具远大眼光，认明这两个冤家都是非常人，细想他设身处地都是什么情景，再去体验他平素品行合交际上的道义，然后才可以论定。若被你一言抹煞，这对可怜虫，真是冤枉冤哉。"慧甫道："你真会替人遮饰。依你这么议论，玉吉合阿氏两人，都是绝对的好人，仿佛他母亲德氏，倒是个起祸的根苗了。"瑞珊道："这也不然。德氏为人，极为耿直。在家教育儿女，又极严厉。按理这宗事情原不能有，这也是不巧不成书。偏偏阿氏过门，遇见个愚蠢男子，杂乱家庭。但凡他忍得下去，我想春阿氏那样孝母，那样的温柔和顺，别管怎么样，也就认命听天啦。玉吉也不致动气，事情也闹不出来。将来再生儿育女，更把以前的奢望抛在九霄云外了。慢说他母亲不知道，春英不知道，就是春阿氏心里，也不过自怨自艾，念念那'此生未种相思草，来世当为姊妹花'的句子。别的不说，你看《红楼梦》上，花袭人出嫁蒋玉函，种种不得已的地方，还不是这样么？不过那么一来，也没有这样事，也没有这样案。阿氏、玉吉两人，也都是平常人，不值当这么调查了。"

---

① 太常斋：《后汉书·儒林传下·周泽》载，周泽为太常，常卧疾斋宫，其妻前往窥问所苦。周泽大怒，以妻干犯斋禁，送诏狱谢罪。李白有诗《赠内子》："虽为李白妇，何异太常妻"。后世常用"太常斋"借指清冷孤寂的生活。

② 底本作"妹姊"。

第十七回　避弋鸟世外求仙　薄命人狱中绝粒

慧甫道："若依你这么说……"刚说这一句话，忽见瑞二进来，站在乌公面前，悄声回道："福大老爷求见。"乌公说一声"请"，站起向慧甫说道："三位在这里说话，我问问他什么事情。"话未说完，又听电铃儿当啷乱响，乌公摘下耳机，正欲说话儿，福寿亦已掀帘进来，因与市隐熟识，先向市隐请安，叙了会俗套闲话儿。乌公放下耳机，问福寿有什么事情，福寿回道："方才得了消息，说春阿氏监禁狱里，现染了一身潮疥，又因时令不正，狱里闹瘟疫，阿氏亦得了传染病了。至今四五天的工夫，水米俱不曾进，大概要不永于人世了。"旁人听了此说，并无关系，在座诸人，都是因为此案煞费苦心的人，听说春阿氏在监染病，现已绝粒不食，不久要常辞人世的话，不出的闹了一楞。要知如何设法，且看下回分解。

第十八回　述案由归功翼尉　慰幽魂别筑佳城

　　话说协尉福寿，回说春阿氏现染瘟疫不久将死的话，众人吓了一愣。瑞珊道："可惜这一件事，如今玉吉也走了，阿氏又在狱要死，我这么南奔北跑，费力伤财，这是为什么许的呢？"慧甫道："你只知道你自己，不知旁人。那么市隐合我又算作什么吃的呢？"市隐道："你们不用寒心。反正这一切事情，我都知道，及至春阿氏死在监狱里，我也把前前后后、果果因因一件一件的记个日记。容日有了工夫，托嘱闻秋水编为说部，把内中苦绪幽情跟种种可疑之点细细的分解一回，作一个错误婚姻的警鉴，你们意下如何？"二人正自议论，乌公自外间过来道："事已如此，大概瑞珊的报告已经无效。我们翼里的报告，也就算白白的报告了。方才电话，有法部人告诉我说，该部堂宪都因为内中琐碎，全是婚姻不良以致如此，既是犯妇口里，并未供出谁来，也就不便深究了。实告瑞珊兄说，此案的原原本本，我都知道。起初玉吉一走，住在他家的茔地。本翼访明之后，即往侦察。适值聂玉吉已经远遁，兄弟又派人追赶，始知玉吉下落，住在天津北营门客店里头。其所以不能捕获的原因，也合瑞珊哥都是一样，不过报告上头，比著瑞珊哥有些把握。饶那么的确，法部还不忍办呢。何况你一点证据没有，把原犯已经放走，事情还有什么可办的呢？"

　　瑞珊听了此话，惊异的了不得，回想在天津店里，除我一人之外，无能侦探，难道我疏忽失神，被他们翼里侦探走在头里了不成？越想越纳闷儿。乌公坐在椅上，说的津津有味。瑞珊也无心去听，只恨自己疏神，不该叫他人探了去。不过事已至此，在津左翼侦探，我应该认识才对。岂有大名鼎鼎的福尔摩斯事迹被旁人窥破，自己倒入了闷葫芦的道理？越想越愧悔，当时把脸上颜色红晕了半日。

　　听市隐鼓掌道："恪谨真难为你。年余不见，我以为案过法部，你就不管了

第十八回　述案由归功翼尉　慰幽魂别筑佳城

呢。"乌公道："我的地面，岂有不管之理？可笑京城地方，只知新衙门好，旧衙门太腐败，那知道事在人为，有我在翼里一天，就叫翼里官人实力办事，亦不必仿照外洋，讲究浮面儿。先从骨子里下手，没什么办不到的事。再说西洋侦探，也不过细心调查，能够一见则明就是了。究实那调查手续，并不是纸上文章可以形容的。我以为中国侦探，只可惜没人作小说。果真要编出书来，一定比西洋侦探案不在少处。"慧甫道："那是诚然，中国事没有真是非，调查的怎么详细，也有些办不到的地方。因着办不到，谁也就不爱调查了。就拿这一案说罢，恪谨、瑞珊两兄费了这么些事，归期该怎么样，不过自己为难，自己知道。我同何砺寰、黄增元诸人，还算白饶。市隐与原淡然、闻秋水，也算白跑。事情是实在情形，不过在座的人，我们知道。"瑞珊唯唯而笑，不作一语，想著玉吉此去，形迹可怪。又想天津店里，并无侦探踪迹，此次玉吉出来，必被这里侦探拿获带翼了。不然，乌恪谨不能知道这么详细，因问恪谨道："恪谨哥不要瞒我，我想此时玉吉必在贵翼里收存着哩。恪哥若肯其明说，不妨把一切事实全对我们说说，这样交情，你还隐讳什么？难道我们几个人还去争功不成？"乌公道："不是那样说。我们素称知己，什么事亦不隐瞒。玉吉现在踪迹，我实在不知道。瑞珊要多心想我，那就不是交情了。我所知的玉吉踪迹，并非把玉吉拿获审问来的，实在是特派侦探调查来的。瑞珊哥不肯见信，你想想天津店里，有人侦探你没有，你便明白了。"瑞珊想了半日，想不出来，因笑道："恪谨哥不要瞒我，大概我的眼力，差不多的侦探瞒不过去。照你这样说，我成了废物了。这么大人，暗中有侦探查我，会不知道？你真拿傻子待我。"乌公道："我不是以傻子待你，你实在是颠顶吗？我同你打听一个人，你若知他名姓，便算不傻。"瑞珊笑道："除非不认识的人，我不知他名姓。自要相熟的人，岂有不知他姓名的道理？"乌公道："此人极熟，你就是不知姓名。"瑞珊道："何以见得呢？"

两人说话声音越来越重，引得市隐、慧甫也都笑个不住。忽见门帘一响，走进一人，年在三十左右，相貌魁梧，穿一件湖色春罗，两截大褂，足下两只缎靴，望见市隐在此，过来见礼。市隐问慧甫道："二位没见过吗？"慧甫道："没见过。"瑞珊笑道："这必是这里二哥，振静轩先生。"说著，凑近见礼。乌公向慧甫道："这是我们舍弟。"市隐道："他们也彼此很熟，只是并没见过。"瑞珊道："久仰得很，兄弟是殊亲慢友，常到京里来，我们真少亲近。"说着彼此让坐，照旧攀谈。述起玉吉事来，静轩又打听一回，不肖多赘。

瑞珊问乌公道："方才静轩进来，咱们说了个半语子话①，倒底你所说熟人，究竟是谁？"乌公笑道："你不要忙，今晚在舍下小酌，我细细告诉你。论你殊神的事，不止一件。"瑞珊道："倒底是谁？"乌公微微而笑，不作一语，半晌向静轩笑道："张瑞珊兄因为春阿氏一案，很费研究，调查的种种情形，皆极详细。"静轩笑道："是，我听市隐说过。"慧甫道："恪谨不必留饭，我们有点小事，少时就得回去，你把所说熟人先说给瑞珊，省得回到店里，他又犯死凿儿去。"市隐亦笑道："你说的是谁？你就赶紧说，何苦又叫他着急呢？"乌公摇摇头，仍是不肯，还是慧甫等再三讥劝，方才微微笑道："我说瑞珊颠顸，你们不信。我先问他一件事，他要答上来，便算他不傻不颠顸。"因问道："请问你天津北营门采访玉吉的下落，可知那玉吉所住之店店主人姓甚名谁么？"

瑞珊踌躇半晌，想了好半天，果然一时间想不起来，随笑道："知道是知道，只是这一时半刻想不出来。"乌公笑道："你不用瞒我。当初你没问过，如今你那能想去？慢说你不知道，大约合店的人也不知道。这话我说到这里，你明白不明白？"瑞珊不待说完，先拍掌笑起来。慧甫道："什么事这样笑？"瑞珊道："你们不知道，恪谨的心思学问，我实不如。"市隐发怔道："什么事你佩服到这样？"瑞珊道："果然是名不虚传。我们费尽苦心所得的详细情形，初以为除我之外，没有二人。那知道恪谨所知，比我还详细。"因拱手向乌公道："说到这里，你还得细细指教，店主人现在何处，求你给介绍一回，我们也亲近亲近。"市隐道："你们别说哑谜，究竟是怎么回事，说给我们大家听听。"乌公道："你们诸位别忙。我先问问瑞珊，倒底是颠顸不是？是傻不是？"瑞珊点了点头道："果然是我失神，只是你这样隐瞒着，未免对不起人。"乌公道："我却不是隐瞒。向来这类事情，别管办的怎么样，反正把职务尽到了，心也尽到了。既不居功，亦不逞能。这还咱们闲谈，若与外人相见，我是决不肯题的。"说着，便令瑞二等传唤厨役，预备酒饭。又备了两三分请帖，去请鹤、普二公，定于后日晚间，在自己舍下晚酌。

市隐等迟迟怔着，既见乌恪谨这般至诚，不便拘泥，只与振静轩凑着说话。慧甫等不大常来，听说预备晚饭，立刻就忙着要走。市隐笑拦道："你们别学闻秋水，恪谨也不是外人，这样至诚，咱们就不必拘泥。"静轩亦拦道："二位轻易

---

① 半语子话：说了一半的话，说话吞吞吐吐。

第十八回　述案由归功翼尉　慰幽魂别筑佳城

不来,乐得不多说一会话儿呢。"当下三言五语,闹得瑞珊等无话可说,只得住了。

一时酒菜齐备,让着瑞珊、慧甫二人坐了上座,市隐在次座相陪。乌公与静轩兄弟坐了末座。大家一面喝酒,一面叙些闲话儿。瑞珊是有事心急,因为玉吉一案,总愿意乌公说明,方才痛快,因笑道:"恪谨哥这样见外,闹得此时兄弟有话也不敢说了。来的时候,本想与阁下讨教。不想来到府上,只以酒食待我。真正要紧的话,偏自半吞半吐,不来指教,叫我倒十分难受。"一面说着,一面拦住乌公,不叫斟酒,笑嘻嘻的道:"请把店主人的姓名这就告诉我,我便吃酒。不然喝下酒去,亦要醉心。"乌公笑道:"你总是这样忙。实告你说,现在这一案,不必深题了。空说半天,案子也改变不了。反正凶手也走了,案子也定了。市隐说的好,咱们这一片苦心,只好把闻秋水约来,叫他作一部实事小说,替我们发挥发挥,也就完了。"瑞珊道:"小说作不作,我倒不在乎。只要我心里明白,立时就能够痛快。你说些半语子话,我真难过。"

乌公把酒壶放下道:"你不要急。北营门的店主人,是这里探兵德树堂的至亲,名叫程全。他在北营门地方,很是熟识。德树堂去了两次,托嘱他极力帮忙,偏巧聂玉吉到津就住在店里。别的光景,并无可疑,惟因他笔迹①相貌,颇与玉吉相似,故此多留了一分心。后来把德树堂约去,瞧了瞧,果然是他。当时求着玉吉,写了四幅屏条②,带到京来。你虽是那样细心,此处你并未留神。我知道天津地方,出不去你的掌握。特意叫德树堂等前去探听,谁想他们糊涂,并没见著什么,只说隔壁店里住着个王长山,很与玉吉相近。当时我听了这话,就知是你在那里。后来玉吉患病,你又那样至诚,又叫店主人留起玉吉的原信来。闻报之后,我更知道是你了。你想那小店儿主人,有几个慈心仗义的君子呀。错非我设法供济③,他岂肯那样热心? 即有热心,他的力量也恐其来不及呀。"说著提壶斟酒,笑对瑞珊道:"这事是死心坦地④,该当喝酒了吧。"瑞珊点头微笑,回想在津所见,果然与乌公所说前后相符,直仿佛霹雳一鸣,云雾尽散,把心里的一段疑团豁然醒悟。在座慧甫等,也把前前后后全都

---

① 底本作"纪"。
② 屏条:裱成条幅的书画,用来装饰壁面。
③ 供济:供给。
④ 死心坦地:死心塌地。

听明白了。原来左翼乌公对于这件事情如此细心,不禁拍案叫绝。

市隐提起酒壶,便与乌公斟酒,说道:"你这一场劳累,实在不小。错非你今天说明,我们还以为翼里官事,向来是因循腐败呢。"慧甫亦笑道:"人不说不知,改日得了机会,借着恪谨哥的面子,定要与贵翼侦探,常常的亲近亲近。"静轩道:"那个容易。只是这一般人,举动土俗,说话也不会转文。其实若办上真事,倒真有特别的地方。"说著斟酒布菜,几人一面说话儿,议论后天下午仍在这里晚饭,好与鹤、普二公及协尉福寿、闻秋水、原淡然、德树堂诸人相见的话。书从简断,瑞珊等吃过晚饭,洗手漱口已毕,告辞而回。定于后天晚上,全在此处聚会。一切的繁文琐事,不肖细述。

单言此时阿氏,自从大理院奏结之后,移交法部监狱,永远监禁。阿氏住在监里,不进饮食者数日。此时正瘟疫流行,狱内的犯人,不是生疮生疥的,便是疔疮腐烂臭味难闻的。又遇着天旱物燥,冷暖无常,一间房内,多至二十口人犯。对面是两张大床,床上铺著草帘子。每人有一件官被,大家乱挤著睡觉,那一分肮脏气味,不必说久日常住,就是偶然间闻一鼻子,也得受病。你望床上一看,黑洞洞乱摇乱动,如同蚂蚁打仗的一般。近看是虱子臭虫,成团树垒摆阵练操。嗳呀呀,什么叫地狱,这就是人世间的活地狱。所有狱中人犯,生疮生疥的也有,上吐下泻的也有,疟疾痢疾的也有。正应了:欲知前世因,今生受者是;欲知后世因,今生作者是。

可怜那如花似玉、甘为情殇的阿氏,因为母也不谅,自己又福命不齐,堕入狱中,难白于世。入狱之后,先生了满身湿疥。过无多日,因为时疫流行,染了头晕眼花、上吐下泻之症。每日昏昏沉沉,躺在臭虫虱子的床上,盖一领极脏极臭的官被。此时要求个亲人来此问讯的,全都没有。这日春阿氏病得很重,忽于迷离之际,梦见个金身女子,唤他近前道:"孽缘已满,今当归去。"说着,扯了阿氏,便往外跑。阿氏见他如此,知是个异怪人,随央道:"弟子的纠缠未清,母亲兄弟之情,实难割弃。"金身女子笑道:"孽障,孽障,你不肯去,你看那面是谁?"阿氏回头一看,只见聂玉吉,穿着圆领僧服,立在自己面前,合掌微笑。阿氏有千般委曲,万种离愁,见了玉吉在此,惊异的了不得,仿佛有万千句话,一时想不出来。正欲问时,见那金身女子把手一指,玉吉的足下生了两朵金莲,托着聂玉吉飞向空中去了。转眼之间,那金身女子也忽然不见了。

阿氏正惊愕之际,觉远处有人唤他乳名儿,声音惨切,连哭带痛,定睛一

第十八回　述案由归功翼尉　慰幽魂别筑佳城　205

看,只见牢门外,站著一人,白发苍苍,流泪不止。床侧有同居的犯人唤道:"大妹妹,大妹妹,你醒一醒瞧一瞧,大妈来瞧你来了。"阿氏嗳呦了一声,细看牢门以外,不是外人,正是母亲德氏,悽悽惨惨在那里唤他小名儿,又央看牢的女牢头,开门进来,走进床前哭道:"孩子,宝贝儿,都是为娘的不是,耽误了你,难为你受这样罪。"说著,扯住阿氏手,母女对哭。见阿氏浑身是疥,头部是浮肿红烧,可怜那一双素手,连烧带疥,肿似琉璃瓶儿一般。揭起脏被服一看,那雪白两弯玉臂,俱是疥癣。所枕的半头砖以下,咕咕哧哧①,成团论码②的俱是虱子臭虫。德氏看到此处,早哭得接不上气了。阿氏亦连哭带恸,昏迷了一会,复又醒转过来,望见母亲这样,越加惨切,颤颤巍巍的道:"奶奶放心,女儿今生今世,是不能尽孝的了。"说著,把眼一翻,要哭没有眼泪,哽哽咽咽的昏了过去。德氏哭道:"我的儿,怎么得这样冤业病啊。"阿氏微开杏目,娇喘吁吁,摇头抹了眼泪,仿佛告知母亲,病不要紧似的。德氏止泪劝道:"孩子,你对付将养著,月初关了米③,我还来瞧你呢。"阿氏点了点头,合目睡去。

　　德氏把带来的几吊钱交与牢头,一面哭一面托咐,求他变个法子,给女儿买点菜,倘能好了,我母女不能忘报。说著,洒泪不止。闹得合狱中人,俱都酸心。大家齐劝道:"老太太您回去您的,姊姊禁在一处,都是难友儿。大妹妹岁数小,蒙此不白之冤,横竖神天有鉴,总有昭雪的日子。他是好清好洁,收到这里来,肮脏不惯。"刚说著,阿氏嘴唇一动,哦的一声,唾出一口腥水来,顺著嘴角儿,流至粉颈。阿氏在迷惘昏沉中,并不知道。德氏忙的过来,抹了眼泪,取出袖中手帕替他擦抹。阿氏忽又醒来,翻眼向德氏道:"我随你出家去,倒也清静。"半晌,又蹙眉道:"只是我奶奶、弟兄叫我如何弃舍呢?"德氏唤道:"孩子,你醒一醒,梦见什么了? 这样吓人?"阿氏点了头,闭了眼睛,打了一个寒战道:"没什么,您不用叫我,我去了。"德氏听了半日,知是一些胡话。又见阿氏伸手,向空里乱摸,半晌又回拈线做活计一般,吓得德氏更慌了。随向女牢头请安礼拜,再四的托嘱。众犯人说道:"老太太放心,这病并不要紧,这都是邪火烧的,自要出点儿汗,退一退烧,管保就好了。"德氏悽悽楚楚,不忍离别,看著

----

①　咕咕哧哧:形容众多虫蚁蠕动的样子。
②　成团论码:形容虱子、臭虫很多,抱成团。
③　关米:领取钱粮。

这样，又不放心。无奈留连一刻，母女也不得说话，反惹他难受酸心，倒不如不见也罢。想到此处，由不得望着阿氏，滴了点儿伤心眼泪，叨叨絮絮，又托咐众人一回，然后去了。

那知阿氏的病症很是凶险，自从德氏去后，熬煎了四五日，忽于一日夜内，唤着女难友哭道："大姐大姐，妹妹清白一世，落到这步田地，也是命该如此。妹妹死后，望求众位姊妹怜悯，告诉我母亲哥哥说，埋一个清洁幽静地方，妹妹就感激不尽了。"说着，眼泡塌下，说话声音亦不似从先清楚了。吓得难友们说声"不好"，忙的唤醒牢头，点上油灯一照，见阿氏圆睁秀目，貌似出水芙蓉一般，连一点病形儿反都没有了。伸手一摸，身上已经冰冷，抚着朱唇一听，呼吸已经断了。正是：一生苦绪无人识，到死春蚕已尽丝。

惊的女牢头披衣起来，念在同居多日，替他穿了衣服，不待天明，急去报知狱官。提牢何奏簏、司狱福瑞，赶紧的报司回堂，传唤尸亲文光赴部具领。文光得了此信，很是皱眉。范氏道："怎么衙门里这么糊涂，杀了我们家的人，即是我们的仇人，岂有把谋害亲夫的淫妇领回来殡葬的道理？"因告文光道："你到法部里问一问去，不看是传错了，应传阿德氏的，错传我们了。"瑞氏哭着道："嗳，事到而今，你还这么咕咕呢。不因着你，何致这样？依我说孩子怪苦的，临到从牢眼儿一拉，更显著可怜了，究竟怎么件事，始终我心里糊涂，你叫正儿他爸爸，想法子领去。别管怎么样，那怕是当卖暂押呢，好歹给买口棺材，埋到坟地边儿上，就算得了。"说着，悽悽惨惨哭个不住。把托氏、春霖并大正、二正等思想嫂子的心，亦都勾惹起来，闹得合屋的老少，你也哭，我也哭，文光、范氏亦楞著不敢言语了。

文光顿了顿脚，拿了烟袋扇子出来，找了个至近亲戚，去到法部打听。正问在宫道仁手里，文光说："阿氏虽死，他是谋杀本夫的犯罪人。不管他谋杀也罢，误杀也罢。既定了监禁之罪，即是情实。如今他死在狱里，没有叫被害之家具领的道理。"宫道仁笑道："你说得亦有理。但是部院里定案原奏，你没细瞧，你以为阿氏杀人，已属情实。然以令郎的伤痕，令媳的口供而论，则是谋是误，尚在疑似之中。既没有尸亲指说，又没有旁人质证。安见得令媳阿氏就是犯罪人呢？部院的堂宪，为此再三研究，因内中疑窦甚多，不能遽为定判，所以仿照古来监候待质之法，收在狱里存疑。预备久日以后，发露真情，或出了别的证据，然后再据实定断。若始终无从发觉，那么令媳阿氏，就未必是杀人凶犯了。既不是杀人凶犯,就不是令郎仇人。既不是令郎仇人,就算是你家的贤妇了。既是你家贤媳妇,优待之尚恐不及,若永远监禁在狱,试问你居心何忍?"

文光听到此处,良心发现。本来儿媳妇是个端庄淑正的女子,只因为半夜三更儿子被害,不能不疑是媳妇。若以他言容举动而论,又未免有些情屈。想到此处,由不得眼辣鼻酸,想起儿子被害的冤来,呜呜哭了。宫道仁劝道:"你不要想着伤心。既不忍叫他受罪,如今疑案久悬,他死在狱里,你更该心疼他了。"这一句话,说的文光越发哭了。宫道仁道:"无论怎么样,你先回去,赶紧备口棺木,通知你亲家一个信,或是同了他来,具个领子。天气这般热,衙门里那能久留,你赶快的就去吧。"文光只得答应,顾不得与亲朋计较,急忙回到家中,先忙着去买棺木,又要给阿德氏送信。范氏拦道:"送信作什么?我们因为忍气,才去具领,不然因为这件事,我们就是一场官司。"文光听了此话,里外为难,送信也不好,不送信也不好,踌蹰半日道:"依你该怎么办呢?"范氏道:"依着我呀,依着我呀,依我还不至于这样呢。这都是你们家德行,你们家风水。明儿把浪老婆再埋在你们坟地里,后辈儿孙,还不定怎么现眼呢!"一面说,一面嚷,闹得文光此时反倒没了主意。想着儿子春英冤仇未雪,阿氏儿媳今又死在狱里,这些个为难着急俱临在自己头上,由不得顿足搥胸,哭了一回。范氏是得理不让人,翻来覆去,总是嗔怪文光,不该听托氏的话,娶这样养汉老婆。正闹得不可开交,托氏、大正等亦过来了,文光一见托氏,又恐老太太听见,又要多管,忙的躲了出来,自己变着方法,买了棺木,雇下了四名杠夫,自要从狱里拉出来,就往义地乱冢里去埋,一以免瑞氏知道,为此伤心,又免得夫妇三人,因此惹气。

文光是敷衍了事的主义,不想那母女连心。德氏是爱女心盛,阿氏是孝母之心。出于至诚,自从探监之后,德氏见女儿染病,回去亦急得病了。亏得常禄等日夜扶侍,延医服药,方才好了。一日梦见阿氏,披着头发,貌似女头陀的打扮,笑容可掬,手执拂尘,跪在德氏面前,磕了个头,从着个金身女子,一同去了。乃至醒来,却是南柯一梦。本来德氏心里正想女儿监里得了瘟气病,万难望好,今惊此梦,由不得肉跳心惊,算着阿氏病症必然不好,急忙把常斌唤醒,叫他到学堂里告一天假,去到兵马司巡警总厅,找回他哥哥常禄来。细把梦中景象说了一遍,叫他换个休息,或者告一天假,去到南衙门打听打听,不看你妹妹不好。常禄听了此话,急得连连跺脚。

　　当日到法部一问,谁说不是,果然春阿氏死在狱里,已经文光领去,找地方抬埋了。细打听埋在何处,人人都说不知道。常禄无法,回来向母亲哭道:"都是为儿的不好,把妹妹送入火炕,屈死在狱里,又没有人情势力去给洗白,活着有什么滋味!"一面说,一面寻死觅活的闹个不了。德氏倒忍住眼泪,反来劝解,说:"事已至此,你倒不必伤心,谁叫你妹妹命苦呢?虽然他受了些罪,也不是出于你心。如今你哭会子也是不济于事,你若难的要死,作妈妈的又当怎么样呢?不如事缓则圆,从那里来的,还从那里去。少时你找找普焕亭,问他该怎么办?生前的委曲,我们也一概不究。既把你妹妹给了春英,活是他们家的人,死是他家鬼。按说我们娘家,不必过问,谁让冤家路儿狭,出了这逆事呢!他若是埋在茔地,咱们一天云雾散,什么话也不说,不给娘家信,我们也认了;他若是草草了局,拿著我们家人当作谋杀亲夫的凶犯,我们有我们的官司在。别看是奏结的案子,自要他们家里指出你妹妹劣迹,证出你妹妹奸夫来,就算我养女儿的没有教育。不然,他儿子死,是他们家缺德,他们家害的,与我们毫无牵挈。我女儿受屈也罢,受罪也罢,甚么话我也不说,好好端端花棺彩木,叫他小婆婆儿出来,顶丧架灵,咱们万事全休,否则没什么说的。连普大普二,一齐都给我滚出来,咱们是一场官司。"说著指天画地的,把小老婆、小娼妇的骂个不了。吓得常禄哭也不敢哭,劝了母亲,慌手忙脚的去找普焕亭。

　　将一出门,看见常斌在后,提著个木棍出来,嘴里叨叨念念,要找姓文的,替姐姐拼命去。常禄一把拦住,问他作什么这□愤愤。常斌流泪道:"你敢情不著急?我姐姐死了,你知道不知道?"常禄道:"我怎么不知道?你念你的书去,家里事不用你管。"常斌不待说完,发狠顿足道:"我不管谁管?这都是你跟奶奶办的好事。"常禄听了此话,很觉刺心,不由的流泪央道:"好兄弟,你回去瞧奶奶去。不看他老人家有些想不开,谁叫是我作错了呢。好歹你瞧著老太太,我找姓普的去,听他是怎么回事,咱们再说。"一面说,一面把"好兄弟"叫了几十声。两人站在一处,流泪眼看流泪眼,悽悽切切的哭个不住,好容易把常斌劝好,常禄才慢慢去了。

　　这里常斌进来,坐在母亲身旁,仍是乱哭,又劝著母亲出头,别等哥哥办事,输给文家。德氏一面擦泪,听了常斌的话,很是有理,因令他在家看家,不待常禄回来,自己雇了辆车,去到法部门口,等著尚书到来,拦舆喊冤。时有凑

第十八回　述案由归功翼尉　慰幽魂别筑佳城

巧,正遇著部里散值,门前皂隶喊哦的乱喊,里面走出一人,正是左侍郎绍昌。德氏哭著跪倒,连声叫冤。皂隶等认得德氏,过来问道:"什么事这里叫冤?"绍公亦止步问道:"他不是春阿氏的母亲吗?"皂隶答应声"是"。绍公道:"问他什么事?"皂隶未及答应,德氏便哭道:"大人明鉴,我女儿死在狱里,文光领尸出去,没给阿德氏信,也不知埋在何处。求大人恩典,收我们打官司。"绍公道:"你来打官司,有呈状么?"德氏哭道:"阿德氏不会写字,听说我女儿死,连急带气,没顾得写呈子。"刚说到此,只见看热闹的人忽的一散,常禄自外跑来,连哭带喊,随著德氏跪倒。绍公道:"你是什么人?"常禄厉声道:"我来给妹妹报仇,你问我做什么?"皂隶威喝道:"胡说!大人在这儿哪,胆敢这样撒野!"说著,七手八脚过来把常禄按住,绍公道:"不用威吓他,什么话叫他说。"德氏颤巍巍的,看著常禄这样,必是受了气来,随哭道:"大人就收我们打官司,您看我儿子这样儿,都是他们气的。"说着,泪流不止。

绍公命守门皂隶、站门的巡警把他们母子二人一齐带入。自己回至署内,早有审录司的司员善佺、宫道仁等,听说德氏喊冤,忙来打听。绍公把德氏情由述说一遍,即命由本部备文,行知该旗都统,传令文光到案,问他领出阿氏,为什么不和平埋葬,又闹得不能了结。询问之后,叫他们调楚说合,切莫为不要紧的小节又闹得大了。善佺、宫道仁连连答应,伺候绍公走后,先把德氏母子询问一遍,然后行文该旗,传令文光到案。

次日入署,宫道仁升了公堂,先把别的案件问了一回,然后把文光带上来问道:"文光,你这么大岁数,怎么这样糊涂?人死了案子也完了,为什么领尸之后,你又不告诉他娘家呢?"文光道:"夸兰达明鉴。阿氏死在狱里,论理不该当我领。我既领了,就算对得起他们……"宫道仁不待说完,拍案喝道:"不该你领,该当谁领?"这一句话,吓得文光脸上如同土色,战战兢兢的辩道:"夸兰达想情,他把小儿害死,小儿的冤枉,还未曾雪呢。我再发丧他,岂不是太难了吗?"宫道仁道:"胡说!我同你那么说,始终你没有明白。你说你儿媳妇谋杀亲夫,你有什么凭据?他为什么起的意,同谋的奸夫是谁?说!"说著,连声恫吓,吓得文光也慌了。本来没有凭据,只知道深夜闺房,除他夫妇之外,没有别人,所以才一口咬定,那知道内中隐情却不干阿氏的事呢。当时张口结舌,一句话也答不出来。宫道仁问道:"你把你儿媳妇埋在那里了?是与你儿子春英一齐并葬的呀,还是另一块地呢?"文光道:"另一块地。"宫道仁道:"地在那里？"文光道："在顺治门外西边儿的义地里。"宫道仁听到此处，点点头道："是了，你先下去。"说著，把文光带去。

带上德氏来劝道："阿德氏，你们的官司，是愿意早完哪，还愿意永远污涂①著？"德氏哭道："愿意早完。只是他不叫我出气儿，也就没有法子了。"宫道仁道："我看你这们大年岁，你养女不容易，人家养儿的也不容易，不能说一面儿理。要说你女儿没罪，我们也知他没罪。只是他亲口承认，说是自己害的，旁人又有什么法子呢？现在他死在狱里，倒也很好，一来省得受罪，二来你若大年纪，省得惦念他。再说这监禁待质之法，本不算阿氏犯罪，就是而今死了，也总算是嫌疑人犯。虽然你亲家文光没给你信，然既把你女儿领去，就算是他家的人了，于你们家门名誉上，倒也很好。方才我问他，他说凶死的人不入茔地，春英合你女儿现在两下里埋著哩。你意思是怎么样？可以说明，我给你作个主。"

阿德氏回道："老爷既这么说，阿德氏有两个办法。我女儿嫁在他家，没犯了十大恶，他不能死后休妻，替儿嫌妇。若与春英合了葬，阿德氏什么话也不说了，这是头一个办法。第二个办法，如果他领出尸去，不与合葬，须在他坟地附近，幽幽静静找个地方，阿德氏也就没话了。总之我女儿活著是他们家的人，死了是他们家的鬼。若说我女儿不贞不淑，害了他的儿子，他得有确实凭据，不然我女儿虽然死了，我亦是不答应。"

宫道仁刚欲说话，又沉吟半晌道："话我是听明白了。我把文光叫上来，你们当堂商议，我给作主。"说著，喊喝衙役复把文光带来。因见德氏在此，文光头也不②肯抬，望座上请了个安道："夸兰达怎么交派，领催怎么遵令。"说罢，低头下气，听著宫道仁吩咐道："阿氏是阿德氏你的女儿，是文光你的儿媳妇，虽然你儿子被害，究竟那原凶是谁，现在尚未发露。部院里监禁阿氏，无非为永久待质，姑且存疑。既然是嫌疑人犯，说是文光的家里人也可，说是阿德氏家里人也无不可。若让文光领去，居然与春英合葬，未免差一点儿。若令阿德氏领去，算是被罪女犯，亦与情理不合。两下里一分争，全都有一面儿理，依著本司判断，遵照大理院奏结原折，还是姑且存疑。春阿氏尸身，既经文光领去，

---

① 污涂：原指污泥，此处指糊涂不清。
② 底本作"下"。

第十八回 述案由归功翼尉 慰幽魂别筑佳城 211

应与阿德氏商酌,设法安葬。儿女亲家,应该原归凤好。谁叫这一案并没有真情发现呢?惟现在阿德氏来部控告,文光于领尸之后,并未通知娘家,殊属于理不合。然前案已经奏结,断不能因此末节勾起前案来。你们亲家两个,还要原归凤好,找出几家亲友来,调楚说合,两家出几个钱,找个清静幽僻的地方,好好把阿氏一埋,事情就算完了。怎么说呢,春阿氏生前死后,论起那一件事来,全都怪可怜的。"这一片语,说得阿德氏嚎恸不止,文光亦洒泪哭了。当时在堂上具了结,叫两人画押完案。

德氏悽悽惨惨,同著儿子常禄回到家中,找了媒人普津,母子计议一回,不愿与文光家里再去麻烦。知会几家戚友,即在安定门外地坛东北角上,借了块幽雅地方,择日由顺治门外义地起灵,至日厚备装殓。阿德氏母子三人,同著德大舅母、丽格,并几家至近亲友,一齐来到义地。找了半日,有义地看管人指道:"这块新土,大概就是。"于是叫土人刨掘,将铲了一锹土,土人嗳呀一声,只见那块新土陷了一片。德氏哭道:"你看他的婆家,多么心狠,用这么薄的棺木,一经下雨,焉能不陷?"说着,土人等七手八脚掘出棺木。

只见阿氏尸身,活鲜鲜躺在那里,穿一件破夏布褂,下面光著两只足,棺材板已经散了。阿德氏见此光景,嗳哟一声,仆倒就地。常禄与众家亲友亦都嚎恸起来。慌的德大舅母扶住德氏,又忙告知土人,不用刨了,不看碰了肉。一面悽悽惨惨,走至坑边,一手抹著眼泪,来看阿氏。丽格亦随著过来,揪著德大舅母袖子,呜呜咴咴的哭个不住。土人问常禄道:"死的是您什么人?"常禄擦著眼泪,细把阿氏历史述说一遍,引得看热闹的人围住德氏等,赞惜不止。有听著伤心、看著惨目、帮著掉泪的。土人道:"怪不得这样悽惨,死的这么苦,在稍有仁心的人,谁都不忍。那天春阿氏埋后,来了个半疯儿的人,打听了阿氏的埋所,他打了一包纸来,跪在当地下焚化,哭了许久,不知是死鬼什么人。听说当日晚上,那人在西南角上柳树上吊死了。后来巡警查知,报了总厅。第二天县里验尸,招领了五六天,因是无名男子,第七日就给抬埋了。你瞧世间上,什么事没有?"常禄道:"这人的模样年岁,你可记得?"土人道:"岁数不大,长得模样儿很俊。看他举止,很是不俗。昨据街面上谈论,是个天津人,新近来京的,不是半疯儿,必是有点痰迷①。"常禄听到这里,料著是病魔寻死、与事无关

---

① 痰迷:形容人疯疯癫癫,旧时认为可能由痰迷心窍所致,由此得名。

的,因亦不再打听,只催土人等赶著装殓,不看天忒晚了赶来不及。土人一面掘土,常斌下到坑里,帮著抬杠的撮尸。

阿德氏坐在就地,哭得死去活来,不能动转。丽格前仰后合,亦哭得不成声了。土人问德大舅母道:"昨天有个老太太来此烧纸,那是死鬼的什么人哪?"德大舅母听了,一时想不出是谁来,因问道:"来者是什么模样?"土人道:"此人是蛮装打扮,年在五十以外。"德大舅母想了半日,不知是谁。正欲细问,只听警尺一响,阿德氏与丽格等又都哭了。因不顾再问细情,扶起阿德氏来,搀著上车。常禄兄弟站在灵柩以前,穿著粗布孝衣,引路而行。丽格与众家亲友,坐车在后,一路看热闹的人,成千累万。看著棺上灵幡①,飘飘荡荡,写著阿氏的姓氏,无不酸鼻堕泪。是日安葬已毕,有悼惜阿氏生前哀史的人,特在地坛东北角阿氏坟冢上,铭以碣云:

　　造物是何心?播此孽缘种。
　　浊尘生恶因,随鸦怜彩凤。
　　鸳心寒旧盟,鼠牙起冤讼。
　　我今勒贞珉,志汝幽明痛。

---

①　幡:旛＊。

疑难字表

底本	整理本	底本	整理本

A

菴　　庵

B

倂　　并

C

採　　采
跴　　踩
挿　　插
癡　　痴
恥　　耻
廚　　厨
窻　　窗
牀　　床
㙇*　　垂
湊　　湊

D

獃　　呆
躭　　耽
盜*　　盜

櫈　　凳
隄　　堤
啇*　　嘀
覩　　睹
妬　　妒

F

旛*　　幡
倣　　仿

G

槩　　概
槓　　杠
皷　　鼓
菓　　果

H

覈　　核
懽　　欢
廻　　回

I

畧　　略

底本	整理本	底本	整理本
J		羣	群
跡	迹	**S**	
堦	阶	搧*	扇
結*	结	构*	勺
净	净	陞	升
鉅	巨	簌*	簌
K		甦*	苏
袴	裤	筍	笋
崐	昆	**W**	
L		臥*	卧
淚	泪	**X**	
歷*	历	閒	闲
慄	栗	廂	厢
樑	梁	効	效
凓*	凛	脇	胁
榞*	梘	洩	泄
		綞	继
M		**Y**	
脈	脉	嚥	咽
覓	觅	簷	檐
幙	幕	燄	焰
		吆*	吆
N		於	于
拏	拿	寃	冤
孃	袅		
揑	捏	**Z**	
甯	宁	喒	咱
Q		站*	站
悽	凄	週	周

底本	整理本	底本	整理本
姪	侄	甎	砖
誌	志	椿	桩
塚	冢	棹*	桌
箣	箸		

"早期北京话珍本典籍校释与研究"
丛书总目录

早期北京话珍稀文献集成

（一）　日本北京话教科书汇编

《燕京妇语》等八种　　　　　　四声联珠
华语跬步　　　　　　　　　　　官话指南·改订官话指南
亚细亚言语集　　　　　　　　　京华事略·北京纪闻
北京风土编·北京事情·北京风俗问答
伊苏普喻言·今古奇观·搜奇新编

（二）　朝鲜日据时期汉语会话书汇编

改正增补汉语独学　　　　　　　修正独习汉语指南
高等官话华语精选　　　　　　　官话华语教范
速修汉语自通　　　　　　　　　无先生速修中国语自通
速修汉语大成　　　　　　　　　官话标准：短期速修中国语自通
中语大全　　　　　　　　　　　"内鲜满"最速成中国语自通

（三）　西人北京话教科书汇编

寻津录　　　　　　　　　　　　北京话语音读本
语言自迩集　　　　　　　　　　语言自迩集（第二版）
官话类编　　　　　　　　　　　言语声片
华语入门　　　　　　　　　　　华英文义津逮
汉英北京官话词汇　　　　　　　北京官话初阶
汉语口语初级读本·北京儿歌

（四）　清代满汉合璧文献萃编

清文启蒙　　　　　　　　清话问答四十条
一百条·清语易言　　　　清文指要
续编兼汉清文指要　　　　庸言知旨
满汉成语对待　　　　　　清文接字·字法举一歌
重刻清文虚字指南编

（五）清代官话正音文献
正音撮要　　　　　　　　正音咀华

（六）十全福

（七）清末民初京味儿小说书系
新鲜滋味　　　　　　　　过新年
小额　　　　　　　　　　北京
春阿氏　　　　　　　　　花鞋成老
评讲聊斋　　　　　　　　讲演聊斋

（八）清末民初京味儿时评书系
益世余谭——民国初年北京生活百态
益世余墨——民国初年北京生活百态

早期北京话研究书系
早期北京话语法演变专题研究
早期北京话语气词研究
晚清民国时期南北官话语法差异研究
基于清后期至民国初期北京话文献语料的个案研究
高本汉《北京话语音读本》整理与研究
北京话语音演变研究
文化语言学视域下的北京地名研究
语言自迩集——19世纪中期的北京话（第二版）
清末民初北京话语词汇释